LAURELIN PAIGE

FOREVER WITH YOU

TOME 3

(FIXED ON YOU)

Du même auteur chez Hugo & Cie :
Fixed on You tome 1
Found in You tome 2

Ce livre est une fiction. Toute référence à des événements historiques, des personnages ou des lieux réels serait utilisée de façon fictive. Les autres noms, personnages, lieux et événements sont issus de l'imagination de l'auteur, et toute ressemblance avec des personnages vivants ou ayant existé serait totalement fortuite.

Pour la version française :
Photo de couverture : © Kevin Dodge/Masterfile/Corbis
Graphisme : Ariane Galateau

Ouvrage dirigé par Caroline de Hugo
Collection dirigée par Hugues de Saint Vincent

Département de Hugo & Cie
34/36 rue La Pérouse, 75116 Paris
www.hugoetcie.fr

ISBN : 9782755617542
Dépôt légal : janvier 2016
Imprimé en France par Corlet
N° d'imprimeur : 177740

NEW ROMANCE

LAURELIN PAIGE

FOREVER WITH YOU

TOME 3 (FIXED ON YOU)

Roman

Traduit de l'anglais (États-Unis)
par Robyn Stella Bligh

Hugo Roman

CHAPITRE UN

J'ai inspiré à fond, les yeux rivés sur la porte de l'appartement numéro trois cent douze. Je ne savais pas encore si je souhaitais poursuivre ou en rester là. D'ailleurs, je ne me souvenais même pas d'avoir décidé de venir jusqu'ici – pourtant j'y étais, et mon cœur battait la chamade. J'avais les mains moites, en pesant le pour et le contre. Devais-je frapper à cette porte, ou pas ?

Seigneur, pourquoi étais-je si nerveuse ?

Peut-être devais-je prendre le temps de souffler un peu. De respirer. *Inspire, expire. Inspire, expire.* Je regardai autour de moi. Le long couloir était désert. Les murs étaient couverts d'œuvres d'art dans des cadres dorés. Des pétales de rose avaient été éparpillés sur le paillasson d'une porte, un peu plus loin. Les vestiges d'un grand élan romantique. *Mignon.*

J'entendis l'ascenseur qui s'ouvrait, je vis un couple en sortir et se diriger vers le couloir à l'opposé. L'homme, vêtu d'un beau costume, avait délicatement posé sa main dans le creux des reins de la femme. Ses longs cheveux blonds étaient coiffés en chignon, impeccables. Même de dos, ils étaient magnifiques – la force de leur amour était évidente.

Cela dit, je voyais de l'amour partout ces temps-ci. Peut-être était-ce dû à mon état d'esprit.

Je me tournai de nouveau vers la porte, devant moi. Elle avait beau être banale, elle me semblait vouloir annoncer une mauvaise nouvelle.

Bon. Autant s'en débarrasser tout de suite.

Je ramenai mon sac à main sur mon épaule et frappai contre le bois verni. J'attendis un moment sans que personne ne réponde. Je collai mon oreille contre la porte – rien. Peut-être m'étais-je trompée d'appartement. J'ouvris la main dans la paume de laquelle j'avais écrit l'adresse à la hâte, au stylo rouge, mais ma sueur l'avait effacée. Peu importe. J'étais persuadée d'être au bon endroit.

– Essayez la sonnette, dit une voix d'homme au bout du couloir.

– La sonnette ? je demandai en tournant la tête, mais il était déjà rentré dans son appartement.

Je n'avais pas remarqué de bouton. Pourtant, en cherchant à nouveau sur le mur à côté de la porte, j'ai fini par trouver une petite sonnette ronde. Bizarre, je ne l'avais pas vue en arrivant. Je levai une main tremblante et j'appuyai dessus.

De gros aboiements retentirent. Je sursautai, mon cœur se mit à battre plus vite encore. Je n'avais pas peur des chiens, mais j'étais déjà si nerveuse que la surprise avait encore amplifié mon stress. J'entendis des mouvements à l'intérieur de l'appartement, puis une voix autoritaire qui rabrouait le chien. Quelques secondes plus tard, la porte s'ouvrit.

Le visage de Stacy était bien plus accueillant que d'habitude, et son sourire tellement chaleureux me fit frissonner. Elle portait un t-shirt délavé et un jean – rien à voir avec les vêtements haute couture qu'elle portait habituellement dans la boutique de Mirabelle. Elle était pieds nus et ses orteils étaient peints en rose. Elle semblait détendue et très à l'aise – tout le contraire de moi.

– Tu es venue ! s'exclama-t-elle, tout sourire.

– Oui, il faut croire.

Elle ne fit pas un geste pour me permettre d'entrer et je restai plantée là, mal à l'aise. Pouvait-elle entendre mes genoux qui s'entrechoquaient, tellement j'avais les jambes qui tremblaient ? J'en étais certaine.

– Oh ! Désolée ! Viens, entre. Elle fit enfin un pas de côté pour me laisser passer.

J'avançai à l'intérieur avant de m'arrêter pour observer son appartement. Il était sympa. Pas comme le penthouse de Hudson – enfin, le *nôtre* –, mais plus beau que le studio dans lequel je vivais, avenue Lexington. Mais il était complètement froid. Et parfaitement bien rangé, à l'exception de la table de la cuisine sur ma gauche, qui était recouverte de piles de papiers – un peu comme le bureau de David au Sky Launch.

– Par ici.

Stacy me fit signe de m'asseoir sur le canapé du salon. C'était le même que celui du bureau de Hudson – en cuir marron avec d'énormes accoudoirs. Il m'avait tellement plu que j'en avais acheté une version moins chère pour le bureau du club. D'ailleurs, Hudson et moi l'avions baptisé peu de temps avant, avec une partie de jambes en l'air digne d'un film classé X. Celui de Stacy, lui, n'était pas moins cher, et elle me paraissait trop prude pour l'avoir baptisé avec qui que ce soit.

Cependant, je trouvais étrange que nous ayons tous les mêmes goûts. En même temps, c'était surtout le fait de découvrir les goûts de Stacy qui était bizarre. Qu'est-ce que je faisais là ? Une boule d'angoisse dans mon estomac m'indiquait que j'avais pris la mauvaise décision en venant la voir. J'aurais dû partir sur-le-champ.

Sauf que je ne le pouvais pas. Quelque chose me retenait – c'était comme si je portais des chaussures métalliques sur un sol aimanté. Bien sûr, je savais que tout ça se passait dans ma tête et que je pouvais partir à tout moment. Et malgré tout, je restais là.

Je me redressai pour me donner une contenance, avant de m'enfoncer dans le canapé, tellement profondément que mes genoux étaient plus hauts mes fesses. J'avais l'air – et je me sentais – parfaitement ridicule. Le peu d'assurance qui me restait vola en éclats.

– Oh, désolée, s'excusa Stacy. Les ressorts sont cassés. Décale-toi un peu, tu seras mieux sur le côté.

Toute gênée, je me glissai vers l'extrémité du canapé et me rassis lentement. Heureusement, là, les ressorts étaient intacts.

Stacy s'assit sur le fauteuil en face de moi. Un gros chat gris vint se frotter contre sa jambe en sifflant dans ma direction. Je me suis souvenue du chien que j'avais entendu. Je balayai la pièce du regard sans en voir la moindre trace – Stacy avait dû l'enfermer quelque part. C'était étrange, d'avoir deux animaux dans un si petit appartement. En outre, je n'aurais jamais imaginé qu'elle pouvait aimer les animaux.

Mais je ne l'aurais jamais imaginée en jeans et en t-shirt non plus. J'étais simplement nerveuse, voilà tout.

– Je peux t'offrir quelque chose à boire ? De l'eau ? Un thé glacé, peut-être ?

– Non, merci, répondis-je en croisant les jambes. D'ailleurs, je n'ai pas beaucoup de temps. Si on en finissait avec cette histoire ?

Je mentais, bien sûr. Je n'avais nulle part où aller. Mon chauffeur ne m'attendait pas, puisque j'avais pris le métro, pour que Jordan ne révèle pas à Hudson où j'étais allée. Je ne voulais pas qu'il le sache.

– Oui, bien sûr, répondit-elle.

Elle se leva et se dirigea vers sa télévision. Je remarquai que son ordinateur y était connecté. Lorsqu'elle l'alluma, son bureau s'afficha sur le grand écran.

Le chat, qui avait perdu la jambe de Stacy, décida de la remplacer par la mienne. *Super.* Maintenant j'allais avoir plein de poils gris sur mon pantalon noir. Comment expliquer ça à Hudson ? Il allait falloir que je me change avant qu'il ne le remarque.

Stacy se mit à parler tout en parcourant les dossiers de son ordinateur.

– Honnêtement, je n'étais pas certaine que tu viennes. Tu ne semblais pas intéressée. J'ai été surprise de recevoir ton message.

– Ouais, je n'étais pas sûre de venir, moi non plus. Mais ma curiosité a pris le dessus.

Merde, qu'est-ce que je faisais là ? Était-il trop tard pour partir ? Non, il ne serait trop tard que lorsqu'elle aurait mis la vidéo en marche, mais je ne pouvais pas faire demi-tour maintenant, n'est-ce pas ? Je me demanderais toujours quels secrets Stacy connaissait à propos de Hudson.

Peut-être aurais-je dû en parler à Hudson avant de venir ici voir cette vidéo ?

– J'avais tout prévu au cas où tu viendrais. Je dois juste charger le dossier – attends. Il est quelque part par ici.

J'ai eu l'impression que Stacy cherchait la vidéo pendant des heures. Chaque seconde durait une éternité, et je ne pouvais m'empêcher d'imaginer ce que renfermait la vidéo – des preuves de la trahison de Hudson. J'essayais de penser à autre chose, mais c'était impossible.

J'avais déjà rongé une bonne partie de mes ongles quand je décidai enfin de mettre fin à cette horrible tension.

– Peut-être pourrais-tu me dire ce qu'il y a sur la vidéo en attendant de la trouver.

– Oh non, je ne pourrais pas faire ça, répondit-elle en me souriant. Tu ne me croirais pas. Mais fais-moi confiance. Ça changera ta façon de voir Hudson. C'est un menteur, tu sais.

Elle ne m'avait jamais autant souri. C'était comme si elle prenait un malin plaisir à me voir souffrir. Comme si elle se réjouissait à l'idée de foutre en l'air ma relation avec l'homme que j'aimais.

– Hudson n'est pas un menteur. Je lui fais confiance.

C'était *moi*, qui lui avais menti. Hudson n'avait pas arrêté de me prouver qu'il méritait ma confiance.

– Tu vas voir, répondit-elle.

Son assurance me donnait la chair de poule. Elle ne pouvait pas avoir raison, c'était impossible. Je connaissais Hudson et je savais qu'il ne me cachait rien.

– Ah ! Je l'ai trouvée ! s'exclama Stacy d'une voix chantante. Tu es sûre que tu ne veux rien avant de commencer ? De l'eau ? Un thé glacé ?

Je serrai la mâchoire, le nœud que j'avais à l'estomac se resserrait à chaque seconde qui passait.

– J'ai dit non, merci.

– Du pop-corn, peut-être ? demanda-t-elle en éclatant de rire. J'adore manger du pop-corn en regardant la télé. Du pop-corn ou des M&M's.

– Écoute, Stacy. Je ne suis pas là pour m'amuser. Tu as dit que tu avais quelque chose à me montrer qui changerait ma perception de Hudson. Tu crois que cette situation m'amuse ?

C'était ridicule. Qu'est-ce que je foutais là – dans le dos de Hudson, qui plus est ? C'était à lui que j'aurais dû parler de cette vidéo au lieu d'aller la voir en cachette. Je ne savais même pas si je pouvais me fier à cette femme. Peut-être que tout cela n'était qu'un piège.

– Je n'ai rien à faire ici. Je dois y aller, dis-je en me dirigeant vers la porte.

– Non ! Attends ! Ça commence, regarde, s'exclama Stacy.

De nouveau, ma curiosité prit le dessus. Je me retournai vers la télé. L'écran était presque noir, mais on percevait une voix étouffée en arrière-plan. Peu à peu, la voix se fit plus présente. C'était celle de Hudson.

– Je te veux, ma belle. Je ferai tout pour te conquérir. Dis-moi ce que je dois faire. Je ferai tout ce que tu veux. Je ne peux pas vivre sans toi.

L'écran était toujours sombre, mais je reconnaissais ces paroles. Il me les avait dites plus tôt, au club.

– C'est quoi cette blague tordue ? je m'écriai.

– Un peu de patience, gloussa Stacy.

L'écran commença à s'éclaircir et l'image devint plus nette. Hudson était allongé sur le lit, dos à la caméra, complètement nu. J'observai Stacy du coin de l'œil, j'étais furieuse qu'elle ait vu mon homme à poil – mais les paroles de Hudson me ramenèrent à la vidéo.

– Je dirai tout ce que tu veux, ma belle. Il *faut* que tu fasses partie de ma vie.

Ces paroles m'étaient familières, pourtant je n'avais jamais vu cette scène. Je ne connaissais ni ce lit, ni cette chambre. Je n'étais pas dans cette vidéo. Je secouai la tête

– *non, non, non.* Ces mots étaient à *moi. Sa belle,* c'était moi ! À qui les disait-il ?

La caméra bougea, zoomant sur Hudson. Je retins ma respiration en m'attendant à découvrir qui se trouvait avec lui, tout en refusant d'en avoir la confirmation.

Cependant, lorsque la caméra se rapprocha de lui, l'image devint moins nette. Je ne pouvais plus percevoir ce qui se passait à l'écran. C'était comme regarder à travers un pare-brise sale ou un objectif embué. Je clignai des yeux à plusieurs reprises. Je voulais désespérément découvrir ce qui se passait, découvrir qui était avec lui. Ça allait probablement m'anéantir, mais j'avais *besoin* de le savoir.

Je me suis avancée vers l'écran et je me suis mise à le taper du poing comme si j'allais ainsi rendre l'image plus nette.

– Montre-moi, bon sang ! je criai. Montre-moi ce que tu caches !

CHAPITRE DEUX

Je me réveillai en nage, paniquée. Mon cœur battait la chamade. Je savais que ce n'était qu'un rêve, mais malgré cela, mes émotions étaient vives et intenses.

Ce n'était pas la vidéo de mon rêve qui m'angoissait. C'était ce qui pouvait se trouver sur la vidéo de Stacy, dans la vie réelle. Elle m'avait dit qu'elle avait la preuve que Hudson et Celia avaient été ensemble. Plus tôt dans la soirée, j'avais ignoré son message, mais j'avais peut-être eu tort, puisqu'il envahissait mon inconscient.

J'ai regardé Hudson, endormi dans le lit à côté de moi. D'habitude, pendant son sommeil, il restait blotti contre moi. Sa chaleur me manquait, ce qui exacerba mon angoisse. Cependant, pour ne pas le réveiller, je me suis retenue de me blottir dans ses bras et je me suis levée. J'ai enfilé ma robe de chambre et je suis allée dans la salle de bain.

J'éclaboussai mon visage d'eau fraîche et je respirai lentement pour essayer de me calmer. Je n'étais pas habituée à faire des cauchemars. Même après la mort de mes parents, mes rêves avaient toujours été doux et tranquilles. Mon esprit obsessionnel travaillait déjà tellement lorsque j'étais éveillée – je n'avais pas besoin de libérer mes angoisses pendant mon sommeil.

Mais je n'avais pas d'obsession en ce moment. J'étais amoureuse et heureuse. Certes, nous avions encore des problèmes à régler. La semaine passée avait été stressante et déprimante, parce que Hudson était au Japon et que la suite de notre relation était plus qu'incertaine. Je lui avais caché certaines choses et je n'étais pas sûre qu'il parviendrait à me pardonner complètement. Lui aussi m'avait trahi – en virant David, le manager du Sky Launch, et en ne prenant pas ma défense. Il avait préféré écouter les mensonges de son amie d'enfance, qui m'avait prise pour cible dans son jeu sadique.

Je savais que notre amour pouvait être plus fort que nos erreurs. Il m'avait montré qu'il en était conscient ; lui aussi, lorsqu'il m'avait fait la surprise de débarquer au club pour me prouver une nouvelle fois son attachement à notre couple. Il n'avait pas dit les mots que je rêvais d'entendre, mais je n'en avais pas besoin. Son amour pour moi était flagrant. Je l'avais senti lorsqu'il m'avait fait l'amour sur la piste de danse – tendrement, attentivement. Nous étions engagés à long terme – c'était désormais évident, et le savoir aurait dû me débarrasser de mon angoisse.

Mais nous n'avions pas réglé nos problèmes de confiance, et c'était ce qui me rendait nerveuse. En plus, il y avait cette vidéo. Que montrait-elle ? Est-ce que je voulais vraiment la voir ? Était-ce un piège, ou était-ce important ?

Ça me gênait suffisamment pour me faire douter, au point d'y penser pendant mon sommeil.

Ce n'est rien. Ça n'affectera pas ma relation avec Hudson.

Hélas, je n'arrivais pas à m'en convaincre.

– Qu'est-ce qui ne va pas ?

Hudson me fit sursauter, mais mon cœur battait déjà tellement vite ! Je lui jetai un regard par-dessus mon épaule, il me regardait depuis la porte. Il était égal à lui-même – sexy et distant. Un frisson parcourut mon corps, comme chaque fois que je le voyais nu, même lorsque je ne pensais pas à faire l'amour avec lui. Je me mordis la lèvre lorsque mon regard se promena sur tout son corps. Peut-être que l'idée de faire l'amour n'était pas si bête, après tout.

Il s'approcha de moi et ses yeux gris interrogèrent les miens dans le reflet du miroir.

– Est-ce que ça va ?

Je faillis mentir, mais je changeai d'idée. J'avais une deuxième chance avec cet homme, et si nous voulions que cela fonctionne, nous allions devoir faire des efforts pour communiquer.

Il fallait que je lui parle de la vidéo de Stacy. J'allais le faire, il me fallait juste quelques minutes pour me calmer.

– J'ai fait un cauchemar, et maintenant je n'arrive plus à dormir.

– Tu veux me raconter ? demanda-t-il en fronçant les sourcils.

– Oui, mais plus tard, répondis-je en baissant les yeux.

Il passa ses bras autour de ma taille et m'embrassa sur la tête.

– Hmm... Et si je te faisais couler un bon bain en attendant ?

– Ça me semblerait divin.

Je me suis appuyée contre la douche pendant que Hudson se penchait pour ouvrir les robinets. Je ne pus m'empêcher d'admirer son corps ferme, de m'imaginer en train de lécher ses abdos et de mordre la courbe de ses fesses.

Il leva la tête vers moi.

– Espèce d'obsédée.

– Tu me rejoins ? lui demandai-je avec un sourire lourd de sous-entendus.

– Dans ta perversion ou dans le bain ?

– Le bain, je rétorquai en fouettant ses fesses splendides avec une serviette.

– Je suis partant pour les deux, répondit-il.

Il était trois heures du matin, nous étions en semaine. Il travaillait dans quelques heures. Et il était encore jetlagué. Et malgré tout cela, il continuait à prendre soin de moi. Il était toujours présent. Même quand je l'avais rejeté et envoyé au Japon, il s'était inquiété à l'idée de me savoir seule – il avait envoyé sa sœur me voir et avait appelé le concierge pour qu'il me fasse passer ses messages. M'habituerais-je un jour à autant d'attention ?

Probablement jamais, non.

Je défis mon peignoir et le suspendis au mur en me délectant du regard torride que Hudson promenait sur moi. Je trempai un orteil dans l'eau. La température était parfaite – presque trop chaude, comme je l'aimais. Je m'assis dans la baignoire, puis je me penchai en avant pour laisser de la place à Hudson derrière moi. Nous n'avions encore jamais pris de bain ensemble. C'était étrange, cette impression d'avoir vécu tant de choses avec lui, alors que nous avions encore tellement de premières fois devant nous ! En même temps, savoir que notre couple était encore jeune et que nous avions plein de choses à découvrir me réconfortait.

Lorsqu'il fut installé, je m'appuyai contre sa poitrine, et il frotta son nez contre ma joue.

– Que c'est bon, dit-il.

– La température est juste comme j'aime.

Mes muscles se détendaient déjà dans la chaleur, et la tension provoquée par mon rêve commençait à se dissiper.

– Je parlais du fait que tu es dans mes bras, poursuivit Hudson d'une voix douce, comme si ses paroles étaient difficiles à comprendre. Tu m'as manqué.

Mon Dieu, lui aussi m'avait manqué. C'était l'une des raisons pour lesquelles je me sentais si nerveuse. Je me remettais à peine de notre séparation, et mon esprit dressait encore la liste de ce que j'avais failli perdre, c'est-à-dire tout.

J'avais presque tout perdu, voilà pourquoi les prétendues preuves de Stacy m'angoissaient tant. Toutes mes questions restées sans réponses ne m'aidaient pas à me sentir mieux. Nous avions encore énormément à nous dire.

Nous restâmes immobiles un bon moment. Lorsque l'eau commença à refroidir, Hudson prit une des bouteilles de gel douche posées sur le bord en marbre de la baignoire. Il versa dans sa main une goutte de gel douche à la fleur de cerisier – mon nouveau parfum préféré – et se mit à me masser avec de lents mouvements circulaires. Lorsqu'il en eut terminé avec mes bras, il me poussa délicatement en avant pour me laver le dos, puis il m'attira contre lui et me fit plier les jambes pour pouvoir atteindre toutes les parties de mon corps.

Il finit par mon ventre et mes seins, sur lesquels il s'arrêta longtemps, en les malaxant avec juste assez de force pour faire pointer mes tétons. Il mordillait le lobe de mon oreille lorsqu'une de ses mains commença à descendre vers mes parties intimes. Je sentis alors son sexe durcir contre mes fesses, et je n'eus plus aucun doute sur ses intentions.

Mais avant toute chose, nous devions parler ensemble. Si rien n'était grave au point de mettre en danger notre avenir commun, c'était quand même très important pour moi.

Je me retournai pour le chevaucher et je pris ses mains dans les miennes.

– On a des choses à régler, Hudson.

– Ah bon ? s'étonna-t-il en haussant un sourcil, son regard rivé sur mes seins.

– Oui, répondis-je en baissant la tête pour lui faire lever les yeux. Qui est-ce qui va diriger ton club ?

– Toi, dit-il simplement en souriant d'un air narquois.

Je souris mais je n'acquiesçai pas. Cependant, je ne le contredis pas non plus. Il prétendait vouloir me confier la direction du Sky Launch, mais j'étais convaincue que ce n'était qu'une excuse pour se débarrasser de David Lindt. D'ailleurs, il avait réussi, puisque David partait dans une dizaine de jours pour reprendre un des clubs de Hudson à Atlantic City. Sur le coup, ça m'avait rendue folle de rage, mais je commençais à m'y faire. Je me rendais compte, à présent, que c'était la meilleure solution possible. Travailler avec son ex au quotidien n'était pas vraiment une bonne idée. Après tout, je n'aurais pas aimé non plus que Hudson travaille avec l'une de ses ex.

Ça ne signifiait pas pour autant que j'étais prête à prendre la tête du Sky Launch. Mais je ne voulais pas non plus céder ma place à quelqu'un d'autre. Peut-être valait-il mieux remettre cette question à plus tard, à un moment où la queue de Hudson ne serait pas dressée contre mon sexe pour me faire perdre toute ma volonté.

Comme ses mains étaient toujours captives des miennes, Hudson décida de me séduire avec ses lèvres. Il se pencha en avant et prit mon sein dans sa bouche. Je poussai un soupir de plaisir, mon corps se prépara à lui céder. Mais mon esprit restait préoccupé.

– Quelle est la prochaine étape avec Celia ?

Ses lèvres lâchèrent mon téton.

– Tu es sérieuse ? Tu as envie de parler de Celia maintenant ?

– Je n'ai jamais *envie* de parler d'elle. Mais j'ai besoin d'être certaine qu'elle ne représente pas une menace pour moi, admis-je en avalant le nœud qui s'était soudain formé dans ma gorge. Une menace pour *nous*.

Je ne m'étais pas rendu compte à quel point je craignais encore l'influence qu'elle pouvait avoir sur notre couple.

– Hé, commença Hudson en prenant mon visage entre ses mains. Celia n'est pas une menace. Elle n'a aucune preuve tangible de ce qu'elle avance, elle ne portera pas plainte. Quand bien même elle le ferait, je serai là, à tes côtés. Tu le sais.

– Et à l'avenir ? je demandai en hochant faiblement la tête.

– C'est simple. Nous ne la verrons plus. Nous ne lui parlerons plus. Nous ne répondrons plus à ses e-mails.

– Nous ?

Bien sûr que *je* ne la verrai plus. Je détestais cette garce. Mais Hudson, en revanche...

– Oui, *nous*. Je ne veux personne dans ma vie qui soit contre nous.

Une nouvelle vague d'angoisse m'enveloppa.

– Ta mère aussi est contre nous, tu sais.

Peut-être allais-je trop loin. Sophia Pierce, aussi monstrueuse qu'elle puisse se montrer avec son fils et moi, serait probablement toujours dans sa vie, et je ne lui demanderai jamais de couper les ponts avec elle. Bien que je ne l'apprécie pas, j'étais bien obligée de reconnaître son importance dans sa famille.

– Je sais, soupira Hudson. Mais au moins elle n'essaie pas de saboter notre relation. Et si jamais elle essayait, j'en aurais fini avec elle. Tu es la seule personne qui compte pour moi.

– Merci, dis-je en l'embrassant tendrement. Mais j'espère que nous n'en arriverons pas là. J'aimerais qu'elle et moi puissions nous entendre, un jour.

Mon frère et moi ne nous étions réconciliés que très récemment. Ça m'avait fait beaucoup de bien. J'avais du mal à imaginer qu'il se passe la même chose entre Hudson et Sophia, mais pourquoi pas, après tout ?

Mes pensées revinrent à Celia. Ses raisons de me faire un aussi sale coup restaient encore un mystère pour moi.

– Pourquoi a-t-elle fait ça, Hudson ? Pourquoi nous en veut-elle à ce point ?

– Ce n'est pas contre *nous* qu'elle en a. Elle est en colère contre *moi*.

– Encore ? Pour ce que tu lui as fait il y a toutes ces années ?

Mon cœur se serra en voyant le regard tourmenté de Hudson. Il avait honte de son passé, et il lui était impossible de tourner la page. Ma colère prit le dessus sur mon chagrin.

– Je me fiche de ce que tu as pu lui faire. C'est une garce. Ce qu'elle a fait, elle, était dégueulasse, horrible, et inacceptable. Surtout qu'elle prétend être ton amie. Est-ce qu'elle est encore amoureuse de toi ? Est-ce que c'est ça, le problème ?

Hudson baissa les yeux.

– Si elle pense être amoureuse de moi, te faire du mal n'est pas le meilleur moyen pour me conquérir.

– En tout cas, elle se comporte comme une amante blessée et jalouse.

– Mais il n'y a aucune raison, dit-il en caressant ma joue. Celia et moi n'avons jamais été ensemble. Il n'y a jamais rien eu. À part... poursuivit-il d'une voix plus douce. À part ce que j'ai feint de ressentir pour elle.

– Elle sait que ce n'était pas vrai, répondis-je, horrifiée de le voir encore si tourmenté. Et c'était il y a *mille ans.* Même si elle essaie de se venger, est-ce qu'elle ne l'a pas déjà fait en couchant avec ton père et en t'obligeant à dire que tu étais le père de son enfant ? Pourquoi tu ne m'en as pas parlé, d'ailleurs ?

– J'aurais dû, répondit-il sur un ton plein de regrets.

– Oui, tu aurais dû.

Ça aurait expliqué tant de choses sur sa relation avec son père et Celia. Au lieu de cela, cette histoire avait constitué un énième mur entre nous – même si c'était moi la responsable de la plupart des secrets entre nous. Et je le regrettais amèrement.

Hudson retira ses mains des miennes et les laissa glisser le long de ma taille.

– Mais à mes yeux, ce n'était pas à moi de révéler ce secret.

– D'accord, je comprends.

Je frissonnai quand il empoigna mes hanches. Il commençait à s'impatienter. Il voulait plus. Il avait envie de moi. Nous allions bientôt nous arrêter de parler, je le sentais. Pourtant, je devais encore aborder le sujet de cette vidéo.

– Mais il va falloir que certaines choses changent entre nous. Il faut qu'on puisse se parler. Tu aurais au moins pu me dire que tu avais de bonnes raisons de ne pas lui faire confiance. Des raisons pour lesquelles *je* ne devais pas lui faire confiance.

– Et tu aurais pu respecter ta promesse de ne pas la voir.

– Oui, je sais. Nous devons changer tous les deux et jouer cartes sur table, Hudson. Autant que possible. Nous sommes ensemble, maintenant, pour le meilleur et pour le pire, et nous devons y croire. Nous ne pouvons pas nous permettre d'avoir peur de nos secrets et de nos passés. Tous les deux. Honnêtes. Deux livres grands ouverts. Parfaitement transparents.

– Rien à cacher ? Parfaitement nus ?

– Quel pervers !

– Je ne vais pas te contredire, dit-il en se penchant pour laper une goutte d'eau sur mon téton. Lorsqu'il s'agit de toi, je suis le plus gros pervers qui soit.

J'esquissai un sourire en coin, en frétillant de plaisir.

– Hudson, arrête. Je suis sérieuse.

– Je sais, affirma-t-il en reculant dans la baignoire. Et je suis d'accord avec tout ce que tu as dit. Il faut que l'on soit honnêtes l'un envers l'autre.

– Tant mieux, poursuivis-je en levant la main pour l'empêcher de continuer son manège. Attends. J'ai encore quelque chose à dire.

– D'accord, quoi ?

Il s'impatientait mais faisait de son mieux pour le cacher. Je faillis décider de remettre à plus tard, mais le souvenir de mon cauchemar et l'angoisse qu'il avait suscitée me poussèrent à poursuivre.

– Que s'est-il passé entre Stacy et toi ?

Il a eu l'air complètement perdu.

– Stacy ? La Stacy de Mirabelle ?

– Oui.

– Il ne s'est rien passé, dit-il, perplexe. Qu'est-ce que tu veux dire ? Tu me demandes si je suis sorti avec elle ? Je l'ai emmenée à un gala de charité il y a environ un an. Mais sinon, rien.

Il marqua un temps d'arrêt.

– Et je n'ai pas couché avec elle, s'empressa-t-il d'ajouter avant que je n'aie pu le lui demander.

Sa réponse était réconfortante, mais ce n'était pas pour cela que Stacy m'inquiétait.

– A-t-elle une raison de vouloir se venger de toi ? Quelque chose qui expliquerait pourquoi elle ne te fait pas confiance ?

– Non, pas que je sache, répondit-il en secouant lentement la tête.

– Elle n'a pas fait partie de tes victimes ?

– Victimes ? C'est comme cela que tu désignes les gens avec qui je me suis amusé ?

– Peut-être que ce n'est pas le terme le plus approprié, dis-je en grimaçant.

– Si, si. *C'est* le terme adapté. C'est juste que ce n'est pas agréable à entendre.

– Je suis désolée.

– Ne le sois pas, répondit-il. C'est mon passé, je dois vivre avec. Pourquoi me poses-tu ces questions ?

Je pris une profonde inspiration. Nous avions décidé de jouer cartes sur table, après tout.

– La dernière fois que j'étais chez Mira, Stacy m'a dit qu'elle avait une vidéo qui prouvait quelque chose à propos de Celia et toi. Elle ne l'avait pas sur elle, donc je lui ai donné mon numéro de téléphone pour qu'elle puisse me contacter plus tard.

– La dernière fois qu'on était chez Mirabelle, ensemble ?

– Ouais. Elle m'a prise à part quand tu es allé me chercher des chaussures. Tu sais de quoi elle parle ?

Je scrutai son visage pour essayer de deviner s'il mentait.

– Aucune idée.

Soit c'était vraiment un bon acteur, soit il ne savait vraiment pas de quoi je parlais.

– Elle ne t'a pas dit ce que montrait cette vidéo ? demanda-t-il.

– Non. Seulement qu'elle l'avait et que cela me montrerait pourquoi je ne peux pas te faire confiance, répondis-je avant de me mordre la lèvre. Et elle m'a réécrit ce soir. Ou peut-être la semaine dernière, quand je n'avais pas de téléphone – je n'ai eu son message que ce soir.

Je m'attendais à ce qu'il me demande pourquoi je ne lui en avais pas parlé plus tôt, mais ce ne fut pas sa question.

– Que disait son message ?

– Que la vidéo était trop lourde pour qu'elle l'envoie et que je devais la contacter si je voulais la voir.

– Et... est-ce que tu as envie de la voir ? demanda-t-il après un moment de réflexion.

– Non.

Enfin, si.

– Oui, rectifiai-je.

Ou pas, je ne savais pas.

– Je ne sais pas. Je devrais la voir ? finis-je par demander.

– Eh bien... commença-t-il en se frottant les bras. Tu sais déjà que tu ne peux pas faire confiance à Celia. Et Stacy ne peut rien avoir sur moi que tu ne saches déjà. Tu connais mieux mes secrets et mon passé que quiconque. Tu me connais, Alayna.

– C'est vrai.

– Alors, à moins que tu ne me fasses pas confiance...

– Si, j'ai confiance en toi. Si tu me dis que je n'ai pas de raisons de m'inquiéter...

– Je te le promets, dit-il en plongeant son regard dans le mien.

Je restai silencieuse un moment. Après les avoir prononcées, je ne pourrais pas revenir sur mes paroles. Il me faudrait oublier cette vidéo et passer à autre chose. Cela allait à l'encontre de toutes mes tendances obsessionnelles... Étais-je capable d'y arriver ?

Pour Hudson, oui, je m'en sentais capable.

– Dans ce cas, je n'ai pas besoin de la voir, dis-je en souriant.

Ce fut plus facile à dire que je ne le pensais. Et j'étais convaincue de ce que j'avais dit. Je n'avais pas besoin de preuves pour savoir qui était Hudson, ni ce qu'il représentait pour moi.

Je fus surprise de voir à quel point je me sentais mieux, après avoir mis cette vidéo de côté. Elle ne pesait plus sur mes épaules, même si j'étais encore un peu nerveuse – mais cela aussi disparaîtrait probablement avec le temps.

Hudson se recula et m'embrassa sur le menton.

– Merci.

– De quoi, au juste ?

– D'avoir été honnête avec moi, répondit-il. Tu n'étais pas obligée de m'en parler, et tu l'as fait quand même.

– J'étais sérieuse, Hudson. Je veux qu'on se parle davantage. Qu'on se dise tout.

– Je vois cela. Et moi aussi je suis sérieux. La seule façon d'aller de l'avant, c'est de s'engager à cent pour cent, dit-il en levant les yeux vers moi. C'est bien le cas ?

Sa question était simple, mais elle véhiculait un poids énorme – bien plus lourd que lorsqu'il m'avait demandé d'être sa copine ou d'emménager avec lui. Pourtant, je répondis le cœur léger, sûre de moi :

– Oui.

– Pour moi aussi.

Il captura alors ma bouche avec la sienne. Il suça tendrement ma lèvre inférieure avant de plonger sa langue pour caresser la mienne. Je passai les bras autour de son cou pour me rapprocher de lui. Son sexe durcit et le mien se contracta.

Sans que ses lèvres quittent les miennes, la main de Hudson descendit sur mon sein. Ses caresses étaient divines, il savait être tendre et brutal à la fois. Un cri m'échappa quand il pinça mon téton. J'étais tellement concentrée sur ce qu'il faisait à ma poitrine que je ne me rendais pas compte de ce que faisait son autre main, jusqu'à ce que je sente son pouce sur mon clitoris. Je tressaillis de plaisir, mes genoux se serrèrent sur ses hanches. Je sentais déjà mon bas-ventre se contracter, prêt à exploser de plaisir. C'était si rapide – trop rapide.

Je grimpai sur lui et j'enlevai sa main de mon sexe pour retarder mon orgasme. Je voulais jouir en même temps que lui. Hudson ferma à demi les yeux, je survolai son sexe en érection en l'effleurant. Je le caressai une seule fois, avant de basculer mon poids sur mes genoux. Ainsi installée au-dessus de lui, je glissai lentement sur sa verge en gémissant, tandis qu'elle m'emplissait complètement.

Je restai immobile un instant, assise sur lui, laissant le temps à mon corps de s'adapter à sa taille, de se détendre pour lui faire de la place. Bon sang, que c'était bon. C'était aussi simple que cela: sans le moindre mouvement, il me paraissait fait pour moi, comme si son pénis avait été conçu pour mon sexe, et pour lui seulement. Cette pensée intensifia encore le divin plaisir qu'il m'offrait. Je frissonnai.

Il finit par remuer. Il devenait impatient. Mes mouvements furent d'abord très lents puis ils devinrent plus volontaires. Mes mains agrippèrent ses épaules, pour me permettre de me soulever et de me renfoncer avec la force que Hudson désirait – que *je* désirais. Très vite, il empoigna mes fesses pour amplifier mes mouvements. Puis il bloqua mes hanches pour m'empêcher de bouger et souleva son bassin pour faire en moi des mouvements circulaires et amplifier ses va-et-vient.

– Il faut toujours que tu prennes le dessus ? je demandai, à bout de souffle. Ça ne me gênait pas le moins du monde, bien entendu – j'adorais qu'il me contrôle ainsi.

– Si tu veux que l'on jouisse ensemble, oui, dit-il en esquissant un sourire.

– Et lequel de nous deux ne jouirait pas si tu ne prenais pas le contrôle ? je demandai lorsque je fus de nouveau en mesure de parler.

– Toi.

Il resserra ses mains sur mes hanches et, comme s'il voulait prouver ce qu'il avançait, il me pénétra plus profondément encore, touchant un point – *le point* – qui me faisait toujours chavirer, que seul lui pouvait trouver, et qu'il trouvait à chaque fois.

Mon orgasme arriva violemment et me prit par surprise. Je gémis, plantai mes ongles dans sa peau en me laissant submerger par l'extase.

Hudson ne ralentit pas son rythme tandis que je m'écroulai sur lui. Au contraire, il accéléra ses coups de bassin, puis il jouit en se frottant contre mon clitoris tout en éjaculant en moi, ce qui arracha un nouveau frisson à mon corps, déjà presque complètement tétanisé.

Il m'embrassa dans le cou en reprenant son souffle, puis sur la joue avant de se poser sur mes lèvres qu'il embrassa tendrement, pendant que les rythmes de nos cœurs s'efforçaient de ralentir.

Il recula son visage et plongea son regard dans le mien.

– Alayna ? demanda-t-il en prenant mes joues dans ses mains. Qu'y a-t-il, ma belle ?

Il me fallut un instant pour comprendre sa question et me rendre compte que des larmes coulaient sur mes joues.

Soudain, des sanglots incontrôlables m'échappèrent, comme si une profonde tristesse enfouie se déversait brusquement. Gênée, et incapable d'expliquer mes larmes, je me dépêchai de sortir du bain.

– Alayna, parle-moi.

Il était déjà derrière moi, il enveloppait dans une serviette mon corps qui dégouttait en inondant le tapis de bain. Je secouai la tête et m'enfuis dans la chambre. Hudson me poursuivit et m'attrapa par les bras.

– Parle-moi. Qu'est-ce qu'il y a ?

Tout mon corps suait l'angoisse. Cette douleur n'était pas nouvelle – je la portais en moi depuis plusieurs jours, sans la laisser s'exprimer. Ni devant Hudson, ni pour moi-même.

– Tu. M'as. Vraiment. Blessée, je parvins à articuler entre deux sanglots.

– Là, maintenant ?

– Non, rétorquai-je en déglutissant. J'essayais de me calmer pour pouvoir parler. Tu m'as vraiment blessée. Avec Celia. Lorsque tu l'as crue, plutôt que moi.

Ma douleur était vive. Il avait beau s'être excusé, nous avions beau être ensemble, les traces de sa trahison n'avaient pas disparu. J'avais voulu tourner la page avant que la blessure ne cicatrise, et elle venait de se rouvrir.

– Oh, Alayna, dis-moi, répondit-il en m'attirant dans ses bras. Raconte-moi tout, j'en ai besoin.

– Ça fait mal, Hudson. Tellement mal. Même si tu es avec moi, maintenant. Il y a un trou. Un manque profond. Très profond.

Son corps se raidit et je compris qu'il partageait ma peine.

– Je suis désolé. Tellement désolé. Si je pouvais revenir en arrière… Je ferais un autre choix.

– Je sais. Je sais, Hudson. Mais tu n'as pas fait d'autre choix. Et tu ne peux *pas* repartir en arrière.

Plus ma douleur remontait à la surface, plus ma voix prenait de l'ampleur, comme si j'étais en train de vomir. Je ne pouvais plus m'arrêter.

Sans quitter ses bras, je reculai un peu.

– Je ne pourrai jamais oublier, je dis, en plongeant mon regard dans le sien.

– Non, je sais, répondit-il en repoussant mes cheveux mouillés.

– Ça change les choses. Cela me change, moi.

– Comment ça ? demanda-t-il, inquiet.

– Ça me rend vulnérable, expliquai-je. Sans défenses.

À cet instant, je me suis rendu compte qu'il était entièrement nu, ce qui était assez bienvenu puisque moi aussi, je me sentais parfaitement nue, malgré la serviette qui me recouvrait.

– Et tu sais, maintenant, poursuivis-je en m'étouffant. Tu sais que tu peux me faire du mal. Beaucoup de mal.

– Alayna, chuchota-t-il d'une voix angoissée en me serrant très fort contre lui. Ma belle. Je ne veux plus jamais te faire de mal. Est-ce que tu pourras me... pardonner ? Un jour ?

Je hochai la tête, incapable de formuler une réponse. Oui, je pouvais le pardonner. C'était déjà fait. Mais ça ne changeait rien à la douleur que je ressentais. Ça ne changeait rien au processus de guérison qui me restait à suivre.

Je pleurais, Hudson me berçait dans ses bras et alternait excuses et baisers. Au bout d'un moment, il me souleva et il m'emporta jusqu'au lit. Là, il se blottit contre moi en me serrant très fort.

Lorsque mes larmes se tarirent enfin, je me redressai contre la tête de lit en hoquetant.

– Euh… je ne sais pas d'où c'est venu.

Il s'assit à côté de moi et essuya mes larmes.

– Ça avait besoin de sortir. Je comprends.

– C'est vrai ?

– Oui, dit-il en passant un bras derrière moi avec précaution. Tu préférerais être seule ?

– Non, pas du tout. Ne pars pas, je t'en supplie, répondis-je en m'agrippant à lui.

– Je resterai tant que tu voudras de moi.

– Tant mieux, je dis en le relâchant, tandis que mon cœur reprenait un rythme normal. Tout ça, commençai-je en gesticulant pour faire référence à ce qui venait de se passer, c'était juste…

– Le début de la guérison ?

– Ouais. C'était cathartique. La dernière étape de cette fin de semaine. Je crois que j'ai réussi à tourner la page.

Je me sentais infiniment mieux. Je lui fis un sourire en effleurant ses lèvres du bout du doigt.

– J'admire ton optimisme, mais les vieilles blessures ont la mauvaise habitude de réapparaître, par moments, même lorsque tout va bien, dit-il en attrapant mon doigt. Je suis sûr que ça reviendra nous hanter de temps en temps.

Je pris une profonde inspiration. Je ne supportais pas de lui faire du mal – c'était presque aussi douloureux pour moi que sa trahison.

– N'y pense pas trop, dit-il d'une voix douce. Nous avons toute la vie pour panser nos blessures.

À cet instant précis, j'étais prête à consacrer toute ma vie à me faire pardonner. Est-ce que je m'imaginais vraiment vieillir à ses côtés ? Je nous voyais ensemble à long terme, en tout cas.

Je pinçai mes lèvres en réfléchissant.

– C'est un nouveau départ, n'est-ce pas ?

Il se pencha pour effleurer mon nez.

– Non. C'est bien mieux qu'un nouveau départ. C'est la suite de notre histoire, tout simplement.

– J'aime l'idée.

Il s'avança pour m'embrasser, tendrement, longuement. Un baiser plein des promesses. Comme si son seul but dans la vie était de me couvrir d'amour.

CHAPITRE TROIS

Le lendemain matin, Hudson appela son bureau pour prévenir son assistante qu'il avait décidé de travailler à la maison. Comme j'avais prévu d'être au Japon ces jours-ci, moi non plus, je ne suis pas allée au boulot. Nous passâmes la journée dans la bibliothèque, à travailler sur nos projets respectifs, sans trop parler, ce qui n'était pas un problème. Hudson était de mauvaise humeur, épuisé qu'il était par le décalage horaire et le manque de sommeil. Moi, j'étais heureuse qu'il soit là, sa présence me réconfortait.

Je ne quittai l'appartement que pour aller me faire épiler et me rendre à une thérapie de groupe. À mon retour, Hudson était profondément endormi. Je ne le réveillai pas.

Je décidai d'aller courir dans la salle de sport, et j'en profitai pour répondre à Stacy. « *Merci, mais je vais m'en passer.* » Je n'avais pas vraiment besoin de lui répondre, mais comme ça, le sujet était clos. Cette nuit-là, je dormis à poings fermés.

Le lendemain était un jour férié – le traditionnel *Fourth of July*[1]. Hudson me fit la surprise de m'emmener bruncher dans le restaurant du lac de Central Park. Ensuite, nous nous promenâmes, main dans la main, dans l'immense jardin public. Je me sentais bien avec lui, tout était pour le mieux.

Cependant, nous restions fragiles, et ça se ressentait. Nous prenions des gants l'un avec l'autre, et la fatigue de Hudson n'arrangeait rien.

Plus tard, alors que je me préparais devant le miroir de la chambre pour aller voir le feu d'artifice, Hudson se glissa derrière moi. Il passa ses bras autour de ma taille et m'embrassa dans le cou.

– Pendant toute la journée, on a pris des pincettes l'un avec l'autre, chuchota-t-il dans mon oreille. Mais je te préviens, c'est terminé. Il est temps que je commence à te traiter pour ce que tu es : à moi.

Mon cœur se mit à battre la chamade. « Et oui, poursuivit-il, ça signifie que je te baiserai plus tard. Sauvagement. »

Soudain, nous oubliâmes toutes nos précautions – et je dus changer de culotte.

* * *

Hormis quelques caresses, Hudson garda ses mains plaquées sur ses cuisses durant tout notre trajet, jusqu'au port. J'avais l'impression que cette absence de contact était intentionnelle, qu'il m'en privait pour m'exciter

---

1. Nde : Le 4 juillet, on fête la Déclaration d'indépendance des États-Unis.

davantage. Et je dois dire que son plan fonctionnait à merveille.

L'espace entre nous était chargé de tension sexuelle. Je pensais à sa promesse en permanence, ce qui faisait de moi un canon chargé de poudre que la moindre étincelle pouvait faire exploser. De son côté, Hudson paraissait parfaitement normal – comme si de rien n'était.

Nous arrivâmes sur la jetée au coucher du soleil. Hudson n'attendit pas que Jordan nous ouvre la porte pour sortir de la Maybach. Il était canon dans son pantalon beige et sa veste noire. Il avait laissé tomber la cravate et ses premiers boutons de chemise étaient ouverts. La brise balaya soudain la rivière qui portait son nom et le décoiffa, ce qui le rendait encore plus sexy. Il était d'une beauté à couper le souffle.

Ce moment de rêverie ne fut que de courte durée. Les flashs des appareils photo nous aveuglèrent alors que les cris des journalistes résonnaient à nos oreilles. Je n'avais été qu'à un seul événement médiatique avec lui, je n'étais pas habituée à autant d'attention. Pour Hudson, en revanche, tout était parfaitement normal.

Comme la dernière fois, il m'attira contre lui pour poser devant les caméras, en feignant d'ignorer poliment la plupart des questions, ou en y répondant par de simples *oui* et *non*.

« Est-il vrai que vous avez racheté Plexis, votre ancienne entreprise ? »

« Oui. »

« Avez-vous prévu de liquider la boîte ? »

« Non. »

« Est-ce votre nouvelle petite amie ? Alayna Withers, n'est-ce pas ? »

« Oui. »

« Et Celia Werner ? »

Hudson ne répondit pas à cette question. Le seul indice qu'il l'avait entendue, c'était la grimace presque imperceptible qui assombrit brièvement ses traits. Je n'étais pas aussi stoïque que lui, le prénom de Celia me fit frissonner de la tête aux pieds. La mère de Hudson n'était pas la seule à penser qu'ils étaient faits pour être ensemble. Même la presse supposait qu'ils étaient plus qu'amis. Hudson, qui se contrefichait de ce qu'on disait à son sujet, n'avait jamais pris la peine de les contredire.

J'ai réalisé alors que la presse ne l'oublierait jamais. Des questions seraient toujours posées à son sujet, et elle serait toujours associée à Hudson dans la presse people. J'allais devoir m'y faire, si je voulais rester avec Hudson à long terme. Et c'était bien ce que j'avais prévu. Cependant, l'accepter ne m'empêchait pas de me défendre.

Je me forçais à sourire et je répondis aux journalistes :

– Vous ne trouvez pas cela incorrect de poser cette question alors que je suis devant vous ?

Je marquai une pause mais ne leur laissai pas le temps de répondre.

– Il est avec moi, désormais. Parler d'une autre femme en ma présence, c'est vraiment un manque de tact. Si votre seule possibilité d'écrire un article correct, c'est de véhiculer des rumeurs, je suis vraiment triste pour vous. Inutile de répondre, nous sommes attendus.

Hudson ouvrait de grands yeux.

– Vous avez entendu la dame ?

Il prit ma main et me guida vers le *Magnolia*, le yacht de soixante-dix mètres qui nous attendait.

Je serrai sa main plus fort.

– Ce n'était pas si terrible que ça, si ?

J'avais besoin qu'il me rassure et qu'il me dise que je ne l'avais pas agacé.

– Si, c'était plutôt horrible.

Je me sentis tout de suite coupable d'avoir craqué.

– Je n'aurais pas dû leur parler. Je suis désolée.

– Pourquoi ? Au contraire, tu es l'unique raison pour laquelle ça n'a pas été *totalement* horrible.

– Dans ce cas, peut-être que je devrais parler à la presse plus souvent, dis-je en souriant jusqu'aux oreilles.

– Je n'irais pas jusque-là, répondit-il avec un sourire rapide.

Sa mauvaise humeur était vite réapparue. Après la belle journée que nous avions passée ensemble, j'aurais espéré que c'était terminé, mais apparemment ce n'était pas le cas. En même temps, je le comprenais, lui pour qui les rapports avec la presse et l'obligation de participer à ces grands événements médiatiques étaient loin d'être le passe-temps favori.

En revanche, ces soirées ne me gênaient pas. J'aurais pourtant été tout aussi contente de regarder le feu d'artifice à la télé dans notre chambre, ou même de ne pas le voir du tout.

– Pourquoi est-on là, si tu détestes autant ces événements ?

– C'est une très bonne question, dit-il en souriant et en arrêtant de marcher. N'y allons pas.

– Hudson...

Je le tirai par le bras. Maintenant que j'étais toute pomponnée, autant y aller. Et puis, même s'il ne le voulait pas, quelque chose me disait qu'il ne devait pas manquer cette croisière.

Il soupira et me laissa le guider jusqu'au yacht.

– Je suis là parce que Pierce Industries est l'un des sponsors de l'événement. Il s'agit de l'image de marque de la société.

– Pauvre Hudson Alexander Pierce, dis-je en fronçant les sourcils de façon outrancière. Né avec des obligations et des responsabilités. Ah, et sans oublier l'argent et le pouvoir !

– Tu es sérieuse ? demanda-t-il, l'air dubitatif.

– Un peu, oui. Si tu as l'intention de t'apitoyer sur ton sort, H., je m'en vais.

Franchement, je commençais à en avoir assez de sa mauvaise humeur. Je voulais passer la soirée avec le Hudson drôle et gai, pas le triste sire que je fréquentais depuis deux jours.

Les coins de sa bouche s'élargirent légèrement.

– Je ne me plains pas. Personne ne peut avoir pitié de moi quand tu es à mes côtés, dit-il en m'attirant pour passer son bras autour de ma taille.

– Tu as raison, mais oui, c'est pour *cela* que les gens t'envient.

Cela me valut un sourire.

– Eh bien si ce n'est pas le cas, ça devrait l'être.

Au bout de la jetée, un homme en costume de marin se tenait debout près de la passerelle du bateau.

– Bonsoir, monsieur Pierce. Nous sommes prêts à lever l'ancre lorsque vous le serez, Monsieur.

– Alors allons-y, déclara Hudson en hochant la tête.

Il me fit signe d'avancer, mais j'entendis l'homme, qui devait être le capitaine, lui murmurer quelque chose dans mon dos. Je montai sur le yacht, et je me retournai vers Hudson. Il avait un air lugubre.

– Je préfère ne pas faire de scandale, murmura-t-il. Mais dites à l'équipage de garder l'œil ouvert.

– Oui, Monsieur.

Hudson monta à bord puis mit sa main dans le creux de mes reins.

– Tout va bien ? je demandai, nerveuse.

– Oui, répondit-il sèchement.

Et mince. Ce que lui avait dit le capitaine avait anéanti tous mes efforts. Je savais d'expérience que ce serait pire si j'insistais, mais je ne pus m'en empêcher.

– Hudson, honnêteté et transparence... tu te souviens ?

Il me dévisagea pendant plusieurs secondes puis ses traits s'adoucirent.

– Ce n'est rien. Quelqu'un qui n'était pas sur la liste est monté à bord, c'est tout.

Je me sentis soudain coupable de l'avoir taquiné au sujet de ses obligations. Il ne pouvait pas se détendre et profiter de l'instant présent, même un soir de fête comme celui-ci. Il devait sans cesse s'occuper de quelque chose ou de quelqu'un. Pas étonnant que ces soirées l'agacent.

Je décidai de faire de mon mieux pour lui offrir la plus belle soirée possible. Je changeai de sujet, même si je mourais d'envie d'en savoir davantage. Mais il était évident que Hudson n'avait pas besoin que je l'importune avec ces histoires. Je me suis donc efforcée de le détendre.

– Au fait, chuchotai-je dans son oreille, j'ai oublié de te dire que je me suis fait épiler hier.

Il dormait lorsque j'étais rentrée et je n'avais pas encore eu l'occasion de le lui montrer...

– Épilée ? dit Hudson, un peu trop fort, avant de comprendre. Ah... ajouta-t-il, et son regard s'illumina.

Derrière nous, un membre de l'équipage qui aidait le capitaine à relever la planche leva la tête, ayant compris le fond de ma pensée, lui aussi. Hudson le fusilla du regard et me poussa plus loin.

– Dis-m'en plus, dit-il en parlant plus bas.

– Quand je dis épilée, je veux dire intégralement épilée.

D'habitude, je gardais au moins un ticket de métro. C'était la première fois que je m'épilais totalement depuis que j'étais avec Hudson.

Il remit discrètement son sexe en place.

– Tu essaies de faire de cette nuit la plus inconfortable de ma vie ?

– J'essayais de te remonter le moral, espèce de râleur.

– Eh bien c'est réussi, mais je n'en suis pas moins trop serré dans mon pantalon.

– Cela va poser un problème ? demandai-je en riant.

– Pour toi, dit-il en m'attirant dans ses bras pour me faire sentir son érection. Cela va être une *longue* soirée. Quand je vais enfin te pénétrer, je vais avoir besoin que ça dure longtemps. Et ça ne sera pas très doux.

O.K. Waouh.

– Je ne vais pas m'en plaindre.

– Bonne réponse, dit-il en fixant longtemps mes lèvres, sans m'embrasser. Je vais essayer d'améliorer mon humeur. Allons-y. Plus vite j'aurai salué tout le monde, plus vite je pourrai enfouir ma tête entre tes jambes.

Il me guida vers les escaliers, puis sur le pont principal. Je n'étais jamais montée sur un yacht, mais j'étais certaine que celui-ci devait être l'un des plus luxueux. En levant la tête, je comptai quatre ponts, en plus de celui par lequel nous étions montés à bord. Il y avait des gens partout. Des dizaines et des dizaines – il devait déjà y avoir au moins quarante personnes qui faisaient la fête sur celui-ci. Au-dessus, des gens étaient penchés aux rambardes. Et nous n'étions pas encore à l'intérieur.

Je suivis Hudson à travers la foule jusqu'à un grand salon, encore plus bondé que les ponts.

– Il y a combien de personnes, ce soir ? demandai-je.

Il fit un signe de tête en direction d'un serveur de l'autre côté de la pièce qui s'empressa de venir à nous.

– Nous avons invité deux cents personnes, et chacun avait le droit d'emmener quelqu'un. Il n'y a que pour les feux d'artifice du 4 Juillet que nous emmenons autant de personnes. Il y a quatorze cabines, donc nous n'embarquons jamais autant de passagers.

Hudson prit deux coupes de champagne sur le plateau et m'en tendit une. Il trinqua avec moi avant d'en boire une gorgée.

– À part quelques personnes importantes, nous serons les seuls à dormir ici ce soir.

– D'accord. Enfin, j'espère qu'on ne dormira pas beaucoup.

La peau nue entre mes cuisses était impatiente de voir ce qu'il me réservait.

– Ne t'amuse pas à m'allumer, ou tu le regretteras plus tard...

Le bateau se mit à bouger et j'attrapai le bras de Hudson pour ne pas tomber, tandis que la foule se mettait à crier et à siffler dans le plus grand désordre. Ça n'était vraiment pas le type de soirée qu'appréciait Hudson. Je comprenais qu'il ait tellement hésité à venir.

Les grands escaliers nous emmenèrent jusqu'au pont supérieur. Nous nous arrêtions de temps à autre pour saluer un invité. Il me présentait à chacun, tantôt comme sa petite amie, tantôt comme la manager de son club. Il choisissait selon le bénéfice que je pouvais en tirer. Il prenait véritablement toujours soin de moi.

La pièce suivante ressemblait à un immense salon. Un bar était dressé d'un côté et l'espace était rempli de canapés et de fauteuils. Un écran géant recouvrait un des murs, branché sur la chaîne qui allait diffuser le feu d'artifice, même si personne ne semblait y prêter attention. Cette pièce était bondée, elle aussi, pourtant, malgré le brouhaha, j'entendis quelqu'un crier mon prénom.

Je me retournai en direction de la voix. C'était la sœur de Hudson, assise dans un coin. Elle se leva et je me penchai pour embrasser cette petite femme que j'aimais presque autant que son frère. J'étais impressionnée par la force de son étreinte, malgré son ventre tout rond. Lorsqu'elle me lâcha, j'examinai sa robe de grossesse bleu marine.

– Mira, tu es adorable !

– Euh, merci. J'ai l'impression d'être une baleine, dit-elle en prenant Hudson dans ses bras. Coucou grand frère. Contente de te voir de retour aux États-Unis, même si tu as foutu en l'air tous mes plans.

Avant que Hudson ne me fasse la surprise de me retrouver au Sky Launch, j'avais prévu de le retrouver au Japon, et Mira m'avait aidée pour les préparatifs.

– Je ne m'en plains pas, tu sais, ajouta-t-elle avant qu'il puisse répondre. Je suis fière de toi, tu as fait ce qu'il fallait.

Hudson dévisagea sa petite sœur. Il n'était pas du genre à accepter les compliments, alors que Mira était du genre à en donner.

Je décidai de venir à sa rescousse avant que Mira ne poursuive.

– Adam t'a abandonnée ? demandai-je en cherchant son mari.

– Non, il est parti me chercher une boisson sans alcool. C'est étonnamment difficile.

– Ah.

Selon moi, il essayait plutôt de se cacher. Adam était un autre membre asocial de la famille Pierce. Hudson, lui, au moins, savait faire semblant.

Mira se rassit sur le canapé et me fit signe de venir près d'elle.

– Viens t'asseoir. Comment as-tu réussi à te faire remplacer un soir de jour férié ?

Je haussai les épaules en m'enfonçant dans le canapé.

– Je couche avec le patron.

– Sympa ! s'exclama-t-elle avant de secouer la tête, comme si elle se reprochait quelque chose. Mais je suis bête ! Tu avais prévu d'être au Japon, je suppose que tu avais déjà tout arrangé.

– Oui. David et une autre manager me remplacent pendant les prochains jours.

J'aurais pu me sentir coupable en mentionnant David, mais ce ne fut pas le cas. D'ailleurs, je ne sais pour quelle raison, je décidai d'inclure Hudson dans la conversation.

– Cependant, d'ici une semaine je ne pourrai plus compter sur David.

Hudson fronça les sourcils et me foudroya du regard.

– Pourquoi ? demanda Mira.

– Hudson l'a transféré à l'Adora, à Atlantic City, dis-je en posant mon verre vide sur le guéridon à côté de moi.

– Ah, j'ai l'impression que vous ne me dites pas tout, dit Mira en nous regardant tour à tour.

– Eh bien, tu l'as pour encore deux semaines, en fait. Je lui ai demandé de rester plus longtemps pour me laisser le temps de trouver son remplaçant, dit Hudson en s'asseyant sur l'accoudoir.

Tiens, c'était nouveau. Une bonne nouvelle, même. Cela me laissait plus de temps pour réfléchir au rôle que je voulais jouer dans le club.

Mira grimaça, l'air confuse.

– Trouver son remplaçant ? Mais ce sera Laynie, bien sûr !

– Euh...

C'était moi qui avais abordé le sujet, après tout. J'aurais dû m'y préparer. Je voulais ce poste, et chaque jour, je me faisais un peu plus à cette idée. Cependant, je n'étais pas encore prête à m'y engager.

Elle dut lire la complexité de la situation sur mon visage.

– C'est encore une histoire compliquée, j'imagine, dit-elle.

– Ouais. Changeons de sujet, dis-je en tapotant le genou de Hudson. Il est juste de mauvaise humeur, c'est tout, avec le jet-lag, tout ça.

– Message bien reçu. Tu es magnifique, au fait. Mais cette robe ne vient pas de chez moi, dit-elle fronçant les sourcils.

– Oups.

La plupart de mes vêtements venaient de la boutique de Mirabelle, mais comme je voulais me montrer patriote, j'avais choisi une longue robe rouge qui était presque entièrement dos nu.

Elle sourit pourtant.

– Tu viens au vernissage, n'est-ce pas ? demanda-t-elle.

Je n'avais appris que très récemment qu'elle agrandissait sa boutique. Je ne savais pas qu'elle avait prévu une fête pour l'occasion.

– Bien sûr, c'est quand ?

– Tu ne lui as pas dit ? s'exclama-t-elle en se penchant devant moi pour mettre une tape à Hudson.

– Ça m'a échappé.

– Hudson, tu es vraiment nase ! C'est le vingt-deux. C'est un samedi, dit-elle en se tournant vers moi.

– Il faudra que je laisse la fermeture à quelqu'un la veille, mais cela ne devrait pas poser de problèmes.

Je m'imaginais déjà responsable du Sky Launch. Pourquoi continuer à me mentir, j'avais déjà décidé d'accepter ce poste.

– Oh ! s'écria-t-elle en écarquillant les yeux. Tu accepterais d'être un de mes modèles ? Dis oui, s'il te plaît, s'il te plaît, s'il te plaît !

– Euh... d'accord, répondis-je, incapable de lui dire non, alors que je n'avais jamais été intéressée par le mannequinat.

Porter de beaux habits, en revanche... Qu'est-ce que ça implique ? Je dois défiler sur un podium ?

– Ne sois pas idiote, je n'ai pas agrandi à ce point. Bon, d'accord, il y aura un petit podium, mais pas aussi grand que ceux auxquels tu penses. C'est trois fois rien. Je veux simplement montrer quelques-uns de mes looks préférés pour faire un peu de pub. J'ai juste besoin que tu sois là, resplendissante dans une de mes tenues, et les gens te prendront en photo.

En dehors des photos, cela me paraissait fabuleux.

– D'accord, je suis partante !

– Génial ! Est-ce que tu pourras passer avant pour quelques retouches ? Lundi, par exemple ? Vers treize heures ?

Je gérais mon propre emploi du temps et je n'avais aucun rendez-vous puisque j'avais prévu d'être au Japon. Cependant, me rendre chez Mira impliquait de voir Stacy, qui n'avait pas répondu à mon message. En même temps, est-ce que j'en avais vraiment quelque chose à faire ?

– Pourquoi tu hésites ? demanda Mira, l'air déçue.

– Désolée, je passais mon emploi du temps en revue. Oui, je peux être là à treize heures.

Que pouvait faire Stacy, de toute façon ? M'obliger à regarder sa vidéo ? C'était ridicule.

– Super ! s'exclama Mira en levant ses poings et en les agitant comme des pompons.

Je sentis Hudson se raidir à côté de moi, juste avant qu'une voix qui m'était familière ne s'immisce dans notre conversation.

– Ah, donc c'est ici, le cœur de la fête ?

– Jack ! m'exclamai-je en me levant pour prendre le père de Hudson dans mes bras, tout en prenant soin de ne pas renverser les deux verres qu'il tenait. Je ne savais pas que tu serais là !

– Il n'était pas invité, cracha Hudson.

Aaaah. C'était de lui que parlait Hudson tout à l'heure. Comme si Jack pouvait créer un scandale. Ou peut-être Hudson ? Il n'avait pas l'air ravi par la présence de son père à bord.

Jack sourit en réponse à Hudson – son regard pétillait comme souvent lorsqu'il s'apprêtait à taquiner quelqu'un.

– Je suis un Pierce. Je n'ai pas besoin d'invitation.

Jack se pencha vers moi : « Hudson ne me parle plus. »

La dernière fois que le père et le fils s'étaient vus, c'était lorsque Jack avait admis qu'il était le père du bébé de Celia, quelques jours plus tôt. Hudson ne voulait pas que sa mère l'apprenne, et il en voulait à Jack d'avoir révélé ce secret.

– Ah, je suppose, oui. Est-ce que Sophia est avec toi ? demandai-je.

– Elle ne me parle plus non plus, dit Jack en se grattant la joue.

– Bien fait pour toi, dit Mira d'une voix grincheuse.

Jack hocha la tête en direction de sa fille.

– En revanche, je ne sais pas quoi faire pour que celle-ci aussi arrête de me parler, dit-il en me faisant un clin d'œil.

– Papa !

– Je te taquine, chaton. Tu es mon rayon de soleil, et tu le sais. Tiens, je t'ai apporté un Virgin Daïquiri.

Mira fit mine de pester et prit le verre que lui tendait son père.

– Je ne suis pas ta plus grande fan, en ce moment, tu sais ?

– Je sais, dit Jack en soupirant. Chandler tient compagnie à ta mère, ce soir, pour qu'elle ne soit pas seule. Tu es mignonne de t'inquiéter pour elle. Je ferai de mon mieux pour me faire pardonner.

– Ce n'est pas à moi de te pardonner, siffla Mira.

Choisissant d'ignorer la remarque de sa fille, Jack se tourna vers moi.

– Comment vas-tu ?

– Très bien. Et je suis contente de te voir. Je voulais te remercier de m'avoir soutenue lors de cette histoire avec Celia.

Jack avait été un des seuls à prendre ma défense lorsque Celia m'avait accusée de l'avoir harcelée. Je ressentis à nouveau la douleur que m'avait causée cette trahison en en reparlant – Hudson avait raison, ça ne serait pas facile à oublier.

– Ce n'est rien, Laynie. Je savais à qui on avait affaire. Je pensais simplement que d'autres le savaient eux aussi, dit-il sans prendre la peine de regarder son fils qui tressaillit néanmoins.

Je n'avais pas voulu orienter ainsi cette conversation. En dépit du mal qu'il m'avait infligé, Hudson avait de bonnes raisons de penser que les accusations de Celia pouvaient être vraies.

– Pour être honnête, tu ne me connais pas non plus autant que d'autres ici présents. Mais je te remercie néanmoins, dis-je en serrant la main de Jack.

– Alayna... aboya Hudson.

Je lâchai la main de Jack et me tournai vers mon homme. Il avait un air menaçant, même avec ses mains dans les poches. Sa mâchoire se contractait et son regard virait à l'acier. C'était étonnamment excitant.

– La jalousie ne te sied pas, fiston.

Je n'étais pas d'accord avec Jack. La jalousie allait à ravir à Hudson.

Un grognement grave lui échappa soudain.

– Est-ce qu'il vient de grogner ? demanda Jack en penchant la tête de côté.

Bien que Jack ne soit clairement pas une menace pour Hudson, je comprenais ce qu'il ressentait, et cela ne valait pas la peine d'essayer de lui faire entendre raison.

– J'adorerais continuer notre conversation, Jack, mais je crois que ce n'est pas une bonne idée.

Il but une gorgée du liquide clair qui remplissait son verre et dévisagea son fils.

– Non, tu as raison, dit-il en posant une main sur mon épaule. Je suis content que tu sois là. Dans sa vie, je veux dire. Même si c'est une tête de mule qui me tient pour responsable de tout ce qui cloche avec sa mère.

– Tu insinues que tu n'es responsable de rien ? le défia Hudson.

– Il me parle ! s'exclama Jack tandis que son visage s'illuminait.

– Argh, bon sang, dit Hudson en passant sa main sur son front.

– Bref, je suis content que tu sois avec lui, Laynie. Il a plus besoin de toi qu'il ne l'imagine. Et il reconnaît ta valeur, c'est évident. Il t'aime vraiment, ajouta-t-il en regardant Hudson. Oh, regardez, il rougit !

– Mais c'est vrai ! s'écria Mira, la romantique de la famille.

– C'est faux, dit Hudson, en rougissant plus encore.

– Tu vois ? dit Jack en riant. Son amour pour toi se lit sur son visage.

Hudson s'avança d'un pas et passa son bras autour de ma taille, cherchant clairement à marquer son territoire.

– Tu pourrais enlever tes pattes de ma copine ?

Jack leva les yeux au ciel mais enleva sa main de mon épaule.

Toute cette scène me paraissait follement drôle et excitante. Ça ne me gênait pas que Hudson joue les machos avec moi. Je devais reconnaître que je le cherchais bien, de temps en temps.

– Il faudra que je t'exprime toute ma reconnaissance un jour – la prochaine fois qu'on se verra, je dis à Jack.

– Non, non, non ! C'est hors de question, aboya Hudson.

Jack éclata de rire.

– Et voilà que tu fais exprès de l'énerver. Tu es une femme sadique, Alayna Withers, dit-il avant de nous regarder tous les deux de haut en bas, comme s'il comprenait ce que nous étions l'un pour l'autre. Vous êtes parfaits, déclara-t-il.

– Ça suffit. On s'en va, dit Hudson en m'éloignant de sa famille.

– À plus tard, criai-je par-dessus mon épaule.

– À lundi ! s'écria Mira.

Oui, lundi. À la boutique. Avec Stacy. Rien qu'à y penser, je sentis mon estomac se nouer – qu'y avait-il sur cette vidéo ? Devrais-je m'inquiéter ?

Quoi qu'il en soit, je ne la regarderais pas. Je n'en avais pas besoin.

Je pouvais certes y penser – d'ailleurs je ne pouvais pas m'en empêcher. C'était humain, après tout.

CHAPITRE QUATRE

Hudson m'escorta sur le pont, où je laissai la brise du soir emporter cette satanée vidéo avec elle. Je me tournai vers lui et le surpris par un long baiser langoureux.

– Que me vaut ce plaisir ? demanda-t-il quand je repris mon souffle.

– Rien... mentis-je.

Nous en avions tous deux besoin.

– ... Tu sais que tu n'as aucune raison d'être jaloux de ton père et de moi ? je demandai en haussant un sourcil.

– Ouais, dit-il en prenant ma main pour me guider vers les escaliers.

– Je ne vais pas mentir, c'est vrai qu'il est attirant.

– Tu ne m'aides pas, Alayna.

Il était devant moi et ne pouvait pas voir mon sourire. Je le taquinais, mais il *fallait* qu'il comprenne que je ne le tromperais jamais avec Jack.

– Il n'y a rien entre nous. Aucune attirance. Et si tu cessais un jour de vouloir de moi, je ne me vengerais jamais avec lui. Je ne suis pas Celia.

– Je sais que tu n'es pas Celia, aboya-t-il en se tournant brusquement vers moi. Tu crois que je ne le sais pas ?

Sa réaction véhémente me déstabilisa.

– Je... je ne voulais pas...

Il m'attira dans ses bras et me serra fort contre lui.

– Et ne parle pas du jour où je ne voudrai plus de toi. Jamais. C'est parfaitement impossible.

Je passai mes bras autour de lui, interloquée par le désespoir dans sa voix.

– D'accord, je ne le ferai pas.

– Merci, dit-il en embrassant ma tempe.

Il me retint ainsi pendant un moment avant de se détendre enfin.

– Le feu d'artifice va bientôt commencer, dit-il. Je nous ai réservé une place sur la proue.

– La proue ?

Je n'y connaissais rien en bateaux.

– Le devant du yacht. Nous aurons une très belle vue.

Pendant qu'il parlait, ses yeux se promenaient sur mon corps. Je me demandai s'il parlait vraiment de la vue du ciel.

– Génial, dis-je en détaillant à mon tour son corps parfait, avant de mettre fin à ma rêverie érotique. Je dois aller aux toilettes avant que ça commence. Je te retrouve là-bas ?

Il plongea sa main dans sa poche et il en sortit une clef.

– Utilise les toilettes de notre chambre. Il n'y aura pas la queue. Numéro trois. C'est juste là, dit-il en désignant une porte à l'arrière du bateau. Ah, et quand tu reviendras, j'aimerais bien que tu ne portes pas de culotte.

Tout sourire, je lui pris la clef.

– Compris, H.

Je savais d'où cela venait : il s'était senti menacé par son père et par l'idée qu'on ne soit plus ensemble un jour. Me donner des ordres était pour lui un moyen de se rassurer. Quel idiot, comment ne comprenait-il pas que je lui appartenais, corps et âme ?

Il me fallut tout juste quelques minutes pour trouver notre suite. Elle était belle et grande, comme le reste du bateau, aussi spacieuse que notre chambre au *Bowery*. Je fis au plus vite, pressée que j'étais de retourner au spectacle, et plus encore auprès de Hudson. J'allai aux toilettes, avant de poser ma culotte sur le bord de la baignoire et de retourner sur le pont, juste à temps pour la première détonation.

Hudson m'attendait à l'avant – à la proue – du yacht. Il avait trouvé un coin entre deux tables où les invités pouvaient poser leur verre. Il y avait des gens partout, bien sûr, et nous étions un peu abrités par les corps qui étaient agglutinés tout autour de nous.

Non pas que cela me gêne qu'un corps soit plaqué contre le mien – du moment que c'était celui de Hudson.

Dès qu'il me vit, son regard s'illumina. Je lui rendis la clef de notre cabine qu'il remit dans sa poche, puis il me tendit la main. « Viens ici », dit-il en m'installant devant lui.

Je m'attendais à ce que ses bras se croisent sur mon ventre, mais il agrippa mes fesses par-dessus ma robe, en prenant tout son temps pour les palper. Une brise survola la rivière. Sa fraîcheur sur mon sexe nu, combinée aux mains de Hudson sur mes fesses, m'excita immédiatement.

– Bien, chuchota-t-il. Tu m'as obéi.

Ah, alors ce frottement n'était qu'une vérification... Quoi qu'il en soit, ça ne me déplaisait pas.

Hudson appuya sa jambe sur la barre du bastingage la plus basse et continua à caresser mon derrière tandis qu'au-dessus de nos têtes le ciel se mettait à briller de mille feux. Chaque explosion déclenchait des cris dans la foule, qui recouvraient la musique jouée à l'intérieur du bateau. Je n'avais jamais été aussi proche du feu d'artifice de chez Macy's[2]. J'étais émerveillée. Il était tiré au-dessus de la rivière depuis au moins sept péniches différentes, illuminant la nuit de ses fusées multicolores. C'était magique.

Et ça l'était davantage encore, avec les bras de Hudson autour de moi. Soudain, sa main se fraya un chemin sous ma robe, soulevant le tissu autour de ma taille, flirtant avec ma peau au-dessus de mon pubis.

J'étais parfaitement exposée. Même si la jambe de Hudson me cachait à la vue des passagers d'un côté, la foule de l'autre côté n'avait qu'à baisser la tête pour me voir.

– Qu'est-ce que tu fais ? lui demandai-je en inspirant brusquement.

– Je commence notre feu d'artifice, chuchota-t-il dans mon oreille.

Et puis merde, je me fichais d'être vue – j'étais terriblement excitée. Le ciel brûlait mon regard, les caresses de Hudson enflammaient mes nerfs et mon bas-ventre.

– Écarte les jambes, ordonna-t-il.

J'obéis, en posant mon pied sur la rambarde, ce qui nous masquait un peu plus de l'autre côté. Cependant, il ne fallait pas être un génie pour comprendre ce qu'il me faisait – il suffisait de nous prêter un tant soit peu attention.

Hudson caressait mon sexe, désormais accessible, en effleurant délicatement ma peau épilée. « Je n'ai pas cessé

2. Grande boutique new-yorkaise qui organise le traditionnel feu d'artifice du 4 Juillet.

de penser à te toucher, depuis que tu m'as dit que tu étais entièrement épilée. » Son souffle sur ma nuque me fit frissonner de la tête aux pieds.

Soudain, ses doigts glissèrent entre mes lèvres pour trouver mon clitoris. Je crus que j'allais jouir sur-le-champ. Il me massa avec son pouce, de cette façon toujours aussi experte.

– Mon Dieu, ma belle, je ne pourrais plus m'empêcher de te tripoter, même si je le voulais. Tu mouilles déjà tellement.

– Hudson !

C'était davantage un cri qu'un mot – plus fort que je ne l'avais voulu, et un couple à côté de nous tourna la tête dans notre direction.

– Si tu jouis, Alayna, dit Hudson en s'arrêtant soudain, tu dois me promettre de ne pas faire de bruit.

– D'accord.

Tout ce qu'il voudra. Tout pourvu qu'il continue.

Son pouce reprit ses caresses tandis que ses doigts descendaient plus bas encore.

– Tu sais ce que ça me fait de te voir jouir ? susurra-t-il tandis que ses doigts tournaient autour de l'entrée de mon vagin. Tu le sais ?

Croyait-il vraiment que j'étais en mesure de répondre ? « Non », je sifflai en soufflant bruyamment.

– Ça me rend complètement dingue.

Il me pénétra avec deux doigts – du moins, il me semblait qu'il y en avait deux, je ne pouvais pas en être sûre. Tout ce que je savais, c'était que la sensation était incroyable. Il les replongea en moi tandis que son pouce reprenait ces caresses circulaires sur mon clitoris. Tourbillonnant et plongeant en moi, il me baisa avec sa main, là, en plein air, tandis que la foule autour de nous levait la tête vers les détonations.

Tellement torride.

Putain.

Je sentis la tension s'accumuler dans mon bas-ventre quand ses lèvres revinrent sur mon oreille.

– Parfois, c'est la seule chose à laquelle j'arrive à penser. Te faire prendre ton pied. Te regarder jouir. C'est la plus belle chose que j'ai jamais vue.

J'y étais presque. Presque prête à exploser. Je m'appuyai contre lui, frottant son érection avec mes fesses, et c'était extraordinaire. Sexy. Ardent. De petits grognements se formèrent au fond de ma gorge.

– Mords-toi la main pour étouffer tes cris.

Je voulus le défier, me moquer du fait qu'il soit tellement sûr que j'étais sur le point de crier, mais il replia ses doigts et caressa un point particulièrement sensible, et un gémissement m'échappa.

– Ta main, m'ordonna-t-il.

Juste à temps, je plaquai ma main sur ma bouche et la mordis. Au même moment, l'orgasme déferla sur moi. En même temps, une série de feux de Bengale illuminait le ciel new-yorkais. Je ne savais plus quelles sensations étaient dues à Hudson et lesquelles faisaient partie du spectacle. C'était simplement inouï.

Cependant, j'étais loin d'être rassasiée. J'en voulais plus. J'avais besoin de le sentir en moi.

Je me retournai vers lui et l'embrassai passionnément. Ma main caressa son sexe à travers son pantalon. Il était tellement dur. Il avait autant envie de moi que moi de lui. Plus encore, peut-être.

Le feu d'artifice n'était pas terminé, mais je m'en fichais. « Emmène-moi dans la chambre », je demandai en l'embrassant. Ce fut au tour de Hudson de grogner. J'avalai le son dans un nouveau baiser langoureux, en léchant sa bouche à longs coups de langue. Bon sang, il était follement sexy, j'en voulais toujours plus –j'étais prête à le laisser me posséder sur ce pont bondé.

Je ne sais pas comment Hudson trouva la force de rompre notre baiser. « Mon Dieu, Alayna. » Son regard était presque noir de désir. Il courut en direction des cabines en me traînant derrière lui.

La foule s'est mise à applaudir le bouquet final. J'ai levé la tête. Et ce fut à cet instant que je la vis.

Sur le pont supérieur, les yeux fixes, Celia Werner me dévisageait. Je me suis remémoré mon cauchemar. La terreur qui s'était alors emparée de moi me fit frissonner à nouveau. Nos regards se croisèrent. Je compris la signification de l'expression « fusiller du regard ». Hudson m'avait dit que c'était à lui qu'elle en voulait, peut-être était-ce le cas. Cependant, c'était *moi* qu'elle détestait, tout son corps me le criait.

Je tremblai comme une feuille, en comprenant qu'elle serait toujours là, dans nos vies, une menace pour notre bonheur. Cette prise de conscience ne fit qu'accroître mon besoin de sentir Hudson en moi.

Je le poussai en avant, bien déterminée à attiser plus encore mon désir, pour mieux me rappeler encore qu'il m'appartenait. À moi, et moi seule.

À peine arrivés dans le couloir, nous nous embrassâmes de nouveau. Il me plaqua contre le mur et glissa ses mains sous ma robe pour empoigner mes fesses. Je mourais d'envie de sentir son bassin contre le mien. J'enroulai une jambe autour de sa cuisse. Il relâcha sa pression pour que je puisse passer mes deux jambes autour de sa taille. Puis il m'emporta jusqu'à notre suite, non sans couvrir mon cou de baisers. Une fois devant la porte, il me plaqua à nouveau contre le mur pendant qu'il essayait d'introduire la clef dans la serrure en poussant des jurons. Nous avons finalement réussi à entrer, et à refermer la porte derrière nous.

Haletants, nous éclatâmes de rire. Ce genre de lâcher prise était rare chez Hudson, toujours si sérieux. Je me suis laissée emporter dans le son soyeux de sa joie, jusqu'à ce que nos regards se croisent.

Nos bouches se sont jetées l'une sur l'autre.

J'étais toujours dans ses bras quand il s'assit – ou se laissa tomber – sur le lit. Je n'hésitai pas une seconde et je m'agenouillai par terre pour défaire sa ceinture. Il enleva ses chaussures et souleva son bassin pour me laisser baisser son pantalon et son boxer.

Dès qu'il fut libéré, mon regard se fixa sur son sexe. Je voulais le lécher, le prendre dans ma bouche, le sentir me remplir et tressaillir en moi. J'avais besoin d'être nue, et lui aussi.

Je levai les bras pour aider Hudson à faire glisser ma robe par-dessus ma tête. C'était un dos nu, je n'avais donc pas mis de soutien-gorge. Dieu merci ! Ça faisait un vêtement de moins à enlever. J'empoignai son pénis pendant qu'il déboutonnait sa chemise. Bon sang, il était dur comme du fer. J'eus à peine le temps de le caresser deux fois avant qu'il me tire sur le lit, par-dessus lui.

À présent, nous étions nus tous les deux. Nous nous frottâmes l'un contre l'autre, le plus longtemps possible. Nos mains explorèrent le corps de l'autre comme si c'était la première et la dernière fois en même temps – nous nous caressions avec une passion fébrile. Les doigts de Hudson retrouvèrent le chemin qui menait à mon entrejambe, là où je les désirais tant. Il les glissa entre mes lèvres, avant de brusquement les retirer.

– Tourne-toi et agenouille-toi au-dessus de mon visage.

Il faut que je te lèche.

Je lui obéis en tremblant. Hudson m'avait léchée des dizaines de fois, mais jamais dans cette position. Je me sentais honteuse, mais tellement – tellement – sexy.

Une fois en place, il a saisi mes hanches et m'a fait écarter les jambes pour que mon sexe descende jusqu'à sa bouche. Je frétillai déjà de plaisir avant même que sa langue ne me touche. Il prit son temps, il souffla d'abord délicatement sur mon clitoris, ce qui déclencha des décharges électriques dans tous mes membres.

Je baissai les yeux pour le voir plonger son nez entre mes lèvres. « Putain, tu sens tellement bon », grogna-t-il.

Putain. J'ai failli jouir sur-le-champ.

Et puis – enfin – sa langue lapa mon clitoris, déjà hyper sensible. Je me cambrai et poussai un cri en plantant mes ongles dans la peau de ses hanches. *Inouï. Exquis.*

Comment se faisait-il que cela soit toujours aussi bon ?

Je luttai pour ne pas perdre pied trop vite, lorsque je vis son sexe remuer. Je devais le prendre, tout de suite. Je l'empoignai, et j'introduisis son gland dans ma bouche, comme on suce une glace. Sauf que Hudson était *infiniment* meilleur qu'une glace.

Tout son corps se raidit, et il serra mes cuisses plus fort encore.

– Putain, oui. Suce-la.

C'était ce que j'aimais le plus quand je suçais Hudson – le pouvoir que j'avais alors sur lui. J'étais tout le temps sous son contrôle, et j'aimais la façon dont il manipulait mon corps et me faisait céder à tous ses désirs – j'avais *besoin* de ça. Mais lorsque sa verge était dans ma bouche, je comprenais pourquoi il aimait tant tenir les rênes. Je me délectais de voir son corps frissonner et se contracter – de le voir succomber sous moi.

Je plongeai et ressortis son sexe de ma bouche tandis qu'il continuait de me dévorer. Le plaisir intense qu'il me donnait entrait en conflit avec mon envie de tout donner à cet homme qui plaçait toujours mon plaisir avant le sien. Je sentis mon sexe se contracter. Je savais que mon orgasme n'était pas loin, mais je luttai en me concentrant sur lui. Sa verge grossit tandis que je creusai mes joues et que j'accélérai mes mouvements. Ma main libre caressa l'intérieur de sa cuisse, je lui palpai les testicules. Il poussa un grognement et je sus qu'il était aussi poche de l'orgasme que moi. C'était une bataille – qui céderait le premier ? Qui serait le gagnant ? – celui qui jouissait ou celui qui faisait jouir ?

Je me considérai comme gagnante, lorsqu'il me repoussa. « Ça suffit. Mets-toi sur le dos. J'ai besoin de jouir en toi. »

Je fis ce qu'il me dit. Je repliai mes jambes en plantant mes talons sur le lit et en écartant les cuisses. Hudson se redressa. Cependant, au lieu de s'allonger sur moi, il resta à genoux. Il souleva mes fesses sur ses cuisses de sorte que je sois cambrée, puis d'une main il me soutint la cuisse, et de l'autre, il caressa mon clitoris encore tout pulsant de plaisir.

J'avais une vue impayable sur sa queue, qui cognait contre ma chatte nue.

– Je suis tellement excité, Alayna ! Ça va être brutal.

Il demandait ma permission. C'était absurde puisque je lui faisais entièrement confiance.

– Je t'en supplie, je l'implorai en plongeant mon regard dans le sien.

Il grogna, puis il plongea en moi, brutalement, profondément, comme il me l'avait promis.

Je gémis et agrippai les draps. J'étais déjà sur le point de jouir quelques secondes plus tôt. L'orgasme s'empara de moi dès l'instant où il me pénétra.

Hudson ne ralentit pas tandis que je me contractais autour de sa verge. Il me posséda avec une fureur exquise, ses cuisses claquant contre les miennes – le son me rendait folle et je jouis une seconde fois. Il me parlait en ponctuant chaque mot d'un coup de bassin, mais dans mon nuage, je comprenais à peine ce qu'il disait. « Tu. Es. Tellement. Bonne. Tu. Me. Rends. Tellement. Dur. »

Soudain, nous avons joui tous les deux. Il s'enfonça en moi en poussant un long grognement. Mes yeux étaient rivés sur lui, je regardai son torse se contracter et son bassin se cambrer pour rencontrer le mien. Puis je ne vis plus qu'un écran blanc. Je criai son prénom – à la fois injure et prière – tout en cédant aux convulsions qui menaçaient de m'anéantir.

Mon Dieu. Oh, mon Dieu.

Il me fallut une éternité pour parvenir à parler – à *réfléchir*. Quand j'y suis enfin parvenue, Hudson était déjà allongé sur le lit, à côté de moi. Je savais qu'il était dans le même état que moi, sinon, il m'aurait serrée dans ses bras. Au lieu de cela, nous restâmes allongés côte à côte, connectés l'un à l'autre.

Je pris une profonde inspiration. « C'était hallucinant. » En vérité, aucun mot ne parvenait à décrire ce que je ressentais. Je tournai la tête en direction de mon merveilleux amant. « Sans rire, comment est-ce que ça peut être de mieux en mieux à chaque fois ? »

Hudson ne prit pas le temps de réfléchir à sa réponse.

– Parce que nous avons appris à nous faire confiance.

– Ah, c'est ça ?

J'étais touchée qu'il me fasse confiance, après mes erreurs. Je ne le méritais pas complètement, mais plus jamais je ne le trahirais – j'avais appris la leçon.

– Oui, c'est pour ça, dit-il en se tournant vers moi pour m'étudier. Est-ce que je t'ai fait mal ?

– De la meilleure manière qui soit, oui.

Il avait été plus brutal que d'habitude mais j'avais savouré chaque seconde, même si je sentais mon sexe un peu sensible.

– Je ne pensais pas qu'une épilation totale t'exciterait autant, dis-je en souriant.

Il sourit à son tour et haussa les épaules.

– Je m'en fiche, en fait. C'est toi qui m'excites. Épilée, touffue – je te prendrais de toute façon.

– Je n'ai jamais été touffue, dis-je en riant.

Ce n'était pas mon style, mais si cela plaisait à Hudson...

– Mais si tu l'étais, j'aurais quand même envie de toi, répondit-il tandis que son regard s'assombrissait. Merde, je bande à nouveau.

– Tu plaisantes ?

– Non, pas du tout, dit-il en me montrant son pénis.

– Tu es insatiable.

– Peut-être, admit-il.

Il affirmait que c'était moi qui le rendais dingue, et personne d'autre. Comment était-ce possible ?

C'était la vérité me concernant. Jusqu'à lui, le sexe avait été amusant, sans plus. Parfois, ça avait même entraîné chez moi une obsession malsaine. Toutefois, ce n'était jamais l'aspect physique le responsable de mes addictions. D'ailleurs, avec Hudson non plus, il n'était pas seulement question de sexe. Il s'agissait plus d'être aussi proche de lui que possible. Et comme c'était Hudson, et qu'il communiquait mieux avec son corps, cela impliquait que nous soyons nus.

Il n'avait jamais laissé personne entrer dans son intimité. Peut-être que, pour lui aussi, le sexe n'avait été qu'un divertissement parmi tant d'autres. Pour nous, c'était un langage. Ce qui pouvait peut-être expliquer que nous ayons encore tant de mal à nous parler. Mais nous avions envie de progresser. Je décidai donc d'aborder un sujet délicat.

– J'ai vu Celia.

Hudson grogna.

– Ça y est, je débande.

– C'est faux, dis-je en baissant les yeux.

– Pourtant, j'en ai l'impression. Tu es sérieuse ? Celia ?

– Désolée. J'ai pensé qu'il fallait te le dire.

– Oui, sans doute, soupira-t-il. Elle t'a provoquée ?

– Non, je ne lui ai pas parlé. C'était en venant ici. Je crois qu'elle nous regardait. Sur le pont. Quand... tu sais.

Comment pouvais-je faire des choses aussi osées avec cet homme et être aussi gênée pour en parler ?

– Quand je t'ai fait jouir au milieu de la foule ?

Hudson, lui, n'avait jamais de mal à en parler clairement, ce qui était assez excitant, en fait.

– Oui, là.

– J'espère qu'elle a profité du spectacle.

C'était bien ça : insatiable, obsédé. J'allais le taquiner à ce propos lorsque je réalisai qu'il n'était pas surpris par sa présence.

– Alors ce n'était pas Jack, le passager qui n'était pas sur la liste ? C'était Celia, n'est-ce pas ? Comment a-t-elle pu monter à bord ?

Hudson passa ses deux mains dans ses cheveux.

– Elle est venue avec un de mes chargés de communication. Elle lui a toujours plu mais n'a jamais été intéressée par lui. Je suppose qu'elle s'en est servie pour venir ce soir.

Il était évident qu'il n'avait aucune envie de parler d'elle, mais il ne résistait pas, alors je poussai la conversation plus loin.

– Pourquoi tient-elle tellement à être là ?

– Peut-être qu'elle voulait voir si nous étions toujours ensemble. Tu en sais davantage sur ce genre de névrose obsessionnelle que moi.

Il ne disait pas ça pour être blessant, il ne disait que la vérité, en effet, je connaissais bien le sujet. Je me suis rappelé ce qui m'avait attirée chez les hommes que j'avais harcelés.

– Bizarrement, elle se sent importante parce que tu fais attention à elle. Elle se sent vivante.

Dans ma voix transparaissait toute la tristesse qui m'avait habitée pendant tant d'années. C'était vraiment pénible de revivre ces émotions.

– Tu crois que je suis trop sévère avec elle en coupant les ponts aussi violemment ? demanda Hudson.

– Non, répondis-je, bien que je puisse comprendre qu'elle soit dévastée par ce rejet, si elle était, comme je le croyais, obsessionnellement amoureuse de Hudson.

– Est-ce que cela fait de moi un monstre ? demandai-je à mon tour.

– Non, me rassura-t-il.

Qu'il ait tort ou qu'il ait raison, j'acceptai sa réponse sans mot dire. Et puis, ce n'était pas parce que je comprenais ce que Celia pouvait ressentir que j'étais capable de soulager sa souffrance. Même si elle parvenait à séduire Hudson, elle n'en serait jamais entièrement convaincue. Moi-même, je n'avais jamais accepté qu'un homme puisse être avec moi, même lorsque c'était véritablement le cas. J'avais dû faire beaucoup d'efforts et de travail sur moi-même pour croire que Hudson tenait à moi. Celia aussi devrait passer par toutes ces étapes.

Cependant, si Hudson obsédait Celia autant que j'avais pu l'être par les hommes de mon passé… Je frissonnai en songeant à ce qu'elle serait capable de faire pour le conquérir. Et je verbalisai enfin ce que la petite voix dans ma tête n'avait cessé de répéter toute la soirée.

– Elle sera toujours là, n'est-ce pas ? Elle cherchera toujours à s'immiscer entre nous.

Hudson se tourna sur le côté pour me faire taire.

– Peu importe, dit-il en prenant mon visage entre ses mains. Tu m'appartiens, ma belle. Ta place est avec moi. Je ne laisserai rien nous séparer. Je ne laisserai personne te faire du mal. Surtout pas elle.

Cet homme ne pouvait pas dire *je t'aime*, mais il savait faire des déclarations qui me touchaient au plus profond du cœur. Et ses yeux confirmaient chacune de ses paroles. Je savais qu'il serait prêt à se battre pour moi. Il ne l'avait pas fait auparavant, mais la situation avait changé. Une douce chaleur envahit ma poitrine, puis se répandit dans tout mon corps. J'étais au bord des larmes.

Cependant, je ne voulais pas céder à mes émotions. Je voulais lui dire ce que je ressentais de la façon qu'il comprendrait le mieux, c'est-à-dire avec mon corps. J'esquissai un sourire coquin.

– C'est *moi* qui suis excitée, maintenant.

Hudson se détendit et m'attira brusquement à lui. Mon visage frôlait le sien, nos bouches se touchaient presque.

– Alors on arrête de parler d'elle ?

Il sentait le sexe, le champagne, et Hudson. Mon désir pour lui s'enflamma immédiatement.

– On peut arrêter de parler, tout court.

Il me recouvrit et titilla mon menton avec des petits coups de langue. Puis il passa à mon cou, qu'il suça et mordilla en y laissant la marque d'un suçon. Il pouvait marquer son territoire comme bon lui semblait. Je voulais que tout le monde sache que j'étais à lui.

Je me cambrai et pressai ma poitrine contre la sienne. Mon Dieu, j'adorais sentir sa peau nue. Mes hanches se mirent en mouvement, pour lui demander de passer aux choses sérieuses.

Il leva la tête et me regarda dans les yeux. « Arrête de me presser », gronda-t-il. Il était toujours très consciencieux, il aimait varier ses façons de me faire l'amour. La dernière fois avait été bestiale, alors cette fois-ci, ce serait langoureux et tendre. C'était toujours lui qui décidait.

Je me fichais qu'il soit rapide ou qu'il fasse durer le plaisir toute la nuit. Quel que soit le rythme qu'il choisissait, j'avais toujours l'impression que c'était le meilleur.

Hudson prit son temps pour m'emmener là où il voulait et là où je le désirais tant. Il m'aima avec son corps – sans un mot, mais de toute son âme.

Lorsque nous nous perdîmes dans le brouillard de notre passion, je me dis, comme chaque fois, « *cette fois-ci, c'est la meilleure de toutes les fois* ».

CHAPITRE CINQ

Le yacht s'était amarré pendant que nous étions enfermés dans notre chambre. La foule de passagers s'était ensuite dispersée, et le *Magnolia* était plongé dans le silence – comme si nous étions seuls sur Terre. Blottie dans les bras de Hudson et bercée par les vagues, j'ai dormi comme un bébé – et à en croire son humeur le lendemain matin, Hudson aussi. Il semblait enfin remis de son décalage horaire. Il ne faut jamais sous-estimer les bienfaits d'une bonne partie de jambes en l'air et d'une bonne nuit de sommeil.

Nous partîmes à l'aube, sans faire de bruit. Jordan nous attendait devant la Maybach lorsque nous arrivâmes sur le ponton. Cette fois-ci, il n'y avait ni paparazzis, ni flashs. Il n'y avait que nous et notre chauffeur.

Sur la route, je me collai à Hudson autant que me le permettait ma ceinture. Il était de bonne humeur, il était temps de parler de l'avenir.

– J'ai réfléchi au remplacement de David à la tête du Sky Launch.

– Ce sera toi.

Ma tête était nichée sous son menton, mais j'entendis le sourire dans sa voix.

– Surtout, ne me mets pas la pression, dis-je en riant.

– Si, je te mets la pression. Énormément, dit-il en caressant mes cheveux. Je veux que tu diriges le club. J'ai toujours voulu cela, et je te l'ai dit.

Je me redressai pour le regarder dans les yeux.

– Je sais. Et c'est à ça que j'ai réfléchi.

– Et ?

– Je veux le faire. Vraiment. Et je pense que j'ai les idées et les connaissances nécessaires.

– Absolument.

J'avais décroché mon MBA depuis à peine un mois. Je n'avais jamais été responsable de la moindre entreprise. Si Hudson était trop optimiste au sujet de mes qualifications, c'était parce qu'il voulait être impliqué le moins possible dans les opérations quotidiennes.

– Je suis touchée que tu aies une si haute opinion de moi, H., mais je n'ai pas encore l'expérience du terrain. C'est pour ça que je voulais apprendre auprès de David.

Hudson leva les yeux au ciel – un geste étrange, chez lui qui était toujours si posé.

– David t'aurait tirée vers le bas. Tu as plus d'intelligence dans ton petit doigt que...

Je lui coupai la parole en mettant mon index sur sa bouche.

– Stop. Tu n'as aucune objectivité au sujet de mes capacités.

Il embrassa le bout de mon doigt avant de poser ma main sur sa cuisse, dans la sienne.

– C'est faux.

– Bref...

Ça ne servait à rien de se disputer. C'était en partie pour cela que nous n'avions fait aucun progrès depuis qu'il avait lancé cette idée. Il pensait que j'étais capable de plus que je ne l'étais, ce qui était gentil et flatteur, mais qui me stressait.

Toutefois, sa confiance en moi avait fini par me convaincre.

– Je *veux* diriger le club. Et je te dis oui.

– Oui ? s'exclama-t-il tandis que son regard s'illuminait.

– Mais à une condition.

– Que je me donne à toi corps et âme ? Si tu insistes...

Je souris, mais ignorai son commentaire.

– Je veux engager un autre manager à plein-temps pour partager les responsabilités. Quelqu'un qui a l'expérience que je n'ai pas.

Il réfléchit un instant.

– Je n'y vois pas d'inconvénient. Mais je veux que tu sois la responsable principale. Et tu sais quoi ? Je t'offre quand même mon corps et mon âme.

– Très bien. Ça aussi, je le veux.

Je me hâtai de me corriger avant qu'il ne saute sur l'occasion.

– Enfin, je veux être la *responsable*.

– Tu ne veux pas de mon corps et mon âme ?

– Tais-toi, le grondai-je. Je les ai déjà, tu le sais bien.

– C'est vrai, dit-il en me serrant plus fort et en m'embrassant sur le front. Publie une annonce dès aujourd'hui, si tu veux. À moins que tu n'aies déjà quelqu'un en tête ?

– Justement...

Il m'était difficile de lui demander de l'aide alors que j'avais toujours insisté pour faire mon travail toute seule, mais j'avais besoin de lui, à présent.

– Quoi ?

Je me redressai et quittai la chaleur de ses bras – je trouvais étrange de parler affaires en étant blottie contre lui. Ça ressemblait trop à un traitement de faveur.

– Eh bien, il n'y a personne au club qui ait les compétences requises. Personne n'en sait plus que moi. Et si je publie une offre pour recevoir des CV… je ne pense pas trouver la personne que je cherche…

– Tu veux que je trouve quelqu'un ?

– Oui, dis-je en me mordant la lèvre.

– C'est comme si c'était fait.

– Je ne t'ai même pas dit quel genre de personne je cherche.

Il eut un gros soupir.

– Alors dis-le-moi.

Ce n'était pas facile pour lui non plus, j'en avais bien conscience. Il supposait qu'il savait mieux que moi ce dont j'avais besoin. Peut-être était-ce le cas. Mais si c'était moi qui devenais la responsable, il fallait que je garde un certain contrôle.

– J'aimerais quelqu'un qui a déjà été manager dans un club, ou même dans un restaurant. Quelqu'un qui a un bon CV. Qui saurait quelles sont les recettes et les dépenses habituelles pour un club et qui saurait diriger une équipe. J'aimerais m'occuper moi-même du marketing et des réunions, et lui laisser la responsabilité des tâches quotidiennes. Tu penses que tu pourrais me trouver quelqu'un comme ça ?

– Tu voudrais qu'il commence quand ?

– Tout de suite. Comme ça David pourra m'aider à le former.

– Comme je te l'ai dit, c'est comme si c'était fait.

– Ah bon ?

Je m'attendais à ce qu'il me dise qu'il allait voir ce qu'il pouvait faire. Hudson était puissant, mais jamais il ne faisait de promesses qu'il ne pouvait pas tenir.

– Oui. J'ai déjà quelqu'un en tête. Je vais organiser une rencontre.

Et voilà. C'était fait. J'avais accepté de diriger le Sky Launch et j'avais posé mes conditions.

– Parfait, dis-je en souriant.

Hudson effleura ma joue du bout du doigt.

– Tu sais que tu n'as qu'à demander et je te donnerai tout ce que tu veux.

Soudain, un sentiment de panique s'empara de moi. Je tournai la tête vers Jordan.

– En fait, je ne le sais pas, non. Et honnêtement, ça me met mal à l'aise.

– Pourquoi ? demanda Hudson en posant sa main sur mon cou.

Il y avait des tonnes de raisons, mais je me contentai de la plus évidente.

– Je ne veux pas être une pimbêche qui réussit parce qu'elle couche avec le patron.

Mes yeux étaient encore rivés sur la nuque de Jordan. Il faisait bien son travail – il ne donna pas le moindre signe qu'il m'avait entendue.

Hudson, apparemment, préférait quant à lui que cette conversation reste entre nous. Il se pencha pour chuchoter à mon oreille.

– Tout d'abord, je suis ravi que tu couches avec le patron. Je t'en supplie, continue. Ensuite, ce n'est pas pour ça que tu obtiens ce que tu veux. Tu l'obtiens parce que tu as les qualifications nécessaires. Si tu t'étais rendue aux entretiens qui ont suivi le colloque de ton école, les patrons qui y assistaient se seraient battus pour t'avoir. Enfin, et surtout, tu obtiens ce que tu veux de moi parce que tu es ma moitié. Tout ce que j'ai t'appartient. Mon réseau, mon argent, mon influence – la moitié de tout ça est à toi.

Je frissonnai. J'adorais ce qu'il était en train de me dire – vraiment –, mais ça me faisait paniquer. C'était le genre de discours qui pouvait me faire penser à des choses qu'il valait mieux que j'évite. Qui me donnait plus d'importance que je n'en avais. Qui me donnait l'impression que nous étions plus proches l'un de l'autre que dans la réalité. Pour moi, ces mots étaient des déclencheurs, et si j'avais réussi à avoir une relation saine avec Hudson, c'était parce que j'avais pris toutes les précautions nécessaires.

Cependant, il fallait bien admettre que sa déclaration était délicieuse.

J'eus un peu de mal à déglutir.

– Je ne sais pas quoi répondre à ce que tu viens de dire.

Hudson caressa le lobe de mon oreille du bout de son nez.

– Tu n'es pas prête à entendre ça, je sais. Mais j'avais besoin de te le dire. Quant à ta réponse – si tu disais simplement que tu vas diriger notre club ?

– Je vais diriger ton club.

– Ah ?

Je reconnus tout de suite mon erreur et je fus surprise d'avoir tellement envie de la corriger. Je tournai la tête pour le regarder dans les yeux.

– Je vais diriger *notre* club.

– Maintenant, embrasse-moi, parce que tu as fait de moi un homme heureux.

Il n'eut pas besoin de me le demander deux fois. Ni une, d'ailleurs, car ses lèvres recouvraient déjà les miennes quand j'ouvris la bouche pour acquiescer. Sa langue chercha immédiatement la mienne, il m'embrassa tendrement jusqu'à ce que la voiture s'arrête devant le *Bowery*.

Je quittai ses bras à contrecœur.

– Merci, Hudson.

De m'offrir l'opportunité de diriger ton club, de m'aider à en faire un succès, de m'aimer de la plus belle façon qui soit, et tout simplement de m'avoir trouvée.

– Non, merci à toi, répondit-il en dégageant les cheveux de mon épaule.

* * *

Je passai le reste de la journée au club. Après avoir réalisé que je n'irais pas au Japon, j'avais prévu un rendez-vous avec Aaron Trent pour mettre au point un plan marketing. Nous devions nous voir à treize heures trente. Il me fallut toute la matinée pour le préparer. Je trouvais revigorant de me jeter tête baissée dans le travail. J'adorais le marketing, et pour la première fois depuis que j'avais appris que David partait, j'étais enthousiaste quant à l'avenir du Sky Launch et au rôle que j'allais y jouer.

Grâce à tout mon travail de préparation, et parce qu'Aaron Trent avait la meilleure équipe publicitaire de la ville, notre réunion se déroula à merveille et nous eûmes fini plus tôt que prévu. Il était à peine quinze heures passées lorsque nous nous quittâmes. Je me sentais vidée, et je m'assis confortablement sur le canapé du bureau de David pour me détendre.

– C'était une super réunion, dit David en entrant dans le bureau. Je suis dégoûté de ne pas pouvoir voir les résultats de tout ton travail.

– Ne t'en fais pas, je te tiendrai au courant.

J'étirai mes bras devant moi, courbatue par tout ce que Hudson avait fait subir à mon corps la veille, et je souris en y repensant.

– Qu'est-ce qui t'arrive aujourd'hui ?

Je levai la tête et vis que David était assis sur l'accoudoir, en train de me regarder.

– Comment ça ? je demandai, confuse.

– Je ne sais pas comment l'expliquer, dit-il en fronçant les sourcils. Tu es différente. Plus... ardente, si tu vois ce que je veux dire.

Je réfléchis un instant. J'avais toujours été passionnée par mon travail, mais cette réunion m'avait laissée revigorée.

– Eh bien, ce matin j'ai dit à Hudson que je prendrais ta place quand tu seras parti.

– Enfin ! Alors je peux vraiment me sentir heureux de partir ! s'exclama-t-il en souriant jusqu'aux oreilles.

– Si tu le dis... mais tu étais super impatient de bosser à l'Adora, dès que Hudson t'a offert ce boulot.

– Surtout parce que je pensais qu'il allait me virer. Obtenir une promotion, à la place, c'était une belle surprise.

Mon sourire s'évanouit. Je m'étais convaincue que David était pressé de quitter le Sky Launch. C'était pour ça que j'avais mieux encaissé qu'il soit éliminé par mon copain jaloux. Cependant, même si j'aurais préféré garder mes illusions, la vérité était importante pour moi.

– Alors tu as accepté ce poste à l'Adora uniquement parce que tu croyais que tu te ferais virer d'ici si tu refusais ?

– Allez, Laynie. Soyons honnêtes. Pierce ne m'aurait jamais permis de rester ici.

David disait peut-être la vérité, mais je n'avais pas eu l'occasion de me battre autant que je le voulais pour lui. S'il ne voulait pas partir, s'il voulait vraiment rester au Sky Launch, j'irais tout de suite voir Hudson pour y remédier.

– Mais s'il t'avait permis de rester... tu aurais quand même dit oui à l'Adora ? Ou bien tu aurais préféré rester ?

David prit une profonde respiration avant de répondre.

– Pour être honnête, je ne sais pas. L'Adora est la reine des boîtes de nuit. Je n'aurais jamais eu une telle opportunité sans Pierce. Et je pense que je ferai du bon boulot, là-bas. Je vais rejoindre une énorme équipe de managers. J'aurai une souplesse et un soutien que je n'ai jamais eus ici. C'est un peu le job de mes rêves.

Je me détendis un peu et il descendit de l'accoudoir pour s'asseoir sur le canapé.

– Mais ce n'est pas facile de laisser ceux que l'on aime, poursuivit-il. Je vais devoir dire au revoir à mes amis et à ma maison. À ce club. Et à toi, dit-il en plongeant son regard dans le mien.

– David...

Je savais qu'il avait des sentiments pour moi, mais là, il sous-entendait qu'il m'aimait. Bon sang, même Hudson ne faisait pas autant d'allusions à l'amour. Je préférais ne pas en entendre plus, mais il ignora ma mise en garde.

– Ne te moque pas, mais j'aimais à penser qu'on finirait par diriger ce club ensemble.

Je ne pus m'empêcher de sourire.

– Moi aussi, à une époque, admis-je.

J'avais imaginé qu'on se marierait, et qu'on deviendrait le duo magique à la tête du club le plus branché de la ville. Ce rêve s'était évaporé lorsque j'avais rencontré Hudson.

– Vraiment ?

– Oui, vraiment.

Je regrettai immédiatement mon aveu. Je compris à son expression que cela signifiait bien plus à ses yeux qu'aux miens. Je me levai pour ne plus lui faire face, avant de poursuivre :

– Non mais sérieusement. Cet endroit a besoin de deux managers. C'était absurde que tu l'aies dirigé seul pendant si longtemps.

–Je n'étais pas vraiment seul. L'équipe est bourrée d'assistants géniaux.

–Ce n'est pas la même chose, dis-je en faisant la grimace. Il faut deux personnes à temps plein. D'ailleurs, aujourd'hui, j'ai demandé à Hudson de me trouver un partenaire. Je ne voulais pas le faire toute seule, dis-je en baissant les yeux.

David se rapprocha de moi et me leva le menton du bout d'un de ses doigts.

–Tu n'as qu'un mot à dire et je resterai.

–Je ne peux pas te demander de faire cela, David, murmurai-je.

–Tu pourrais.

–Non, je ne le pourrais pas. Et tu sais très bien pourquoi.

Sa main retomba mollement sur sa cuisse.

–Je sais. Mais pour répondre à ta question précédente – sans Pierce, je ne serais jamais parti. Tu peux l'interpréter de la manière qui t'arrange, mais tu comprends très bien ce que je dis *vraiment*.

–Je... je... euh...

Je me mordis la lèvre. David avait été un ami génial quand j'en avais très peu. Et pendant un certain temps, nous étions devenus plus qu'amis. J'avais le cœur brisé à l'idée qu'il s'en aille. Cependant, je ne ressentais rien de plus pour lui.

–Tu n'es pas obligée de répondre. Je comprends. Tu es avec lui.

Il ne pouvait pas même prononcer le prénom de Hudson.

–Je le suis. Entièrement.

–Mais si jamais tu ne l'étais plus, à l'avenir...

David m'avait déjà dit qu'il serait là si cela ne marchait pas avec Hudson. C'était une promesse absurde. Surtout parce que j'avais tourné la page et que, même sans Hudson, je ne retournerais jamais avec lui.

Cependant, je ne pouvais pas le lui dire. Il partait, c'était inutile de lui faire davantage de mal. Je laissai s'installer entre nous un silence gênant pendant plusieurs secondes, en réfléchissant à la meilleure façon de lui expliquer que je ne partageais pas ses sentiments.

Heureusement, je fus sauvée par la sonnerie de mon téléphone. Je courus décrocher, sans prendre la peine de regarder qui m'appelait.

– Laynie ! chantonna Mira dans mon oreille. Je te dérange ? Tu peux parler ?

Je fis quelques pas pour m'éloigner de David.

– Bien sûr, qu'est-ce qui se passe ?

– Je voulais savoir si je pouvais te demander un service ?

– En plus d'être mannequin pour ton vernissage ?

Je plaisantais, bien sûr. Je serais prête à tout pour cette fille. Elle m'avait accueillie dans sa famille avant que Hudson ne le fasse – je lui devais beaucoup.

– Un autre genre de service. Bon sang, j'en demande beaucoup ces jours-ci, n'est-ce pas ?

– Et si je te répondais seulement lorsque je saurai ce que tu veux de moi ?

Je me mis à faire les cent pas dans la pièce sans même m'en rendre compte.

– D'accord. Papa veut déjeuner avec moi demain. Et je n'ai pas vraiment envie d'être toute seule avec lui. Et j'adorerais te voir. Tu voudrais bien te joindre à nous ?

– Avec plaisir !

L'idée de voir Jack me rendit le sourire. Je savais que Hudson refuserait que je le voie seule, mais il ne pourrait rien dire si Mira était de la partie. Je serais honnête avec lui et tout irait bien.

– Mais pourquoi tu ne veux pas être seule avec lui ? demandai-je.

–Il essaie de se rattraper, après tout ce bazar avec Celia. Il ne comprend pas que ce n'est pas auprès de moi qu'il doit se faire pardonner. Je me contrefiche de ce qu'il a fait ou pas fait, ou de ce qu'il aurait dû faire. J'aimerais simplement que lui et maman grandissent un peu et se comportent comme des adultes, pour une fois. Sans rire, c'est trop demander?

Sophia et Jack? Grandir?

–Tu rêves, Mira, répondis-je.

–Je sais, je sais. Bref. On se retrouve au Perry Street à treize heures. Je vais appeler et réserver pour une troisième personne. C'est top! Grâce à toi, j'ai hâte d'être à demain midi!

–Moi aussi.

Je raccrochai et remis mon téléphone dans mon soutien-gorge. En me retournant, je vis que David travaillait à son bureau. Ou plutôt qu'il faisait semblant de travailler. Il ne cessait de lever discrètement les yeux. Je me demandais s'il avait encore quelque chose à dire. Bon sang, j'espérais que ce n'était pas le cas.

Au lieu d'attendre de le découvrir, j'annonçai que j'avais quelques courses à faire. Rien d'urgent, mais depuis sa déclaration d'amour, le bureau me paraissait trop étroit pour nous deux.

En sortant, je fus éblouie par le soleil d'été. J'étais partie sur un coup de tête, je n'avais pas eu le temps d'appeler Jordan. Je n'allais pas loin, je décidai donc d'y aller à pied. C'était une très belle journée, cela me faisait du bien de prendre un peu l'air.

Je ne remarquai que j'étais suivie qu'après m'être arrêtée pour faire ma première course, chez un imprimeur, à deux rues de Columbus Circle. Peut-être avais-je été trop préoccupée par David et le club –et Hudson, bien sûr. Sinon, je suis certaine que je l'aurais repérée avant. Lorsque je la vis enfin, je sus immédiatement que ce n'était pas une coïncidence si elle descendait la huitième avenue en même temps que moi. Je sus aussi qu'elle voulait que je la voie. Après tout, j'avais suivi bien des gens, moi aussi, et je savais qu'avec un minimum d'efforts, c'était facile de ne pas se faire remarquer.

Celia ne faisait rien pour se cacher. Elle s'arrêtait lorsque je m'arrêtais. Elle recommençait à marcher en même temps que moi. Et pendant tout ce temps, ses yeux étaient rivés sur moi. Mon cœur battait la chamade, mais je fis de mon mieux pour rester calme et ne pas accélérer le pas. Lorsque j'entrai chez l'imprimeur, elle resta dehors et se tint devant la vitrine de façon que je voie qu'elle était là.

Celia ne me faisait pas vraiment de mal, et elle ne m'avait pas adressé la parole, mais sa présence me fichait la trouille. Je savais quel message elle voulait faire passer : *Je suis là. Je te vois. Tu ne peux pas m'échapper.* Était-ce ce que Paul Kresh avait ressenti lorsque je l'avais suivi pendant des semaines ? C'était absolument horrible, jamais je n'avais autant regretté mon comportement qu'aujourd'hui.

Il y avait la queue au comptoir, j'eus donc quelques minutes pour me détendre avant que ce soit mon tour. Je cherchai à comprendre ce que voulait Celia. Peut-être souhaitait-elle me parler ? Dans ce cas, elle aurait très bien pu m'envoyer un sms ou un e-mail. Et si elle avait voulu me parler, pourquoi ne m'avait-elle pas approchée ?

Non, elle ne cherchait pas à me parler. D'abord sur le bateau, maintenant ici – est-ce qu'elle me ficherait la paix un jour ? Avait-elle imaginé un nouveau moyen pour me piéger en retournant la situation contre moi plus tard ? Ou bien souhaitait-elle simplement me faire peur ?

Si tel était son but, elle l'avait atteint. Mais contrairement à la dernière fois qu'elle m'avait manipulée, cette fois-ci je m'y attendais. Je ne lui faisais plus confiance. Après avoir envoyé un message à Jordan pour lui dire de venir me chercher, j'utilisai mon téléphone pour la prendre en photo – je voulais avoir une preuve. Elle me vit faire, j'en étais certaine, mais cela ne sembla pas la gêner. Puis j'appelai le bureau de Hudson.

– Il est en rendez-vous, m'informa Trish, sa secrétaire. Je peux lui dire de vous rappeler dès qu'il aura terminé.

Cela n'était pas suffisant. Je savais qu'il préférerait interrompre sa réunion, mais Trish ne le ferait pas d'elle-même. J'espérai qu'il regarderait son téléphone et je lui envoyai un message. *Je viens à ton bureau. J'ai besoin de te voir.*

J'avais réussi à me calmer lorsque mon tour arriva. Je récupérai les menus que j'avais commandés, je pris une profonde inspiration, et je sortis de la boutique. J'étais terrifiée à l'idée que Celia soit si près de la porte, mais je refusais de lui laisser voir ma peur. Dieu merci, au moment où je posai la main sur la poignée, Jordan se gara le long du trottoir. Celia s'enfuit d'un pas rapide. S'il suffisait de la présence de Jordan pour qu'elle disparaisse, je n'irais plus nulle part sans lui.

Je me glissai dans la voiture avant que Jordan n'ait eu le temps de sortir pour m'ouvrir la portière.

– Devant nous sur le trottoir, lui dis-je en désignant le dos de Celia, tu la vois ?

Elle marchait rapidement, et je voulais que quelqu'un la voie avant qu'elle ait disparu dans la foule new-yorkaise.

Jordan la remarqua tout de suite. « Je la vois. Elle vous suivait ? » Il n'avait pas l'air surpris.

– Oui, comment tu sais ?

– Je l'ai vue ce matin lorsque je vous ai déposée au club, mais je n'étais pas sûr que ce soit elle. Il faut le dire à monsieur Pierce.

– J'en ai bien l'intention, tu peux m'emmener à son bureau ?

Il acquiesça en hochant la tête.

Je me rassis et j'attachai ma ceinture pendant qu'il se faufilait dans le flot des voitures. Celia était encore en vue, je l'observai tandis que nous nous rapprochions d'elle. Elle s'arrêta lorsque nous la dépassâmes, sourit et me fit un signe de la main, même si elle ne pouvait pas me voir derrière les vitres teintées.

Elle avait de la chance que je sois pacifiste – sinon j'aurais déjà imaginé comment la trucider.

CHAPITRE SIX

Lorsque j'entrai dans le hall, Hudson n'avait toujours pas répondu à mon message. Du coup, j'en envoyai un autre. *Je monte dans l'ascenseur. Je suis là dans 2 min.*

Je n'avais toujours pas eu de réponse en arrivant à son étage, mais je passai devant le bureau de Trish sans m'arrêter, comme si Hudson était toujours disponible pour me voir. Et puis, à l'entendre, c'était le cas.

– Excusez-moi, dit Trish. Mais monsieur Pierce est toujours en rendez-vous...

– Il est au courant, dis-je par-dessus mon épaule.

La porte du bureau s'ouvrit avant même que je n'aie touché la poignée. Hudson m'accueillit, l'air inquiet. « C'est bon, Patricia », dit-il en s'effaçant pour me laisser entrer.

Dès que la porte se fut refermée sur nous, il prit mon visage entre ses mains et chercha mon regard. « J'ai eu ton message. Que se passe-t-il ? Tu es blessée ? »

– Non, je ne suis pas blessée.

Je tremblais, et maintenant que j'étais avec lui, j'avais envie de pleurer.

– Alayna, qu'y a-t-il ?

Je sortis mon téléphone pour afficher la photo de Celia.

– J'ai besoin de te montrer quelque chose. Est-ce que...

Un bruit se fit entendre derrière moi. Je tournai la tête et aperçus une femme, debout près de son bureau. Ses cheveux auburn attachés en queue-de-cheval basse contrastaient avec son tailleur crème.

Je me redressai pendant que de multiples signaux d'alarme retentissaient dans ma tête.

– Oh, je suis désolée. Je n'avais pas vu que tu n'étais pas seul.

Hudson mit sa main dans mon dos et me guida vers son invitée.

– Alayna, tu te souviens de Norma ?

– Ouais. Norma Anders. Nous nous sommes rencontrées au jardin botanique.

Il était évident que Norma était intéressée par Hudson, et ça me gênait. Elle travaillait avec lui tous les jours, l'appelait par son prénom – alors qu'il autorisait peu de gens à le faire et surtout pas ses employés. Et ils étaient seuls dans son bureau, à l'heure du déjeuner. Et il avait ignoré tous mes messages.

– En effet, nous nous sommes vues là-bas.

Norma m'inspecta de la tête aux pieds. La première fois qu'on s'était vues, elle m'avait à peine regardée, concentrée qu'elle était sur mon petit ami.

– Je suis ravie de te revoir, Alayna, dit-elle d'une voix qui sous-entendait l'inverse. Elle s'adressa ensuite à Hudson. « Si vous voulez être seuls, nous pouvons sortir. »

Nous ? Je remarquai alors une autre femme assise dans l'autre fauteuil, face au bureau de Hudson.

Ah. Il n'était pas seul avec Norma. Je fus soulagée, puis je me sentis immédiatement coupable. J'étais ridicule, et parano. Les événements de la journée m'avaient déstabilisée. Hudson était simplement en réunion avec deux de ses employées. Il ne s'agissait pas d'un rendez-vous galant – rien de déplacé.

Mais mon angoisse ne disparut pas pour autant. J'avais besoin de lui parler de Celia, mais cela devrait attendre. Je rangeai mon téléphone dans mon soutien-gorge.

– Non, non. Je suis désolée de vous avoir interrompus. Ce n'est pas mon genre.

Hudson passa à côté de moi et avança vers son bureau.

– Alayna, en vérité tu tombes à pic, dit-il en désignant de la tête la femme assise dans le fauteuil, qui s'empressa de se lever. Je te présente Gwen, la sœur de Norma. Elle est manager à L'Étage 88.

– Ah ?

Alors ce n'était pas une employée, après tout. L'Étage 88 était une des boîtes de nuit les plus branchées de New York, appartenant à un concurrent de Hudson. Il me fallut une seconde pour comprendre ce qui se passait. Je me ressaisis et avançai vers Gwen en lui tendant la main. « Alayna Withers ».

Sa poigne était ferme, ce qui était un bon premier signe pour une codirectrice.

– Enchantée.

Elle avait un beau sourire, avec de belles dents, pas trop aguicheur. Elle ressemblait beaucoup à Norma, en plus pâle. Sa peau était claire et ses cheveux blond foncé ou châtain clair, selon la lumière. Ses yeux étaient gris-bleu. Elle avait le même genre de beauté que Scarlett Johansson – le genre que l'on peut soit ignorer, soit trop célébrer.

Je me demandai dans quelle catégorie se situait Hudson, avant de me réprimander d'avoir eu cette pensée. Que m'arrivait-il ? J'avais été exagérément jalouse avec mes ex, mais jamais avec Hudson.

Ce dernier s'approcha pour me présenter de manière plus officielle.

– Alayna est chargée de la communication et de l'événementiel au Sky Launch, mais comme je vous l'ai dit, elle va devenir directrice lorsque le directeur actuel sera parti.

– Hudson m'a dit que vous cherchiez un responsable pour s'occuper de la gestion au quotidien, dit Gwen en me regardant droit dans les yeux. C'était rassurant, vu la manie qu'avait sa sœur de m'ignorer.

– C'est un poste qui pourrait vous intéresser ? demandai-je.

– Absolument.

Une codirectrice qui avait travaillé à L'Étage. Avec toutes les informations qu'elle pourrait m'apporter, en plus de son expérience... je devais l'admettre, Hudson savait ce qu'il faisait.

Et il en avait conscience. Il avait beau se maîtriser, ses yeux scintillaient, il était fier du travail accompli.

– Je crois qu'elle a toutes les qualifications requises, Alayna. Peut-être voudrais-tu organiser un entretien ?

– Absolument.

Je sortis mon téléphone, et lorsque je le déverrouillai, la photo de Celia s'afficha. Je me figeai, un nouveau frisson me glaçait le corps.

– Alayna ? demanda Hudson.

– Pardon. La journée a été dure. Je suis un peu perturbée.

Je consultai mon planning du lendemain. Je déjeunais avec Mira et Jack, mais ma soirée était libre.

– Pourriez-vous passer au Sky Launch demain ? Je pense qu'un entretien, c'est un peu trop formel. Je pourrais vous faire visiter le club et nous pourrions discuter du poste.

– C'est parfait. Je ne travaille pas demain, donc je suis libre quand vous voulez.

Il me vint à l'esprit de lui demander pourquoi elle voulait quitter L'Étage 88, mais ça pouvait attendre le lendemain. Mon angoisse refaisait surface, j'étais pressée de terminer cette conversation pour avoir Hudson à moi toute seule – et pas pour les raisons habituelles.

– Super. Pourriez-vous venir à vingt heures ? demandai-je en entrant le rendez-vous dans mon agenda. Comme ça, vous verrez le club pendant les heures d'ouverture.

– J'y serai.

– Tu vois, Norma ? dit-il en lui faisant un clin d'œil. Les enfants n'ont pas besoin de nous, après tout. Elles se sont très bien débrouillées toutes seules.

Le ton ironique de Hudson augmenta ma nervosité. Pourquoi diable avait-elle été conviée à ce rendez-vous ? Ce n'était pas parce que Gwen était sa sœur qu'elle devait y être. Et comment Hudson savait-il que la sœur de Norma était la manager d'une boîte de nuit ? Hudson et Norma étaient-ils plus proches qu'il ne l'avait laissé entendre ?

Pendant la pire période de mes problèmes d'obsession, j'avais énormément souffert de paranoïa. Ça revenait de temps en temps, c'était inévitable, mais cela n'avait jamais menacé ma relation avec Hudson. Étais-je parano, ou mes questions étaient-elles justifiées ? Et si j'étais parano, pourquoi est-ce que ça recommençait maintenant ?

C'était à cause de Celia et de la guerre psychologique à laquelle elle se livrait. C'était forcément cela. Il était hors de question que je sombre à nouveau à cause d'elle. Sinon, elle remporterait la victoire, et je ne le voulais pas. Je devais me ressaisir.

Je m'effaçai tandis que Hudson raccompagnait les sœurs Anders à la porte. Mentalement, j'essayai de me calmer, en respirant lentement et en me rappelant qu'il valait mieux communiquer que tirer des conclusions hâtives. Peut-être serait-ce une bonne idée de suivre une autre thérapie de groupe, plus tard dans la semaine. Tout serait bon pour calmer cette panique croissante.

Une fois seule avec lui, je ne pus me retenir davantage.

– Qu'est-ce que Norma faisait là ? lui demandai-je avec un grand sourire pour ne pas paraître trop agressive, même si ça m'était impossible de ne pas l'être.

Hudson referma la porte à clef et se tourna vers moi.

– C'est elle qui a fixé ce rendez-vous avec Gwen. Je ne l'avais jamais rencontrée et Norma voulait être là pour me la présenter. Pourquoi ?

– Comme ça, j'étais curieuse, dis-je en m'appuyant sur le bureau. Comment savais-tu que Gwen travaillait à L'Étage 88 ?

Il s'avança vers moi.

– Norma l'avait mentionné.

– Quoi, lors d'une conversation banale entre un patron et son employée ? rétorquai-je en croisant les bras, ce qui n'était pas la pose idéale pour avoir l'air détendu.

– Alayna, tu es anormalement jalouse, dit-il en posant ses mains sur mes coudes. Bien que cela m'excite beaucoup, j'ai l'impression que c'est le symptôme d'autre chose. Que se passe-t-il ?

Je haussai les épaules, je ne voulais pas mentionner Celia avant d'avoir terminé cette conversation.

– Je trouve juste étrange que tu connaisses autant de détails personnels à propos d'une employée en particulier, alors que tu en as des centaines, voire des milliers.

– Des centaines de milliers, pour être plus précis.

Cela ne me fit pas sourire.

– C'est encore plus bizarre.

– Qu'est-ce que tu me demandes vraiment ? dit Hudson en mettant les mains dans ses poches.

Je me détestais déjà. La personne qui faisait face à cet homme que j'aimais tant n'était pas celle que je voulais être. Je ne voulais pas lui poser autant de questions, ni m'inquiéter ou faire de la parano. Mais j'avais l'estomac complètement retourné, et mes paroles m'échappèrent.

– Je te demande pourquoi tu connais tous ces détails sur la famille de Norma Anders.

– Tu me demandes quel genre de relation j'ai eu avec Norma. Et la réponse est « strictement professionnelle ».

– Tu l'as déjà embrassée ? poursuivis-je d'une voix tremblante.

J'avais l'impression que si je décroisais les bras mes mains aussi allaient se mettre à trembler. Mon cerveau était rempli d'images d'eux. Je n'en revenais pas de pouvoir imaginer aussi vite des scènes de passion tellement précises. La seule chose qui pourrait mettre fin à mon délire, c'était qu'il me jure qu'il ne s'était jamais rien passé. Et encore – les images pouvaient quand même s'incruster en moi.

– Je n'ai pas l'habitude d'embrasser les gens avec qui je travaille.

Pourtant, il m'avait embrassée alors que je travaillais pour lui.

– Réponds-moi par oui ou par non, s'il te plaît.

– Non, Alayna, je ne l'ai jamais embrassée. Je ne l'ai jamais baisée. Je n'ai jamais rien fait avec elle, dit-il d'une voix détendue et pleine d'empathie.

Je m'efforçai d'avoir l'air calme, mais j'étais au bord de la crise de nerfs. Il poursuivit pourtant :

– Norma fait partie de la direction financière, c'est elle qui s'est occupée de la transaction lorsque j'ai acheté le Sky Launch, elle savait donc que je possédais ce club.

L'autre jour, elle m'a demandé s'il y avait des postes à pourvoir. Je lui ai répondu que non, mais que je penserais à Gwen si cela arrivait. Je ne voulais pas t'en parler, parce que j'étais sûr que tu te servirais de cette excuse pour refuser le poste de directrice. C'est aussi simple que cela.

– Ça paraît logique.

Par ailleurs, cette façon légèrement manipulatrice avec laquelle il m'avait caché toute l'histoire était typique de Hudson. Mon cœur était convaincu qu'il disait la vérité. Mais qui croire ? Mon cœur ou ma tête ?

Il soutint mon regard pendant plusieurs secondes.

– Il n'y a rien avec elle, Alayna. Je suis avec toi. Toujours. D'accord ?

Mon cœur. Je croyais mon cœur. *Toujours.*

Il s'agissait de Hudson. Il m'aimait, même s'il ne pouvait pas me le dire. J'avais confiance en lui. Avait-il jamais fait quoi que ce soit qui m'indique que je devrais me méfier ?

Je secouai la tête. Je me sentais soudain honteuse.

– Je suis désolée. Je me sens bête.

Hudson m'attira dans ses bras. Enfin, je retrouvais mon calme. Je baignais dans son odeur de savon et d'après-rasage, ce qui eut sur moi un effet apaisant. C'était l'endroit au monde où je me sentais le mieux. Il me caressa le dos et m'embrassa sur la tempe.

– Je sais que tu es perturbée parce qu'il s'est passé quelque chose. Tu étais toute chamboulée quand tu es arrivée. Qu'y a-t-il ?

Je m'agrippai à lui, en empoignant sa veste de costume. Maintenant qu'il me tenait, je ne voulais plus le lâcher. J'étais en sécurité, dans ses bras.

– Alayna, parle-moi.

Je tournai la tête, afin que mes paroles ne soient pas étouffées par ses vêtements.

– C'est Celia.

– Qu'est-ce qu'elle a fait ? s'exclama Hudson l'air inquiet, en me repoussant pour pouvoir examiner mon visage.

– Elle me suit.

– Comment ça, elle te *suit* ? demanda-t-il en fronçant les sourcils.

– Eh ben, elle est partout où je vais et elle s'en va quand je m'en vais. Elle me suit.

Je lui montrai la photo sur mon téléphone et je lui expliquai que je l'avais vue lorsque je m'occupais de diverses choses pour le club, et j'ajoutai que Jordan l'avait remarquée ce matin, lui aussi, après qu'elle eut fait irruption sur le bateau la veille.

Je craignais qu'il ne trouve que j'en faisais tout un plat, ou qu'il ne me croie pas, comme la dernière fois. J'avais une photo, mais qu'est-ce que ça prouvait ? Est-ce qu'il penserait que c'était moi qui la suivais ?

Cependant, sa réponse me rassura.

– Cette putain de garce ! s'écria-t-il en se tournant et en passant sa main dans ses cheveux. Je jure que si elle te fait quoi que ce soit...

Mes larmes jaillirent soudain, des larmes de peur mais aussi de soulagement qu'il prenne mon parti.

– Qu'est-ce qu'elle cherche, Hudson ? Qu'est-ce qu'elle me veut ?

Il fit le tour de son bureau et se prépara à appuyer sur son interphone.

– Peu importe. Elle ne peut pas faire ça. J'appelle mon avocat, on lui interdira de nous approcher, dit-il en appuyant sur le bouton avant que je puisse l'en empêcher. Patricia, passez-moi Gordon Hayes, s'il vous plaît.

– Oui, monsieur Pierce.

Je secouai la tête en m'écroulant dans un des fauteuils.

– Ce n'est pas aussi simple que ça.

– Je me fiche que ce soit simple ou pas. Je vais lui interdire de nous approcher, point barre.

Je ne l'avais jamais vu dans un tel état. Son calme distant avait cédé la place à une sauvagerie passionnée.

Pour une fois, ce fut moi, la voix de la raison.

– Hudson, tu ne peux pas lui interdire de m'approcher juste parce qu'elle me suit. Elle a gardé une distance suffisante, elle ne m'a pas touchée, elle ne m'a pas menacée et elle n'a pas fait de scandale là où je me suis arrêtée. Nous n'avons rien contre elle.

Ses yeux étaient rivés sur son téléphone, comme s'il voulait l'obliger à sonner.

– C'est dingue. Elle t'a terrorisée. Je le vois bien.

– Oui, elle me fait peur. Mais tu ne peux rien y faire.

De nouveau, je me rappelai que j'avais fait subir la même chose à d'autres. Paul Kresh avait obtenu une ordonnance du juge m'interdisant de l'approcher. C'était la première que j'avais reçue, et il n'était pas le premier que j'avais suivi.

– Crois-moi, continuai-je. Je m'y connais pour ce qui est de terroriser les gens tout en évitant la police.

– Ne parle pas ainsi, dit Hudson d'un ton aussi douloureux que le mien.

– Mais c'est la vérité. Je faisais ça aux gens, Hudson ! C'est horrible. Comment ai-je pu être aussi monstrueuse ?

Les larmes que j'avais réussi à contenir jaillirent soudain, incontrôlables.

Hudson courut à moi et me fit lever pour me prendre dans ses bras. « Chuuut, Alayna. » Il caressait mes cheveux tandis que je sanglotais sur son épaule.

– Ce n'est pas la même chose. Tu cherchais simplement à être aimée. Les actes de Celia n'ont rien à voir.

Je le repoussai brusquement. Je ne méritais pas ses caresses.

– Tu en es sûr ? Ne fait-elle pas cela parce qu'elle veut ton amour ? Comment peux-tu dire que ce n'est pas la même chose ?

Il soupira et se percha sur le bord de son bureau.

– Je ne pense pas que c'est la raison pour laquelle elle agit ainsi. Elle veut que je sois malheureux, et elle sait que le meilleur moyen d'y arriver, c'est de te faire du mal. Elle me fait payer pour mon passé, rien à voir avec le tien.

J'essuyai mes joues. Bon sang, Celia se jouait de nous avec une facilité déconcertante. Nous étions là, à regretter nos passés, à nous détester, à foutre en l'air toutes ces années d'efforts. Hudson avait raison. *Cette putain de garce !*

Je me rassis en calant ma nuque sur le dossier du fauteuil.

– Je me fiche de ses raisons. Mais elle va continuer à le faire, parce qu'elle sait qu'elle est gagnante. Tu te sens responsable, et moi je suis en larmes. Je suis parano et angoissée, j'ai peur de reprendre mes mauvaises habitudes, hoquetai-je alors qu'une nouvelle vague de larmes menaçait.

Hudson vint s'agenouiller devant moi. Il posa ses mains sur mes bras, comme s'il allait me secouer afin que je me ressaisisse.

– Ce ne sera pas le cas. Ce que tu ressens aujourd'hui est justifié. Elle a voulu te déséquilibrer, mais tu ne vas pas t'effondrer. Tu es plus forte qu'elle.

– Je suis forte quand je suis avec toi, dis-je en m'essuyant un œil du revers de la main.

– Et je ne vais pas t'abandonner. Je suis là. Nous allons nous en sortir ensemble. Tu m'entends ?

Je hochai faiblement la tête.

Le téléphone sonna et Hudson se pencha pour appuyer sur le bouton de l'interphone.

– Vous avez réussi à le joindre ?

– Non, dit la voix de Trish. Je suis désolée, mais M. Hayes est rentré chez lui. Il est dix-sept heures passées.

– Merde, marmonna Hudson en regardant sa montre, et je sus qu'il hésitait à appeler sur le portable de son avocat. Je veux lui parler demain matin à la première heure.

– Oui monsieur. Avez-vous besoin de quelque chose avant que je parte ?

– Non. Merci, Patricia.

Il éteignit l'interphone et se tourna vers moi. Il m'observa d'un air songeur pendant de longues secondes avant de reprendre la parole.

– Elle ne gagnera pas, Alayna. Tu es restée calme devant elle, n'est-ce pas ?

– Oui. C'était hors de question qu'elle me voie craquer.

– Je n'en doute pas, dit-il en souriant fièrement. Tu es incroyable, et tu es bien plus forte que tu ne le penses.

Je me sentais tout sauf incroyable. Mais sa confiance stimulait la mienne.

Hudson, appuyé contre le bureau, semblait perdu dans ses pensées. Je savais qu'il était en train de réfléchir : je connaissais cette expression lorsqu'il envisageait une affaire.

– Celia n'a aucun moyen de savoir si elle a atteint sa cible. Ça nous donne un avantage.

Je ne voulais pas interrompre la mise au point de sa stratégie de défense, mais je ne pus m'empêcher de demander :

– Et si elle ne se contentait pas de me suivre ? Si elle allait plus loin ?

– Jordan est un ancien soldat des forces spéciales. Il te protégera. Mais tu dois me promettre que tu n'iras nulle part sans lui à l'avenir.

– De toute manière, je vais rarement où que ce soit sans lui. Aujourd'hui, c'était une exception.

– Promets-le-moi, Alayna.

– Je te le promets.

J'avais deviné que Jordan n'était pas un simple chauffeur, mais je ne connaissais pas les détails. Le savoir ne changeait rien, j'aurais accepté la présence de n'importe qui pour me protéger, juste pour être sûre de ne plus jamais être seule face à Celia.

– Tant mieux. Je vais engager un autre garde du corps pour relayer Jordan quand il ne sera pas disponible. Je sais que tu n'en voulais pas...

– Je le prends, dis-je en lui coupant la parole.

Il acquiesça de la tête.

– Je vais demander à quelqu'un de passer vérifier les caméras du club et s'assurer qu'il n'en faut pas d'autres. Le penthouse est déjà surveillé. Je vais en parler à mon avocat...

– Il ne peut rien faire, répétai-je.

– Je vais lui parler quand même. Je veux connaître nos droits. Si je dois dépenser de l'argent, je le ferai.

Je ris doucement. Je n'avais jamais entendu Hudson parler de façon aussi décontractée de ce que pouvait lui apporter sa fortune. L'idée même de payer pour obtenir la solution d'un problème m'était parfaitement étrangère. C'était la raison de mes craintes concernant Hudson – qu'il soit plus heureux avec une autre, par exemple avec la blonde dont nous étions en train de parler.

– Celia a de l'argent, elle aussi.

Hudson hocha la tête.

– L'argent n'a de valeur que lorsqu'il est entre de bonnes mains. Et je suis plus puissant que sa famille.

Je hochai la tête, tout en mordillant mon index.

C'était ça, ou bien pousser le cri que je retenais depuis un moment. Hudson pouvait me prouver qu'il contrôlait la situation, mais il ne pouvait me promettre ce que je rêvais d'entendre.

– Alayna, je vais m'en occuper, poursuivit-il, en lisant l'angoisse sur mon visage.

– Je sais...

Il se pencha pour ôter mon index de ma bouche.

– Mais... ? demanda-t-il.

– Elle ne nous laissera jamais tranquilles, n'est-ce pas ?

Même si elle se comportait correctement, elle serait toujours là. Sa vie était tellement imbriquée dans celle de Hudson et de sa famille que je ne pouvais pas imaginer un scénario dans lequel elle disparaîtrait pour de bon.

Hudson frotta délicatement ma main avec son pouce.

– Mais si. On va trouver une solution. Tu me fais confiance ?

– Oui.

De tout mon cœur.

– Alors crois-moi, je m'occupe d'elle, dit-il en me serrant la main, avant de la lâcher. En attendant, tu restes avec Jordan. Plus de footings en extérieur pendant un moment, d'accord ?

Les footings étaient un des meilleurs moyens que je connaissais pour me calmer. Ils étaient nécessaires à ma santé mentale. Courir sur un tapis n'avait rien à voir avec une course en plein soleil, bercée par la brise.

– Je demanderai à Jordan de courir avec moi. Je suis sûre qu'il sera d'accord. Je sais qu'il est en forme, physiquement, et s'il a été dans les forces spéciales, il doit courir de temps en temps.

– Non. Ça ne suffit pas. Il ne peut pas être au top s'il se dépense physiquement.

– Je ne sais pas, je marmonnai. Toi, tu y arrives bien.

– Qu'est-ce que tu as dit ?

– Rien. C'est juste que je ne veux pas vivre dans une prison.

Je refusais d'abandonner les seules choses qui me faisaient du bien à cause de Celia.

– Alayna, s'il te plaît, m'implora-t-il en posant sur moi un regard doux et déterminé. Seulement jusqu'à ce qu'on ait un meilleur plan.

À quoi pensais-je ? *Hudson* me faisait du bien. Je pouvais abandonner tout le reste si j'étais avec lui.

– D'accord, très bien. Je me contenterai de la salle de sport. Pour l'instant.

– Viens ici, dit-il en me prenant dans ses bras. Je veux juste que tu sois en sécurité. Je ne supporterais pas qu'il t'arrive quoi que ce soit.

J'enfouis mon nez dans son cou et j'inhalai son parfum en buvant ses paroles et en priant pour qu'elles m'apaisent.

Cependant, à peine avais-je commencé à me détendre qu'une nouvelle pensée sinistre surgit dans mon esprit. Je me mis à envisager le pire.

– Tu crois vraiment que Celia serait capable d'aller plus loin ?

J'avais déjà sous-entendu cette possibilité un peu plus tôt, sans en être vraiment convaincue. Moi, je n'avais jamais fait pire que de suivre quelqu'un. En tout cas, je n'avais jamais vraiment blessé qui que ce soit.

Hudson resserra son étreinte et plongea son visage dans mes cheveux.

– Je ne sais pas ce dont elle est capable. Et je n'ai pas envie de le découvrir.

Sa voix était tendue et son doute fit immédiatement augmenter les battements de mon cœur.

– Hudson, j'ai peur.

Il me fit reculer suffisamment pour prendre mon visage dans ses mains et plongea son regard dans le mien.

– Pas moi, Alayna. Pas le moins du monde.

C'était tout l'inverse de ce qu'il venait d'insinuer. Je le suspectai de dire cela uniquement pour me rassurer et d'être plus inquiet qu'il ne voulait le montrer.

En même temps, sa réaction était vraiment touchante.

– Fais-moi confiance, dit-il en déposant un baiser sur le bout de mon nez. Je vais m'en occuper, avant de m'embrasser sur la bouche. Je vais prendre soin de toi.

Il lécha tendrement mes lèvres, et lorsque j'ouvris la bouche, sa langue y pénétra et me fit fondre par ses longues caresses. Il m'embrassa avec attention, lentement et profondément. Ses lèvres réussirent là où ses paroles avaient échoué – je me sentais mieux. Du moins, il m'avait changé les idées et m'avait offert ce dont j'avais besoin.

D'ailleurs, j'en voulais encore. Je me collai contre lui, dressant ma poitrine pour rencontrer la sienne. Hudson sourit contre ma bouche, puis conclut notre baiser brièvement avant de reculer son visage.

Je m'agrippai à sa veste, pour l'attirer à nouveau à moi. « Ne t'arrête pas. J'ai besoin de toi. » Je plaquai mon corps contre le sien quand mon désir se fit plus pressant.

– Alayna...

Son regard se posa sur le téléphone du bureau. Je savais qu'il voulait passer des coups de fil pour mettre la machine en marche. C'était ce dont il avait besoin pour se sentir mieux, en sécurité. Je le comprenais, mais ce dont moi j'avais besoin pour être rassurée était bien plus simple. Plus tangible, et à portée de main. « J'ai besoin de toi, Hudson. » Ma main descendit sur son entrejambe pour caresser son érection. « S'il te plaît. Je veux me sentir mieux. »

– Bon sang, Alayna, grogna-t-il. C'est dur, tu m'empêches de faire ce que je devrais être en train de faire.

– J'essaie *justement* de rendre ça dur...

Je caressai plus fort son sexe au travers de son pantalon. Je n'avais encore jamais eu à le supplier, mais si c'était ce qu'il voulait, j'allais le faire.

– Hudson... je t'en supplie !

– Et merde.

Dans un mouvement rapide, il me retourna. J'avais le bord du bureau contre mes fesses. Il se pencha et balaya de la main tout ce qui s'y trouvait. Puis il me souleva et m'assit dessus.

– Enlève ta culotte, commanda-t-il en débouclant sa ceinture.

Il n'eut pas besoin de me le demander deux fois. Le temps que j'enlève mon string, Hudson avait libéré son sexe. Je le regardai se caresser, fascinée par sa verge qui grossissait à chaque aller-retour de sa main.

Je promenai mes mains sur son torse en me tortillant et en écartant encore davantage les jambes. J'avais désespérément besoin de le sentir en moi – je ne me souvenais pas d'avoir déjà eu autant envie de lui. J'étais comme hors de moi. Je ne pouvais pas m'arrêter de le supplier.

– Hudson. J'ai besoin...

– Je sais ce dont tu as besoin. Aie confiance en moi, je vais te le donner.

Une main toujours sur son sexe, il glissa l'autre entre mes lèvres et frotta son pouce sur mon clitoris. Je gémis et soulevai mes hanches pour accroître la pression de sa main tandis qu'il appuyait son front contre le mien.

– Tu es tellement pressée, ma belle. Je vais te faire mal si tu ne me laisses pas te préparer avant.

Il glissa de nouveau ses doigts en moi avant de retourner sur mon clitoris.

– Je me fiche que ça me fasse mal.

C'était ne *pas* l'avoir en moi qui était douloureux.

– Viens ! m'écriai-je en tirant sur sa cravate.

Il jura à mi-voix puis il se laissa aller. Il empoigna mes cheveux et plaqua brutalement ma bouche contre la sienne.

– J'ai déjà suffisamment de mal à me contrôler sans que tu m'autorises à te baiser sauvagement.

J'avais envie de répondre *Dieu merci,* mais sa bouche s'était emparée de la mienne, frénétique. Parler était devenu impossible. Il me pénétra avec un coup de bassin profond et féroce. Je poussai un cri de douleur et de plaisir. J'étais mouillée, mais il avait raison, je n'étais pas suffisamment préparée.

Peu importe. J'adorais le sentir en moi, et l'étroitesse de mon sexe permettait à sa verge de le frotter sur chacune de ses parois. Je gémissais dans sa bouche à chaque coup de bassin. *Mon Dieu. Oh, mon Dieu, mon Dieu.*

Mais ça ne me suffisait toujours pas. J'entourai sa taille de mes jambes et je me cambrai pour que mes hanches rencontrent les siennes. Je fermai les yeux, excitée et folle d'envie de ressentir l'orgasme qui allait venir à coup sûr, si seulement j'y arrivais.

– Bon sang, Alayna. Ralentis, dit-il en cessant de sucer ma lèvre.

– Non. Peux pas. Envie de toi.

Je ne parvenais pas à formuler des phrases entières.

– Je sais. Je sais quoi te donner, dit-il en mordillant mon cou. Mais si tu ne me laisses pas m'occuper de toi, tu ne vas pas arriver là où tu veux aller.

– *Besoin* d'aller, le corrigeai-je, ne pouvant pas ralentir, affolée.

Hudson marmonna mon prénom, frustré. Il empoigna mes cheveux et tira ma tête en arrière jusqu'à ce que je pousse un petit cri, tout en ralentissant ses mouvements de piston.

– Écoute-moi. Tu m'écoutes ?

Je hochai la tête.

– Regarde-moi.

J'ouvris les yeux et trouvai son regard. Je fus immédiatement apaisée par ses iris gris.

– Tu dois me laisser diriger, Alayna. Tu dois me faire confiance. Je vais prendre soin de toi.

Il ne parlait pas d'orgasme, mais de bien autre chose.

– D'accord ? insista-t-il.

J'avais confiance en lui. Absolument. Je n'avais cessé de le lui répéter. Mais le dire était plus simple que de réellement baisser ma garde, et c'était ça qu'il pointait du doigt.

Je ne voulais pas le décevoir. J'acquiesçai.

– Bien, dit-il. Alors allons-y.

Une main toujours plongée dans mes cheveux, il se remit à caresser mon clitoris de l'autre. « Tiens-toi au bureau », m'ordonna-t-il.

Je lui obéis. Il accéléra son rythme, son gland touchait le même point à l'intérieur que son pouce à l'extérieur. Très vite, mon plaisir décupla.

– Mon Dieu, Alayna. Ta chatte est tellement bonne. Tellement étroite. Tu me fais tellement bander. Je vais jouir comme un dingue !

Il accéléra encore le rythme, et le bruit de nos corps qui claquaient l'un contre l'autre m'excita un peu plus.

Lorsque je fus sur le point de jouir, il souleva mon bassin et me pénétra avec des petits coups rapides qui nous firent chavirer ensemble en gémissant. Il éjacula en moi pendant plusieurs secondes.

– Ça va mieux ? demanda-t-il, avant que je n'aie eu le temps de reprendre mon souffle.

– Oui, beaucoup mieux.

Cependant, encore étourdie par mon orgasme, je réalisai que j'avais fait justement ce dont je l'avais accusé : je m'étais servie du sexe pour résoudre un problème.

– Je, euh... je suis désolée de...

– Chut, dit-il en posant son index contre ma bouche et en souriant. C'est agréable d'être à ta place, pour une fois.

– Eh bien, merci, répondis-je en embrassant son doigt et en passant mes mains autour de son cou.

– C'est quand tu veux, ma belle. Je serai ravi de faire disparaître tous tes soucis de cette manière.

Je me nettoyai à la hâte et je me rhabillai.

Lorsque je montai à l'arrière de la Maybach, Celia n'était pas dans les parages mais je frissonnai comme si je sentais encore son regard sur moi. Hudson pensait pouvoir se débarrasser d'elle pour de bon, et j'avais entièrement confiance en lui. Mais je l'aimais tellement que je n'étais peut-être pas tout à fait réaliste...

CHAPITRE SEPT

Plutôt que de retourner au club, je décidai de rentrer au penthouse. Hudson et moi avions prévu de dîner ensemble à la maison. Même s'il devait rentrer plus tard à cause des derniers événements, je ne voulais pas gâcher le plat que nous avait préparé la cuisinière.

Une fois à la maison, je mis nos assiettes dans le chauffe-plats et je m'assis à table, picorant ma salade en essayant de me concentrer sur un nouveau roman. J'avais choisi *L'Amant de Lady Chatterley*, de D. H. Lawrence, en espérant que ça m'aiderait à me concentrer sur les aspects romantiques et sexuels de ma vie, plutôt que sur l'angoisse causée par Celia.

Mais je n'arrivais pas à me concentrer suffisamment pour me plonger dedans. J'abandonnai ma lecture et jetai le livre sur la table. Une carte de visite, apparemment vierge, dépassait du livre. Son vol plané avait dû la déloger, car je ne l'avais pas vue avant. Je l'attrapai pour voir si elle était vierge des deux côtés.

Elle ne l'était pas. Et le nom que je lus me fit lâcher la carte.

Je posai ma main sur ma poitrine et je tentai de me calmer. Hudson avait commandé les livres à l'entreprise de Celia – il était normal qu'elle ait mis sa carte de visite.

Les livres étaient neufs. Or une phrase avait été surlignée en jaune à la page où se trouvait la carte : « *En faisant l'amour, nous avons fait naître une flamme. Même les fleurs sont créées par l'accouplement du soleil et de la terre. Mais c'est une chose délicate qui demande de la patience et une longue attente.* »

Était-ce Celia qui avait marqué cette citation ? L'avait-elle fait pour moi, ou pour Hudson ? Quelle que soit sa cible, quel était son but ?

– Bon bouquin ?

Je sursautai en entendant Hudson derrière moi. J'étais trop absorbée par le livre et le message de Celia pour l'entendre entrer.

Il se pencha pour m'embrasser dans le cou.

– Désolé, je ne voulais pas te faire peur.

– Ce n'est pas toi, regarde.

Je lui montrai la carte et le livre ouvert pour qu'il puisse voir.

– J'ai trouvé cette carte de visite dans le roman – c'est un de ceux que tu as achetés pour moi. Et cette citation est surlignée.

Je sentis la rage qui gagnait Hudson. Il froissa la carte et la jeta à l'autre bout de la pièce.

– Bon sang !

– Qu'est-ce que ça veut dire ?

– Comment savoir ? s'exclama-t-il avant de prendre une longue inspiration pour tenter de se calmer. Tu sais quoi ? N'y pense même pas. C'est ce qu'elle veut. Elle l'a fait pour te déstabiliser, dit-il en prenant le livre et en l'emportant avec lui dans la cuisine. Tu as mangé ?

– Je t'attendais. Les assiettes sont dans le chauffe-plats.

Je restai assise en silence en attendant qu'il revienne.

– Tu as récupéré sa clef, n'est-ce pas ?

– Elle n'a pas laissé cette carte aujourd'hui. Elle doit être là depuis qu'elle a fait livrer les livres, dit-il en posant nos assiettes sur la table avant de repartir dans la cuisine.

Il n'avait pas répondu à ma question ; cela me rendit plus nerveuse encore. J'attendis qu'il revienne, avec une bouteille de vin et deux verres.

– Hudson, sa clef ?

– Oui. Je lui ai repris sa clef.

Il me servit un verre avant de remplir le sien. Il en vida la moitié avant même que j'aie pu en boire une gorgée.

– Je la lui ai reprise le jour où elle a livré les derniers bouquins, ajouta-t-il.

J'ignorais qu'il l'avait vue à ce moment-là. Mais comme j'avais souvent vu Celia sans le lui dire, nous étions quittes.

Au lieu de spéculer sur la raison pour laquelle il ne m'en avait pas parlé, je réfléchis à ce qu'il venait de dire – elle avait mis cette carte dans ce roman avant que les cartons n'aient été livrés. Hudson avait commandé des centaines de livres. Était-ce possible que je sois tombée sur le seul dans lequel elle avait surligné une citation ? Il devait forcément y en avoir d'autres.

– Il pourrait y avoir des messages secrets dans tous les livres.

Hudson but une nouvelle gorgée de vin et vida ainsi son verre.

– Je vais tous les changer.

– Tu n'as pas besoin de faire cela.

J'avais déjà prévu de tous les inspecter. Après tout, la curiosité faisait partie de ma personnalité.

– Je vais le faire quand même, dit Hudson en remplissant encore son verre.

Apparemment, il avait pris sa décision, et je savais qu'il ne servait à rien d'en discuter. Je regardai l'heure. Il était vingt heures passées.

– Tu es rentré tard. Est-ce que ça signifie que tu as trouvé comment nous débarrasser d'elle ?

Hudson évita mon regard, tout en avalant une bouchée de poisson.

– J'ai pensé à quelque chose, mais je préférerais ne pas en parler, si ça ne te gêne pas.

– Euh, si, ça me gêne. Cela m'affecte aussi, j'ai besoin de savoir ce qui se passe.

S'il croyait que j'allais le laisser s'occuper de cette histoire tout seul, il se mettait le doigt dans l'œil.

– Tu sais déjà ce que tu as besoin de savoir. J'ai engagé un autre garde du corps, et je fais installer de nouvelles caméras au club dès demain. J'ai quelques idées qui pourraient permettre de faire perdre à Celia tout intérêt pour ce petit jeu sadique.

Son langage corporel me disait que le sujet était clos. J'ai commencé à sérieusement m'énerver.

– Des idées dont tu ne veux pas me parler ?

– Exactement.

Je posai ma fourchette sur la table avec plus de force que prévu – ou peut-être était-ce justement ce que je souhaitais, après tout.

– Hudson, la transparence, l'honnêteté, tu te souviens ? Tu me caches quelque chose ? C'est illégal ?

– Non. Et non. Et tu m'as dit que tu me faisais confiance. Tu te souviens ? demanda-t-il en haussant les sourcils.

– J'ai confiance en toi. Mais nous étions censés marcher ensemble dans cette histoire, et ce n'est pas le cas. Tu me caches des choses en voulant jouer au super-héros. Enfin, je suppose que c'est le cas, parce qu'en vérité je n'en sais rien.

Il soupira et ferma les yeux. Lorsqu'il les rouvrit, il plongea son regard dans le mien.

– On *est* ensemble, Alayna. Et je te le dirai, dit-il en posant sa main sur la mienne. Mais pas maintenant. Je préférerais passer ma soirée avec *toi*, et toi *seule*.

Après tout, c'était ainsi qu'il gérait les problèmes : en silence, et seul. Nous devions tous les deux apprendre à fonctionner en couple. Il m'avait dit qu'il m'en parlerait plus tard. Peut-être pouvais-je oublier Celia pour ce soir, moi aussi. Je lui pris la main.

– D'accord. On n'en parle plus.

Nous échangeâmes un sourire, avant que Hudson ne lâche ma main pour continuer à manger.

Nous restâmes assis en silence pendant plusieurs minutes. Hudson dévora son plat tandis que je me contentais de picorer dans mon assiette. J'avais perdu l'appétit. J'avais accepté de ne pas parler de Celia, mais je ne pouvais pas m'empêcher d'y penser. Savait-elle que, désormais, elle occupait nos pensées et qu'elle était tellement présente que nous formions pour ainsi dire un ménage à trois ?

Hudson faisait tourner le vin dans son verre tout en m'étudiant.

– Et maintenant, tu ne parles plus.

– Je n'ai pas d'autre sujet à aborder, dis-je en riant sèchement.

Il passa sa main sur son visage et je sus qu'il pensait à la même chose que moi – que nous ne pouvions plus manger en paix à cause d'elle. Il ouvrit la bouche pour parler, je crus qu'il allait céder à cette garce. Cependant, il sembla reprendre le contrôle de lui-même et son visage se détendit.

– Bon, voyons voir. Je sais déjà comment ta journée s'est passée. Qu'as-tu prévu demain ? Tu as un entretien avec Gwenith n'est-ce pas ?

– Elle s'appelle Gwenith ? Bien, bien.

C'était la première fois que j'entendais son prénom en entier.

– Qu'est-ce que tu insinues ?

– Rien.

J'étais probablement en train d'en faire une montagne, mais je ne pouvais m'empêcher de continuer.

– Je t'ai entendu l'appeler Gwen.

– C'est comme ça qu'elle se présente, dit-il en haussant les épaules.

– Tu n'utilises jamais les diminutifs des gens, affirmai-je avec une pointe d'irritation dans la voix.

– Tu sous-entends que c'est suspect ?

Je sentais qu'il s'énervait, lui aussi.

– Non.

Bon sang, pour quelle foutue raison est-ce que ça me gênait autant ?

– Je ne sais pas, ajoutai-je.

C'était Celia. Nous avions beau tenter de l'oublier, nous n'y arrivions pas.

– Je suis tendue, c'est tout. Je suis désolée, avouai-je en soupirant.

– Je sais. Moi aussi, admit-il en buvant une gorgée de vin. Je ne sais pas pourquoi je l'appelle Gwen. C'est comme ça qu'elle m'a été présentée. Je suppose que c'est ancré dans ma mémoire, maintenant.

– Tu n'as pas besoin de t'expliquer.

Mais j'étais contente qu'il l'ait fait.

Je bus une gorgée en essayant de trouver un sujet de conversation sans risques. Il m'avait demandé ce que je faisais le lendemain... *merde*. Je me souvins que je devais lui parler de mon déjeuner, ce qui n'allait pas être agréable. Autant s'en débarrasser tout de suite.

– À propos de demain... J'ai un rendez-vous dont je devrais te parler.

– J'espère que tu n'as pas prévu d'aller courir à Central Park. Ton nouveau garde du corps te plaquerait au sol pour t'en empêcher.

Il avait beau avoir parlé d'un ton léger, son regard était tout à fait sérieux.

– Je t'ai dit que je n'irai pas courir en extérieur. La confiance marche dans les deux sens, tu sais. Est-ce que tu vas me le présenter, ce garde du corps ? Est-ce qu'il est aussi beau que Jordan, mais intouchable parce qu'il est gay ?

– Ce n'est pas drôle du tout, fit-il en grimaçant.

Je tapai son genou avec le mien sous la table.

– Si, ça l'est, et tu le sais.

– Je te le présenterai demain. Il n'est pas gay. Et j'ai confiance en toi, donc je me fiche qu'il soit beau ou pas.

– C'est parfait.

– Donc, qu'est-ce que tu voulais me dire ? demanda-t-il en avalant une bouchée de risotto, les yeux rivés sur moi.

J'hésitai un instant, je craignais de plomber l'ambiance à nouveau.

– Je... euh... je vais déjeuner avec Mira, demain. Et Jack.

Hudson se figea, sa fourchette en l'air.

– Je te demande pardon ?

Il m'avait très bien entendue, mais je jouai le jeu, en essayant de paraître plus sûre de moi que la première fois.

– Je déjeune avec ta sœur et ton père, répétai-je.

– C'est hors de question.

Je n'étais pas surprise par sa réaction et je fis de mon mieux pour rester calme et paraître détendue.

– Je suppose que c'est la présence de Jack qui t'agace, pas celle de Mira.

Sa mâchoire se contracta.

– Je ne suis pas agacé, parce que tu ne déjeuneras pas avec mon père.

– Je ne suis pas certaine que tu puisses me dire ce que je dois faire ou non, dis-je en m'efforçant d'adopter une voix sereine.

– Bien sûr que si.

J'émis un grognement en passant une main dans mes cheveux.

– Hudson, c'est ridicule. Je te l'ai déjà dit, je ne suis pas Celia. Je ne coucherai pas avec ton père, même s'il s'amusait à me draguer. Ce qu'il ne fera pas, parce que ta petite sœur sera présente.

Il s'essuya la bouche et jeta sa serviette dans son assiette.

– Pourquoi as-tu besoin de le voir ?

– Je n'en ai pas *besoin*, et ce n'était pas prévu. Mira ne voulait pas être seule avec lui, elle m'a demandé de l'accompagner.

– Elle n'a pas besoin d'être accompagnée. Annule le déjeuner et vois-la pour boire un café plus tard. Seule.

Je me forçai à y réfléchir un instant mais rejetai l'idée, en commençant à vraiment m'énerver.

– Je n'ai pas envie d'annuler, Hudson. Je vais déjeuner avec Mira. Et Jack. Pas parce qu'il me plaît, mais parce que c'est ton père. Et que je n'ai plus de père, et que passer du temps avec Jack me fait du bien. Peut-être qu'il n'est pas le substitut idéal, mais je n'ai pas mieux. Et puis plus je le connais, plus je me sens proche de toi. Et quand tu me caches des choses, H., je fais ce que je peux pour ne pas rester à l'écart.

– Alayna...

Je me sentis immédiatement coupable.

– Je suis désolée pour ma dernière phrase. Tu ne la méritais pas.

Hudson recula sa chaise, tendit la main et m'attira sur ses genoux. Instantanément, la tension entre nous commença à se dissiper.

– Je ne te cache rien, Alayna, dit-il en caressant mes bras. Vraiment, je te le promets. Je veux juste passer une soirée... sans elle.

– Je sais, dis-je en me collant davantage contre lui.

– Et je t'en supplie, n'utilise pas mon père pour te rapprocher de moi. Il ne connaît pas le chemin de mon cœur.

– Et où est ce chemin ?

– Tu ne le sais pas ? demanda-t-il en me soulevant le menton pour me regarder dans les yeux. C'est pourtant toi qui l'as trouvé la première.

Je dus retenir mes larmes pour ne pas gâcher cet instant.

– Je ne vais pas annuler mon déjeuner juste parce que tu es mignon.

Il éclata de rire.

– Ne t'en fais pas. Je ne pensais pas cela. Déjeune avec lui si c'est ce que tu souhaites. Au moins je saurai que tu es en sécurité et loin de Celia, puisqu'ils ne s'adressent plus la parole. Et je t'avoue que j'en suis ravi.

– Tu ne pourrais pas m'en empêcher, de toute manière, rétorquai-je sur un ton badin pour préserver sa bonne humeur.

– Et je n'aime pas du tout ça, répondit-il en soupirant de façon exagérée.

Une vague d'émotions s'abattit soudain sur moi. Mon Dieu, cet homme... il mettait toute sa vie sur pause pour prendre soin de moi, pour me protéger, et maintenant il acceptait que je voie son père, alors que ça le torturait. Il avait beau avoir des défauts, il s'approchait de plus en plus de la perfection.

Je passai mes bras autour de son cou et je le serrai fort contre moi.

– Je t'aime, H.

– Et c'est pour cela que je te laisse gagner.

– Que tu me *laisses* gagner ? dis-je en reculant pour qu'il me voie hausser les sourcils.

– Je t'en supplie Alayna, laisse-moi rêver un peu.

– Que penses-tu de ça, commençai-je en changeant de position pour m'installer à cheval sur lui. Si on s'arrêtait de parler pour passer à une activité qui nous permet de gagner tous les deux ?

– Peut-on gagner deux fois chacun ?

– Chéri, je t'en prie. On peut même gagner trois fois, si tu t'en sens capable.

Je le sentis bander entre mes jambes.

– Alors ça, c'est une idée qui me plaît.

* * *

Mira tapota son menton avec son doigt manucuré.

– Je ne comprends pas pourquoi il ne te dirait pas ce qu'il a prévu. Ça n'a aucun sens.

Lorsque j'avais retrouvé Mira, je n'avais pas prévu de lui parler de Celia, mais les mots m'avaient échappé. Si Jack avait été là, je n'en aurais pas dit autant, mais il était en retard et j'avais tout raconté, y compris la réponse évasive de Hudson sur la façon dont il comptait se débarrasser de cette garce. Il avait sûrement de bonnes raisons de ne pas m'en parler, mais ça continuait néanmoins à me perturber.

Sans doute étais-je injuste envers lui.

– Peut-être qu'il n'avait vraiment plus envie de parler d'elle.

J'ouvris un sachet de sucre et le versai dans mon thé glacé avant de le touiller.

– Tu as peur qu'il te cache quelque chose ?

– Non. Enfin, je ne sais pas.

– Je n'en sais rien non plus, je suis désolée, dit-elle en secouant la tête.

– Pourquoi tu es désolée ? Tu n'as aucune raison de l'être, répondis-je, surprise par ses excuses.

– C'est mon frère, déclara-t-elle avant de se rendre compte que cela n'expliquait rien. J'ai l'impression que je devrais le comprendre un peu mieux.

– Hélas, personne ne peut prétendre le comprendre.

Quelqu'un y parviendrait-il un jour ? J'avais parfois l'impression d'être la seule à le pouvoir, mais était-ce vraiment le cas ?

– Êtes-vous prêtes à commander, mesdames ?

La question du serveur ramena mon attention au menu que j'avais mis de côté. Je n'avais toujours pas décidé quoi manger, trop occupée à parler. Le serveur me vit hésiter. « Ou préférez-vous attendre le troisième invité ? »

Mira, qui savait déjà ce qu'elle voulait commander, me regarda.

– On va attendre, répondit-elle au serveur.

– Très bien, acquiesça-t-il en partant s'occuper d'une autre table.

Je repris mon menu pour choisir mon plat, mais j'avais la tête ailleurs.

– Pour être honnête, j'ai peur que la raison pour laquelle il ne veut rien me dire, c'est qu'il n'a pas encore de plan.

– Tu ne crois pas qu'il te l'avouerait ?

– Non.

Hudson ne supporterait pas que je sache qu'il ne contrôlait pas parfaitement la situation.

– Il veut que je me sente en sécurité, ajoutai-je.

– Bien sûr, je comprends, dit Mira en souriant jusqu'aux oreilles. Laynie, il va trouver une solution. J'en suis certaine. Et quelle qu'elle soit, elle fonctionnera. Il s'y consacrera corps et âme. C'est probablement une comparaison horrible, mais regarde jusqu'où il est allé pour garder le secret de Celia. Tout ça pour la protéger.

– Il ne protégeait pas Celia, dit Jack en s'asseyant entre Mira et moi. Je suis désolé d'être en retard, mesdames, mais il y avait des bouchons. Je ne savais pas que tu te joindrais à nous, Laynie. C'est une bonne surprise !

Mira parla avant que je puisse lui répondre.

– Est-ce que tu insinues que Hudson cherchait à te protéger, toi ? Parce que ça me rend malade, aboya-t-elle en lui tendant un menu.

– Je sais ce que je veux, dit-il en posant le menu sur la table sans remarquer l'hostilité de Mira. Hudson voulait protéger sa mère. Il ne voulait pas qu'elle soit blessée par mon infidélité.

– Bref, dit Mira en me regardant. La comparaison tient toujours. Hudson serait prêt à bien plus pour toi que pour maman, annonça-t-elle avant de se tourner de nouveau vers son père. Et puis, tu dis ça comme s'il était illogique qu'elle soit blessée.

– Ce qui est illogique, c'est qu'il en ait quelque chose à faire, dit Jack en se massant les épaules, comme pour se détendre.

La mâchoire de Mira se contracta comme celle de son frère, lorsqu'il était en colère.

– Heureusement, il n'a pas hérité de ton cœur de pierre.

– Non, il l'a hérité de sa mère.

Mira écarquilla les yeux et se pencha en avant pour chuchoter.

– Tu ne veux pas arrêter, bon sang ?

Je regardai Jack et sa fille, tour à tour, suivant leurs attaques respectives. Hudson avait raison, Mira n'avait vraiment pas besoin de moi.

Jack posa ses mains à plat sur la table et se tourna vers Mira.

– Mirabelle, je ne suis pas sans cœur. Tu penses que c'était cruel de ma part de tromper ta mère, et tu as raison. Ça l'était. Je ne suis pas parfait.

Les yeux de Mira s'emplirent de larmes et je compris soudain que sa colère servait à cacher sa peine.

– Mais il faut que tu comprennes, ma chérie, poursuivit Jack, que Sophia est coupable, elle aussi. Ce n'est pas une femme facile à aimer.

Mira essuya une larme qui avait réussi à s'échapper.

– Et est-ce que tu l'aimes, papa ?

– Oui. Je l'aime. Bien sûr que je l'aime, dit Jack en prenant la main de sa fille.

– Est-ce que tu lui dis ?

– Chaque jour.

Mira sourit brièvement avant d'enlever sa main.

– Les actes ont plus de valeur que les mots, tu sais.

Mal à l'aise, j'étais restée silencieuse en essayant de me faire oublier, laissant père et fille s'expliquer. Cependant, je ne pus m'empêcher de commenter cette dernière phrase.

– Ce n'est pas toujours vrai.

Jack et Mira me regardèrent soudain, comme s'ils venaient de se rappeler ma présence. Ou peut-être souhaitaient-ils que je clarifie ma pensée. Je n'allais sûrement pas leur dire que Hudson ne m'avait toujours pas dit qu'il m'aimait. Alors je me contentai d'un « parfois, c'est agréable d'avoir les deux ».

Le retour du serveur me sauva en m'empêchant d'en dire davantage. Je me dépêchai de choisir pendant que Mira et Jack passaient leur commande. J'optai pour la salade du Chef.

– Et je vais prendre un Manhattan, dit Jack avant que le serveur ne soit parti.

– À midi, papa ? Tu es sérieux ?

– Eh, ce n'est pas moi qui ai un problème avec l'alcool.

Je m'attendais à ce que Mira réagisse, car personne ne parlait jamais de l'alcoolisme de Sophia. J'avais toujours eu l'impression qu'elle préférait faire comme si de rien n'était.

– Mais tu ne fais rien pour l'aider, répondit Mira du tac au tac. Tu ne peux pas prendre un thé ? Ou de l'eau ?

– Bon sang, Mira. Ta mère n'est pas là, dit Jack. C'est parce que ça te tente trop ? Tu n'as pas touché à ton verre d'eau. Est-ce que tu préférerais quelque chose de plus fort ?

– Je me fiche de ce que tu bois. Je n'ai pas soif. Je garde de la place pour mon repas.

Ils cessèrent enfin de se chamailler un instant. Je cherchais un nouveau sujet de conversation, quand Jack reprit la parole.

– Que disiez-vous, à propos de Celia et Hudson ?

Je grimaçai en entendant leurs prénoms accolés, comme s'ils formaient un couple.

– Est-ce que je peux lui dire ? demanda Mira, le regard brillant.

– Oh mon Dieu, non.

Bien qu'il ne m'ait rien dit, j'étais certaine que Hudson n'aimerait pas que son père soit au courant de sa vie privée.

– Je vais lui dire quand même, dit Mira qui, apparemment, n'avait pas la même vision des choses.

Elle lui raconta une version courte des événements de la veille – la façon dont Celia m'avait suivie, les messages dans les livres, le plan qu'essayait de trouver Hudson. Lorsqu'elle eut fini, je me rendis compte que j'étais toute rouge, gênée que j'étais d'être leur centre d'intérêt.

– Ce n'est rien, je n'aurais pas dû en faire toute une histoire, m'empressai-je de dire.

– Mais si, tu as bien fait ! s'exclama Mira.

– Mira a raison, dit Jack en me regardant droit dans les yeux. Celia n'est pas une menace à prendre à la légère.

– Vous voyez ce type, là-bas ? dis-je en désignant l'homme assis quelques tables plus loin. C'est mon nouveau garde du corps. Croyez-moi, on ne prend pas cette histoire à la légère.

Penser à lui ne fit qu'augmenter mon angoisse.

– Tant mieux. Hudson prend les choses au sérieux. Je suis rassuré.

– Pourquoi ?

L'inquiétude de Jack ne m'aidait pas à me calmer.

– Parce que je tiens à toi, Laynie ! s'exclama Jack, visiblement surpris par ma question.

Je me raidis, je craignais qu'il n'aille trop loin, mais il poursuivit sans paraître rien remarquer.

– Tu fais partie de la famille, maintenant. Tu joues un rôle important dans la vie de Hudson. Il serait anéanti s'il t'arrivait quelque chose... et moi aussi.

– Merci, Jack. Ça me touche.

Son affection était pure, bien évidemment, et je me sentis coupable d'en avoir douté. De plus, ses paroles m'avaient un peu apaisée.

– Moi aussi je tiens à toi. À vous tous, dis-je en regardant Mira.

Bon, d'accord. Peut-être pas à Sophia, mais je n'avais pas besoin de le leur dire. Je déglutis pour avaler la boule qui était en train de se former dans ma gorge.

– Ce que je voulais savoir, c'est pourquoi Celia t'inquiète ? Et pourquoi est-ce qu'elle veut me faire du mal ? Elle agit comme une amante jalouse. Est-ce que Hudson et elle étaient ensemble ?

« Absolument pas », s'exclama Mira, pendant que Jack s'écriait « Ils n'ont jamais été ensemble. »

– Mais Hudson garde tellement de secrets. Peut-être qu'il ne vous l'a pas dit. Vous ne pouvez pas en être certains.

– Moi, j'en suis sûre. C'est impossible.

C'était la première fois que Mira exprimait son opinion sur la question.

– Elle le dégoûte depuis le jour où elle m'a séduit, ajouta Jack.

– Qu'*elle* t'a séduit ? répéta Mira en grimaçant. Comme si tu n'avais rien à voir là-dedans.

– Bien sûr que j'ai quelque chose à y voir, dit Jack en esquissant un sourire machiavélique. Mais bien peu d'hommes pourraient dire non à une femme qui les attend nue sur leur lit, qu'ils soient mariés ou pas.

– Je ne sais pas, ce n'est pas impossible, dis-je en pensant à Paul Kresh que j'avais attendu nue dans son bureau, ce qui m'avait valu une arrestation.

Le serveur revint alors avec la boisson de Jack. Mira leva les yeux au ciel, mais elle ne dit rien de plus.

– Si Celia dégoûte Hudson, pourquoi sont-ils amis ? demanda Mira lorsque le serveur fut parti.

Je m'étais souvent posé cette question au cours des dernières semaines. Je n'avais jamais envisagé que Jack puisse détenir la réponse.

Il but une gorgée de son cocktail et se recula dans sa chaise.

– Hudson pense qu'il est responsable de la personne qu'elle est devenue. Il se sent coupable.

– Je ne comprends pas, pourquoi serait-il responsable de ce qu'elle est ? demanda Mira en fronçant les sourcils.

Apparemment, Mira ne connaissait pas toute l'histoire de Celia et Hudson – la façon dont il l'avait manipulée pour qu'elle tombe amoureuse de lui, pour ensuite coucher avec sa meilleure amie. C'était cette trahison qui l'avait poussée à coucher avec Jack, une sorte de revanche.

Jack chercha mon regard, confirmant qu'il en savait plus que sa fille.

– C'est une histoire longue et compliquée. Si tu veux en savoir plus, il faudra que tu demandes à Hudson. Ou à Celia.

– Il est hors de question que je parle à cette fille.

Mira prit sa petite cuillère et attrapa un glaçon dans le verre de son père. J'étais étonnée qu'elle n'insiste pas pour en savoir davantage.

Jack m'en avait appris un peu plus, mais une question restée sans réponse me hantait encore.

– Donc, pour résumer, ils sont amis, il l'a soutenue, elle ne l'a jamais intéressé et elle le sait. Alors *pourquoi* est-ce qu'elle nous en veut ?

– Aucune idée, soupira Jack. C'est probablement un autre de ses jeux tordus. Elle aime ça, tu sais, et elle est douée. Je la crois capable de tout. Elle est calculatrice et manipulatrice, et elle déteste perdre.

– Super, dis-je en me massant le front, pour dissiper la migraine que je sentais poindre. Alors qu'est-ce qu'on est censés faire pour lui échapper ?

– Laissez-lui croire qu'elle a gagné.

Le serveur nous apporta nos plats et nous parlâmes de choses moins graves : du bébé de Mira, de sa décision ne pas connaître le sexe, ainsi que de la couleur qu'ils allaient choisir pour sa chambre. En dépit de la tension qui régnait entre eux au début du repas, Jack et elle se détendirent et je parvins à me relaxer aussi, ce que je n'avais pas réussi à faire depuis plusieurs jours. Un déjeuner avec eux était juste ce dont j'avais besoin.

Mira parvint ensuite à nous convaincre de prendre une crème brûlée et un café, que nous dégustâmes lentement, avec plaisir.

– Je ne peux plus rien avaler, dit Mira en repoussant son assiette. Et il faut que je fasse pipi. Encore.

Je l'avais accompagnée la première fois, mais cette fois-ci je préférais rester à table pour parler à Jack en privé. Après tout, c'était probablement la seule occasion que j'aurais. Je me lançai dès que Mira se fut levée de table.

– Jack, j'ai une question indiscrète à te poser, si ça ne te gêne pas.

– Environ seize centimètres. Mais ce n'est pas la taille qui compte, c'est la façon dont on s'en sert.

Apparemment, Hudson tenait son humour pervers de son père.

– Je suis sérieuse, dis-je en levant les yeux au ciel.

Il parut prêt à rétorquer, mais mon expression ferme sembla l'en dissuader.

– D'accord, vas-y.

– Un jour, Sophia m'a dit que Hudson était un sociopathe. Est-ce que tu le crois, toi aussi ?

Ma question était peut-être trop directe, mais Mira allait bientôt revenir et je n'étais pas certaine que Jack soit honnête en sa présence.

– Sophia raconte encore ces conneries ? demanda Jack en secouant la tête, l'air à la fois dégoûté et fatigué. Hudson a vu *un* psychiatre qui a émis cette idée *une* seule fois, et c'était il y a très longtemps. Il n'a jamais été diagnostiqué comme psychopathe, et *non*, je ne le crois pas. Il est évident que ce gamin ressent des émotions. Trop, même. C'est juste qu'il ne sait pas toujours comment exprimer ses sentiments. De cela aussi je tiens Sophia responsable.

J'ai enfin réalisé que je retenais ma respiration en expirant. Je n'avais pas besoin que Jack me réponde pour savoir que Hudson n'était pas un sociopathe. J'étais contente de connaître la raison pour laquelle Sophia l'avait prétendu, et j'étais soulagée de savoir que son mari n'était pas d'accord avec elle.

Sa réponse fit naître une nouvelle question qui me poursuivait depuis le jour où j'avais rencontré la mère de Hudson.

– Pourquoi tiens-tu Sophia pour responsable de ses difficultés à s'exprimer ? Je sais que tu ne parles pas uniquement de son alcoolisme. Qu'est-ce qu'elle lui a fait ?

– Eh bien, si je te l'explique, tu vas comprendre que je suis coupable, moi aussi.

– Je m'en remettrai.

– Mais *moi*, est-ce que je peux le supporter ? répondit Jack avant d'hésiter un instant. Sophia n'a pas toujours été aussi dure, poursuivit-il. Lorsque je l'ai épousée, elle était raffinée et sérieuse, mais elle savait s'amuser. Et puis, j'ai commencé à bâtir Pierce Industries. Je n'avais pas grandi comme Sophia. Ses parents étaient convaincus qu'elle pouvait faire un plus beau mariage, et je voulais leur prouver qu'ils avaient tort, que je pouvais être l'homme qu'ils voulaient qu'elle épouse.

– Et c'est ce que tu as fait.

Si c'était grâce à Hudson que Pierce Industries était devenue l'une des plus grandes firmes du pays, c'était Jack qui en avait bâti les fondations.

– Exactement. C'était ce que Sophia voulait, elle aussi. Cependant, elle ne s'attendait pas à trouver aussi difficile d'être l'épouse d'un homme qui était marié à son travail.

Elle a décidé que je la trompais bien avant que je ne le fasse, dit-il alors qu'un voile de tristesse recouvrait son regard. Mon erreur a été de ne pas être suffisamment présent. Sa solitude l'a poussée à boire, et l'alcool l'a rendue plus distante. C'est devenu un cercle vicieux : je n'étais pas là à cause du travail, et lorsque je rentrais, je regrettais de ne pas être ailleurs parce que ma femme s'était transformée en garce au cœur de pierre. Alors je travaillais toujours plus, pour l'éviter.

J'ai dû cacher mon sourire. Si j'avais vécu avec Sophia, j'aurais probablement fait la même chose. Jack parut lire dans mes pensées et me fit un clin d'œil avant de poursuivre d'une voix remplie de peine.

– Elle a fini par se rendre compte que la seule personne pour qui je revenais à la maison, c'était Hudson. Il était mon fils, mon premier-né, je lui accordais autant de temps que possible.

Les yeux de Jack exprimèrent alors cet amour qui ne peut exister qu'entre un père et son enfant et je fus profondément émue par cet homme – un homme qui aimait Hudson autant que moi.

Jack se mit à promener son doigt sur sa tasse de café, perdu dans ses souvenirs.

– Sophia s'est servie de lui pour m'atteindre. Elle l'utilisait pour attirer mon attention, puis elle l'enlevait brusquement en l'envoyant dans sa chambre. Hudson était un enfant très intelligent et il a très vite compris que sa mère se servait de lui comme appât. Le pauvre gamin a été pris au milieu de tellement de jeux... Je ne suis pas surpris qu'il en soit vite devenu le maître.

Je souffrais en imaginant l'homme que j'aimais à l'âge trois ans, cherchant simplement l'amour de ses parents.

– Est-ce que Sophia a fait la même chose avec Mira ?

– Non. Lorsque Mira est née, Hudson était déjà devenu le rival de Sophia. Je crois qu'il a combattu sa mère pour qu'elle ne s'acharne pas aussi sur sa sœur, expliqua Jack d'une voix emplie de fierté. À ton avis, est-ce qu'un sociopathe agirait ainsi ?

– Non, pas du tout. Mais je savais qu'il n'en était pas un. Il y a beaucoup trop d'amour en lui.

Cela dit, était-ce possible que je me laisse aveugler ? S'il m'aimait vraiment, pourquoi ne pouvait-il pas le dire ?

Je sentis une présence derrière moi et je me retournai, m'attendant à voir Mira.

– Qu'est-ce que tu fous ici avec elle ?

Mais ce n'était pas la fille de Jack. C'était sa femme.

CHAPITRE HUIT

Sophia s'accrochait au dossier de ma chaise.

– Celia ne t'a pas suffi ? Il faut que tu voles celle-ci aussi à ton fils ?

Elle parlait fort et les gens assis autour de nous avaient tous tourné la tête dans notre direction.

Le visage de Jack me laissa deviner qu'il était aussi surpris par la présence de sa femme que moi.

– Sophia, qu'est-ce que tu fais ici ?

– Je t'espionne, évidemment.

Elle avait voulu dire « évidemment » mais elle bafouillait tellement qu'il n'était pas facile de la comprendre. Je ne l'avais jamais vue ainsi, aussi ivre.

– Tu es saoule.

– Je ne vois pas le raffort. Le fapport, marmonna-t-elle en s'écroulant sur la chaise de Mira. Peu importe, conclut-elle.

– Comment tu as su que j'étais ici ?

– Mira. Elle m'a dit qu'elle déjeunait avec toi. J'ai décidé de venir au mensonge. Pour voir les mensonges. Pour entendre les mensonges que tu racontes sur moi. Et je découvre que *tout ça* n'est qu'un mensonge ! Que tu as osé demander à ta fille de te couvrir pendant que tu me trompes ?

– Maman ?

Cette fois-ci, la personne qui se tenait derrière moi était bien celle que j'attendais.

Sophia tendit les bras pour saisir la main de sa fille.

– Mira ! Regarde avec qui j'ai surpris ton père. La nouvelle copine de Hudson.

Mira regarda autour de nous en tapotant la main de sa mère.

– Maman, papa n'est pas avec Alayna. Il est avec moi. Je t'ai dit que je serais là. C'est moi qui ai invité Alayna, expliqua-t-elle en s'adressant à sa mère comme à une enfant.

Soudain, les souvenirs de mon père alcoolique m'envahirent. En pire, là c'était en public. À la maison, papa pouvait crier, pleurer et se ridiculiser, nous le laissions s'endormir dans son vomi et nous nettoyions ensuite les dégâts. Mais, lorsque nous étions en public, nous devions assumer notre responsabilité et prier pour que ce ne soit pas trop humiliant.

À en croire l'expression de Mira, elle formulait la même prière.

– C'est *toi* qui as invité cette traînée ?

Trop tard. Sophia avait dépassé les limites. Cela dit, ses attaques envers moi n'avaient rien de nouveau.

– Oui, je l'ai invitée. En revanche, je ne t'ai pas invitée, *toi*. Mais peu importe. Maman, tu es ivre. Il faut te ramener à la maison. Tu es venue en taxi ?

– Non.

– Comment tu es venue ?

Mira fit signe au serveur de nous préparer la note. J'étais épatée par sa façon de garder le contrôle de la situation. Cela dit, c'était probablement un rôle auquel elle était habituée.

– Frank ? répondit Sophia en hésitant, ne sachant pas si c'était la bonne réponse. Oui, Frank est dehors, quelque part.

– Je vais l'appeler, dit Jack en sortant son téléphone de sa poche.

– Je vais t'accompagner dehors, maman, d'accord ? dit Mira en se penchant vers sa mère.

– Non, Mira. Laisse-moi faire, dit Jack en se levant. Frank ? Sophia et moi sommes prêts à partir, annonça-t-il à son chauffeur. Très bien. On vous attend dehors.

Il rangea son téléphone et avança pour aider sa femme à se lever.

– Tu es venu en voiture, papa ? dit Mira, les yeux pleins de reconnaissance.

– Oui, je l'ai laissée avec le voiturier.

Sophia tituba contre Jack. Elle était sur le point de s'endormir, Mira lui donna une gifle.

– Maman, tu y es presque. Accroche-toi encore un peu, juste le temps d'arriver dans la voiture.

– J'ai pris un taxi, dit Mira lorsque sa mère rouvrit les yeux. Je ramènerai ta voiture chez toi.

Il sortit son portefeuille et lui tendit un ticket de parking.

– Merci, ma chérie.

Mira prit le bout de papier et hocha la tête avant de s'effondrer sur sa chaise. Je regardai Jack guider Sophia vers la sortie, et je vis tout l'amour qu'il lui portait dans sa façon de la soutenir.

Lorsque je tournai la tête vers Mira, elle était en train de pleurer.

– Ne fais pas attention à moi, dit-elle en s'éventant le visage avec sa main. Je pleure pour tout et n'importe quoi, ces jours-ci.

– Personne ne t'en voudra de pleurer, cette fois-ci, dis-je en gigotant sur ma chaise.

Je n'étais pas gênée par les larmes de Mira, mais j'aurais voulu savoir comment la réconforter. Je ne trouvai pas mieux que de poser ma main sur son genou.

– Pourquoi ? Je devrais y être habituée maintenant, tu ne crois pas ?

Je ne répondis pas. Je savais qu'elle n'attendait pas de réponse, elle voulait simplement que je l'écoute. Quant à moi, je ne m'y étais jamais habituée. Bien sûr, Mira était plus âgée que moi lorsque mon père était mort – j'aurais probablement souhaité m'être faite à l'idée à son âge, moi aussi.

Mira fixait l'entrée du restaurant. Ses parents étaient partis depuis plusieurs minutes, mais je savais qu'elle les imaginait, debout sur le trottoir.

– Je ne peux pas m'empêcher de penser qu'elle va être grand-mère. Comment supporter que mon bébé soit confronté à ça ?

Mon Dieu, je n'y avais jamais pensé. Si Hudson et moi avions un enfant...

Je rangeai vite cette idée dans un coin de ma tête.

– Je n'imagine même pas à quel point ça doit être difficile. Mais je sais à quel point ça peut être humiliant d'avoir un parent alcoolique. Est-ce qu'elle a déjà suivi une cure de désintoxication ?

– Non, dit-elle en riant. Elle refuse d'aborder le sujet.

– Est-ce que vous avez déjà essayé de l'obliger à en parler ? ou tenté d'organiser une intervention ? Je ne dis pas que c'est amusant, ou facile à vivre, mais ça peut marcher. Je suis bien placée pour le savoir.

– À cause de ton père ?

– Non. Personne n'avait prévu d'intervention pour lui, et je le regrette souvent. Je me demande si les choses auraient été différentes si...

Combien de fois m'étais-je demandé si ma mère aurait pu changer quoi que ce soit ? Si son patron, ses amis, ou si Brian, ma mère et moi l'avions affronté en exigeant que la situation change ? Est-ce que ça aurait pu lui sauver la vie ainsi que celle de ma mère ? Hélas, je ne connaîtrais jamais la réponse.

– Bref, poursuivis-je. C'est le passé. Mais je parlais de moi, déclarai-je en me raclant la gorge, surprise de confier quelque chose d'aussi personnel à quelqu'un que j'admirais autant. *J'ai* été l'objet d'une intervention.

– Quoi ? Quand ?

Mon aveu sembla avoir immédiatement tari les larmes de Mira.

– Tu sais, je t'ai déjà avoué que j'étais obsédée par mes relations amoureuses. À l'époque, j'avais très peu d'amis et de gens qui tenaient à moi, mais je venais d'être arrêtée, et...

– Attends. Tu as été arrêtée pour une obsession ?

– Non, parce que je suivais quelqu'un, dis-je en me tordant les doigts. Je sais. C'est gênant, avouai-je en ravalant ma honte et en me concentrant sur la raison pour laquelle je confessais mon passé. Bref. Mon frère et deux amis à moi de l'époque – qui m'ont abandonnée depuis parce que je me suis comportée de façon odieuse avec eux – m'ont confrontée et m'ont convaincue de me faire aider. Honnêtement, je n'ai accepté que parce que c'était ça, ou la prison. Cependant, les voir réunis, entendre que des gens tenaient à moi et s'inquiétaient pour moi, cela m'a profondément touchée.

Mira plaqua une main sur sa bouche.

– Alayna, je ne savais pas.

Ses yeux brillaient encore, mais derrière ses larmes, je discernai autre chose... pas du dégoût, comme je m'y attendais, mais de la compassion.

– Tu avais sous-entendu que ton passé n'était pas facile, mais... je ne savais pas.

– Bien sûr, comment aurais-tu pu deviner ?

– Oui, tu as raison.

– Ce que je voulais dire, c'est que mes thérapies m'ont appris que la plupart des addictions sont dues à un manque d'amour. Et que ce qui est dingue, c'est que plus tu es accro à quelque chose, plus il t'est difficile de lever la tête et de voir tout l'amour qui t'entoure. Ce n'est pas facile pour les proches de se faire entendre, mais ce n'est pas impossible : il faut simplement être prêt à tout essayer.

J'étudiai Mira pendant qu'elle réfléchissait à ce que je venais de dire. Elle garda le silence. Le serveur vint alors nous annoncer que Jack avait payé la note en partant, ce qui mit fin à notre déjeuner.

– On se voit lundi ? demanda Mira avant que l'on se sépare.

– Oui. J'ai hâte.

Je sortis mon téléphone, prête à appeler Jordan, lorsque je le vis dans l'entrée. J'allai vers lui, suivie par mon nouveau garde du corps.

– Jordan, il est arrivé quelque chose ?

– Je ne dirais pas ça, mademoiselle Withers, mais je voulais vous prévenir que Celia Werner est dehors. Elle est restée là durant tout votre repas.

– Merde, que fait-elle ?

J'avais cru que la présence de mes gardes du corps ainsi que celle de la famille Pierce l'auraient dissuadée de me suivre aujourd'hui.

– Rien. Elle est assise sur un banc dans la rue. Elle m'a même dit bonjour.

– Ouais, c'est une psychopathe, certes, mais une psychopathe amicale. Est-ce que vous l'avez dit à Hudson ?

– Je lui ai écrit, oui.

– Vous pourriez m'emmener le voir ?

– Bien sûr.

Peut-être que Hudson allait me parler de son plan, désormais. Si tant est qu'il en ait un…

* * *

Reynold, mon nouveau garde du corps – qui n'était que très moyennement attirant –, insista pour m'accompagner dans l'immeuble de Pierce Industries. Cela ne faisait que quelques heures qu'il avait commencé, et je n'étais pas encore habituée à sa présence permanente. Heureusement, il savait ce qu'il faisait et me suivait si discrètement que j'avais presque réussi à oublier sa présence.

Il m'attendit dans le hall d'accueil pendant que je montai au bureau de Hudson. Ce fut lorsque je vis sa secrétaire que je me rendis compte que je n'avais prévenu personne de mon arrivée. Et j'avais l'impression que mes visites surprises commençaient à l'irriter. Cependant, Hudson ne m'avait jamais dit que cela le dérangeait, alors je lui souris et fis comme si ma présence était tout à fait normale.

– Salut, Trish. Je pourrais lui parler deux minutes ?

– Je suis désolée, mademoiselle Withers, dit-elle en souriant faussement, mais monsieur Pierce n'est pas revenu de son déjeuner.

Trish avait l'air bien trop heureuse pour être vraiment désolée.

Je regardai l'heure sur la pendule. Il était quatorze heures passées. Il déjeunait encore ?

– Ah. D'accord. Merci.

Déçue, j'appuyai sur le bouton de l'ascenseur et, en attendant qu'il arrive, je sortis mon téléphone pour dire à Hudson que j'étais passée à son bureau. Je venais de l'envoyer lorsque les portes s'ouvrirent sur Hudson. Accompagné de Norma Anders.

Je me raidis immédiatement. Ils étaient seuls dans l'ascenseur. Hudson avait-il déjeuné avec elle ? Aussi longtemps, qui plus est ?

– Alayna. Je ne m'attendais pas à te voir ici, dit Hudson sans avoir nullement l'air d'être gêné.

– J'ai failli te rater.

– Je suis content que ce ne soit pas le cas. Viens dans mon bureau, dit-il en me guidant vers la porte avant de se tourner vers Norma. Norma, je...

– Je t'envoie un e-mail, dit-elle.

– Super. Merci, conclut-il en hochant la tête.

Norma disparut dans le couloir, probablement pour retourner dans son bureau. Je ne savais pas qu'elle travaillait au même étage que Hudson. En réalité, je n'y avais jamais pensé, mais le fait que leurs bureaux soient aussi proches me dérangeait, désormais.

Hudson posa ses mains sur mes bras dès que la porte se fut refermée sur nous.

– Qu'est-ce que tu fais ici ? Il s'est passé quelque chose ?

La raison pour laquelle j'étais venue me paraissait secondaire, maintenant que je l'avais revu avec Norma. Mon sang bouillait dans mes veines et un nœud s'était formé dans mon estomac.

– Je ne sais pas, à toi de me le dire.

Les accusations et les crises de jalousie avaient toujours été ma spécialité.

– Qu'est-ce que tu veux dire ? demanda Hudson, perplexe.

Je passai mes bras autour de son cou, espérant paraître

moins pénible si j'étais contre lui. D'autre part, cela me permettait de voir s'il sentait le parfum d'une femme.

– Laisse-moi reformuler ma question. Est-ce que tu as déjeuné avec Norma ?

Le seul parfum que je sentis fut le sien, celui qui excitait toujours mes phéromones.

– Un déjeuner de travail, oui.

– Vous étiez seuls ?

Hudson recula et me transperça du regard.

– Alayna, continue comme ça et je vais devoir te donner la fessée. Le problème, c'est que je sais à quel point tu aimes ça, dit-il en me tapotant le bout du nez avant de se diriger vers son bureau.

Son ton détendu ne fit qu'accentuer ma colère.

– Je n'aime pas que tu aies déjeuné seul avec elle.

Il feuilleta quelques dossiers, clairement distrait.

– Eh bien, je n'aime pas la personne avec qui tu as déjeuné non plus, donc on est quittes. Et non, ce n'est pas pour cela que j'ai mangé avec elle, s'empressa-t-il d'ajouter. Nous avions à parler affaires. Nous travaillons sur une acquisition et nous avions des détails à revoir.

Bien sûr, il s'agissait d'affaires. M'avait-il donné ne serait-ce qu'une seule raison de croire le contraire ? Non. Néanmoins, ça ne me plaisait pas du tout.

J'avançai jusqu'à son bureau, et les souvenirs de ma dernière visite m'aidèrent à me calmer un peu. Du coup je jouai la râleuse.

– Est-ce que tu étais obligé de le faire en public ?

Cela sembla parler en ma faveur, car son regard s'adoucit, même s'il répondit d'une voix ferme :

– Justement, c'est pour toi que j'ai choisi de déjeuner en public, Alayna. Tu préférerais que l'on reste dans mon bureau, seuls, porte fermée ?

J'avais encore les images de notre partie de jambes en l'air en tête. Sa question me donna la nausée. Je me laissai tomber dans le fauteuil.

– Ça ne m'aide pas, ce que tu dis.

Hudson s'assit en face de moi.

– Tu sais que Norma est une de mes collaboratrices incontournables. J'ai besoin de la voir régulièrement, et en personne. Et parfois, nous avons besoin d'être seuls.

Son explication était logique. Elle ressemblait à celle que je lui avais donnée pour expliquer ma relation avec David.

– Peut-être que tu pourrais la transférer ailleurs.

– Pour quelle raison ?

– Pour la même raison que tu as transféré David.

Après tout, c'était la même chose.

– Bien que je comprenne pourquoi tu compares les deux situations, je ne vais pas virer Norma, répondit-il d'un air pincé.

– C'est parfaitement injuste, tu sais, m'exclamai-je en me levant brusquement. Je n'ai pas le droit de travailler avec quelqu'un en qui tu n'as pas confiance, mais toi, si ? Et comme c'est toi le patron, tu as pu transférer David, et tu aurais pu le virer s'il avait refusé. Qu'est-ce que je peux faire, moi ? Rien. Je suis totalement impuissante. Norma est dingue de toi, Hudson. Je le vois dans son regard, et je sais qu'elle n'a pas peur de tenter sa chance.

Hudson, concentré sur l'écran de son ordinateur, cliqua plusieurs fois sur sa souris.

– Elle est parfaitement consciente que je ne partage pas ses sentiments.

– Comment est-ce qu'elle... ?

Il ne pouvait le savoir que si...

– Est-ce qu'elle a déjà tenté sa chance ? m'écriai-je.

– Alayna, cette conversation ne nous mène nulle part. J'ai des rendez-vous...

– Hudson !

Il soupira lentement et quitta son écran pour me regarder dans les yeux.

– Elle m'a dit qu'elle aimerait que nous devenions plus que des collègues. Si tu appelles ça tenter sa chance, alors oui. Mais, comme je te l'ai dit, je ne suis pas intéressé. Et elle le sait.

Je serrai ma mâchoire et grinçai des dents afin de ne pas hurler.

– Tu peux m'expliquer en quoi c'est différent du fait que je travaille avec David ?

Il cligna des yeux, une fois, deux fois.

– Non. Tu as raison. C'est la même chose.

– C'est tout ce que tu as à dire ? Tu ne vas rien faire ?

Je savais déjà ce qu'il allait répondre, je savais que je ne gagnerais pas cette dispute.

– Je ne peux pas me passer de Norma. Elle a une trop grande valeur au sein de l'entreprise.

C'était bien ce à quoi je m'attendais.

Je m'appuyai sur le dossier du fauteuil. Il n'y avait plus rien à dire. Je ne pouvais rien ajouter, puisqu'il était d'accord avec ce que je disais, tout en refusant d'y remédier. Nous étions arrivés à une impasse. Nos regards se croisèrent et se verrouillèrent, se défiant en silence, refusant tous deux de céder.

Après un long moment, Hudson poussa un juron et détourna brièvement le regard.

– Est-ce que tu veux que David reste ?

Mon cœur fit un saut périlleux.

– Tu le laisserais rester si je disais oui ?

– Si c'est le seul moyen d'arranger la situation, alors oui.

Un frisson de joie parcourut tout mon corps, puis je me souvins des raisons pour lesquelles ce serait une mauvaise idée.

– Eh merde, Hudson.

Je n'en revenais pas d'être sur le point de dire non.

– Non. Je ne veux plus que David reste, dis-je en évitant le regard de Hudson. Ce ne serait pas bon pour lui. Il est… il est amoureux de moi.

– Je sais.

Je savais que Hudson était au courant – c'était *moi* qui ne l'acceptais que maintenant. Je m'éloignai du bureau pour m'asseoir sur le canapé et Hudson vint s'asseoir à côté de moi.

– Merci de l'avoir proposé, cela dit. Je sais que ce n'était pas facile pour toi, dis-je en lui caressant la joue.

– Non, ça ne l'était pas, avoua-t-il en promenant sa main le long mon bras en laissant une trace de chair de poule sur son passage. Cependant, cela en vaudrait la peine si cela te rendait heureuse.

Bon sang, il avait fait de sacrés progrès durant ces dernières semaines, je devais le reconnaître. Peut-être était-ce moi qui avais encore à mûrir car je n'étais pas prête à laisser tomber le sujet.

– Est-ce que tu as envisagé la possibilité que ce ne soit pas bon pour Norma de travailler avec toi, comme c'est le cas pour David ?

– Non. Et je suis certain que tu as raison, dit Hudson en souriant.

– Tu ne veux pas faire une concession, Hudson ? demandai-je en lui faisant face et en lui prenant la main. Par exemple, tu pourrais peut-être éviter de manger seul avec elle ? Est-ce que quelqu'un pourrait se joindre à vous, la prochaine fois ?

Il repoussa une mèche de mon front avant de répondre.

– Pas pour le projet sur lequel on travaille en ce moment. Mais il est presque terminé, et je ne pense pas que nous aurons besoin d'être aussi discrets à l'avenir.

Parce qu'en plus de se voir seuls, ils partageaient un secret ? *Gé-nial.*

– C'est quoi, ce projet ?

– Rien qui ne pourrait t'intéresser.

Je m'apprêtai à lui crier dessus de nouveau mais il s'empressa de se reprendre.

– J'essaie d'acheter une entreprise à quelqu'un qui refuserait de la vendre s'il savait que c'était moi l'acquéreur. Norma est la seule en qui j'ai confiance pour garder ce secret.

– Très bien.

Je détestais ne pas pouvoir remédier à leur relation professionnelle. Je *détestais* cela. Mais que pouvais-je y faire ?

– Très bien, répétai-je. Seulement en public alors, s'il te plaît. Où d'autres gens peuvent vous voir. Et quand ce deal sera fini, est-ce que tu auras encore besoin de la voir en privé ?

– Non.

– Je vais continuer à te poser des questions à son sujet. Tout le temps. Parce que je ne peux pas lâcher l'affaire.

– Je comprends, dit-il en hochant la tête.

J'avais beau être contente d'avoir trouvé un compromis de manière constructive, la pilule était tout de même dure à avaler.

– Tu sais à quel point c'est blessant pour moi que tu refuses de te séparer d'elle ?

Je serrai sa main violemment en plantant mes ongles dans sa paume.

– Crois-moi, je le sais, dit Hudson en fermant à demi les paupières.

– Très bien. Du moment que c'est clair, dis-je en lâchant sa main.

– Tu étais venue pour parler de Norma ou y avait-il une autre raison à ta visite ? demanda-t-il en se frottant la main.

J'éclatai de rire en pensant à la journée absurde que j'étais en train de passer.

– Non, je suis venue parce que je voulais te voir. Mon déjeuner était… intéressant… et Celia était encore là.

– Celia était là ? s'exclama Hudson en haussant les sourcils.

– Jordan m'a dit qu'il t'avait écrit pour te le dire.

Hudson sortit son téléphone de la poche de son pantalon.

– Mince, je l'avais laissé en silencieux. Je ne savais pas. Est-ce qu'elle a tenté quoi que ce soit ?

– Non. Elle voulait juste que je sache qu'elle était là.

– Alayna, je suis désolé.

Il me prit sur ses genoux. Je soupirai et je me fis toute molle dans ses bras.

– Peut-être que tu devrais prendre des vacances. Je peux t'envoyer passer la semaine dans mon spa, si tu veux.

J'étudiai son regard pour deviner s'il était sérieux. Il l'était.

– Je ne peux pas partir maintenant. Pas avec tout ce qui se passe au club. Et elle saurait qu'elle m'a fait peur, et je ne veux pas lui offrir cette victoire.

– C'est très courageux de ta part, mais je déteste te savoir dans cette situation, dit-il en me serrant plus fort contre lui.

C'est alors que je me souvins de l'autre raison pour laquelle j'étais venue.

– Tu as trouvé comment nous débarrasser d'elle ?

Il ne répondit pas tout de suite.

– J'ai parlé à mon avocat ce matin. Comme tu l'as dit, on ne peut rien faire d'un point de vue légal. Mais nous envisageons d'autres options.

– Des options *illégales* ?

– Et si tu me laissais m'occuper de tout ça ? Je t'expliquerai tout quand ce sera réglé.

Je n'avais pas suffisamment d'énergie pour le faire parler, et j'avais bien l'impression qu'il n'avait encore rien arrangé du tout – ça ne servait à rien de le forcer à l'admettre. Je décidai donc de lâcher l'affaire.

– Tu exiges beaucoup de confiance, ces jours-ci.

– Trop ? demanda-t-il en m'embrassant sur la tempe.

Sa voix paraissait tendue et son corps s'était contracté – c'était lui qui avait besoin d'être rassuré, désormais.

– Non. J'ai confiance en toi. Je sais que tu prendras soin de moi, dis-je en l'embrassant sur la joue.

– Toujours, déclara-t-il, au moment où l'interphone se mit à sonner. Mince, c'est probablement Patricia qui m'annonce que mon prochain rendez-vous est arrivé.

Je me levai et lui tendis la main pour l'aider à faire de même.

– Je suppose que la pipe que je voulais te faire va devoir attendre.

– Je pourrais leur demander d'attendre, dit-il alors que son regard s'embrasait.

J'éclatai de rire et lui frappai l'épaule.

– Tais-toi. Je n'ai jamais eu l'intention de te faire une pipe. Vu les concessions que je fais, je crois que c'est *moi* qui mérite des faveurs sexuelles.

– Ce soir.

– C'est noté, H. Tu as intérêt à tenir ta promesse, dis-je en l'embrassant rapidement sur la bouche. En attendant, sache que je te déteste un petit peu.

– C'est faux. Tu m'aimes.

– C'est la même chose, dis-je en haussant les épaules.

Hudson m'accompagna à la porte pour accueillir son prochain client. J'étais presque arrivée à l'ascenseur lorsque

Trish me fit signe. Je retournai à son bureau en me demandant si elle voulait me gronder d'avoir mis Hudson en retard.

– Ceci a été livré pour vous pendant que vous étiez avec monsieur Pierce, dit-elle en me tendant une enveloppe blanche sur laquelle mon nom était imprimé en lettres capitales.

Je ne réalisai que j'aurais dû la donner à mon garde du corps qu'après l'avoir ouverte. J'y découvris la même carte de visite que celle que j'avais trouvée dans le livre. *Celia Werner, Décoratrice d'Intérieur.*

Le nœud dans mon ventre se serra un peu plus encore. Elle était à pied lorsque je l'avais vue au restaurant. Comment avait-elle fait pour me suivre aussi rapidement ? Avait-elle deviné que je viendrais ici ? Pourquoi Reynold ne l'avait-il pas vue entrer ?

– Qui vous a donné cela ? demandai-je à Trish, consciente de parler d'une voix trop autoritaire.

– Je ne sais pas. Je n'ai pas fait attention.

– Une femme blonde ? Aux yeux bleus...

– C'était un homme. Un coursier.

Cela expliquait pourquoi Reynold n'avait rien vu. Quant à savoir comment elle avait deviné que j'irais voir Hudson... N'était-ce pas prévisible, après tout ?

Je fermai les yeux et pris une profonde inspiration. Elle n'avait laissé qu'une carte de visite. Cela ne pouvait pas me faire de mal. C'était pour me faire peur, simplement. Pour me prévenir qu'elle m'observait. Qu'elle savait comment me trouver.

Ayant décidé de ne pas la laisser m'atteindre, je rouvris les yeux. Je gribouillai un mot pour Hudson au dos de l'enveloppe et remis la carte à l'intérieur.

– Merci, Trish. Lorsque Hudson sera libre, pouvez-vous lui donner ceci ?

Je mourais d'envie de débouler dans son bureau pour lui remettre en main propre et le persuader d'aller passer quelques jours avec moi dans son spa. Mais cela reviendrait à fuir notre problème, ce qui n'arrangerait jamais les choses. N'était-ce pas du moins ce qu'on prétendait ?

CHAPITRE NEUF

Je quittai le bureau de Hudson avec la ferme intention de me noyer dans le boulot pour me changer les idées. Ça fonctionna quelques heures, mais l'angoisse finit par réapparaître peu à peu. Il fallait que je sois au club à vingt heures pour voir Gwen, je supposais que j'allais finir tard dans la nuit. Je mourais d'envie de faire un footing, mais comme cela m'était désormais interdit, je choisis d'aller à une session de thérapie de groupe. Je n'avais pas l'habitude d'y aller le jeudi, mais la session de dix-huit heures était dirigée par ma conseillère préférée, ce qui me laissait le temps de manger quelque chose, d'aller à la thérapie, et de revenir à l'heure pour l'entretien.

Installée sur une chaise rouillée dans le sous-sol de la Unity Church, j'écoutai les récits des autres dépendants anonymes. La plupart m'étaient inconnus et leurs addictions me paraissaient assez éloignées des miennes. Il y avait une accro au shopping, une dingue des réseaux sociaux, un homme qui ne pouvait s'empêcher de jouer aux jeux vidéo, et un autre encore qui se sentait obligé d'acheter le moindre gadget high-tech. La seule personne pour laquelle je pouvais légèrement compatir était une accro au sexe, tatouée de la tête aux pieds, que j'avais déjà vue lors d'autres sessions. Je l'avais entendue parler par le passé et je savais que nous avions beaucoup de peurs et de frustrations en commun.

– Voudrais-tu nous faire part de quelque chose, Laynie ?

Je fus très surprise que la conseillère m'interpelle ainsi, car les participants n'étaient pas obligés de parler à chaque réunion, voire jamais s'ils ne se sentaient pas à l'aise. L'intervention de Lauren était étrange. Elle me connaissait bien, cependant, puisqu'elle m'avait suivie depuis le début. J'ai d'abord pensé qu'elle avait dû deviner à mon langage corporel que quelque chose n'allait pas, avant de réaliser que me voir deux fois au cours de la même semaine – ce qui était inhabituel – lui avait mis la puce à l'oreille.

Je déroulai le résumé habituel de ma maladie puis je fis une pause : je n'avais pas prévu de parler et je n'étais pas certaine de ce que je voulais dire. « J'ai dû faire face à de nombreux facteurs de stress, récemment, et je suis venue ce soir parce que j'ai peur que cela me fasse reprendre de mauvaises habitudes. »

Lauren hocha la tête et les perles dans ses longs cheveux tressés s'entrechoquèrent.

– C'est une description très concise de tes émotions, Laynie. Voyons d'abord les facteurs dont tu parles. Y en a-t-il que tu peux éliminer ?

– Pas vraiment, non.

Sans doute que les sources de stress disparaîtraient si je rompais avec Hudson, mais je n'étais pas prête à l'envisager.

– C'est tout à fait normal. Parfois, on ne peut pas s'en

débarrasser, dit Lauren en profitant de l'occasion pour donner une leçon à tout le groupe. La plupart du temps, vous êtes obligés de les affronter. Ou alors vous *choisissez* de leur faire face parce que ce que vous avez à y gagner est plus important que la conséquence de ce stress.

– Oui, c'est tout à fait cela, acquiesçai-je.

– Alors, quelles sont ces sources de stress ?

– Euh...

En y pensant, je me rendis compte qu'il y en avait un bon paquet – toutes étaient apparues ces dernières semaines.

– ... Eh bien, j'ai récemment emménagé avec mon copain.

Je ne précisai pas que notre relation était relativement récente. Du moins, pas à voix haute, car je pris soin de l'ajouter comme facteur d'angoisse à la liste que je dressais dans ma tête.

– Tu as un nouveau cadre de vie, répéta Lauren. C'est un ajustement, c'est sûr.

– Oui. Et je viens d'accepter une grosse promotion au travail.

Les participants me félicitèrent à l'unisson.

– Bravo Laynie, dit Lauren. Mais en effet, c'est également un facteur d'angoisse.

– Et mon copain...

Parler d'une situation que je ne comprenais pas moi-même n'allait pas être évident.

– ... a un passif que j'ai du mal à gérer.

– Quel genre de passif ? demanda Lauren.

– Eh bien, son ex, enfin, oui, son ex s'est mis en tête de détruire notre couple. Elle nous terrorise. Enfin, surtout moi. Tout d'abord, elle m'a accusée de l'avoir harcelée, ce que je n'ai pas fait, précisai-je en regardant les autres membres du groupe. *Honnêtement.*

– Personne n'est ici pour te juger, rappela Lauren.

Ce n'était pas tout à fait vrai. La suite était particulièrement difficile à admettre, j'étais sur le point de me plaindre d'un comportement que j'avais moi-même infligé aux autres par le passé.

– Maintenant, c'est *elle* qui me harcèle. Elle me suit partout et elle me laisse des messages.

– Oh mon Dieu, s'exclama l'accroc au shopping. Tu es allée voir la police ?

– Elle n'a rien fait qui justifie une plainte.

J'étais experte en la matière, j'aurais pu dresser sans problème la liste de ce qui pouvait entraîner un dépôt de plainte, mais ce n'était pas le sujet.

– Cette forme de harcèlement ferait angoisser n'importe qui, dit Lauren en se penchant en avant, les coudes posés sur ses cuisses. Mais je ne pense pas me tromper en supposant que c'est encore plus dur pour toi. Est-ce que ça fait resurgir des émotions de ton passé ?

– Oui, bien sûr. Je faisais la même chose aux autres, avant. C'est atroce, je me sens vraiment moche.

Je fus surprise de ne pas fondre en larmes. Peut-être que je devenais plus forte ou que je m'habituais à la situation... quoi qu'il en soit, je pus aller jusqu'au bout de mon analyse.

– Et puis... j'ai l'impression de le mériter, maintenant. Comme si c'était mon karma... un retour à l'envoyeur...

– Tu sais que ce n'est pas ainsi que fonctionne la vie, n'est-ce pas ? m'interrompit l'accro au sexe.

– Je suppose, oui.

Qu'est-ce que j'en savais, en fait ?

Un long silence s'installa que Lauren choisit de ne pas interrompre, persuadée qu'elle était que c'était parfois nécessaire. Pour moi, ces silences étaient tantôt les meilleures parties de la session, tantôt les pires.

– Honnêtement, je sais que je dois travailler sur ma confiance en moi. Je tiens un journal, je fais un peu de méditation – oui, je sais que je devrais en faire plus. Mais pour être honnête, ce ne sont pas vraiment mes émotions qui m'inquiètent le plus.

– D'accord, admit Lauren. Du moment que tu reconnais que tu dois y travailler, on peut passer à autre chose. Tu dis que tu es confrontée à des facteurs de stress, parmi lesquels certains sont bons, et que tu ne peux pas les éliminer. Tu dis aussi qu'ils te font reprendre de mauvaises habitudes. De quelle manière ?

– Je suis agitée, angoissée, parano, et accusatrice, dis-je en comptant sur les doigts de ma main.

– Comme moi quand j'ai mes règles, quoi ! s'exclama la « sex-addict ».

– Ouais, pour moi ça s'appelle juste être une femme, ajouta l'accro au shopping.

Je me demandais si elles cherchaient à compatir ou à me faire relativiser. Comme j'étais particulièrement parano en ce moment, je choisis la deuxième option.

– Vous dites que ce que je ressens est normal et que je dois juste me détendre ?

– Peut-être, répondit la nymphomane.

– Pas nécessairement, intervint Lauren en tapotant le bout de ses index l'un contre l'autre. Ce sont des émotions normales, mais si elles affectent ta vie quotidienne et tes relations, tu dois y remédier.

– Pour l'instant... non. Mais seulement parce que je lutte. Le pire, c'est la paranoïa, et elle n'est pas justifiée. Je suis jalouse d'une femme avec qui mon copain travaille, et je n'ai aucune raison de l'être. Heureusement, il apprécie ma jalousie, ajoutai-je en direction de la sex-addict, qui me remercia avec un clin d'œil.

– Est-ce que tu voudrais essayer des médicaments ?

Lauren préférait ne pas prescrire d'anxiolytiques, mais elle les proposait toujours comme solution. Quant à moi, je détestais avoir l'impression d'être un zombie.

– Non, pas de médocs. Je préfère résoudre ça toute seule.

– Eh bien tu connais la procédure.

– Oui. Les substituts.

Cependant, mes deux substituts préférés étaient le footing et la lecture, qui tous deux avaient été compromis par Celia.

Lauren pointa son doigt vers moi et me dit d'un ton sévère.

– Et la communication. Pense à parler de ce que tu ressens, même si tu trouves tes réactions injustifiées ou déraisonnables.

– C'est pour ça que je suis venue, dis-je en me forçant à ne pas lever les yeux au ciel.

Elle sourit et je sus qu'elle avait deviné le fond de ma pensée.

– C'est un bon début de venir ici, je ne vais pas te dire le contraire. Mais tu ne peux pas te contenter de nous parler. Il faut que tu communiques avec ton copain, aussi.

Communiquer avec Hudson...

Bon sang, j'essayais vraiment. Nous essayions tous les deux. Cependant, si je lui racontais vraiment tout, si je lui parlais de la paranoïa qui subsistait toujours en moi, de la boule d'angoisse qui habitait mon estomac de façon permanente, voudrait-il encore de moi ?

Comme souvent, Lauren verbalisa mes inquiétudes.

– Je sais. C'est effrayant. Tu as peur que les autres ne puissent pas supporter tes pensées et tes sentiments. Et je ne peux pas te promettre qu'ils en seront capables. Mais c'est la personne que tu es, Laynie. Tu ne peux pas y échapper. Et si tu ne peux pas être toi-même avec les gens qui t'aiment, alors peut-être qu'ils ne t'aiment pas vraiment.

N'était-ce pas LA question, justement ? Hudson m'aimait-il vraiment ? Il me l'avait montré, mais ne me l'avait jamais dit. Et je ne le lui avais jamais demandé. Peut-être avions-nous encore des choses à nous dire. Lui comme moi.

* * *

Gwen arriva au Sky Launch avec quinze minutes d'avance, ce qui m'aurait impressionnée si je n'étais pas arrivée en courant en même temps qu'elle. Avec tout ce qui s'était passé durant la journée, je ne me sentais pas d'attaque. Heureusement, David était là pour me soutenir, intervenant beaucoup tandis que nous lui fîmes visiter le club en discutant des responsabilités qu'elle aurait si elle était engagée.

Il s'avéra que Gwen Anders savait de quoi elle parlait. Elle posait les bonnes questions aux bons moments et proposa des idées innovantes. Elle avait les pieds sur terre, elle était enthousiaste et concentrée sur sa tâche à venir. Tout ce qu'elle disait était juste, pourtant ses suggestions me dérangèrent plus d'une fois, sans que je sache pourquoi. Peut-être était-ce parce qu'elle était sûre d'elle, et que je me remettais en question en sa présence. Ou peut-être était-ce simplement parce que j'étais nerveuse, de façon générale.

Après la visite, Gwen nous aida à préparer l'ouverture, puis nous allâmes conclure l'entretien dans le bureau de David – ou plutôt *mon* bureau, ou même *notre* bureau si je décidais d'engager Gwen.

– Alors, dit Gwen, pour l'instant le Sky Launch est ouvert de vingt et une heures à quatre heures du matin, du mardi au dimanche, c'est ça ?

Gwen et moi étions assises sur le canapé, David s'était installé dans le fauteuil en face de nous.

– Tout à fait, confirma David.

– Mais nous voulons ouvrir sept jours sur sept d'ici peu de temps.

Après tout, c'était une des propositions qui m'avaient valu de devenir assistante de direction.

– Je ne pense pas que ce soit une super idée, dit Gwen en fronçant les sourcils. Dans quelque temps, peut-être, mais pour l'instant, vous n'atteignez pas votre capacité d'accueil maximale lorsque vous êtes ouverts.

Je fis de mon mieux pour ne pas grimacer. J'avais beau apprécier sa franchise, je n'aimais pas qu'elle attaque mes idées de façon aussi directe. Mais Gwen ne sembla pas remarquer ma réaction.

– Pourquoi ouvrir davantage ? La première étape est d'attirer plus de gens, de remplir le club, puis d'étendre vos horaires d'ouverture uniquement lorsque vous y serez parvenus.

– Cela ne me paraît pas déraisonnable, Laynie, dit David en me regardant timidement.

En effet, c'était raisonnable. La question que je me posais était plutôt de savoir si je voulais vraiment travailler avec quelqu'un qui était toujours aussi direct – et je n'en étais pas certaine.

– C'était votre idée, n'est-ce pas, d'ouvrir plus souvent ? dit Gwen en comprenant la situation. Je ne change pas d'avis pour autant, ajouta-t-elle en haussant les épaules.

Elle était douée. Vraiment douée.

– Gwen, j'ai l'impression que nous pourrions devenir soit des amies très proches, soit des ennemies féroces.

– Est-ce que vous voulez ce job, Gwen ? demanda David, parce qu'il me semble préférable de viser l'amitié, si vous voulez être prise.

Je trouvai touchant qu'il veuille apaiser la tension – il n'avait jamais aimé le conflit et avait toujours préféré plaire à tout le monde.

– Oh, je ne sais pas, répondit Gwen en croisant les jambes. Alayna est une femme intelligente. Je pense qu'elle sait qu'il vaut mieux garder ses ennemis près de soi.

Je fermai légèrement les yeux en étudiant la jeune femme assise à côté de moi. La dernière fois que j'avais entendu cette phrase, c'était dans la bouche de Celia. Bien sûr, je ne savais pas que nous étions ennemies, à l'époque, tout comme je ne savais pas encore si Gwen l'était, elle aussi. D'ailleurs, je ne savais très peu de choses à son sujet.

– Dites-moi, Gwen, dis-je en m'appuyant sur l'accoudoir et en prenant mon menton dans ma main. Pourquoi voulez-vous quitter L'Étage 88 ? Vous semblez avoir joué un rôle crucial dans le succès de ce club. Je serais ravie de vous débaucher, mais je me demande pourquoi vous me laisseriez faire ?

Cette question me taraudait depuis le début, mais je n'avais pas encore eu l'occasion de la lui poser.

– Parfois, on éprouve simplement le besoin de changer d'air, répondit-elle en passant ses mains sur ses cuisses et en lissant les plis de son pantalon avec un peu trop d'attention.

– Je ne vous crois pas, lui rétorquai-je en décidant d'imiter sa franchise.

– Bien joué, avoua-t-elle en soupirant. Elle plongea son regard dans le mien. Disons que c'est pour raisons personnelles. Je suis désolée d'être aussi évasive, mais ça ne devrait pas influencer votre choix. Mon patron sait que je veux partir, et il m'écrira une bonne lettre de recommandation. En dehors de cela, je préfère ne pas vous donner de détails.

Pourquoi les gens avaient-ils autant de secrets ? Je me demandai si Hudson savait pourquoi Gwen voulait démissionner, et s'il me le dirait si je lui posais la question.

Soudain, une nouvelle vague de paranoïa s'abattit sur

moi. Est-ce que je ne devais pas plutôt me demander pour quelles raisons elle voulait travailler au Sky Launch ?

– Ce n'est pas à cause de Hudson, n'est-ce pas, que vous voulez travailler ici ?

– Je ne suis pas sûre de comprendre votre question. Si vous me demandez si je veux travailler au Sky Launch parce que c'est le seul club new-yorkais dont Hudson Pierce, le brillant homme d'affaires, est propriétaire, en plus de Fierce, le restaurant le plus branché de la ville et de l'Adora, la meilleure boîte de nuit d'Atlantic City, alors la réponse est oui. Je veux travailler ici parce que Hudson Pierce a le pouvoir de faire de ce club le meilleur de la ville. Le Sky Launch est l'un des rares clubs à pouvoir rivaliser avec L'Étage 88.

Bien sûr, pour quelle autre raison voudrait-elle travailler ici ? Je me réprimandai d'avoir pu supposer que ses raisons personnelles avaient quelque chose à voir avec Hudson. *La confiance, Alayna.* Je devais me contraindre à faire confiance aux autres.

Je pris ma décision.

– Alors vous êtes engagée. Pas parce que vous êtes mon amie ou mon ennemie, mais parce que vous avez toutes les qualifications et les qualités requises. Je me réserve le droit de juger si je vous apprécie personnellement, ou pas, à l'avenir. Mais avant tout, nous allons commencer par nous tutoyer, si cela vous convient.

– J'accepte, dit Gwen en souriant.

David se leva pour lui serrer la main.

– Bienvenue à bord, dit-il. Je suis navré de ne pas être là lorsque tu botteras les fesses des autres, ou même celles de Laynie. Je suis sûr que tu vas l'épater.

– Eh, moi aussi je peux lui botter les fesses, dis-je en me levant et en posant mes mains sur mes hanches, feignant d'être indignée.

Le regard de Gwen m'apprit qu'elle avait de gros doutes sur ce que j'avançais.

– Pourquoi tu me regardes comme ça ? Tu ne me crois pas alors que tu ne me connais même pas.

– Non, c'est vrai, répondit-elle en m'étudiant. Mais tu manques forcément de quelque chose, ou alors tu *crois* manquer de quelque chose, sinon tu n'aurais pas besoin de m'embaucher.

Peut-être serons-nous ennemies, en fin de compte.

– Je n'ai pas envie de faire ça toute seule, c'est tout, dis-je d'une petite voix qui me fit regretter immédiatement d'avoir voulu me justifier. Après tout, je ne lui devais aucune explication.

Pour rendre les choses encore plus gênantes, Gwen énonça à voix haute ce que je pensais tout bas.

– Inutile de t'expliquer, tout ce que j'ai besoin de savoir c'est quand tu veux que je commence.

– Tu acceptes le poste, alors ? Je regrettais déjà ma décision.

– Tu pourras supporter une partenaire un peu chiante ? dit Gwen en haussant un sourcil.

– Je crois, oui.

Après tout, elle était là pour travailler avec moi, pas pour devenir ma meilleure amie.

– Alors je commence quand tu veux, annonça-t-elle en souriant jusqu'aux oreilles pour la première fois.

– Parfait.

***

Lorsque je suis rentrée, quelques heures plus tard, Hudson dormait à poings fermés. J'étais déçue, pas seulement parce qu'il m'avait promis des faveurs sexuelles, mais aussi parce qu'après ma thérapie de groupe j'avais besoin de lui parler. J'envisageai un instant de le réveiller, mais une petite voie intérieure me susurra qu'il m'évitait peut-être. Je n'avais aucune raison de le croire, mais j'étais particulièrement anxieuse et il se couchait rarement sans moi.

Au lieu de céder à mes angoisses, je m'assis sur le bord du lit, fermai les yeux et récitai quelques-uns des mantras que j'avais appris en thérapie. La répétition me calma, mais ce ne fut pas suffisant. À sa respiration, je devinai que Hudson dormait profondément, mais j'avais hâte de lui confier mes doutes, comme Lauren me l'avait conseillé. Sans prendre la peine de me déshabiller, je m'allongeai à côté de lui et je me mis à lui caresser les cheveux.

– J'ai peur, H.

Sa respiration ne changea pas.

– De beaucoup de choses. Des petites choses, pour la plupart. J'ai surtout peur de Celia ; de ne pas être assez forte, et qu'elle finisse par me faire craquer. Je crois que c'est parce qu'elle a toujours été la fille avec qui tu devrais être. Dans ma tête, c'est elle qui devrait être à tes côtés. Tout le monde le pense. Elle est parfaite pour toi, depuis le bout de ses ongles manucurés jusqu'à son pedigree. En plus, pour l'instant, elle n'a pas de casier judiciaire, elle.

Je souris en imaginant Celia qui recevait une injonction de ne plus m'approcher. Bien sûr, c'était une Werner, avec la fortune et le réseau qui accompagnaient son nom, ça n'arriverait jamais – j'en parlai également à Hudson.

C'était facile de lui avouer mes peurs pendant qu'il dormait. Non qu'il me soit difficile de lui parler lorsqu'il était éveillé, seulement il me dominait à tel point par sa présence que je n'en ressentais pas le besoin. C'était lorsqu'il n'était *pas* avec moi que les doutes m'assaillaient.

« Je crois en nous, H. Plus que tout. Mais est-ce que tu y crois, toi aussi ? Tu m'avais dit que tu étais incapable d'aimer, est-ce que tu en es encore convaincu ? M'aimes-tu autant que je le pense ? »

Il se blottit instinctivement contre moi. Lorsqu'il se tourna, son téléphone tomba sur le lit. Il avait dû s'endormir en le tenant dans la main. Attendait-il mon appel ? Je lui avais écrit pour lui dire que je rentrerais tard, avait-il eu mon message ?

Curieuse, je déverrouillai son écran. Mon message était marqué comme non lu – il avait dû s'endormir avant, ce qui expliquait qu'il ne m'ait pas répondu.

Ce fut par hasard que je tombai sur son journal d'appels. Du moins, c'est ce que je me dis. Le nom du dernier appel me sauta immédiatement aux yeux – *Norma Anders*. Ils s'étaient parlé pendant vingt-sept minutes et l'appel s'était terminé à vingt et une heures quatorze.

Je posai le téléphone sur la table de nuit, avant de me glisser dans les bras de Hudson. Il avait probablement parlé à Norma de Gwen et du Sky Launch. Sauf que Gwen n'était partie qu'à vingt-deux heures... Elle n'avait passé aucun appel et elle ne s'était pas absentée, donc Norma et Hudson ne pouvaient pas savoir que je lui avais offert le poste.

Ce qui me perturbait véritablement, c'était de savoir pourquoi c'était *Hudson* qui avait appelé Norma.

Ils travaillent ensemble. Ils parlaient du boulot, ne sois pas bête. Après tout, n'était-ce pas normal pour un patron de parler à ses employés ? Mais à vingt et une heures ? Depuis son téléphone personnel ? Dans son lit ?

CHAPITRE DIX

Je me réveillai avec la tête de Hudson enfouie entre mes jambes.

– Hmmm. Son souffle chaud me fit frissonner de la tête aux pieds, et je baissai la tête en entrouvrant les paupières, curieuse de savoir comment il avait réussi à me déshabiller sans que je me réveille.

Son regard croisa le mien.

– Tu ne m'as pas réveillé, hier soir, dit-il en me léchant. Et j'avais une promesse à tenir, poursuivit-il d'une voix rauque.

J'adorais être la première à qui il parlait le matin, de sa voix encore toute ensommeillée.

Tout comme j'adorais ce qu'il me faisait avec sa langue. Je tressaillis lorsque celle-ci effleura mon clitoris.

Il leva brusquement la tête. « Tu préférerais que je te laisse dormir, peut-être ? »

– Non ! N'arrête pas ! m'exclamai-je en replongeant sa tête entre mes cuisses.

Hudson rit doucement, puis il se concentra de nouveau sur mon clitoris, le léchant et le suçant tour à tour, réveillant brutalement chaque terminaison nerveuse de mon corps. Mes muscles se contractèrent légèrement, je sentis des gouttes couler entre mes lèvres. Je remuai, ne tenant plus en place, mais ses mains se saisirent de mes cuisses pour me plaquer contre le matelas.

Je soupirai longuement en gémissant, puis je poussai un cri aigu lorsque sa langue plongea en moi. J'agrippai sa tête à deux mains. Je n'essayais pas de contrôler ses gestes, car il savait parfaitement ce qu'il faisait, mais j'adorais empoigner ses cheveux lorsqu'il s'occupait de moi.

– Oh mon Dieu, Hudson !

Sa bouche revint sur mon clitoris, le lapa, tournoya autour, avant que ses doigts ne me pénètrent en frottant mes parois et en caressant mes zones les plus sensibles.

– Putain, oui, là ! Les muscles de mes jambes se raidirent, mon bas-ventre se contracta tandis que mon sang bouillait dans mes veines. Mon orgasme arriva brusquement, bien plus vite que je ne l'aurais voulu.

– Ce n'est pas assez, grogna Hudson. Je n'arrêterai pas tant que tu ne me supplieras pas d'arrêter.

Ce n'était pas moi qui allais le contredire.

Il intensifia son geste, ajoutant un troisième doigt, m'étirant et me remplissant avec ses caresses expertes, puis il tendit son autre bras pour masser mon sein, à travers mes vêtements. Je mourais d'envie de le sentir sur ma peau, mais je ne voulais pas l'interrompre pour me déshabiller. À la place, je cambrai le dos pour mieux sentir sa main et mes hanches se mirent à onduler en rythme avec sa bouche et ses doigts.

Bon sang, je sentais déjà la seconde avalanche extatique arriver. Mes jambes tremblèrent et je resserrai mes cuisses sur la tête de Hudson, puis, en criant et en gémissant, je laissai mon orgasme déferler en moi. Des myriades d'étoiles se mirent à briller devant mes yeux. Tout mon corps était parcouru de spasmes.

Il continua à me lécher tendrement pendant que je me calmais, en titillant mon sexe tout au long des dernières vagues de plaisir.

– Et voilà, dit Hudson en sortant du lit avant que je n'aie repris mes esprits.

Je tendis les bras vers lui. « Où tu vas ? C'est à mon tour maintenant. » Mes membres avaient beau être encore à moitié engourdis, mon cerveau se réveillait de son coma post-coïtal.

– Cela ne faisait pas partie du deal, et puis aussi tentant que ce soit, j'ai une réunion de bonne heure, dit-il en se penchant pour m'embrasser sur le front. Tu es rentrée à quelle heure, hier soir ?

– Vers trois heures, marmonnai-je.

– Alors repose-toi. Je suis désolé de t'avoir réveillée, dit-il en remettant la couette sur moi.

– Pas moi.

Je dus me rendormir car lorsque je me levai enfin pour aller dans la salle de bain, Hudson s'était déjà douché. « Pas mal, la vue », dis-je en bâillant. Je le matai qui se rasait, couvert d'une simple serviette.

– Tu as dormi tout habillée.

– Mais il semblerait que j'aie perdu mon string pendant la nuit, déclarai-je en lui montrant mes fesses nues. Et oui, j'étais trop fatiguée pour me déshabiller.

– Tu aurais dû me réveiller, je t'aurais aidée, dit-il en souriant jusqu'aux oreilles.

– Non, tu dormais paisiblement, je ne voulais pas te déranger.

– Crois-moi, ça ne m'aurait pas dérangé. C'est maintenant que je suis dérangé parce que je ne peux pas te prendre comme j'en ai envie, susurra-t-il. Son regard brûlant croisa le mien dans le reflet du miroir. Je croyais que tu allais finir ta nuit.

– C'est le cas, mais j'avais besoin d'aller aux toilettes.

Et puis, je voulais le voir. Le coup de fil avec Norma me gênait encore. Je voulais suivre les conseils de Lauren et lui en parler.

Je passai derrière lui, décidée à lui parler lorsqu'il sortirait de la salle de bain, ou lorsqu'il serait habillé et que la vue de son corps ne me distrairait plus autant, mais Hudson saisit mon bras.

– Eh.

Je ne résistais jamais à ses caresses. Je me blottis contre lui, je me laissai griser par son odeur. Il colla sa joue rasée de près contre ma tête. « Tu m'as manqué. » Je souris contre sa poitrine. « Toi aussi tu m'as manqué. » *Tellement*. Ses bras, ses mains, ses caresses me manquaient, tout comme le sentiment que nous étions seuls au monde, et en sécurité.

Mes doigts se promenèrent sur ses pectoraux et je sentis une bosse apparaître sous la serviette contre mes cuisses. « Merde », grogna Hudson en me repoussant à contrecœur.

– J'ai envie de toi mais je n'ai pas le temps ce matin.

– C'est toi qui m'as réveillée, je soupirai en repensant au plaisir matinal qu'il m'avait donné. Et je ne m'en plains pas !

– Peut-être que je pourrais être un peu en retard, après tout, dit Hudson, le regard brûlant de désir.

– Non, non. Tu seras à l'heure, comme un bon homme d'affaires, dis-je en remuant mon index devant son visage.

Et si je te suivais pendant que tu te prépares, comme ça on pourra parler ?

– J'aime. Ça m'a manqué de te parler, aussi. Il se concentra pour déposer de la mousse à raser sur son autre joue. Ah, j'ai eu le mot que tu as laissé avec la carte de visite de Celia. Mon avocat m'a dit qu'il fallait garder ce genre de chose comme preuves. Alors si tu reçois autre chose, dis-le-moi.

– Ne t'en fais pas, je le ferai, dis-je en m'asseyant sur le bord de la baignoire. Il n'a toujours pas d'idée sur ce qu'on peut faire contre elle ?

– Non, pas encore, dit-il d'une voix que je jugeai trop sérieuse. Tu es toujours certaine de ne pas vouloir partir en vacances ?

– Certaine.

J'ai réfléchi un instant. J'étais assez tentée de m'échapper quelques jours. Mais je n'avais aucune envie de quitter Hudson, surtout avec toutes ces femmes qui lui tournaient autour et rêvaient de se débarrasser de moi.

Je repensai soudain au nom que j'avais vu dans son journal d'appels.

– Cela dit, je suis sûre que Norma serait ravie de me voir partir.

– Encore Norma ? demanda-t-il en grimaçant. Pourquoi tu penses à elle ?

– Tu vas rire, commençai-je en espérant que ce serait le cas et qu'il ne s'énerverait pas, mais hier soir tu t'es endormi avec ton téléphone et j'ai voulu voir si tu avais reçu mon message. Et puis... mon Dieu, je t'en supplie, ne me déteste pas.

– Qu'est-ce que tu as fait ? dit-il d'une voix enjouée.

– J'ai regardé tes derniers appels, avouai-je en baissant les yeux. Et j'ai vu que tu avais parlé à Norma.

Lorsque je relevai les yeux vers lui, je vis qu'il souriait.

– Laisse-moi deviner : ça t'ennuie ?

Encouragée par son air amusé, je n'hésitai plus.

– Tu l'as appelé à huit heures du soir. Depuis ton lit.

– Viens ici, dit-il en éclatant de rire.

Je ne bougeai pas, énervée par sa réaction. Il s'obligea à redevenir sérieux et se tourna vers moi en me tendant la main.

– Alayna, viens ici.

Je lui obéis en soupirant.

– Je t'ai dit que j'allais te poser des questions à son sujet.

– Oui, c'est vrai, admit-il en passant ses bras autour de ma taille et en appuyant son front contre le mien. C'était pour le travail, ma belle. Il me fallait des chiffres pour la réunion de ce matin, et ceux qu'elle m'avait envoyés dans l'après-midi ne correspondaient pas à mes attentes.

– C'était pour le travail, répétai-je en m'efforçant de me détendre. Toujours le travail. Toujours la même excuse.

En vérité, ça ne servait à rien de lui poser la question, je connaissais sa réponse à l'avance. Mais tout cela me perturbait, que je lui en parle ou pas, et l'entendre me répéter les mêmes choses me rassurait : c'était un des bonus de la communication.

Je reculai pour le regarder sourire.

– Pourquoi tu ris ?

– Parce que j'adore quand tu es jalouse, dit-il en effleurant mon nez. Tu le sais.

– Tais-toi. Je déteste ça. Et je ne te crois pas, tu ne dois pas aimer que je sois folle.

– J'aime voir que tu tiens à moi.

Je ne savais si je devais rire ou m'inquiéter. Pourquoi aurait-il besoin d'être rassuré ?

– Je t'aime, et tu le sais. Je ne te l'ai pas suffisamment prouvé ?

– Si, je le sais, chuchota-t-il en me serrant contre lui. Mais ta jalousie me prouve que tu dis la vérité, et c'est mignon. Continue à être jalouse. Ou folle, si c'est comme ça que tu veux l'appeler.

– C'est peut-être toi qui es fou, rétorquai-je en évitant son baiser. Tu vas me mettre de la mousse partout !

– Je m'en fiche.

Cette fois-ci, lorsqu'il baissa la tête, je le laissai m'embrasser. Son baiser était tendre, mais je sentais qu'il se retenait, puisqu'il n'avait pas le temps.

Pour ma part, j'avais tout mon temps, et j'aimais l'embrasser. Je passai mes bras autour de son cou et je plongeai ma langue dans sa bouche, invitant la sienne à jouer elle aussi.

– Tu ne peux pas te coller à moi comme cela, dit-il en me donnant une fessée. Je partis me rasseoir sur le bord de la baignoire.

– Je suis désolée d'avoir fouillé dans ton téléphone.

Je n'étais pas du tout désolée, en fin de compte, puisque ça m'avait valu un baiser langoureux.

– Ne sois pas désolée, dit Hudson, à nouveau face au miroir. Tu sais que je ne te cache rien. Il marqua une pause. « Enfin... » Ses yeux restèrent rivés sur son rasoir tout le temps qu'il le lava dans le lavabo. « Tu sais que je me fiche que tu fouilles dans mes affaires. »

Mon estomac fit un bond dans mon ventre.

– Qu'est-ce que tu veux dire ? demandai-je en passant ma langue sur mes lèvres soudain trop sèches. Tu me caches quelque chose ?

– Bien sûr que non, dit-il sans lever la tête. Je voulais juste dire qu'on ne peut jamais tout savoir l'un de l'autre, continua-t-il en se tournant vers moi. Tu ne crois pas ?

– Ouais... mais on peut essayer.

– Bien sûr, on peut essayer.

Un silence gêné s'installa pendant plusieurs secondes. Hudson resta appuyé contre le meuble du lavabo, et moi assise sur la baignoire. Il avait voulu dire autre chose – quelque chose de difficile, de sombre. J'étais à la fois curieuse et inquiète. Peut-être parlait-il de ce qu'il avait fait à d'autres par le passé. Il m'avait raconté quelques-unes de ses histoires, toutes étaient sordides. Jamais je n'avais pensé qu'il m'avouerait toutes ses erreurs, et ce serait cruel de lui faire revivre ces moments douloureux. Je ne lui avais pas non plus raconté en détail chacune de mes erreurs.

Toutefois, si c'était autre chose... quelque chose de nouveau, d'actuel ? Avait-il des secrets qui nous concernaient ?

Comment le savoir ?

– En parlant de Norma, comment s'est passé l'entretien avec Gwenith ? demanda-t-il en rompant le silence.

Parler du travail était le meilleur moyen de mettre fin au malaise qui s'immisçait dans notre joyeuse matinée, je saisis l'occasion au bond.

– Je lui ai proposé le poste et elle l'a accepté. Elle quitte L'Étage 88 sans préavis. Ils savaient qu'elle voulait partir, apparemment, donc elle fera son dernier jour aujourd'hui, et elle va commencer au Sky Launch dès ce soir.

Ce ne fut qu'en le disant à Hudson que je me rendis compte combien j'étais excitée d'avoir une partenaire. Waouh. J'allais être la directrice du Sky Launch. Et j'allais réussir, parce que j'avais une équipe géniale : Hudson, Gwen, et toute une flopée d'assistants géniaux. Pourquoi cela ne m'avait-il pas frappée plus tôt ?

– Félicitations ! répondit Hudson, face à mon enthousiasme. Je suis content que vous vous entendiez bien.

Je repensai un instant à l'échange étrange que j'avais eu avec Gwen la veille.

– Je ne dirais pas qu'on s'entend bien. Mais je pense qu'on va se stimuler. Elle sera un bon atout pour le club. Au fait, tu sais pourquoi elle veut quitter L'Étage ?

– Non, répondit-il en se tournant vers le miroir pour essuyer ses restes de mousse à raser avec une serviette. Tu lui as demandé ?

Je restai concentrée sur le carrelage. Je traçais les motifs avec mon orteil.

– Elle a dit que c'était personnel. Je me suis dit que tu en savais peut-être davantage, à cause de Norma.

Est-ce que *Norma* était concernée par le secret qu'il me cachait ?

– Si Norma le sait, elle ne me l'a pas dit, répondit-il en se tournant vers moi. Ou alors je ne l'ai pas écoutée.

– J'aime bien entendre que tu n'écoutes pas toujours ce que dit Norma Anders, avouai-je en souriant.

Je laissai mon regard glisser sur son corps. Bon sang, il était vraiment canon. Je ne me lasserais probablement jamais de le mater. Et il était tout à moi, n'est-ce pas ?

– Arrête de me reluquer comme ça ou je vais vraiment me mettre en retard.

Dommage qu'il ne puisse pas annuler sa réunion. Il aurait pu rester me caresser et me faire l'amour jusqu'à ce que le soleil soit haut dans le ciel. J'oubliais tous mes doutes quand j'étais dans ses bras, mais hélas, nous ne pouvions pas passer nos journées entières au lit.

Je parvins, en faisant un gros effort, à quitter son corps du regard.

– Habille-toi, ça nous aidera tous les deux.

– Bonne idée, dit-il en laissant tomber sa serviette au sol avec un sourire machiavélique.

Je gardai les yeux rivés sur ses fesses splendides jusqu'à ce qu'il disparaisse dans son dressing. *Quel allumeur.*

Je me dévêtis pendant que Hudson s'habillait, en échangeant mes habits de la veille contre un de ses t-shirts sales. Il sentait son odeur et j'en avais besoin : j'avais besoin de sentir sa présence alors qu'il se préparait à partir.

Lorsqu'il réapparut, il portait un de mes costumes préférés, un Armani gris anthracite qui faisait ressortir la couleur de ses yeux. Il était à la fois super canon et hyper professionnel – apparemment, sa réunion était importante.

– Tu es beau, Hudson.

Il me regarda en coin en nouant sa cravate.

– Tu trouves ?

– Absolument. Je suis certaine que Norma sera d'accord avec moi.

Si Hudson était doué pour ce genre de jeux, il ne s'y prêtait que lorsqu'il maîtrisait la situation. Donc il ne répondit rien, occupé qu'il était à glisser son portefeuille et son téléphone dans ses poches.

Communique, me rappelai-je. *Sois toi-même. Dis ce que tu penses.*

– Elle participe à ta réunion, n'est-ce pas ?

– Oui, répondit-il en se tournant enfin vers moi.

Il fit trois grandes enjambées et me rejoignit au lit, où je venais de m'asseoir. Il s'agenouilla et m'attira à lui en m'attrapant derrière la nuque, pour m'obliger à le regarder.

– Et qu'elle aime ce costume ou pas, je m'en fiche. La seule chose qui compte c'est que c'est toi qui vas me l'enlever ce soir.

– D'accord, fis-je, le souffle coupé.

– Tu seras là pour me déshabiller, n'est-ce pas ? demanda-t-il en caressant mon nez avec le bout du sien.

– Je te le promets, répondis-je en hochant la tête.

Je ne me souvenais absolument pas de ce que j'avais prévu pour la journée, mais même si j'avais un problème d'emploi du temps, je me débrouillerais pour être à la maison.

– Tant mieux, chuchota-t-il en prenant une longue inspiration, pour me montrer qu'il prenait une décision difficile. Je dois y aller, ajouta-t-il enfin. Cette réunion est...

– Je sais, je sais. Tu es en retard.

– J'ai droit à un baiser d'adieu ?

Je penchai la tête pour l'embrasser brièvement, mais Hudson ne s'en contenta pas. Il plongea sa langue dans ma bouche et m'embrassa sauvagement, avec la même fougue qui m'avait réveillée plus tôt. Lorsqu'il finit par me libérer, j'étais à bout de souffle.

– J'ai l'impression que c'était une promesse, monsieur Pierce, dis-je enfin en cherchant à retrouver ma respiration. Que me caches-tu, Hudson ?

– Je ne peux pas te révéler tous mes secrets, ma belle, répondit-il en déposant un baiser sur le bout de mon nez. Allez, repose-toi bien. Tu vas avoir besoin d'être en forme.

J'obéis et me remis au lit, son goût encore sur mes lèvres, son odeur sur mes vêtements, et sa chaleur dans mon cœur.

* * *

J'arrivai au club un peu après onze heures. Comme David allait former Gwen dans la soirée, je suis restée seule avec Reynold tout l'après-midi. Je ne pouvais pas parler avec lui comme avec Jordan. Je me sentais seule. Je trouvais bête qu'il soit obligé de rester là pendant que je travaillais, mais il s'agissait de l'argent de Hudson, après tout, pas du mien. S'il voulait payer ce mec à rester devant la porte de mon bureau à jouer à Candy Crush, grand bien lui fasse.

Vers seize heures, je décidai d'aller me chercher un café à la boutique d'à côté. Reynold était au téléphone. Plutôt que de le déranger, je lui fis croire que j'allais aux toilettes et je me faufilai par la porte arrière du club. Surprise par la lumière du jour, je me souvins à quel point j'aimais me promener dehors. Bien sûr, je préférais aller courir aux aurores avant qu'il ne fasse trop chaud et humide, mais il fallait que je m'en passe à cause du petit jeu de Celia. *La garce.*

Une petite goutte de sueur coula le long de ma nuque. Peut-être aurais-je dû prévenir Reynold, en fin de compte. Le vrombissement des moteurs qui faisaient le tour de Columbus Circle me parut soudain trop fort. Je remarquai qu'un taxi attendait le long du trottoir, et qu'une limousine se garait derrière lui. J'étais entourée de gens, pourquoi être soudain si nerveuse ?

C'est alors qu'un bras me saisit par la taille et qu'une main se posa sur ma bouche, pour m'empêcher de crier. Je fus soulevée, amenée à l'arrière de la limousine et déposée sur... les genoux de Hudson Pierce.

– À quoi tu joues ? m'écriai-je en me redressant, le cœur battant. Hudson ! Tu m'as fichu la trouille de ma vie !

– Où est ton garde du corps ? rétorqua-t-il. C'est de te voir seule sur le trottoir qui m'a fichu la trouille.

– Ce n'est pas une raison pour me terroriser, répondis-je en fronçant les sourcils.

– Ah non ? dit-il en me prenant dans ses bras.

Je luttai contre lui, toujours furieuse, mais je ne faisais pas le poids. Il n'eut aucun mal à m'immobiliser, et après tout, j'aimais être dans ses bras.

– Qu'est-ce que tu fais ici, de toute façon ? demandai-je en me blottissant contre lui.

– Je suis là pour te kidnapper, quelle question !

Sa main caressa ma jambe nue et je frissonnai. J'enroulai

mes bras autour de son cou en souriant jusqu'aux oreilles. Une soirée avec Hudson était justement ce qu'il me fallait.

– Génial ! Tu m'emmènes au resto, c'est ça ?

– Quelque chose comme ça, dit-il avant d'appuyer sur l'interphone avec son coude. Allons-y, ordonna-t-il.

Au lieu de tout de suite attacher ma ceinture comme d'habitude, je me suis mise à paniquer. J'avais laissé le club sans surveillance.

– Attends ! Je n'ai pas fermé le club à clef !

Hudson resserra son étreinte et colla son index sur mes lèvres pour me faire taire.

– J'étais au téléphone avec Reynold quand tu es partie. Il s'occupe de fermer le club. Pourquoi tu t'échappais sans rien dire, d'ailleurs ?

Je tirai la langue et léchai son doigt, qu'il enleva vite fait en me jetant un regard sévère. Apparemment, il attendait des réponses avant de jouer.

– Je ne m'échappais pas.

Bon, peut-être que si.

– J'allais seulement me chercher un café à côté, rien de grave.

Il fronça les sourcils pour me faire comprendre qu'il n'était pas d'accord avec moi.

– Bon, je ne le ferai plus, dis-je en déposant un baiser sur sa joue. Mais sérieusement, tu m'emmènes où ?

– J'ai dit que je voulais que tu quittes la ville, dit-il avec un sourire machiavélique.

– Quoi ? m'exclamai-je en me redressant brusquement. Je ne peux pas partir, H. Je travaille demain soir. Et je n'ai pas *envie* de partir, on en a parlé.

Il saisit mes poignets et les maintint contre lui, comme s'il craignait que je n'appuie sur l'interphone pour demander au chauffeur de faire demi-tour – ce que j'envisageais de faire.

– Calme-toi, ma belle, chuchota-t-il en embrassant chacune de mes mains. J'ai juste pensé qu'un petit week-end nous ferait du bien.

– Tous les deux ?

Je n'avais eu aucune envie de m'enfuir, mais un séjour en dehors de New York, c'était autre chose. C'était charmant et romantique.

– Oui, tous les deux. Je te ferais partir si tu me laissais faire, mais d'un autre côté, je suis content que ce ne soit pas le cas parce que je ne supporte pas d'être séparé de toi, dit-il en m'embrassant sur le bout du nez. J'ai déjà parlé à David, et lui et Gwen vont te remplacer demain soir. On sera rentrés dimanche en fin de journée.

– Je suis la directrice principale, maintenant, je ne peux pas partir dès que l'envie m'en prend, rétorquai-je.

Cependant, mes protestations manquaient de conviction. En fait j'essayais simplement de ne pas me sentir coupable. Quant à Hudson, il semblait ne pas ressentir la moindre culpabilité.

– C'est moi le patron. Bien sûr, que tu peux.

– Je devrais t'en vouloir, dis-je en souriant. Mais ce n'est pas le cas. Merci, je suis ravie de partir en week-end avec toi.

– Je crois que tu en as besoin. Que *nous* en avons besoin.

– Tu as entièrement raison. Comme souvent. Mais ne prends pas la grosse tête pour autant, dis-je en me libérant pour attacher ma ceinture.

Une fois sanglée, je me rapprochai de lui autant que possible.

– Où allons-nous ? Est-ce qu'on s'arrête au penthouse pour que je prenne des vêtements ou tu t'es également occupé de ça ?

Le connaissant, ma valise était probablement déjà dans le coffre.

–Tu verras quand on arrivera, dit-il en attachant sa ceinture à son tour avant de passer son bras dans mon cou. Mais ma belle, chuchota-t-il dans mon oreille, je peux t'assurer que tu n'auras pas besoin de vêtements.

* * *

–Réveille-toi, ma belle. Nous sommes arrivés.

J'avais dû m'endormir contre Hudson, car lorsque j'ouvris les yeux, nous nous étions arrêtés et Hudson me caressait la joue.

Je clignai des yeux à plusieurs reprises pour m'accoutumer à la lumière. « Arrivés où? », demandai-je en bâillant.

–Viens voir, dit-il en me prenant la main.

Nous étions garés devant un chalet en bois entouré d'une épaisse forêt, au bord d'un lac. Il y avait un massif de fleurs des champs de chaque côté du chemin en pierre qui menait à la porte d'entrée. Des dizaines de papillons voletaient de fleur en fleur. Le ciel était bleu azur sans la moindre trace de pollution ou de nuages. L'air était rempli de chants d'oiseaux. Un couple d'écureuils grimpaient le long d'un arbre un peu plus loin. Hudson, dans son costume trois-pièces, jurait clairement avec le charme bucolique des lieux.

–On est au mont Pocono? devinai-je.

Hudson hocha la tête en me regardant m'émerveiller devant cette beauté qui nous entourait. C'était parfait.

–C'est magnifique.

Hudson sourit avant de s'adresser au chauffeur qui sortait une petite valise du coffre de la limousine. « Dix-neuf heures, dimanche soir. »

–Oui, Monsieur.

Je regardai la voiture repartir. Nous étions seuls dans ce que j'avais décidé d'appeler le paradis. Hudson prit la valise d'une main et me tendit l'autre. Il me guida vers la porte du chalet.

– Je n'ai pas besoin de vêtements, mais toi, si ? demandai-je en désignant la valise.

– Elle ne contient que l'essentiel. Pour nous deux, dit-il en riant. Je te promets que si tu es nue, je le serai aussi, ajouta-t-il en sortant une clef de sa poche. Ce chalet appartient à ma famille depuis plusieurs années. Nous payons quelqu'un pour venir l'aérer une fois par semaine, mais en dehors de ça, Adam et Mira sont les seuls à y venir de façon régulière. J'ai pensé qu'il était temps que je profite un peu de cette propriété.

– Très bonne idée, H.

Il ouvrit la porte et s'effaça pour me laisser passer. L'intérieur était aussi parfait que l'extérieur. La décoration était rustique et chaleureuse, à l'opposé des habituels goûts luxueux des Pierce. Je comprenais que Sophia n'ait pas envie d'y passer du temps, tout comme Jack, d'ailleurs. La pièce principale était grande, séparée en deux parties par deux larges piliers en bois. Des canapés larges et moelleux et des fauteuils en cuir faisaient face à une grande cheminée en pierre. Le mur extérieur était composé de baies vitrées qui donnaient sur la terrasse et le lac. Tout était beau et paisible.

Mais surtout, nous étions seuls – sans employée amoureuse, ni garde du corps, ni blondasse folle à lier –, véritablement seuls au monde.

La porte se referma et Hudson avança jusqu'à moi. Je sentis cette électricité qu'il y avait toujours entre nous. Mais elle était plus grande, comme si quelqu'un en avait augmenté la puissance. Soudain toute ma fatigue et mon angoisse disparurent, une envie intense d'être contre lui avait pris le dessus.

Je n'étais pas la seule à le sentir. En un seul mouvement, Hudson me retourna, plaqua une main sur ma fesse tandis que l'autre retenait mes deux mains dans mon dos, et m'embrassa sauvagement. Sans pitié. Nos langues se mêlèrent, tournoyant toutes deux dans une danse hypnotique. Il me fit reculer sans me lâcher, pour me mener je ne sais où. Je m'en fichais, le seul endroit où je voulais être, c'était dans ses bras, dans sa bouche, dans cette bulle coupée du monde où nous étions seuls.

Mon Dieu, j'étais complètement désorientée –la bouche de Hudson me plongea dans un étincelant nuage de désir. Ses mains se frayèrent un chemin sous ma robe, qu'il remonta avant de la jeter par terre et de me plaquer contre un des piliers. Il immobilisa de nouveau mes mains, au-dessus de ma tête, cette fois-ci. De l'autre main, il caressa mes hanches puis se mit à mordiller mes seins à travers mon soutien-gorge. Tout mon corps en fut comme électrisé.

Ses doigts suivirent la dentelle de mon string avant de glisser dessous pour trouver mon clitoris déjà enflé de désir, puis sa main se glissa entre mes lèvres.

– Ah, tu mouilles tellement. J'ai envie de te sucer, mais j'ai encore plus envie d'être en toi.

– Hudson, sifflai-je en gigotant contre le pilier. J'ai besoin. De mes mains.

Je ne parvenais pas à finir mes phrases.

– Besoin de te toucher. Que tu sois nu.

Sa bouche revint vers la mienne. Il mordit ma lèvre inférieure avant de la sucer pour calmer la douleur, puis libéra mes bras. « D'accord », dit-il.

Il ôta sa veste pendant que je m'occupais de déboutonner sa chemise. J'allais si vite, poussée par une telle urgence, que j'arrachai un bouton. « Oups », fis-je en m'arrêtant.

Hudson grogna et empoigna le tissu, arrachant les boutons restants. C'était impressionnant, et incroyablement excitant. Mes mains se jetèrent sur sa poitrine, je me mis à caresser ses muscles saillants. Sa peau me parut brûlante et la fermeté de sa chair contrastait nettement avec la douceur de la mienne.

Il explora ma poitrine tandis que j'explorais son torse. Il baissa violemment les balconnets de mon soutien-gorge. Mes tétons pointèrent instantanément. Il lui suffit de les effleurer avec son pouce pour faire trembler mes genoux et se crisper mes cuisses.

Il poussa un autre grognement et fit un pas en arrière. « Putain, tu es tellement belle comme ça. Tes seins pointent pour moi. Tes jambes me supplient de les écarter pour te pénétrer. »

J'avançai vers lui, car je ne supportais pas de ne pas le toucher. Il me surprit alors en me soulevant sur son épaule. « Il est temps de changer de vue », dit-il avant d'ajouter tout en marchant : « Petite visite guidée : la cuisine est là, la salle de bain ici. Et là, c'est la chambre. »

Je levai la tête pour voir les pièces qu'il énumérait, sans être vraiment intéressée, mais curieuse de savoir quelle serait notre destination. Une fois dans la chambre, il me laissa tomber sur le lit.

– Même si j'ai l'intention de te sauter dans chaque pièce de la maison, nous passerons la plupart de notre week-end dans celle-ci.

Je n'étais même pas tentée de regarder autour de moi. Je me redressai sur mes coudes, les yeux rivés sur lui, le regardant défaire sa ceinture et enlever son pantalon. Son érection dépassait de son caleçon, j'en eus l'eau à la bouche.

Il n'enleva pas tout de suite son caleçon. « Tourne-toi », ordonna-t-il.

Je roulai sur le ventre, en obéissant avant même que mon cerveau n'ait enregistré son ordre.

– Mets-toi à quatre pattes.

Mon Dieu, j'étais dingue de lui quand il me dominait ainsi. Mes jambes se mirent à trembler par anticipation. Ses mains saisirent mes hanches et me tirèrent au bord du lit avant de baisser mon string sur mes genoux. Il se pencha pour défaire mon soutien-gorge qui tomba sur le lit. Je ne voulais pas bouger, je savourais la sensation de son corps contre mes fesses. Je sentis ensuite son sexe nu sur ma peau – il avait dû enlever son boxer pendant que je me tournais. Instinctivement, j'écartai les genoux autant que je le pus sans toucher à mon string.

Hudson empoigna mes seins et passa sa queue entre mes jambes, sur mon sexe. Je gémis lorsqu'elle caressa mon clitoris, chaque frottement me faisait grimper aux rideaux. Cependant, il n'était pas là où je le voulais, pas encore.

– Hudson ! je le suppliai. S'il te plaît, j'ai envie.

– Je sais, ma belle. Je sais ce qu'il te faut, dit-il sans cesser ses allers-retours contre ma peau.

Mais il ne voulait pas me le donner.

– Besoin de toi. En moi.

– Redis-le et je te ferai attendre encore plus longtemps.

– S'il te plaît, Hudson.

Je ne réussis pas à me retenir, les mots m'échappèrent.

Il enleva son sexe.

– Je t'ai dit de ne pas me le demander, rétorqua-t-il sèchement avant de me gifler la fesse.

J'étais tellement excitée que je mouillais le drap entre mes genoux. Il me gifla de nouveau sur l'autre fesse, et je criai de plaisir. Il la frotta ensuite pour faire passer la douleur et je sus que s'il me mettait une autre fessée, je jouirais sur-le-champ.

Cependant, il ne renouvela pas son geste. Ses mains quittèrent mon corps, qui frissonna en ne sentant plus sa chaleur. Je ne savais pas ce qu'il se préparait à faire, mais j'avais hâte de le découvrir.

Soudain, il fut là où je le désirais tant... en moi. Mais ce n'était pas son sexe, c'était sa langue ! Je poussai un cri en baissant la tête pour voir son visage entre mes jambes tandis que sa langue plongeait en moi, me lapant furieusement. Ses doigts atterrirent ensuite sur mon clitoris. Je me contorsionnais, je ne tenais plus en place, comme hystérique sous le plaisir qu'il me donnait, tout en souhaitant désespérément sentir sa verge me pénétrer.

J'étais folle, d'excitation, de désir. Je jouis rapidement, violemment, en criant son nom. Je jouissais encore lorsqu'il me pénétra enfin, violemment, se frayant un passage dans mon sexe contracté par l'orgasme. « Ah, bon sang, Alayna, tu es tellement étroite. »

Il se retira jusqu'au gland avant de s'enfouir en moi une nouvelle fois. Je me détendis en redescendant sur terre, non sans mal. Ses ongles me lacéraient les hanches tandis qu'il me pénétrait encore et encore avec force, ramenant mon corps contre le sien à chaque aller-retour. Mes mains empoignèrent la couette alors qu'un nouvel orgasme se préparait déjà.

– Ce. N'est. Pas. Assez. Profond, grogna-t-il en ponctuant ses mots d'un coup de bassin. Besoin. D'aller. Plus. Profond.

Mon Dieu, il était déjà enfoui si loin en moi, et chaque va-et-vient frappait au bon endroit. Je gémissais à chaque expiration et mes mains, comme mes genoux, tremblaient sous la puissance de son assaut.

Il se retira encore et me retourna sur le dos. Il replia mes genoux le plus possible puis il entreprit de me pénétrer férocement. « Jouis avec moi, ma belle. » Ce n'était pas une requête. Il attendait que je lui obéisse.

– Je vais bientôt jouir. Dis-moi que tu seras avec moi.

– Oui, haletai-je. Oui. Oui.

– Bien.

Il passa ses mains sous mes fesses et remonta mon bassin pour s'enfoncer au plus profond de mon sexe. Il n'était jamais allé aussi loin, je l'aurais juré. Mon orgasme se déclencha aussitôt. « Attends, Alayna. »

J'écarquillai les yeux, ravalant mon souffle, essayant de m'accrocher, de me retenir.

« Attends. Attends. Attends », répéta-t-il en rythme avec ses allers-retours. « Attends. » Puis soudain : « Maintenant ! »

Je succombai alors à la force dans mon ventre, je la laissai me déchirer violemment. Mon vagin se contracta autour de sa queue. Hudson plongea en moi avec un dernier coup de bassin, plus long et plus profond encore. « Putaaaaain ! », s'écria-t-il alors qu'il se déversait en moi.

Il s'écroula sur le lit à côté de moi. Nos poitrines se soulevèrent en chœur.

– Eh ben, dit-il après plusieurs minutes. C'était...

Jésus Marie Joseph, pensai-je.

Mais Hudson termina la phrase en me volant l'un de mes mots préférés.

– ... chanmé.

* * *

Ce soir-là, notre seule excursion hors de la chambre fut pour la cuisine, pour nous préparer des sandwichs grâce aux vivres que nous avait laissés l'employé des Pierce. Nous fîmes l'amour jusque tard dans la nuit et reprîmes nos ébats dès notre réveil.

Nous avions beau être au milieu de *nulle part,* je découvris que nous avions néanmoins accès au wi-fi. J'en fus presque déçue car une bonne part du charme de ce chalet était justement son isolement, mais c'était bien pratique pour écouter de la musique. Après un petit déjeuner composé d'un yaourt et de fraises fraîches, j'installai Spotify sur l'ordinateur de Hudson et je m'y connectai pour faire jouer ma playlist préférée. Hudson m'avait promis de me masser les pieds et je m'allongeai à côté de lui sur le canapé, toujours nue, puisque c'était le *dress code* de notre week-end.

So Easy, de Phillip Phillips, se mit à jouer et je fredonnai l'air en chantant de temps en temps.

– Tu as une belle voix, dit Hudson, le regard plein d'admiration.

Je souris avant de m'apercevoir qu'il était étrange qu'il ne m'ait jamais entendue chanter. Nous avions encore tant de premières fois à vivre. J'étais gênée, mais j'admis que la chanson me faisait penser à lui.

– Tu as une chanson qui te fait penser à moi ? s'exclama-t-il en haussant les sourcils.

– Plusieurs. En fait, j'ai toute une playlist.

Après tout, nous écoutions celle que j'avais intitulée *H...*

– Hmmm. Je ne savais pas.

Il pencha la tête et je compris qu'il écoutait attentivement les paroles. Je continuai à les fredonner afin qu'il entende les plus importantes, en chantant plus fort le refrain, dans lequel Phillips expliquait combien il était facile de tomber aussi éperdument amoureux.

Ce fut alors au tour de Hudson de rougir. Il baissa les yeux, se concentra sur son massage, un léger sourire sur les lèvres. « Que dirais-tu d'une douche ? »

Je m'étirai paresseusement et remarquai soudain que j'avais des courbatures dans des muscles dont j'ignorais jusqu'à présent l'existence. « Oui. Absolument. » Une douche chaude me paraissait une idée divine. Cependant, je ne fis rien pour me lever. Rester immobile était plutôt tentant, aussi.

– As-tu prévu quelque chose en particulier pour aujourd'hui ? En dehors de la douche ? demanda-t-il en exerçant davantage de pression sur la plante de mon pied.

– Tu m'as kidnappée dans les montagnes, je crois que je suis à ta merci, H.

– En effet. Moi, j'ai pensé que je pourrais passer un maximum de temps enfoui en toi.

– Ça me convient parfaitement, dis-je en souriant. Quoi d'autre ?

– J'aimerais te montrer le jardin et les bois qui entourent le chalet. Et peut-être faire un peu de shopping en ligne. Je me suis dit qu'un nouveau collier ou de nouvelles boucles d'oreilles seraient une bonne idée pour le défilé de Mira.

Au lieu de le contredire comme d'habitude, je pris le temps d'y réfléchir.

– Peut-être que tu as raison. Je n'ai rien d'élégant, et ces dernières semaines n'ont pas été faciles. Peut-être que je mérite un cadeau, en effet, dis-je en souriant coquettement.

– Alayna ! s'exclama Hudson. Je ne t'ai jamais entendue accorder d'importance à ce genre de chose.

Je baissai les yeux et inspectai mes mains, regrettant d'avoir parlé.

Hudson abandonna son massage et rampa vers moi, couvrant mon corps avec le sien.

– Ça me fait très plaisir. Et ça m'excite un peu.

Disons que ça l'excitait moyennement – cette nouvelle position rendait cela évident.

– Pourquoi est-ce que tu es excité de me voir réagir comme une pimbêche âpre au gain ?

– Parce que j'adore te faire des cadeaux. C'est quelque chose que je sais très bien faire. J'aimerais t'en faire plus souvent, mais tu n'as jamais l'air intéressée, dit-il en passant sa main dans mes cheveux. Je t'offrirai tout ce que tu veux, alors dis-moi ce qui te ferait plaisir. Une journée de shopping ? Une semaine à Bali ? Une voiture ?

– Arrête de te moquer de moi, dis-je en levant les yeux au ciel.

– Je suis sérieux, Alayna. Tu veux une entreprise à ton nom ? Une île déserte au milieu de l'océan Pacifique ?

– Arrête !

– Non, je refuse, dit-il en soulevant mon menton pour me regarder dans les yeux. Tout ce que tu veux, Alayna. C'est à toi. Et comme tu ne sais pas ce que tu veux, je vais devoir être encore plus ingénieux pour te faire profiter de ma richesse.

– Je ne veux pas profiter de ta... commençai-je en le repoussant avant qu'il ne m'interrompe.

– Ne dis plus rien. Je sais que tu ne veux pas en profiter. Cela ne t'a jamais intéressée. Mais je t'ai déjà dit que j'étais à toi corps et âme. Que tu veuilles m'exploiter ou non, je suis à toi.

J'étais sur le point de protester une nouvelle fois, mais il poursuivit.

– Donc : tout ce qui est à moi est à toi, ajouta-t-il en me transperçant du regard. Tu sais, il existe des contrats qui peuvent le garantir, ma belle.

Je déglutis difficilement – et bruyamment. Le genre de contrat dont il parlait... le partage des biens... il sous-entendait un mariage ? Pétrifiée, et légèrement excitée, je décidai de pousser davantage l'exploration de cette terre inconnue.

– Tu sous-entends des choses sacrément sérieuses, H.

– Je ne ferai pas que les sous-entendre, si tu m'y autorises, dit-il d'une voix ferme et sincère.

Mon cœur battait la chamade dans ma poitrine. Il ne pouvait pas me dire qu'il m'aimait, mais il pouvait me promettre la lune ? Il était intimidé par les sentiments que j'exprimais dans une chanson, mais il pouvait m'offrir une vie à ses côtés ?

C'était trop tôt. Je n'étais pas prête, et lui non plus, même s'il le pensait.

– Je crois que je vais me contenter d'accepter un nouveau collier, pour l'instant, chuchotai-je.

Je retins mon souffle en attendant sa réponse, j'espérais ne pas l'avoir vexé.

Il lui fallut une seconde, avant de sourire jusqu'aux oreilles.

– Alors il est à toi.

Je voulais encore détendre un peu l'atmosphère. J'ajoutai : « Et puis de nouveaux livres, aussi. Et... tu as vraiment parlé d'une voiture ? »

– Tu ne veux pas de voiture, dit-il en secouant la tête. Tu n'aimes pas conduire.

C'était vrai, je n'aimais pas être au volant. Mais une voiture n'était pas la seule chose que l'on pouvait conduire.

– Non, j'aime conduire. C'est juste que tu ne me laisses jamais prendre le volant.

– Tu ne parles plus de voiture, là, n'est-ce pas ? dit-il en m'observant, les yeux mi-clos.

– Non.

Je m'emparai de son sexe en érection et je le caressai une fois, puis une autre. Il grogna et me retourna pour m'allonger sur lui.

– Et si tu conduisais maintenant ?

Je me redressai pour le chevaucher, plaçai mon sexe au-dessus du sien et m'abaissai sur lui.

– J'ai comme l'impression que c'est déjà le cas.

CHAPITRE ONZE

Nous rentrâmes à New York le dimanche soir, délicieusement courbatus, mais reposés – du moins, c'était mon cas. J'étais plus enthousiaste que jamais concernant notre relation. J'étais heureuse de retrouver notre chez-nous, néanmoins un peu triste qu'un si beau week-end touche à sa fin. Coupés du monde, Hudson et moi avions appris beaucoup de choses l'un sur l'autre – pouvions-nous continuer ainsi, une fois de retour à la réalité quotidienne ?

Je craignais que la réponse ne soit non. Surtout parce que, après avoir posé notre valise dans la chambre, Hudson disparut dans la bibliothèque pour travailler. Je dormais lorsqu'il se coucha enfin, et il ne me réveilla pas. Nos vacances étaient bel et bien terminées.

Le lendemain matin, je me réveillai avant que Hudson soit sorti. Je m'assis dans le lit et le regardai finir de s'habiller. « Je suis contente de t'avoir attrapé. »

– *Tu* m'as attrapé ? demanda-t-il en haussant un sourcil. J'ai plutôt l'impression que c'est *moi* qui t'ai attrapée.

– Je parle de maintenant, de t'avoir vu avant que tu partes, m'exclamai-je en saisissant un oreiller pour lui jeter.

Il mit sa veste et se tourna vers moi, pour m'accorder toute son attention.

– Pourquoi, tu as besoin de me parler ?

– Non, je n'en ai pas *besoin*, mes journées sont simplement plus belles quand je les commence en te parlant.

Il esquissa un sourire, puis il posa un genou sur le matelas pour m'attirer à lui.

– Je ressens la même chose, tu sais.

Je passai mes bras autour de sa nuque et jouai avec ses cheveux.

– Et si on faisait en sorte de toujours commencer nos journées de cette façon ? Et pareil le soir, j'aime te parler avant de m'endormir.

– Je ne voulais pas te réveiller, ma belle, dit-il en appuyant son front contre le mien.

– Mais on n'ose jamais se réveiller, et c'est nul. Je préfère perdre quelques minutes de sommeil que perdre ce que j'ai avec toi. Parfois j'ai l'impression que nos emplois du temps nous éloignent. Ce week-end m'a rappelé à quel point j'aimais être le centre de ton univers.

– Tu es *toujours* le centre de mon univers, Alayna.

Ses paroles me firent fondre. Me rendrait-il toujours aussi heureuse ? Il me semblait que tant qu'il prendrait le temps de me le dire, et moi de l'entendre, la réponse serait oui.

– Dans ce cas, je veux que tu me réveilles tous les matins pour me le dire.

– Marché conclu, sourit-il avant de m'embrasser tendrement. Tu es au cœur de mes pensées, ma belle. Chaque minute de chaque jour, même quand je ne suis pas avec toi. *You make it so easy to fall so hard.*

Il se souvenait des paroles de ma chanson ! Mon cœur fit un double salto, j'avais les larmes aux yeux. « Mon Dieu, je t'aime tellement », chuchotai-je en m'accrochant à lui.

Il plongea son regard dans le mien et le soutint un instant. Soudain, une vague de... *je ne sais quoi...* parcourut mes veines. Il m'était impossible de définir précisément ce mélange d'émotions – mélancolie, désir, amour, vénération. Toutefois, au-delà de toutes ces choses positives se cachait une ombre, une crainte.

– Qu'y a-t-il, ma belle ? demanda-t-il en m'étudiant d'un air inquiet.

– Je ne sais pas...

Comment expliquer d'où venait cette impression que notre si belle histoire était sur le point de voler en éclats ?

– ... parfois, lorsque tu t'en vas, je me sens... déboussolée, déséquilibrée.

– Crois-moi, ma belle, ce sentiment est partagé.

Je réfléchis à sa réponse longtemps après qu'il fut parti, cherchant à comprendre ce qu'il avait voulu dire. Il ne semblait pas avoir compris que mon aveu n'était pas un compliment.

Peut-être était-il aussi déstabilisé que moi ?

* * *

– Tourne-toi, ordonna Mira.

Je fis un demi-tour qui manquait d'enthousiasme. Il était presque quinze heures, j'avais essayé une bonne dizaine de tenues, et nous n'avions toujours pas trouvé *la* robe. Ou plutôt, *Mira* n'avait toujours pas trouvé celle qu'elle voulait, moi, j'en avais trouvé plusieurs.

– Hmmm... Je l'aime bien, dit-elle en reculant pour m'inspecter, mais elle n'est pas aussi bien qu'elle pourrait l'être.

– Peut-être que je ne suis pas un très bon modèle, expliquai-je en me retenant de lever les yeux au ciel.

J'avais désormais une admiration sans limite pour les mannequins professionnels. J'adorais les fringues, et j'adorais faire des essayages. Mais je découvrais peu à peu que je n'aimais *pas* être tripotée et inspectée par une fashionista au bord de la crise de nerfs.

– Justement, c'est ça le problème, dit Mira en secouant la tête. Tu es magnifique, mais la robe t'affadit.

Elle *m'affadit* ? C'était nouveau, ça.

– Il y a trop de tissu, poursuivit-elle. C'est comme si j'essayais de cacher ta beauté au lieu de la mettre en valeur.

– Si tu le dis.

– Il y a forcément quelque chose ! s'exclama-t-elle en fouillant parmi les robes suspendues au portant, cherchant une des rares tenues que je n'avais pas encore essayées. Toutes ces robes ont le même problème, expliqua-t-elle. Nous devons trouver l'équilibre parfait entre la robe et toi. Il nous faut quelque chose qui montre aux gens ton corps sublime.

– N'en montre pas trop non plus, ou Hudson te tuera. Ou bien il me tuera, *moi*, ou même nous deux.

Hudson était toujours présent dans mes pensées lorsque j'étais dans la boutique de Mira. Nous avions eu une fabuleuse partie de jambes en l'air dans cette cabine d'essayage – je pouvais revoir mes mains plaquées sur le miroir, le sentir me pénétrer par-derrière...

– Hudson peut aller se faire voir.

Je revins brutalement à la réalité et toute pensée érotique disparut. Mira choisit une robe pour l'étudier de plus près.

– Au fait, tu sais si Hudson a trouvé une stratégie pour se débarrasser de Celia ?

– Hélas, je crains que non…

C'était ce que mon cœur me disait, en tout cas. C'était probablement la raison pour laquelle il avait voulu s'échapper pour le week-end.

– … D'ailleurs, tu as vu que Celia était au restaurant, la semaine dernière ?

– Mon Dieu ! s'écria-t-elle en se tournant vers moi. Tu es sérieuse ? Je ne l'ai pas vue, avec maman… j'ai été distraite. Elle t'a parlé ?

– Non.

Mira ne reparla pas de Sophia et je supposai qu'elle préférait ne pas aborder le sujet.

– Tant mieux, dit-elle en remettant la robe sur le portant et en repassant en revue celles que j'avais déjà essayées. Je n'arrive pas à croire qu'elle ait le temps de te suivre partout. Je sais qu'elle n'a pas besoin d'argent, mais elle a quand même un travail ! Comment fait-elle ? Est-ce qu'elle ignore tous ses clients ?

Par le passé, mes obsessions m'avaient coûté plus d'une place, mais pour une fois, je n'avais pas envie de comparer.

– Je ne sais pas mais c'est dingue ! Peut-être qu'elle paie quelqu'un pour faire son travail.

– Ouais, ou alors elle a annulé tous ses projets pour ce mois-ci, dit Mira en riant.

– Peut-être qu'elle a accroché un panneau *Fermé pour harcèlement* sur sa porte.

Nous éclatâmes de rire, ce qui me fit un bien fou. Ça allégeait cette tension omniprésente, un peu comme le faisait le sexe. Je ne pouvais pas passer mes journées au lit, mais je devais faire en sorte de rire plus souvent.

– Mieux vaut en rire, en tout cas, dit Mira en baissant les bras et en soupirant. En revanche, cette robe horrible ne me fait pas rire du tout. Enlève-la avant que je ne décide de la brûler, ajouta-t-elle en enlevant les épingles qu'elle avait mises ici et là pour cintrer la soie au niveau de ma taille.

Quelqu'un toqua à la porte de la cabine d'essayage, et Stacy entra sans attendre d'y être invitée. « Tiens, voici des chaussures pour cette robe », dit-elle en tendant des talons aiguilles rouge cerise à sa patronne.

Je l'avais très peu vue depuis mon arrivée. Elle s'était tenue à distance, occupée par une autre cliente, et nous avait rejointes dès que celle-ci était partie. Mira l'avait envoyée chercher une chose après l'autre – un soutien-gorge différent, une autre boîte d'épingles, et ainsi de suite.

Cependant, même en la voyant aussi peu, je ne pus m'empêcher de repenser à la vidéo dont elle m'avait parlé. J'avais dit à Hudson que je n'avais pas besoin de la voir – et c'était le cas –, mais je restais curieuse. *Très* curieuse, même.

Mira désigna les chaussures en secouant la tête.

– On laisse tomber cette robe. Il y a quelque chose qui ne colle pas. Mais tu sais quoi ? demanda-t-elle tandis que son regard s'illuminait. On devrait essayer la nouvelle Furstenberg. Tu en penses quoi, Stacy ?

Stacy m'étudia en penchant la tête de côté, visualisant la robe dont parlait Mira.

– Elle irait très bien avec sa couleur de peau et la coupe accentue la poitrine, ce qui serait parfait pour Alayna. Elle est toujours dans la réserve ?

– Oui, répondit Mira.

Stacy se tourna pour partir la chercher.

– Non, attends, dit Mira en lui saisissant le bras. Je l'ai sortie pour Misty et elle a choisi autre chose, expliqua-t-elle en fronçant les sourcils. Mince, je ne sais plus où elle est.

– Je peux fouiller un peu, proposa Stacy.

– Je vais y aller. Tu ne comprends pas comment fonctionne mon cerveau gavé aux hormones. Tu peux aider Laynie à se déshabiller ? demanda-t-elle en lui passant la boîte d'épingles.

Peut-être était-ce mon imagination, mais Stacy ne me semblait pas ravie par sa nouvelle tâche. « Bien sûr », répondit-elle sèchement.

– Merci, je reviens vite ! s'exclama Mira en partant, sans remarquer le ton de son employée. Du moins, j'espère, ajouta-t-elle.

Le regard de Stacy restait rivé sur les épingles qu'elle enlevait. Elle ne me regarda pas une seule fois et je compris qu'elle fuyait mon regard. Elle cachait mal son hostilité – si elle avait toujours été froide envers moi, cette fois-ci, c'était différent. Elle semblait en colère. Est-ce qu'elle m'en voulait d'avoir refusé de voir sa vidéo ? Ce serait absurde !

J'hésitai longtemps à rompre la tension, mais je décidai finalement d'essayer.

– Tu es excitée par la réouverture de la boutique ?

– Ouais.

Mince, apparemment, elle n'allait faire aucun effort.

– Je suppose que votre clientèle va grandir... Vous allez recruter de nouvelles vendeuses ?

– Probablement.

Il était évident qu'elle était en colère. Je sentis la robe se détendre au niveau de ma taille lorsqu'elle enleva les dernières épingles.

– Lève les bras.

Je lui obéis et elle tira brusquement la robe par-dessus ma tête, en marmonnant de vagues excuses lorsqu'une agrafe se prit dans mes cheveux, et en se dépêchant de me tourner le dos pour raccrocher la robe.

Je croisai les bras, gênée de me retrouver en culotte et en soutien-gorge devant une femme que je connaissais à peine et qui, apparemment, ne m'appréciait pas beaucoup.

Je faillis lâcher l'affaire, mais ce n'était pas mon genre.

– Tu es en colère contre moi ? dis-je en m'adressant à son dos. Tu m'en veux de ne pas avoir vu ta vidéo ?

– Ne sois pas bête, rétorqua-t-elle, ce n'est pas pour ça que je suis en colère.

– Ah, mais tu es *bien* en colère ?

Je le savais ! Au moins, pour une fois, ma paranoïa était justifiée.

– Pourquoi ? demandai-je.

– Tu es sérieuse ? s'exclama-t-elle en se tournant enfin vers moi. Je t'ai parlé de cette vidéo pour être gentille. Pour qu'on s'entraide, entre femmes, c'est comme cela que je fonctionne.

– Je ne sais pas de quoi tu...

– Je t'ai *dit* que Hudson ne savait pas que je l'avais, mais tu lui en as quand même parlé. Ce n'était vraiment pas... sympa de ta part.

– Attends, attends. Je ne comprends pas, avouai-je, complètement perdue.

– Qu'est-ce que tu ne comprends pas ? J'ai fait tout mon possible pour t'aider et tu as trahi ma confiance, dit-elle en s'appuyant contre le mur. En même temps, je ne devrais pas être surprise – il s'agit de Hudson Pierce, après tout. Il lui suffit d'un simple regard pour obtenir ce qu'il veut. Est-ce qu'il t'a manipulée pour que tu lui dises ?

– Non, non, pas du tout.

Je commençais à comprendre un peu la situation, mais il me manquait encore des informations.

– Écoute, je suis désolée si... commençai-je en avançant vers elle.

– Ne te tracasse pas, cracha-t-elle.

Bon sang, elle était *vraiment* en colère.

– S'il te plaît ! m'exclamai-je en mettant la main devant son visage pour l'empêcher de me couper la parole. S'il te plaît, laisse-moi finir.

Je ne sais pas pourquoi, mais elle a fini par céder.

– D'accord.

– Je suis désolée de l'avoir dit à Hudson, et d'avoir trahi ta confiance...

Honnêtement, je n'avais même pas imaginé qu'elle ne voudrait pas que je lui en parle. Peut-être qu'en effet ce n'était pas une super idée.

– ... Je n'essayais pas de... te faire du mal, ou de te mettre en colère. Je voulais juste être honnête avec mon copain. Et je ne lui ai pas dit ce que c'était, bien sûr, puisque je n'ai pas vu la vidéo. Je lui ai demandé s'il savait ce qu'elle contenait, et il m'a dit qu'il n'en avait aucune idée. La conversation s'est arrêtée là.

Elle ouvrit la bouche pour parler, mais je me suis dépêchée de poursuivre.

– Attends, une dernière chose. Comment est-ce que *toi*, tu sais que je le lui ai dit ?

C'était la chose la plus importante, en fait.

Elle tapota sa cuisse avec son index, comme si elle hésitait à me dire la vérité.

– Il m'a envoyé des e-mails. Et il m'a appelée en demandant à voir la vidéo.

– Il t'a écrit... ?

Hudson avait écrit à Stacy au sujet de cette vidéo ?

– Et appelée, oui. Tous les jours, en fait.

Je me sentis pâlir et je m'effondrai sur le banc de la cabine.

– Pourquoi ferait-il cela ? Qu'est-ce qu'il t'a dit ?

– Son e-mail me disait qu'il avait appris que j'avais une vidéo dans laquelle on le voyait, et qu'il voulait m'en parler. Il a mentionné un tas de lois sur la vie privée et la diffamation, et cætera, et il m'a demandé de la lui envoyer. Ses messages vocaux disaient la même chose.

– Qu'est-ce que tu as répondu ?

– Je ne lui ai pas parlé. Mais comme il continuait à me harceler, j'ai fini par lui envoyer la vidéo jeudi. Cela ne servait à rien de la lui cacher. Il sait que je l'ai vue, de toute façon, même s'il ne l'a pas vue lui-même.

Si elle la lui avait envoyée jeudi, Hudson l'avait probablement déjà vue. Était-ce cela dont il parlait l'autre matin ? Des secrets qu'il me cachait ?

– Il m'a écrit de nouveau aujourd'hui en me demandant ce qu'il devait faire pour que la vidéo disparaisse à jamais, ajouta-t-elle d'une voix pleine de dégoût. Comme s'il pouvait acheter mon silence.

– Je ne comprends pas, chuchotai-je les yeux rivés sur le sol, en m'adressant à moi-même plus qu'à Stacy. Il a dit que cette vidéo ne pouvait rien montrer d'intéressant. Il n'avait pas l'air inquiet... Pourquoi est-ce qu'il... ?

– Parce qu'il te ment, Alayna !

Je levai la tête vers elle.

– C'est justement ce que j'essaie de te prouver. Tu ne peux *pas* lui faire confiance, tu ne peux *rien croire* de ce qu'il te dit. Il va te mener en bateau, te faire croire qu'il est intéressé. Mais il ne l'est pas. Je ne sais pas à quoi il joue, mais il sait ce qu'il fait, c'est certain.

Un jeu... Était-ce la clef de toute cette histoire ? Stacy avait-elle été l'une de ses victimes ? Cela expliquerait qu'il ait tellement envie de faire disparaître cette vidéo.

J'avais beau savoir qu'il avait manipulé des gens par le passé, je n'aimais pas ça.

Mais peut-être que ça n'avait rien à voir ; la situation me semblait différente, et c'est ce qui me décida. Je le regretterais peut-être plus tard, mais c'était la seule façon de ne pas devenir folle.

– Qu'est-ce qu'il y a sur cette vidéo, Stacy ?

– Ah non, je ne joue plus à ce jeu, dit-elle en faisant mine de ranger les robes sur le portant. Tu m'as dit que tu ne voulais pas la voir.

Je n'étais toujours pas certaine de le *vouloir*, mais je ne pouvais pas faire autrement.

– J'avais tort. Je n'aurais pas dû... je ne sais pas, faire une croix dessus aussi vite. Il faut que tu comprennes, Stacy : j'essayais de lui faire confiance parce que...

Pourquoi est-ce que je lui parlais de ma relation avec Hudson ? Peu importait que je n'aie pas voulu la regarder, ce qui comptait, c'était que maintenant j'avais changé d'avis.

– Écoute, tu voulais me la montrer pour me mettre en garde, dis-je en faisant un pas vers elle. Tu ne crois pas que j'en ai encore plus besoin, maintenant ? S'il te plaît, Stacy.

J'étais désespérée et je me rattrapais comme je pouvais. Peut-être était-ce manipulateur, mais j'étais allée à bonne école, après tout.

– Je finis à seize heures, dit-elle d'une voix plus douce. Donne-moi ton adresse e-mail et je te l'enverrai dès que je serai rentrée chez moi.

– Merci. Merci, Stacy, dis-je en cherchant une carte de visite dans mon sac à main.

– Mais après, c'est terminé. Je vais effacer cette satanée vidéo pour de bon et je ne veux plus être mêlée à cette histoire. Quoi que tu décides de faire avec Hudson, tu es toute seule, à présent.

– Bien sûr, je comprends, répondis-je en lui tendant une carte. Tiens, l'adresse e-mail est à la fois personnelle et professionnelle.

Elle prit la carte et la mit dans sa poche.

– Merci Stacy, et je suis vraiment désolée. Si je peux faire quoi que ce soit...

– Je l'ai trouvée ! m'interrompit Mira, et je lui en fus reconnaissante.

Plus vite nous aurions trouvé une robe, plus vite je rentrerais chez moi. Et Stacy allait bientôt partir, elle aussi. Peut-être que la vidéo m'attendrait dans ma boîte de réception lorsque j'arriverais au penthouse.

J'enfilai la nouvelle robe et posai en souriant devant les cris enthousiastes de Mira, qui annonçait que c'était enfin la bonne.

Pour la première fois depuis longtemps, je me sentais bien dans ma peau. Lauren avait raison : certaines choses étaient inhérentes à ma personnalité. J'aurais toujours besoin de tout savoir.

Que je fasse confiance à Hudson ou non, j'éprouverais toujours le besoin de découvrir ses secrets, tôt ou tard.

CHAPITRE DOUZE

Il me sembla que le trajet du retour au penthouse durait des heures.

Stacy et moi étions parties de chez Mirabelle en même temps. Sur le trottoir, elle m'avait promis de m'envoyer la vidéo et je l'avais encore remerciée. Stacy était ensuite partie au métro et je m'étais installée dans la Maybach, les mains moites et le cœur battant la chamade.

J'étais consciente de me comporter comme une droguée qui prenait sa première dose depuis plusieurs mois d'abstinence. Après tout, j'étais une romantique obsessionnelle, sur le point de fouiner après avoir fait tellement d'efforts pour guérir.

Jordan et moi étions seuls dans la voiture car Reynold avait pris son après-midi. J'avais prévu de retourner au club après l'essayage chez Mira, mais je savais que je serais trop préoccupée par la vidéo pour pouvoir travailler, et il me semblait préférable de la regarder en privé.

Cependant, il était seize heures et nous étions lundi: traverser New York à l'heure de pointe pour se rendre à Uptown depuis Greenwich était un véritable cauchemar. Je fis passer le temps en essayant de relever mes e-mails sur mon téléphone – je ne savais pas pourquoi je n'avais pas pensé à le faire avant –, mais trop de questions se bousculaient dans ma tête pour que j'y parvienne.

Comment et pourquoi Stacy avait-elle fait cette vidéo? Si elle l'avait prise avec son téléphone, pourquoi devait-elle l'envoyer depuis son ordinateur? Se promenait-elle avec un Caméscope lorsqu'elle avait eu l'occasion de filmer ce... cette scène, quelle qu'elle soit? Pourquoi pensait-elle que l'enregistrement valait la peine d'être conservé?

Cependant, la véritable question était de savoir pourquoi Hudson voulait que la vidéo soit détruite. La réponse était contenue dans ces images, et c'était pour cela que je souhaitais obtenir ma propre copie.

Indépendamment, Stacy avait fait allusion aux tendances manipulatrices de Hudson, comme si elle en avait été victime, or Hudson m'avait dit qu'ils n'avaient eu qu'un seul rancard. C'était ce détail qui m'intriguait le plus, car si les images me montraient *seulement* que sa relation avec Stacy avait fait partie d'un de ses jeux, je saurais aussi que Hudson m'avait menti. Je serais ainsi moins coupable d'avoir trompé sa confiance en regardant la vidéo.

Après tout, je n'avais rien promis, je lui avais seulement dit que je n'en avais pas *besoin*. Les choses avaient changé, depuis – j'avais *désespérément besoin* de la voir. Je ne rompais pas ma promesse, seulement... les circonstances n'étaient plus les mêmes.

En tout cas, c'était ce dont je m'étais convaincue.

Lorsque Jordan se gara devant le penthouse, je bondis de la voiture avant qu'il n'ait pu m'ouvrir la portière.

« N'oubliez pas d'activer l'alarme », s'écria-t-il pendant que je me précipitais vers la porte. C'était ce dont nous étions convenus : lorsque j'étais seule à la maison, Jordan ou Reynold attendaient en bas que j'allume le système de surveillance, ce dont ils étaient informés par un sms. Si Celia était le cadet de mes soucis en ce moment, j'aimais tout de même savoir que j'étais protégée, tout en gardant un semblant de vie privée.

Je sortis de l'ascenseur et j'activai l'alarme, puis je courus dans la bibliothèque avec mon ordinateur portable et je m'installai sur le canapé. Je rouspétai lorsqu'il me sembla que mes e-mails prenaient plus de temps que d'habitude à charger. Je retins ma respiration en faisant de mon mieux pour ne pas frapper mon clavier.

Il était là. Le seul message non lu. De *Stacy Brighton.*

Je cliquai dessus.

Il y avait un court paragraphe, suivi d'une pièce jointe. Pressée, je lançai le téléchargement de la vidéo avant de revenir au texte.

Alayna,

Comme je te l'ai dit tout à l'heure, j'en ai fini avec cette histoire. Fais ce que tu veux de la vidéo. Tu voudras probablement savoir dans quelles circonstances je l'ai filmée, donc je vais te dire ceci : Hudson m'avait demandé de le retrouver pour boire un café, et cette vidéo montre ce que j'ai vu lorsque je suis arrivée, avant qu'il ne me voie. Je l'ai transférée sur mon ordinateur lorsque j'ai changé de téléphone, et c'est pour cela que je n'ai pas pu te l'envoyer immédiatement.

Bref. La voici.

Stacy

Au moins, elle avait répondu à une de mes questions. En revanche, pourquoi Hudson l'avait-il invitée à boire un café ? J'étais de plus en plus certaine de ce que j'allais trouver sur la vidéo : Hudson qui s'amusait à faire souffrir l'assistante de sa sœur. C'était horrible, pour Hudson, pour Stacy et... pour Mira – mais peut-être que cette dernière n'était pas au courant.

Mon ordinateur annonça que le téléchargement était terminé. Pendant une demi-seconde, ma main s'arrêta à quelques centimètres du clavier. Une fois que je l'aurais vue, je ne pourrais plus faire marche arrière. Et si c'était quelque chose dont Hudson avait honte ? Était-il raisonnable de visionner un de ses pires souvenirs ? Ne serais-je pas furieuse si Hudson voyait en images une de *mes* pires erreurs ?

Mais il les connaissait déjà, puisqu'il avait enquêté sur moi avant même de m'adresser la parole. Il avait lu mon casier judiciaire et fait ses propres recherches, et il était quand même avec moi. J'étais sur le point de faire la même chose, non ?

Je ne le saurais pas, tant que je n'aurais pas vu cette vidéo.

Je cliquai pour l'ouvrir, puis je la mis en plein écran et je m'enfonçai un peu plus dans le canapé pour la regarder.

L'image montra rapidement l'intérieur d'un café avant de zoomer sur ses sujets, s'arrêtant sur la nuque d'un homme. Peu importait qu'il soit de dos, je savais de qui il s'agissait. Je connaissais la couleur et la texture de ces cheveux par cœur. Je reconnaissais même ce costume. Un Ralph Lauren bleu foncé – pas mon préféré, mais je l'avais vu plus d'une fois.

Tout doucement, la tête de Hudson se penchait tantôt à droite tantôt à gauche. Il embrassait quelqu'un, mais son corps cachait la personne. Je voyais seulement de petites mains de femme qui caressaient son cou.

Je fus envahie par la jalousie, je n'y pouvais rien. Bien sûr, c'était avant que je le connaisse, mais il s'agissait de mon homme, de mon amour, en train d'embrasser quelqu'un d'autre. Je comprenais que Stacy soit furieuse si elle l'avait rejoint en pensant qu'il lui avait donné un rancard.

Hudson finit par rompre le baiser, et pendant une fraction de seconde, je fus soulagée.

Puis, il recula, et je la vis : les joues rouges, les lèvres gonflées, ses cheveux blonds relevés dans un chignon, une de ses coiffures habituelles.

Je me sentis pâlir. Hudson et Celia. J'avais déjà imaginé une telle scène auparavant, mais le fait de les voir, *en vrai*, c'était pire. Bien pire.

Celia voulut s'occuper de réajuster la cravate de Hudson mais il l'en empêcha avant de se tourner vers la caméra, me donnant l'occasion de voir son visage. Son expression me donna envie de vomir – il souriait et son regard était enjoué, comme s'il s'apprêtait à rire, ce qu'il ne faisait que rarement avant de me rencontrer. Du moins, c'était ce que je croyais. Et c'était son air joyeux qui anéantissait toute possibilité que ce baiser soit à sens unique. Ils l'avaient désiré tous les deux.

Ensuite, Celia fit mine de s'en aller. Il l'attira à lui pour l'embrasser de nouveau, cette fois-ci plus lentement, plus tendrement.

L'écran devint noir.

Dieu merci. Quelques secondes de plus et je vomissais. Mais ça ne m'empêcha pas de la regarder une deuxième fois.

Je ramenai mes jambes contre moi. Ma poitrine se serrait un peu plus à chaque seconde de leur baiser. Ce serait trop cliché de dire que mon cœur se brisait en mille morceaux. D'ailleurs, c'était plutôt l'inverse. Il se refermait sur lui-même, comme si une main l'avait saisi et cherchait à l'écraser.

Je lui avais demandé tant de fois, et il avait nié tant de fois...

Peut-être que ce baiser faisait partie d'un jeu pour manipuler Stacy – j'espérais que c'était le cas, que ce n'était qu'une mascarade. Peut-être que Hudson et Celia avaient voulu jouer ensemble. Il ne m'avait jamais dit que Celia avait pris part à ses scénarios, mais maintenant que je connaissais son goût prononcé pour ce genre de chose, c'était tout à fait possible.

Je me sentais un peu mieux. Ils s'étaient embrassés, mais au moins il ne m'avait pas menti à propos de leur relation. Ils n'avaient jamais été ensemble.

Toutefois, après avoir regardé la vidéo une troisième fois, je me rendis compte que cette théorie ne tenait pas debout. Les premières fois, j'avais été trop concentrée sur le baiser pour remarquer les autres détails. Hudson m'avait dit que, lorsqu'il m'avait rencontrée, il avait cessé ses manigances depuis longtemps – qu'il allait voir un psy et qu'il était sur la voie de la guérison. Or le panneau derrière eux annonçait le colloque de Stern. Cette scène se déroulait le soir de ma présentation, le soir où Hudson m'avait vue pour la première fois. Le soir où il avait su que j'étais *spéciale.*

Le soir où notre histoire avait commencé, Hudson embrassait Celia Werner.

Ainsi, soit il jouait encore lorsqu'il m'avait rencontrée, soit il sortait avec elle, mais dans tous les cas, il m'avait menti.

Mon père ayant été alcoolique, je ne buvais jamais d'alcool pour résoudre mes problèmes. Pourtant, là, j'avais terriblement besoin d'une bouteille de tequila. Par chance, il y en avait une dans le bar de la bibliothèque.

* * *

– Te voilà.

Lorsque Hudson me retrouva une heure plus tard, j'étais sur le balcon, penchée au-dessus du vide. J'avais prévu d'être ivre lorsqu'il rentrerait, mais je n'avais réussi à boire que quatre shots. C'était suffisant pour me rendre pompette, mais pas assez pour éradiquer cette douleur lancinante dans ma poitrine.

Je le regardai par-dessus mon épaule. J'avais préparé plusieurs discours, mais je les oubliai tous dès que je le vis.

– Je ne savais pas que tu étais rentré.

Je dirigeai mon attention sur la ville qui s'étendait à mes pieds, une vue bien moins dangereuse que celle de l'homme qui m'avait trahie.

– À l'instant.

Du coin de l'œil, je le vis venir vers moi.

– Tu viens rarement sur ce balcon.

– Parce que ça me fait peur, dis-je en haussant les épaules.

– Tu as le vertige ? demanda-t-il, cherchant à comprendre ma froideur évidente.

– Pas vraiment. Mais j'ai peur de tomber, dis-je en riant légèrement, parce que je réalisais que ce n'était rien, comparé à ce que je ressentais en ce moment. En fait, c'est grisant d'être ici, continuai-je. D'être aussi haut, de se sentir intouchable, de sentir le souffle du vent. Je comprends pourquoi tant de gens rêvent de voler. Le problème c'est qu'on a beau savoir voler, il faut toujours atterrir à un moment ou à un autre. Et souvent, le retour se fait en chute libre.

– Tu es rudement poétique, ce soir, dit il d'une voix hésitante.

– Ah bon ? rétorquai-je en prenant mon courage à deux mains pour me tourner vers lui. Peut-être, oui.

Hudson sourit et fit un pas vers moi en tendant le bras, mais je fis un pas de côté pour l'éviter et je perdis l'équilibre. Il saisit mon bras pour me rattraper, et mes yeux se fixèrent sur sa main. Ma peau me brûlait, et contrairement à d'habitude, ce n'était pas de désir. Je me demandais si ma peau serait marquée à jamais. Il avait touché chaque centimètre de mon corps, est-ce que j'en porterais les traces ?

Hudson se rapprocha pour me remettre sur pied et c'est alors qu'il le sentit.

– Tu as bu ?

– Ça pose un problème ? répondis-je en retirant brusquement mon bras.

– Bien sûr que non. Ce n'est pas ton genre, c'est tout. Tu es pleine de surprises ce soir.

– Ah, les surprises, oui. Ma journée en a été remplie.

– Ah oui ?

– Oui.

Je passai devant lui pour rentrer, déjà lassée de parler de banalités. Nous avions à discuter et je préférais le faire à l'intérieur. Hudson m'emboîta le pas, et j'attendis d'entendre la porte se refermer pour lui faire face. J'avais prévu de lui annoncer tout de suite que j'avais vu la vidéo, mais ce ne furent pas les mots qui m'échappèrent.

– Hudson, pourquoi tu ne me dis jamais que tu m'aimes ?

– D'où vient cette question ?

Il avait pris l'air de quelqu'un qui vient d'être giflé et, étant donné que j'en mourais d'envie, c'était plutôt une bonne chose.

Toutefois, ce n'était pas la réponse que j'attendais, loin de là.

– Ma question est justifiée.

– Tu trouves ? Les moyens par lesquels j'exprime mes sentiments n'ont pas semblé te gêner jusqu'à présent... qu'est-ce qui a changé ?

– Pas *gênée* ?

Je n'en revenais pas. Ne savait-il *vraiment pas* à quel point je désespérais de l'entendre me dire qu'il m'aimait ?

– Cela m'a *toujours* gênée. C'est juste que j'ai été patiente. Je t'ai laissé le temps de prendre tes marques dans cette relation. Je sais que tout cela est nouveau pour toi, tu ne cesses jamais de me le rappeler. Mais c'est nouveau pour moi aussi, et je t'ai ouvert mon cœur. Et toi, tu ne peux pas me donner ces trois petits mots ?

– Tu sais ce que je ressens pour toi, dit-il en me tournant le dos pour aller vers le bar de la salle à manger.

– Mais pourquoi tu ne peux pas le dire ? demandai-je en le suivant.

– Pourquoi est-ce que j'aurais *besoin* de le dire ? répondit-il en se servant un verre de scotch. Du moment que tu le sais, je ne vois pas ce que ça change.

– Parfois ça aide.

– Ça aide à quoi ?

Il était tellement serein... cela me rendit folle et je haussai le ton.

– Ça aide pour *tout* ! À rassurer, et à calmer les doutes.

Il posa la bouteille sur le bar et se tourna vers moi.

– Tu doutes de quoi ? De nous ? De notre couple ? Je t'ai demandé d'emménager avec moi. J'ai changé toute ma vie pour être avec toi. De quoi peux-tu douter ?

– De tes raisons. De tes motivations.

– C'est simple, je suis avec toi parce que *je veux être avec toi.* Qu'est-ce qu'il te faut de plus ? Des mots ? Ils peuvent être manipulés et mal interprétés. Mes actions te disent tout ce que tu as besoin de savoir.

Ses propos étaient calmes et rassurants – un autre jour, ils m'auraient fait fondre. De plus, il avait fait tant de choses qui prouvaient ses paroles.

Pourtant, d'autres actions étaient ambiguës et difficiles à interpréter. Les déjeuners avec Norma Anders. Son acquisition du club avant même de m'avoir connue. Et puis, bien sûr, la vidéo.

Je fus soudain saisie par le froid, je croisai les bras sur ma poitrine pour me réchauffer.

– Justement, Hudson. Si je me fonde sur tes actions, tout ce que je sais c'est que tu m'as menti.

Il but une gorgée qu'il fit tourner dans sa bouche avant de l'avaler.

– De quoi tu parles ?

Je m'efforçai de me tenir droite, prête à le confronter.

– Je l'ai vue, Hudson. J'ai vu la vidéo.

– Quelle vid...

Je frappai brusquement mon poing sur la table de la salle à manger.

– Ne t'avise *pas* de faire comme si tu ne savais pas de quoi je parle ! Après tout ce qu'on a traversé, je ne mérite pas d'être menée en bateau.

Il me regardait droit dans les yeux et je vis un bref éclat de panique dans les siens avant qu'il ne reprenne le contrôle de ses émotions.

– Très bien, je ne vais pas te mener en bateau, dit-il en s'essuyant la bouche du revers de la main. Tu l'as eue comment ? Par Stacy ?

Comment je l'avais eue ?

– Ça change quoi que ce soit ?

– Non, je suppose que non, dit-il calmement.

Mon estomac se noua davantage encore. Je m'attendais à ce qu'il nie tout, à ce qu'il me rassure en me disant que ce n'était pas ce dont cela avait l'air. Je m'attendais à avoir des réponses ! Tout sauf ça ! Tout sauf cette indifférence.

– Tu embrassais Celia.

– J'ai vu.

– Tu vas m'expliquer ?

– Ça change quoi que ce soit ? demanda-t-il en me renvoyant mes paroles à la figure.

– Oui ! m'exclamai-je.

J'avais perdu tout mon sang-froid. Lui seul pouvait me guérir, et il ne faisait rien pour essayer.

– C'était avant de te rencontrer, Alayna, dit-il en retournant au bar pour remplir son verre. Je ne t'ai pas demandé d'expliquer tes actions d'avant notre rencontre. Je ne devrais pas être obligé à le faire.

Je restai bouche bée en le regardant vider son verre d'un trait. De *toutes* les réponses auxquelles je m'attendais, celle-là n'en faisait pas partie.

– Mais c'est différent, dis-je lorsque je retrouvai l'usage de la parole. Parce que tu as déjà répondu à mes questions en me disant qu'il n'y avait jamais rien eu entre Celia et toi.

– Et c'est vrai.

– Je suis censée te croire après ce que je viens de voir ?

– Les apparences peuvent être trompeuses, dit-il d'une voix rauque, le seul indice qu'il ressentait quelque chose.

– C'est tout ce que tu as à dire ?

– Tu m'avais dit qu'il n'y avait rien entre David et toi, or les apparences ont souvent indiqué le contraire.

– Seulement parce que tu étais parano et jaloux. Tu ne m'as jamais vue en train de l'embrasser. Crois-moi, c'est bien pire que de l'imaginer dans sa tête.

Il agrippa le dossier de la chaise et se pencha vers moi.

– Je suis sûr que si j'allais visionner de vieilles vidéos des caméras de surveillance, je pourrais voir exactement la même chose.

Sa voix était froide, dure et remplie de haine. C'était dans ce genre de moment que le penchant manipulateur de Hudson se révélait. Il était frustrant et injuste de le voir tourner une situation à son avantage, mais je savais que ça faisait partie intégrante de sa personnalité et qu'il n'essayait pas de me berner.

– Oui. J'étais avec David, il y a longtemps. Je te l'ai déjà dit.

– Lorsque cela t'a échappé et que je l'ai compris.

– Bon sang Hudson ! Est-ce que je vais devoir payer pour cette erreur encore longtemps ? criai-je sans lui laisser le temps de répondre. D'accord, j'aurais pu te le dire avant. Je t'ai caché des choses. Mais uniquement parce que je ne voulais pas te faire de mal, et je l'ai admis lorsque tu m'as prise de front. Mais toi, tu m'as menti en me regardant dans les yeux. Tu m'as dit qu'il n'y avait rien à voir sur la vidéo de Stacy. Tu m'as dit que je n'avais pas besoin de la voir.

– Et tu as quand même voulu la voir.

– Non. Je n'ai cherché à la voir que lorsque j'ai appris que tu faisais tout pour m'en empêcher. Oui, Stacy m'a dit que tu la lui avais demandée. J'étais censée continuer à te faire confiance ?

– Je ne savais pas ce que montrait la vidéo. Je la lui ai demandée par curiosité, dit-il en haussant les épaules, comme si ce n'était rien de grave. Je n'essayais pas de te la cacher.

– Bien sûr que si ! m'écriai-je en tremblant, les larmes aux yeux. Tu faisais *tout* pour éviter que je découvre cette relation ! Tu n'as pas cessé de me répéter que vous étiez amis, et rien d'autre. Et même maintenant, alors que *je sais* que Celia et toi étiez ensemble, alors que j'en ai *la preuve*, tu refuses de l'admettre !

– Je n'admettrai rien, siffla-t-il en plongeant son regard dans le mien. Tu n'as rien compris du tout, Alayna.

– Alors explique-moi ! Dis-moi quelque chose que je peux comprendre. Qu'est-ce qui se passe dans cette vidéo ?

– Rien, cracha-t-il. Il ne se passe rien.

– Hudson ! Tu es en train de *l'embrasser* – goulûment, passionnément ! Et *oui*, je l'ai regardée plusieurs fois, je pourrais te rejouer toute la scène si tu me le demandais.

Il secoua la tête et se dirigea vers le salon.

– Sans oublier que tu étais supposé retrouver Stacy pour un café, continuai-je en lui emboîtant le pas. Et ne crois pas que je n'ai pas remarqué quel jour tout cela s'est déroulé !

– *Retrouver Stacy ?* s'exclama-t-il en se tournant vers moi. C'est ce qu'elle t'a dit ? Qu'est-ce qu'elle a dit d'autre ?

S'il pouvait faire de la rétention d'information, moi aussi.

– Cela n'a rien à voir avec cette conversation.

– Eh bien en ce qui me concerne, cette conversation est terminée, conclut-il avant de partir vers la bibliothèque.

Je fus tellement choquée que je restai bouche bée un instant avant de me ressaisir et de le suivre.

– Non, elle ne l'est pas. J'ai des questions, Hudson, et tu ne m'as donné aucune réponse.

– Je n'en ai pas à te donner. Le sujet est clos.

– Tu plaisantes ? Tu refuses d'en parler ? m'écriai-je. Je me sentais à la fois furieuse et impuissante.

– Oui, dit-il en s'asseyant à son bureau, et en réitérant son refus de m'en dire davantage.

– Hudson, c'est injuste, répondis-je en passant à côté de lui. On a dit qu'on devait être honnêtes l'un envers l'autre, qu'on devait fonder notre relation sur la confiance. On était d'accord pour être ouverts et transparents. Mais tu caches quelque chose. Tu m'as menti ! Comment veux-tu qu'on tourne la page si tu refuses d'en parler ?

– Ai-je fait *quoi que ce soit* pour trahir ta confiance avant cette vidéo ? s'écria-t-il en se levant brusquement et en empoignant mon bras.

– Tu as transféré David dans mon dos...

– J'ai fait ça *pour nous,* dit-il en m'attirant à lui. Ai-je fait quoi que ce soit qui te laisse penser que je ne veux pas ce qu'il y a de meilleur pour nous deux ? Pour te faire penser que je ne veux pas être avec toi ? Que je ne veux pas... bégaya-t-il, obligé de s'arrêter pour avaler la boule qu'il avait dans la gorge, que je ne *tiens pas* à toi ? De tout mon cœur ?

Je secouai la tête, incapable de parler.

Il desserra un peu son étreinte.

– Tout ce que j'ai fait depuis qu'on est ensemble, je l'ai fait pour toi et moi. Tu dois me croire quand je te dis que cette vidéo n'est pas importante, dit-il en repoussant les cheveux de mon épaule. Elle ne nous affecte pas.

– Comment peut-elle ne pas nous affecter ? C'était le soir du colloque de Stern. Le soir où tu as dit que tu m'avais vue pour la première fois.

– Oui, c'est le soir où je t'ai vue la première fois, répéta-t-il d'une voix plus douce en caressant ma joue. Mais ce que tu as vu dans cette vidéo s'est passé avant. Ce sont deux choses différentes. Oublie-la.

Différentes. Je m'accrochai à ce mot et cherchai à le comprendre. Que voulait-il dire par là ? Cela s'était déroulé le même soir !

Je cherchai la réponse dans ses yeux et ne l'y trouvai pas. Je décelais seulement son espoir que j'oublie cette vidéo. Or je n'étais pas comme ça. Il m'avait dit un jour qu'il serait toujours manipulateur et dominant, même lorsqu'il ne jouait à aucun jeu. Cela faisait partie intégrante de sa personnalité. De mon côté, je serais toujours obsessionnelle. Je poserais toujours des questions, même si j'allais bien. Me demander d'oublier revenait à me demander de ne plus être moi-même.

– Et si je ne peux pas l'oublier ?

Son regard s'emplit de déception et il lâcha mon bras.

– Alors c'est que tu ne me fais pas confiance. Et je ne sais pas comment on peut rester ensemble si on ne se fait pas confiance.

Mes genoux cédèrent et je dus m'accrocher au bureau.

– Tu es en train de dire que je dois choisir ? Je te fais confiance, sinon c'est terminé ?

– Bien sûr que non, dit-il d'une voix qui trahissait son manque d'assurance. Mais je n'ai rien d'autre à dire. C'est à toi de voir si tu peux vivre avec ça ou pas.

Je me passai la main sur le front, puis sur les joues, comme si j'avais besoin de m'assurer que j'étais encore physiquement là, tellement cette situation était surréaliste. Comment étais-je passée d'une question a priori simple à un ultimatum concernant notre avenir ?

Le problème, c'était de savoir que même si j'arrivais à accepter ces conditions, en me forçant, quel avenir nous attendait ?

– C'est un piège, Hudson, dis-je en secouant la tête. Comment pourrais-je vivre ainsi ? Comment peut-on aller de l'avant quand on est entouré de murs ?

– Il n'y a aucun mur, rétorqua-t-il alors que sa mâchoire se contractait. Je suis ici, avec toi. Je partage tout ce que j'ai avec toi.

– Sauf ton passé.

– Sauf *une chose* dans mon passé.

– Non, il y a autre chose, dis-je en sentant mes larmes qui montaient. Il ne s'agit pas seulement de la vidéo, mais de tes secrets. Tu ne peux pas me dire ce qui s'est passé ce soir-là. Tu ne peux pas exprimer tes sentiments pour moi. Tu ne peux pas m'expliquer la vraie nature de ta relation avec Celia, avec Norma – et même avec Sophia !

– Bon sang, Alayna. Je t'ai *dit* quelle était la nature de ces relations. C'est *toi* qui refuses de croire ce que je dis, dit-il en pointant son index sur moi.

– Parce que les preuves indiquent *toujours* le contraire ! m'écriai-je en frappant le bureau du poing. Et si je ne comprends pas tout, c'est peut-être parce que tu t'obstines à me cacher tous les éléments les plus importants !

Il ferma brièvement les yeux et fit un pas vers moi pour saisir mes bras.

– Si je ne te le dis pas, c'est que ce n'est pas essentiel à notre relation, dit-il à voix basse. Cela n'a rien à voir avec nous.

– Bien sûr que si ! Cela a *tout* à voir avec nous, criai-je en levant les bras en l'air.

Hudson me bouscula pour aller de l'autre côté du bureau puis il s'arrêta. Dos à moi, il resta debout dans la bibliothèque, et j'eus l'impression qu'il prenait une décision.

Je le suivis et m'arrêtai à un mètre de lui. J'aurais pu le toucher en tendant le bras.

– Tu ne vois pas, Hudson ? Tu ne vois pas que je veux tout savoir de toi ? Je ne peux pas le faire si tu ne me laisses pas entrer.

– Je t'ai laissée entrer plus loin que quiconque. Tu sais des choses sur moi que je n'avais jamais prévu de dire à qui que ce soit, dit-il en me regardant. Ça ne compte pas, ça ?

– Si, dis-je en lui caressant la joue. Ça compte énormément. Mais tu vois, continuai-je en baissant la main, c'est là que nous sommes coincés. Parce que tu me demandes de changer qui je suis pour pouvoir garder tes secrets, et cela va me torturer – me déchirer de l'intérieur. Je ne peux pas le faire. Je ne peux pas vivre comme ça. Je suis obsessionnelle, Hudson – je ne te l'ai jamais caché. Je sais que par le passé j'ai été obsédée par des choses qui n'étaient pas justifiées, mais cette fois, ce n'est pas dans ma tête. Tu me caches vraiment des choses et cela va me rendre folle. Tout ce que tu as soigné chez moi est en train de resurgir et je ne sais pas quoi faire. Et je ne suis même pas sûre que tu en aies quelque chose à faire.

– Bien sûr que si, Alayna, dit-il en essuyant une larme qui s'était échappée sans que je la remarque. Ça m'est *insupportable* et je ferai tout ce que je peux pour t'aider.

Il passa sa main autour de mon cou et appuya son front contre le mien. Il aurait été tellement facile de lever la tête pour l'embrasser et effacer ainsi toute ma douleur et mon angoisse. Ses baisers avaient le pouvoir de dissiper toute ma souffrance, toute cette ombre qui se refermait sur moi. Jusqu'à cet après-midi, Hudson était mon salut – il savait comment me remettre sur pied à chaque fois.

Mais cette fois-ci, c'était *lui*, le problème. Son contact ne pouvait pas me guérir. Seules ses paroles le pouvaient, mais il me les refusait.

– Alors dis-moi ce que j'ai besoin de savoir, chuchotai-je.

Il se redressa et fit un pas en arrière. « Non. » Il se tourna et alla vers le salon, me laissant le suivre une fois de plus.

– Vous étiez ensemble ? Tu l'as baisée ? Tu l'as baisée ce soir-là ? Le soir où tu m'as rencontrée ?

– Non. Non. Non. Et non, dit-il en faisant les cent pas. Je te l'ai déjà dit des dizaines de fois, mais si ça ne t'a pas suffi avant, pourquoi ça te convaincrait maintenant ?

– Parce que ce ne sont pas les réponses que je cherche. Je veux t'entendre dire la vérité au lieu de nier. Qu'est-ce qu'il s'est passé, Hudson ? Qui est Celia pour toi ?

– Alayna, lâche l'affaire.

– Je ne peux pas !

Il s'arrêta net et leva la tête. « Alors je dois partir. »

– Qu'est-ce que ça veut dire ? Tu parles de faire un tour pour te calmer ?

– Ça veut dire qu'un peu de temps loin l'un de l'autre peut nous faire du bien.

– Quoi ? Non !

Je croyais avoir déjà touché le fond, mais apparemment j'étais en chute libre dans un puits sans fond. Toute la douleur que j'avais pu ressentir par le passé n'était rien comparée à celle-ci. La mort de mes parents, ma guérison, même la trahison de Hudson lorsqu'il avait cru Celia plutôt que moi – tout ça n'était *rien* à côté.

– C'est pour notre bien, dit-il en prenant sa veste, qu'il avait laissée sur le dos du canapé.

Il me fallait dire quelque chose – n'importe quoi – pour le faire rester. Mais je ne trouvai pas les mots. Ses dernières paroles passaient en boucle dans ma tête. Pourquoi voulait-il être seul ? Parce que je lui avais demandé d'être honnête ?

– Tu dis que tu tiens à moi de tout ton cœur, et maintenant tu me dis que tu veux qu'on se quitte ?

– Non, s'empressa-t-il de répondre, le regard plein de tristesse. Pas qu'on se quitte, ma belle. Mais je pense qu'une pause peut nous faire du bien. Cela nous laissera le temps de décider comment gérer cette situation.

Ses paroles étaient pleines de compassion et de tendresse, mais elles ne firent rien pour amoindrir ma douleur et ma colère.

– Tu veux dire qu'il me faut du temps pour me calmer. Pour arrêter d'être hystérique.

– Non, on a tous les deux besoin de se calmer, Alayna.

J'essuyai mes larmes du revers de la main.

– Je ne sais pas d'où tu sors tes définitions, mais ça ressemble énormément à une séparation.

– Si c'est ainsi que tu veux le décrire.

– Je ne veux rien décrire du tout ! Je ne veux pas qu'on se sépare !

– J'espère que ça ne sera que temporaire.

Il passa devant moi en prenant soin de ne pas me toucher. Il prit son attaché-case et vérifia que son téléphone et son portefeuille étaient dans ses poches.

Oh mon Dieu. Il partait vraiment. Il allait *vraiment* partir !

« Hudson ! » Il se tourna vers moi et je courus à lui. « Je t'en supplie ! Ne pars pas ! » m'écriai-je en m'accrochant à lui.

Il resta froid et impassible et il prit soin de ne pas croiser mon regard.

– Je fais ça pour toi, Alayna. Pour nous deux. Je ne supporte pas de te faire du mal, et ça me détruirait de te perdre. Mais il y a des choses que je ne pourrai jamais te dire. On est devant une impasse, comme tu dis. Parce que tu ne peux pas supporter de ne pas savoir, et moi je ne peux pas continuer sans ta confiance.

– Je te fais confiance, Hudson. J'apprendrai à vivre avec ton silence si je le dois. Je me débrouillerai. Mais je ne peux pas te perdre !

J'étais désespérée, je faisais des promesses que je ne pourrais jamais tenir.

Il me regarda enfin dans les yeux.

– Tu ne vas pas me perdre. Je prends simplement un peu de recul. Peut-être que je peux...

Il sembla se perdre dans ses pensées et je m'agrippai à tout ce qu'il pouvait proposer.

– Tu peux peut-être *quoi* ?

Mais il n'avait rien à proposer.

– Je ne sais pas. Il me faut du temps.

Il repoussa délicatement ma main et me fit reculer de quelques pas.

– Tu vas où? C'est ici, ta maison !

– C'est la tienne aussi. Je vais aller au loft, dit-il en se dirigeant vers l'ascenseur, sans plus me regarder.

– Hudson, ne fais pas ça ! Ne pars pas !

– C'est temporaire, ma belle. Mais je ne supporte pas de te voir comme ça.

– Comme *quoi* ? Comme une *folle* ?

J'avais toujours eu peur qu'il ne supporte pas de me voir dans cet état, dans mon pire état, mais j'avais imaginé qu'il serait toujours à mes côtés, comme il me l'avait si souvent promis.

Encore une fois, j'avais eu tort de le croire.

– Oui, je suis folle. C'est la personne que je suis, Hudson. Ça a toujours fait peur aux gens, mais je n'ai jamais cru que ça te ferait peur à toi aussi. Et voilà que tu t'enfuis. Je comprends mieux pourquoi tu penses que je ne peux pas supporter tes secrets. Tu penses probablement que je réagirais comme tu es en train de le faire, mais je ne suis pas une lâche, Hudson ! Je peux les supporter. Je ne te fuirai pas.

Il se tourna vers moi, la mine décomposée.

– Je ne te fuis pas, Alayna. Je fais ça pour te sauver.

– Me sauver de quoi ?

– De moi ! s'exclama-t-il.

Nous nous regardâmes droit dans les yeux plusieurs secondes, puis il appuya sur le bouton de l'ascenseur.

– Je t'appelle plus tard. Demain, peut-être.

– Hudson !

– Je... je ne peux pas, Alayna.

Il entra dans l'ascenseur, le regard rivé au sol tandis que les portes se refermaient.

Hudson était parti.

CHAPITRE TREIZE

Je pleurai pendant si longtemps après son départ que j'ai bien cru que j'allais m'évanouir d'épuisement. Ce ne fut pas le cas. J'ai essayé de m'endormir, roulée en boule dans le lit, mais il était bien trop grand sans Hudson. En outre, j'eus beau empiler les couettes et les couvertures, je grelottais de froid. Je finis par aller dans la bibliothèque boire quelques shots de tequila pour me réchauffer, puis je choisis un film parmi ceux qu'avait commandés Hudson. *Titanic*. J'étais déjà déprimée, après tout, autant y aller carrément.

Je finis par m'endormir un peu avant que le paquebot ne percute l'iceberg. Lorsque je me réveillai le lendemain matin, mes yeux étaient rouges et gonflés et j'avais un mal de tête atroce. J'ai d'abord pensé que j'avais besoin de caféine, mais l'absence d'odeur de café dans le penthouse me rappela celle de Hudson. C'était lui qui le mettait en route tous les matins avant de partir travailler. Cela suffit à me faire fondre en larmes encore une fois.

Peut-être avait-il appelé ?

Je cherchai frénétiquement mon téléphone et finis par le retrouver sous les coussins. *Merde,* plus de batterie. J'étais si accablée de chagrin la veille que je n'avais pas pensé à le mettre à charger. Après l'avoir branché dans la bibliothèque, je fis mon propre café et trouvai une boîte d'Ibuprofen dans l'armoire à pharmacie de la salle de bain.

Je passai sous la douche, en espérant que l'eau chaude ferait dégonfler mes yeux. Ce fut peut-être le cas, mais je ne me sentis pas mieux pour autant. Lorsque je sortis, je passai un moment à me regarder dans le miroir embué. Cela reflétait à la perfection la manière dont je voyais désormais Hudson: derrière un épais brouillard, consciente qu'il cachait un secret sous la surface. Si seulement il suffisait de tendre la main pour effacer la buée et découvrir son secret! Si seulement il me laissait entrer – si seulement c'était aussi simple que ça.

Hélas, ce n'était pas le cas. Il ne me restait plus qu'à espérer qu'il m'ait écrit ou appelée. Je m'habillai et me rassis sur le canapé de la bibliothèque pour allumer mon téléphone.

Rien.

Je décidai de prendre les devants et de lui envoyer un message. *Rentre à la maison.*

J'attendis cinq minutes et ne reçus pas de réponse. J'envisageai de lui réécrire, mais il était au travail, je ne devais pas le déranger. En même temps, il était censé m'aimer. S'il tenait encore à moi, il répondrait.

Je fus alors la proie d'une intense lutte intérieure. Harceler celui que j'aimais en lui envoyant des dizaines de messages ou en l'appelant toutes les dix minutes avait jadis été ma plus grosse faiblesse. Pendant plus d'un an après avoir commencé ma thérapie, je m'étais interdit de posséder un téléphone, tant la tentation était grande. Au sommet – ou plutôt *au fond* – de mon obsession, je pouvais saturer une boîte vocale en l'espace d'une heure. Paul Kresh avait dû changer de numéro de téléphone quand je lui avais écrit non-stop pendant soixante-douze heures.

Même avec Hudson, je devais réfléchir à chaque message que je lui envoyais et je n'écrivais pas tout ce que je pensais. C'était dur, mais j'avais réussi à me contrôler.

Aujourd'hui, je m'en contrefichais.

J'écrivis donc un nouveau message, puis un autre, et encore un autre, espaçant chacun de quelques minutes à peine.

Quoi, tu vas m'éviter maintenant ?

Le moins que tu puisses faire, c'est de me répondre.

Tu as dit que j'étais tout pour toi.

Ne m'ignore pas.

Je n'en parlerai plus si c'est ce que tu souhaites.

C'est injuste. Est-ce que ce n'est pas moi qui devrais être en colère ?

J'étais sur le point d'en écrire un autre lorsque mon téléphone vibra dans ma main, m'annonçant que j'avais reçu un message. C'était lui. *Je ne suis pas en colère. Je ne t'évite pas. Je ne sais pas quoi dire.*

C'était véritablement la chose la plus folle que j'avais entendue depuis plusieurs jours. Il savait toujours quoi dire, quoi faire. Si notre séparation avait un effet si dévastateur sur lui, pourquoi n'étions-nous pas ensemble ?

Je lui répondis aussi vite que me le permirent mes doigts.

Ne dis rien. Mais rentre à la maison.

– Je ne peux pas. Nous avons besoin de temps.

J'avais espéré y voir plus clair après une nuit de sommeil. Cependant, je ne savais toujours pas ce que j'étais censée faire de ce temps dont j'avais besoin, à en croire Hudson.

Je n'ai pas besoin de temps. C'est de toi dont j'ai besoin.

–On parlera plus tard.

–Tu ne comprends pas. Il faut qu'on parle maintenant. Je continuerai à t'écrire. Je ne peux pas m'en empêcher.

–Et je lirai chacun de tes messages.

Je faillis sourire en lisant son dernier sms. Alors que j'avais été ignorée ou traitée de folle pendant tant d'années, Hudson, lui, acceptait mes tendances obsessionnelles. Mais un gentil message ne suffisait pas à effacer mon chagrin. Je commençai à écrire une réponse, puis je me retins.

Qu'est-ce que je faisais ? Peu importe que mes anciennes habitudes soient malsaines ou non – pourquoi courir après un homme sur qui ça n'avait aucun effet ? En outre, il n'avait cessé de répéter qu'il aimait que je sois obsédée par lui car il se sentait valorisé, vénéré.

Eh bien qu'il aille se faire voir.

Si Hudson voulait se sentir aimé, il n'avait qu'à rentrer pour régler notre problème. C'était vrai, nous avions des passés douloureux et nous découvrions tous les deux ce que signifiait d'être en couple. Cependant, tôt ou tard, il allait bien falloir que l'on grandisse et que l'on assume nos actes. Je voulais le faire aux côtés de Hudson – plus que tout au monde. Mais s'il n'était pas prêt, mon amour pour lui n'y changerait rien. Je ne pouvais pas être la seule à me battre. Il devait faire des efforts, lui aussi.

Le moment où j'ai reposé mon téléphone et où j'ai quitté la pièce fut un des plus intenses de ma vie d'adulte. Mais comme je n'étais pas assez naïve pour penser que je serais suffisamment forte pour résister longtemps à la tentation, je décidai de sortir de l'appartement.

–Tu cours, n'est-ce pas? demandai-je à Jordan, qui décrocha après la première sonnerie.

–Mademoiselle Withers ?

– Tu étais dans les forces spéciales, donc tu es forcément sportif, non ?

J'y avais pensé avant, mais Hudson était tellement opposé à cette idée que je l'avais laissée tomber. Or Hudson n'était plus là, désormais.

– Je suppose que cela fait de toi un bon coureur ?

– Oui, je suppose.

– Très bien. J'aimerais faire un footing, mais Hudson ne veut pas que je sorte sans garde du corps. Je serai prête dans quinze minutes.

– Je serai là dans dix minutes, mademoiselle Withers, répondit-il.

– Merci.

Je fus étonnée que ce soit si facile : autant en profiter.

– Et Jordan, appelle-moi Laynie, s'il te plaît. Je sais que tu n'es pas censé le faire, mais je me fiche des règles débiles de Hudson. Je passe une journée pourrie et j'aurais bien besoin d'un ami. Même si tu ne l'es pas vraiment, tu pourrais faire semblant, s'il te plaît ?

– Vous devriez me connaître assez pour savoir que je ne suis pas très doué pour faire semblant, répondit-il. Mais je suis un très bon coureur. Préparez-vous à vous faire botter les fesses, Laynie.

Je souriais presque lorsque je le retrouvai dans le hall de l'immeuble. Tout ça était nouveau pour moi ; je n'avais pas l'habitude que la vie continue quand mon cœur était en lambeaux. Qui aurait cru que c'était possible ?

* * *

Jordan tint parole, il prouva qu'il pouvait me mettre la pâtée. Les dix kilomètres semblèrent à peine l'essouffler, alors qu'il dut presque me porter pour rentrer à la maison. J'accueillis mon stress physique à bras ouverts, car il reflétait parfaitement mon état d'esprit. Quant à la montée d'adrénaline et d'endorphine, cela ne rendit pas mes pensées moins lugubres mais me permit de prendre conscience que je *pouvais* surmonter ce moment difficile.

De retour au penthouse, je me douchai et m'habillai avant d'aller voir mon téléphone. Je parcourus ma boîte de réception à la recherche d'un message de Hudson et n'en trouvai aucun, ce que j'eus du mal à encaisser. Il avait dit qu'il ne répondrait pas, mais j'espérais qu'il ait changé d'avis. Après tout, vingt-quatre heures plutôt, il me disait que j'étais le centre de son univers. Le pensait-il encore ?

Je ne pouvais pas le croire – les preuves n'étaient pas en ma faveur, mais je n'avais pas la force de l'accepter.

J'avais besoin d'une distraction et je décidai d'appeler mon frère. Nous parlâmes pendant plus d'une heure, ce qui était un record. Ensuite, j'appelai Élise. Nous travaillions toutes les deux ce soir-là, c'était l'occasion d'aller faire un peu de shopping et de dîner avant. Je n'avais pas la tête à ça, mais je me sentais capable de faire semblant. Et puis, avec Élise, au moins, je ne pleurais pas.

La journée avait déjà été bien remplie lorsque Jordan nous déposa au Sky Launch.

– J'ai terminé mon service, Laynie, dit mon garde du corps en refermant la portière derrière moi. Reynold vous attend là-haut.

En effet, je l'aperçus devant la porte de service.

Je ne l'avais jamais fait auparavant, mais je ressentis soudain le besoin de prendre Jordan dans mes bras.

– Merci, fis-je d'une voix rauque. Quand j'ai eu besoin de toi, tu étais là.

Jordan posa sur moi un regard plein de compassion.

– Je ne devrais pas vous dire ça, mais vous devriez savoir que monsieur Pierce est un homme compliqué.

– Ouais, ouais, je sais.

Je n'avais aucune envie d'entendre quelqu'un prendre la défense de Hudson, mais Jordan poursuivit néanmoins.

– Cependant, même si la situation est complexe, il faudrait être aveugle pour ne pas voir à quel point il tient à vous.

– Ah bon ? rétorquai-je.

Je pensais comme lui jusqu'à hier au soir, mais qu'en était-il à présent ?

– Peut-être que vous ne le voyez pas, dit-il en me serrant le bras. Mais pour moi, c'est évident. Et j'espère qu'il trouvera comment vous le montrer avant que vous ne soyez partie pour de bon.

Je regardai Jordan monter dans la voiture et partir.

Moi? Partie pour de bon? C'était Hudson qui était parti ! C'était *lui* qui m'avait promis de rester à mes côtés coûte que coûte. C'était encore Hudson qui avait parlé de mariage à peine quelques jours plus tôt et qui venait de m'abandonner.

Soudain, je fus horrifiée à l'idée que Jordan puisse avoir raison, et que ce que Hudson ressentait pour moi était évident. Et donc qu'il ne ressentait plus rien, puisqu'il n'était plus là. Je me mordis la lèvre et ravalai mes larmes.

Élise saisit mon bras et me guida vers la porte.

– Tu n'en as jamais marre de tes gardes du corps ? demanda-t-elle en essayant de me changer les idées. Tu me diras, je crois que je ne me lasserais pas de ce Jordan : il est vraiment beau gosse.

– Et gay, aussi.

– Forcément. Mais peut-être qu'il n'est pas contre de nouvelles expériences.

– Tu planes, Élise, dis-je en riant, ce qui m'étonna, étant donné la souffrance qui me suivait partout. Tu sais, même si j'aime mon indépendance, j'ai fini par m'y habituer. Cependant, je ne comprends vraiment pas pourquoi j'ai besoin d'en avoir un au club. D'ailleurs...

Nous venions d'arriver devant Reynold.

– Salut ! Vous savez quoi ? Je vous libère de votre soirée.

Il éclata de rire.

– Je suis sérieuse. Je sais que c'est Hudson qui a l'autorité de vous accorder des congés, mais il n'est pas là. Et je vais passer la nuit au club. Il y a des videurs et des vigiles partout, donc il ne peut rien m'arriver.

Je ne sais pas pourquoi j'avais tellement envie que Reynold parte, mais soudain ça me parut primordial. Peut-être voulais-je défier Hudson. Après tout, s'il n'était pas prêt à se battre pour nous, je n'avais aucune raison de faire des concessions. J'étais beaucoup trop en colère.

Et puis, je me sentais forte. Je n'avais pas besoin que quelqu'un me suive partout, et je n'avais pas vu Celia depuis plusieurs jours – peut-être s'était-elle lassée de son petit jeu.

– Je vous revois plus tard, quand j'aurai terminé, d'accord ?

– Euh, d'accord. À trois heures. Euh, je serai là à trois heures, bégaya-t-il, confus.

– Super.

Cette petite victoire suffit à me redonner du courage. Je ne savais pas comment j'allais tenir jusqu'à la fermeture, mais j'avais désormais l'impression que je pouvais y arriver. Je n'avais pas oublié mon chagrin, je ne cessais de penser à Hudson, mais mon malheur était presque supportable, à présent.

Passer du temps avec Élise m'avait beaucoup aidée. Nous ne nous étions pas beaucoup vues ces derniers temps, et nous avions des tas de choses à nous raconter. Je l'avais mise au courant des derniers événements, y compris du harcèlement de Celia et des secrets de Hudson. Ça avait été déprimant, mais cathartique.

– Peut-être que Hudson est dans la CIA, dit Élise, tandis que je lui donnais la caisse du bar. Et que Celia est sa partenaire. Il a peut-être déserté sa mission et maintenant elle essaie de le récupérer pour le sauver.

Ses idées folles étaient presque divertissantes.

– Cette fois-ci je pense que tu tiens la bonne.

Elle me mit un coup de hanche pour prendre ma place devant la caisse.

– Tu devrais me prendre au sérieux, Laynie. Je suis sûre que j'ai raison.

– Désolée d'avoir – comment appelle-t-on cela déjà ? Ah oui – les pieds sur terre.

– On accorde trop d'importance à la réalité, répondit-elle en passant une main dans ses cheveux violets.

– N'est-ce pas ? m'exclamai-je en souriant.

Après cela, nous fûmes prises par le va-et-vient des clients au bar. David avait formé Gwen la veille et elle avait suffisamment d'expérience pour savoir quoi faire, mais c'était la première fois que je pouvais l'observer. Je remarquai qu'elle suivait bien les changements de commandes et les encaissements, et qu'elle ne se laissait pas faire par les clients désinhibés par l'alcool. Elle était douée et je ne regrettais pas ma décision de l'avoir engagée, surtout maintenant que mon avenir au Sky Launch était incertain.

Je tressaillis et réprimai un sanglot. Je ne pouvais pas penser à cela. Pas ici, et pas maintenant. Peut-être étais-je aussi naïve et obstinée qu'à l'époque de Paul Kresh ou de David Lindt, mais j'essayai de me convaincre que tout allait bien entre Hudson et moi et que ce n'était qu'une mauvaise passe, qu'on s'en remettrait.

Je ne sais pas pourquoi, ça avait été plus facile pour moi par le passé. J'espérai que cela concernait plus ma santé psychologique – désormais meilleure – que mon avenir avec Hudson.

* * *

Vers vingt-trois heures environ, je vis Celia.

Je venais de descendre du premier étage pour m'assurer que tout allait bien au bar principal. Je m'étais faufilée derrière le comptoir, aux côtés d'Élise, pour observer la foule et prendre note de l'ambiance.

La piste de danse était entourée de tables et de fauteuils qui étaient tous occupés tôt dans la soirée, puisque c'étaient les meilleures places. J'avais remarqué une femme assise seule à une table. C'était étrange, personne ne s'asseyait seul au Sky Launch.

C'était Celia, vêtue d'un jean et d'un débardeur blanc, moulant, les cheveux lâchés – rien à voir avec son style BCBG habituel, à tel point que j'eus du mal à la reconnaître. Mais lorsqu'elle croisa mon regard, elle me lança un sourire machiavélique. Je compris que je ne me trompais pas.

– Oh mon Dieu, m'exclamai-je en empoignant Élise par le bras.

– Quoi ? Qu'est-ce qu'il y a ? Je me suis plantée dans la commande ? demanda-t-elle en écarquillant les yeux, paniquée.

– Non, elle est là ! Celia est là ! Je désignais la femme qui ne m'avait toujours pas quittée des yeux.

– Celle qui te suit partout ? Tu veux que j'aille lui casser la gueule ? demanda-t-elle en suivant mon regard.

– Non, répondis-je, même si son idée était très séduisante.

Élise continua d'étudier Celia.

– Ne m'en veux pas mais elle est canon. Pas autant que toi, mais je me la ferais bien, dit-elle en me mettant un petit coup d'épaule. Bien sûr, c'est toi mon plus grand fantasme.

– Wouah. Je n'en reviens pas qu'elle soit venue ici.

Peut-être devrais-je rappeler Reynold, pensai-je un instant avant de changer d'avis. Avec tout le monde qui m'entourait, que pouvait-elle me faire ? Son regard insistant était plus énervant qu'autre chose. J'avais la chair de poule malgré mes efforts de ne pas me laisser perturber par sa présence. Eh bien, j'avais tenu trois heures sans craquer, c'était déjà pas mal, non ?

– Qu'est-ce qui se passe ? demanda David.

Je n'avais pas vu Gwen et lui nous rejoindre. Cela signifiait qu'il était temps de se remettre au boulot. « Rien », répondis-je. Il était hors de question que je parle de Celia à mon ex et à une employée que je connaissais à peine.

Apparemment, Élise n'était pas du même avis.

– La nana là-bas, celle qui est toute seule, harcèle Laynie.

– Élise ! m'écriai-je en lui frappant l'épaule.

– Je refuse d'être la seule au courant. Il te faut des renforts ! Et si elle te faisait quelque chose ? Si elle décidait de mettre du GHB dans ton verre ?

– Tu as raison, je picole toujours quand je travaille.

Élise était ma meilleure amie mais elle n'était pas toujours très perspicace.

– Tu te fais harceler par quelqu'un ? demanda Gwen en haussant un sourcil. Waouh, tu es plus cool que je ne le pensais !

– Ce n'est pas... Elle n'est pas... Je ne sais même pas pourquoi... C'est compliqué. Je serai dans le bureau, si vous avez besoin de moi, dis-je en partant sans me retourner.

La présence de Celia m'avait complètement déstabilisée, et vu l'état de mes nerfs, cela pouvait suffire à me faire craquer pour de bon. Je me mis à faire les cent pas dans le bureau, j'essayais de retrouver le calme dans lequel j'étais – non sans mal – quelques heures plus tôt.

Lorsque Gwen et David arrivèrent, je faillis leur dire de me laisser seule.

– Est-ce que ça va, Laynie ? demanda David d'une voix douce et hésitante.

– Non. Oui. Tout va bien. Je suis juste...

Je secouai la tête, incapable de finir ma phrase. J'étais oppressée, j'avais l'impression que ma tête allait exploser.

– Eh bien, parle-nous d'elle, dit Gwen. Son nom, comment tu la connais, n'importe quoi.

– Elle s'appelle Celia Werner, répondis-je immédiatement, surprise d'avoir envie d'en parler.

– Werner comme... Werner Media ? demanda David qui suivait le monde des affaires.

– Tout à fait, confirmai-je.

David s'approcha, l'air inquiet tout à coup.

– Ce n'est rien de grave, David. Elle n'aime pas que je sois avec Hudson, c'est tout.

– C'est son ex ? demanda Gwen.

– Ouais.

Lorsque j'avais dit cela en thérapie, c'était par souci de simplicité. Maintenant que j'avais vu la vidéo, c'était ce dont j'étais convaincue. Pour la millième fois, je repensai au baiser qu'elle avait échangé avec Hudson. Qu'avaient-ils fait d'autre ? Jusqu'où allait leur intimité ? Avait-il couché avec elle ?

Je me forçai à déglutir pour ne pas vomir.

– Et à présent, elle essaie de me faire peur en débarquant partout où je vais. En m'envoyant des messages, et ainsi de suite.

– Tu veux qu'on la mette dehors ? Je peux appeler Sorenson, c'est lui qui surveille l'entrée, ce soir.

L'instinct protecteur de David était plus subtil que celui de Hudson.

– Elle ne va pas me faire de mal, répondis-je.

– Tu en es sûre ? insista-t-il en posant sa main sur mon épaule.

– Non, dis-je en faisant un pas sur le côté.

Son geste avait beau être parfaitement innocent, j'avais l'impression de trahir Hudson en laissant David me montrer son affection.

– Mais je ne veux pas la laisser gagner, ajoutai-je.

– Comme tu voudras, dit-il.

Son langage corporel m'indiquait que je l'avais vexé. C'était une bonne chose pour lui qu'il parte.

Gwen retourna une chaise et s'assit dessus à califourchon.

– La façon dont elle te fixe est *vraiment* flippante.

– Ouais, je sais.

Je n'étais toujours pas sûre d'avoir envie que Gwen en sache autant sur ma vie privée.

– On pourrait toujours mettre quelque chose dans son verre... dit-elle.

Tiens, j'aimais bien sa façon de penser.

– Comme quoi ?

– Je ne sais pas. De la bave ?

Je parvins à sourire sans avoir à me forcer. D'accord, Gwen était réellement cool. Peut-être que j'avais besoin d'avoir plus de gens proches de moi – en dehors de Hudson et de sa famille. Ma conversation avec Brian, le footing avec Jordan, mon après-midi avec Élise, tout cela m'avait rappelé qu'il existait un monde en dehors de la bulle dans laquelle je vivais. Un monde avec des amis et des centres d'intérêt que j'avais complètement oubliés.

Que Hudson et moi ayons un avenir ensemble ou pas, j'avais une vie à mener. Je ne pouvais ignorer les gens qui en faisaient partie en espérant qu'ils seraient encore là lorsque j'aurais besoin d'eux. Gwen faisait désormais partie du Sky Launch et de la famille, il était grand temps de l'accepter.

Cependant, ce n'était pas une raison pour tout lui raconter.

– Vous savez quoi ? Je vais bien, mentis-je. Ne vous inquiétez pas. Retournons en salle. Au moins on pourra la surveiller.

Gwen prit les devants et nous retournâmes dans le club. Les lumières et la musique auxquelles j'étais tellement habituée me calmèrent instantanément. Soudain, Gwen s'arrêta. Je me cognai contre son dos. « Ah, elle sait qu'on a parlé d'elle. Elle appelle des renforts, expliqua-t-elle en désignant Celia. Tu vois ? »

En effet, Celia était au téléphone.

C'est alors qu'Élise vint vers moi en me tendant le téléphone du bar dont le fil avait presque atteint sa limite. « Te voilà, Laynie. Il y a un appel pour toi. »

– Merde ! s'exclama Gwen en écarquillant les yeux.

Est-ce que Celia m'appelait ?

– Laisse-moi répondre, proposa David.

– Pour dire quoi ? fis-je en secouant la tête. Je vais répondre, ça va.

Qu'allait-elle bien pouvoir me dire, de toute façon ? Je pris le téléphone et fus surprise que ma main ne tremble pas. « Allô ? »

– Alayna, où est passé ton garde du corps ?

La voix à l'autre bout du fil me choqua davantage encore que si ça avait été celle de Celia. « Hudson », dis-je en regardant mes collègues pour qu'ils sachent à qui je parlais. « Je vais très bien et toi ? »

Devais-je ressentir de la déception ou de la joie ? D'un certain côté, j'aurais presque préféré que ce soit Celia qui m'appelle. J'avais de plus en plus envie de l'affronter. De l'autre, il s'agissait de Hudson. *Hudson !* J'avais rêvé d'entendre sa voix toute la journée – je me contrefichais des raisons de son appel, il m'avait *appelée*, c'était suffisant.

– Ah, ce n'est pas elle, dit Gwen. Quelle trouille !

– Elle écoutait probablement ses messages, je ne l'ai pas vue parler, ajouta David.

Je regardai Celia qui rangeait effectivement son téléphone dans sa poche.

– Tu pourrais répondre à ma question, s'il te plaît ? demanda Hudson.

Il me fallut quelques secondes pour me souvenir de ce qu'il m'avait demandé – ah oui, le garde du corps. J'avais beau être heureuse d'entendre sa voix, je n'avais aucune intention de lui faciliter les choses.

– Qu'est-ce que ça peut te faire ?

– Bon sang, Alayna !

Il cria si fort que je dus éloigner le téléphone de mon oreille. Après tout, j'aurais dû m'attendre à ce que Reynold le prévienne.

– Je lui ai accordé sa soirée. Je me suis dit que je n'avais pas besoin de lui au club.

– Et tu penses toujours la même chose ? demanda-t-il d'un ton sarcastique.

– Je vais très bien ! Avec les vigiles, les caméras et les videurs...

Il me fallut une seconde pour réaliser ce qu'il venait de dire.

– Comment tu sais qu'elle est là ? demandai-je.

– Parce que je suis dehors.

– Tu es dehors ? Pourquoi tu es dehors ? demandai-je alors que mon cœur se mît à battre la chamade.

Il ne s'était pas contenté de m'appeler*, il était là !*

– Élise, attrape le téléphone sans fil, vite, dis-je en couvrant le micro.

– Dieu merci, c'est moi qui emploie ton garde du corps, pas toi, poursuivit-il. Tu n'as pas le droit de le renvoyer chez lui.

Je n'ai pas le droit ? Bon sang !

– Et quand il a remarqué que Celia...

Élise me tendit le téléphone sans fil. « Merci », chuchotai-je.

– Alayna, tu m'écoutes ?

– Oui. Mais je travaille aussi, tu sais, dis-je en décrochant le téléphone avant de tendre l'autre à Élise. Vas-y, je t'écoute, dis-je en fonçant vers la sortie.

Si Hudson était là, je voulais le voir, je voulais voir son regard et son expression, lire sur son visage qu'il souffrait autant que moi.

– Quand il a vu Celia entrer dans le Sky Launch, il m'a appelé, comme il est censé le faire, et il m'a demandé s'il devait rentrer, puisque tu ne voulais pas de lui. Je lui ai répondu que non. Donc Reynold sera là, que tu le veuilles ou non.

– Très bien, fais-le entrer, répondis-je.

– C'est déjà fait.

– Bien évidemment.

J'étais presque en bas de la rampe. C'était l'heure à laquelle le gros des clients arrivait, et j'avançais à contre-courant. « Mais pourquoi tu es là ? Tu aurais pu faire tout ça par téléphone. »

Est-ce qu'il voulait me voir à ce point ?

Il ne répondit pas tout de suite. « Je voulais m'assurer que tu allais bien », dit-il d'une voix plus douce qui ne fit qu'augmenter la douleur dans ma poitrine.

« Je vais bien. » Enfin, comme Hudson dormait toujours

au loft, peut-être n'était-ce pas la bonne réponse. « Je suis en sécurité, en tout cas. »

– Tant mieux, dit-il en se raclant la gorge. Alors on se parle plus tard.

– Hudson, attends ! m'exclamai-je alors que j'arrivais à la porte.

Je restai cachée derrière le videur pour ne pas qu'il me voie.

– Qu'est-ce qu'il y a, Alayna ?

Je regardai à droite et à gauche et finis par le voir, debout à côté de sa Mercedes aux feux de détresse allumés. Bien qu'il soit tard, il était en costume – est-ce qu'il travaillait encore ? Était-il vraiment venu jusqu'au club pour repartir sans m'avoir vue ?

Mes paroles et le ton de ma voix trahirent toute la souffrance qui m'habitait depuis qu'il était parti la veille. « C'est tout ce que tu as à me dire ? »

– Pour l'instant, oui, dit-il en se passant la main dans les cheveux. Tu es en sécurité. C'est tout ce qui compte.

Il s'était inquiété, cela s'entendait et se voyait : ses cheveux étaient ébouriffés comme s'il y avait passé la main plus d'une fois, et son agitation était visible.

Ça ne me suffisait pas. S'il tenait *vraiment* à moi, à cet instant, je serais allée dans ses bras, au lieu de me cacher. C'est lui qui aurait cherché à me voir, et non l'inverse.

– Tu ne penses pas que si tu disais simplement à Celia que tu m'as quittée, elle arrêterait de me harceler ?

Il secoua la tête, bien qu'il ne sache pas que je l'observais.

– Je ne t'ai pas quittée.

– C'est l'impression que j'ai, en tout cas.

Il appuya sa main sur le toit de sa voiture et regarda en direction du club.

– C'est ce que tu souhaites ?

« Non ! » *Jamais !* « Non. Je veux seulement la vérité. C'est tout. »

Le videur fit un pas sur le côté, et Hudson croisa mon regard.

Nous nous dévisageâmes pendant plusieurs secondes. Même à quelques dizaines de mètres l'un de l'autre, la tension entre nous était perceptible – une tension qui n'était pas seulement due au désir. C'était un courant chargé d'émotions qui jaillissaient du plus profond de nos cœurs. Nous étions si intensément connectés que, pour la première fois depuis la veille, je me suis mise à espérer que tout n'était pas perdu.

Et puis il rompit l'échange, tournant la tête vers la fenêtre passager de la voiture, comme s'il parlait avec quelqu'un à l'intérieur de la voiture.

Je fis un pas en avant pour mieux voir.

– Mon Dieu, Hudson, est-ce que tu es... Tu es avec Norma ? demandai-je, alors que mon ventre se serrait.

– Pas maintenant, Alayna.

J'avançai vers lui d'un pas rapide.

– Tu te fous de moi ? Ça fait à peine vingt-quatre heures et tu es déjà avec elle ?

Il fit le tour de la voiture jusqu'au côté conducteur et s'y engouffra, claquant la porte en réitérant son excuse habituelle : « C'est pour le travail ! »

J'accélérai le pas, même si je savais que je ne pourrais pas le rattraper à temps.

– À cette heure de la nuit ?

Il était en costume et ils étaient seuls. Me prenait-il vraiment pour une idiote ?

– C'est... Je ne veux pas faire ça maintenant, dit-il, pendant que la voiture s'insérait dans la circulation. Tu ne peux pas me faire confiance, Alayna ?

– Non Hudson, parce que tu ne me dis jamais la vérité ! m'écriai-je en suivant des yeux les feux arrière de la Mercedes qui disparaissaient parmi des centaines d'autres.

Finalement, c'était presque comique de me demander de lui faire confiance alors que je venais de le surprendre en plein rencard.

– Je dois y aller. Je ne peux pas te parler pendant que je conduis.

J'entendais la voix de Norma en arrière-plan. Je voulais qu'il m'accorde son attention – *à moi* – et non à elle.

– Attends, ne...

– Au revoir, Alayna.

– ... raccroche pas !

Le bruit de la tonalité remplaça le son de sa voix. « Et merde ! », m'écriai-je en jetant le téléphone par terre, où il vola en éclats.

« Laynie, est-ce que ça va ? » La voix de David ne m'a pas étonnée, ni réconfortée. Je savais qu'il finirait par venir me rejoindre. C'était mignon – simplement, j'aurais préféré que ce soit celle d'un autre.

– Ouais, mentis-je.

Je me sentais épuisée, sur le point de m'écrouler sur le trottoir, presque incapable de marcher jusqu'au club.

Mais je fis preuve de caractère. Je pouvais attendre d'être seule chez moi pour m'effondrer.

– Ouais, je vais bien, répétai-je. J'ai cassé le téléphone, dis-je en me baissant pour ramasser les morceaux.

David s'accroupit à mes côtés pour m'aider.

– Techniquement, c'est celui de Pierce.

– Eh bien me voilà soulagée. C'est drôle, c'est le deuxième téléphone que je casse à cause de lui.

– C'est peut-être un signe.

– Peut-être.

Je savais ce que David voulait que ça signifie, mais je préférais ne pas y penser.

Lorsque nous eûmes ramassé tous les morceaux, David se releva et me tendit la main pour m'aider à me relever. Je la pris à contrecœur et il ne la lâcha pas immédiatement. Pis encore, je ne la retirai pas non plus, et David plongea son regard dans le mien.

– Je ne vais pas te demander la permission, parce que je sais ce que tu vas répondre. Je vais le faire quand même.

– Quoi ? demandai-je avant qu'il ne m'attire dans ses bras. « Oh. »

– J'ai l'impression que tu as grandement besoin d'un câlin.

Je n'hésitai qu'une seconde avant de me laisser faire. David était pour moi un ami qui me réconfortait. Il pouvait interpréter ça comme il le voulait, toutefois il avait raison de penser que j'en avais besoin.

Il me serra un peu plus fort et son parfum me parut soudain étrange. Ces bras n'étaient pas ceux dont je rêvais. Je me libérai de son étreinte aussi délicatement que possible. « Je pense que je devrais... »

David me laissa faire, les yeux rivés sur la porte du club derrière moi. « Regarde, elle s'en va. »

En me tournant, j'aperçus Celia. Elle avait vu notre câlin, j'en étais certaine. Peu m'importait. Elle pouvait le dire à Hudson, je m'en fichais – je venais de le surprendre avec Norma Anders.

– Bon sang, je ne la connais pas, mais son sourire est vraiment diabolique. Quelle garce.

C'est alors que la tristesse qui m'habitait depuis vingt-quatre heures céda la place à une immense colère. J'étais furieuse, enragée. Beaucoup de cette haine était dirigée contre Hudson, mais une bonne part était due à Celia. Sans elle, Hudson et moi aurions pu régler nos différends.

Mais elle était toujours là, toujours présente, à nous rappeler nos passés en permanence, à nous pousser à nous méfier l'un de l'autre.

– Tu sais quoi ? C'est ridicule. Je vais l'affronter, dis-je à David en serrant les poings.

– Laynie, je ne pense pas que tu devrais, répondit-il sans essayer de m'arrêter.

J'étais à quelques mètres de Celia lorsque quelqu'un qui sortait du club m'arrêta.

– Mademoiselle Withers, fit Reynold en m'attrapant le bras de façon douce et ferme à la fois. Ce n'est pas une bonne idée.

Il avait raison. J'étais tellement en colère que je lui aurais probablement mis un coup de poing dans le nez. Cela m'aurait sans doute soulagée, mais c'est moi qui aurais eu affaire à la police ensuite, pas Celia.

Je me suis demandé quels ordres avait reçus mon garde du corps. Est-ce que Hudson s'assurait que je n'aurais pas d'ennuis, ou bien plutôt que je ne parlerais pas à son ex, qui connaissait sans doute les réponses aux questions que je me posais ?

– Je peux vous demander quelque chose, Reynold ? Est-ce que c'est moi que vous protégez de Celia ? Ou Celia que vous protégez de moi ?

– Je ne comprends pas.

De toute façon, même s'il comprenait, je ne pouvais pas l'obliger à être sincère.

– Laissez tomber.

Celia faisait signe à un taxi. J'étais déterminée à ne pas la laisser partir sans avoir remporté une victoire, même petite. J'allai voir le videur.

– Vous voyez cette femme ? Elle est interdite d'entrée au club, de façon permanente.

– Oui, mademoiselle Withers, acquiesça-t-il.

« Je vais afficher sa photo dans le salon des employés. » J'en trouverais facilement une sur Internet. Peut-être était-ce une erreur de lui montrer qu'elle m'affectait, mais honnêtement, son petit jeu commençait vraiment à m'agacer. Je voulais retrouver une vie normale. Lui interdire l'entrée du club était un bon début.

* * *

Il était trois heures passées de quelques minutes quand je me couchai. Le lit me paraissait toujours bien trop grand sans Hudson, mais j'étais sûre d'être assez fatiguée pour pouvoir m'endormir. En tout cas, j'allais essayer.

Je fis de mon mieux pour me détendre, mais j'avais encore les yeux grands ouverts une heure plus tard, ce qui me sauva, sinon j'aurais raté son appel.

– Alayna, j'ai besoin de toi, dit Hudson d'une voix torturée que je ne lui connaissais pas.

– Qu'est-ce qui se passe ? demandai-je en me redressant brusquement.

– C'est Mira. Elle est à l'hôpital. Le bébé...

Il n'arrivait même pas à parler.

– J'arrive tout de suite, dis-je en attrapant un pantalon de yoga et un t-shirt.

– Jordan est en route pour venir te chercher.

CHAPITRE QUATORZE

Lorsque Jordan me déposa à l'hôpital, Hudson m'attendait devant les urgences. Il était vêtu d'un jean et d'un polo froissé que je ne reconnus pas et je devinai que, comme moi, il s'était habillé à la hâte.

Il ne sourit pas mais je crus voir son regard s'éclairer légèrement lorsqu'il me vit. – Elle n'est plus aux urgences, mais c'est la seule entrée qui est ouverte toute la nuit, dit-il en marchant si vite vers l'ascenseur que je dus trotter pour le rattraper.

– Tu l'as vue ? Qu'est-ce qui se passe, exactement ?

– Je sais seulement qu'elle a eu des contractions. Adam m'a appelé quand ils venaient d'arriver et il m'a écrit pour me dire qu'il l'emmenait au service d'obstétrique, expliqua-t-il en appuyant sur le bouton. Je ne voulais pas la voir sans toi.

Je tendis le bras et lui pris la main. Il me laissa faire mais la retira dès que l'ascenseur arriva, et il mit ses mains dans ses poches après avoir appuyé sur le bouton du troisième étage. Lorsqu'il me regarda du coin de l'œil, je sus qu'il mourait d'envie de me toucher, mais qu'il se retenait.

– Alayna, à propos de Norma...

– On n'a pas besoin d'en parler maintenant, répondis-je en secouant la tête.

Ne savait-il pas que c'était désormais le cadet de mes soucis ? J'avais appris à aimer Mira comme une sœur, et si quoi que ce soit arrivait à son bébé...

– J'ai besoin que tu le saches, poursuivit Hudson en passant sa main dans ses cheveux. Ce deal... est très important, et je dois tout faire en secret. Ce soir, nous étions à un gala de charité parce que Norma a pu organiser une rencontre avec les vendeurs tout en faisant en sorte qu'elle paraisse fortuite. Quand Reynold a appelé pour dire que tu l'avais congédié et qu'il avait vu Celia entrer dans le club... Il s'arrêta un instant et je sus qu'il avait imaginé le pire... Je n'ai même pas pensé à appeler un taxi pour Norma. Je l'ai juste embarquée et on est partis.

Soudain, je me sentis coupable de ma réaction.

– Est-ce que le deal est à l'eau ?

– Non. Mais ce ne serait pas grave s'il l'était, dit-il en me caressant la joue. Tu es en sécurité, ma belle. C'est tout ce qui compte.

Je fermai les yeux, savourant la sensation de sa main sur ma peau, mais les portes s'ouvrirent et sa main retomba. Nous suivîmes les panneaux et arrivâmes au service d'obstétrique, où il nous fallut sonner pour demander l'accès.

– Est-ce qu'ils vont nous laisser entrer à cette heure-ci ?

– A priori, les bébés naissent à toute heure de la journée ou de la nuit, dit-il. De toute façon, Mira nous a mis sur sa liste.

Sa sœur n'était enceinte que de six mois... pourvu que son bébé ne naisse pas ce soir...

« Comment puis-je vous aider ? », demanda une voix dans l'interphone.

– Nous sommes là pour Mirabelle Sitkin. Hudson Pierce et Alayna Withers.

La voix ne répondit pas mais les portes s'ouvrirent.

La chambre de Mira fut facile à trouver car Adam, Jack, Sophia et Chandler étaient debout dans le couloir. Hudson alla tout de suite vers Sophia et la prit par l'épaule pour lui embrasser la joue. « Mère. »

– Merci d'être là, Hudson, dit-elle.

Sa main tremblait et je me demandai si c'était parce qu'elle était inquiète pour sa fille ou si elle avait besoin d'un verre. Quoi qu'il en soit, elle sembla assez en forme pour me fusiller du regard. « Tu l'as amenée ? », demanda-t-elle d'une voix pleine de dégoût.

– Oui, et je me passerai de tes commentaires.

Au moins, Hudson me défendait encore auprès de Sophia. Ce n'était pas rien, n'est-ce pas ?

Jack me sourit chaleureusement et prit ma main dans les siennes.

– Je suis content de te voir, Laynie.

Ni l'insulte de Sophia ni la bonhomie de Jack n'eurent le moindre effet sur moi. Tout ce qui m'importait était l'état de Mira – mon amie. Je regardai dans la chambre et la vis allongée dans le lit, entourée de deux infirmières. Toutes trois avaient l'air sereines et je fus un peu rassurée.

– Comment va-t-elle ? demanda Hudson à Adam.

– Elle va bien, maintenant, répondit-il d'une voix fatiguée. Lorsqu'on est arrivés, elle avait des contractions toutes les trois minutes, alors ils l'ont mise sous perfusion et ils l'ont réhydratée et les choses se sont calmées.

Cela fait quarante-cinq minutes qu'elle n'a plus eu de contractions. Cependant, sa tension est toujours élevée, donc ils veulent la garder sous surveillance. Ils ne pensent pas que ce soit une crise de prééclampsie, Dieu soit loué, mais ils préfèrent prendre des précautions.

– On pourra aller la voir dès que les infirmières seront parties, dit Jack.

Chandler poussa Hudson du coude.

– Mira a dit que maman et papa la stressaient trop, alors elle nous a tous mis dehors pour qu'on se calme.

Le regard d'Adam brilla, je compris qu'il trouvait ça aussi drôle que Chandler.

– Elle a une sacrée pêche, en ce moment.

Les infirmières sortirent, l'une d'elles s'arrêta pour parler à Adam.

– Elle va mieux, docteur Sitkin. Je pense qu'elle pourra sortir d'ici quelques heures, mais quand vous rentrerez la voir, faites en sorte que tout le monde reste calme.

– Merci, dit-il en désignant la porte. Après toi, Laynie. Elle sera ravie de te voir.

Je hochai la tête et entrai, à la fois surprise et émue qu'il pense que je comptais à ce point aux yeux de sa femme. Hudson m'emboîta le pas et resta près de moi tout en prenant soin de ne pas me toucher.

– Mira, dis-je en souriant jusqu'aux oreilles.

– Laynie ! Tu es venue, s'exclama-t-elle en tendant le bras pour me prendre la main, ce que sa perfusion l'empêcha de faire.

– Bien sûr que je suis venue, ne sois pas bête.

Je fis un pas de côté pour laisser à Hudson une place à côté de sa sœur. C'était son grand frère et je n'étais que sa copine. D'ailleurs, peut-être n'étais-je même plus sa copine.

– Hudson, dit Mira en souriant. Merci d'être venu.

Il hocha la tête et je fus surprise de m'apercevoir qu'il était trop ému pour parler. Je me rappelai alors à quel point il lui était difficile de parler de ses émotions à qui que ce soit et pas seulement avec moi. Mira m'avait dit un jour que Hudson ne disait jamais « je t'aime », même à sa petite sœur.

Cependant, son regard exprimait tout l'amour qu'il avait pour elle... Était-ce la façon dont il me regardait aussi ? J'aurais adoré répondre oui, mais comment pouvais-je en être sûre ?

Hudson serra la main de Mira avant de lui tourner le dos, brièvement. Je savais qu'il attendait d'avoir repris le contrôle. Je mourais d'envie d'aller vers lui, de le rassurer... Mais à croire son langage corporel depuis que j'étais arrivée, ce n'était pas ce qu'il voulait.

J'eus soudain les larmes aux yeux. Il ne cessait de me fermer la porte au nez, de se barricader seul derrière un mur de pierres, ne me laissant pas l'approcher, même lorsqu'il s'agissait d'une émotion normale comme l'inquiétude qu'il avait pour sa sœur. Se rendait-il compte à quel point ça me torturait ?

Ce n'était pas le moment d'y penser. Je me forçai à sourire de nouveau. Je me dirigeai vers Jack et accordai toute mon attention à Mira.

– Je dois dire que si cette soirée a prouvé *une* chose, c'est que l'accouchement va être *atroce*. Les contractions étaient un véritable supplice et pourtant, quand ils m'ont branchée à cette machine, elles étaient à peine détectables tellement elles étaient faibles.

Sophia s'assit dans le fauteuil à côté de Mira.

– Est-ce que ça t'a *enfin* fait changer d'avis au sujet des méthodes d'accouchement sans douleur ? demanda-t-elle sur un ton condescendant. Visiblement, ce désaccord n'était pas nouveau entre elles.

– J'ai changé d'avis quant aux tranquillisants, surtout, répondit Mira en levant les yeux au ciel. Je les veux aussitôt que possible, je t'en supplie chéri, dit-elle à Adam, qui se tenait debout de l'autre côté du lit. Tu peux l'ajouter au projet médical de naissance ?

– L'ajouter ? Je vais *l'exiger* ! répondit-il en lui caressant le front. Je suis désolé, mon amour, mais tu n'es pas très gentille quand tu as mal.

– Continue comme ça et je t'interdis d'entrer en salle d'accouchement, rétorqua-t-elle en le fusillant du regard.

Adam ne plaisantait pas concernant l'impétuosité de sa femme.

– Je ne suis pas sûr qu'elle blague, dit Chandler en riant.

– Est-ce qu'ils savent pourquoi tu as eu ces contractions ? demanda Hudson, qui se tenait toujours à l'écart de nous autres.

Mira nous regarda tour à tour, d'un air suspicieux.

– Apparemment, ce serait un mélange de déshydratation et de stress. De *stress*, répéta-t-elle en nous fixant l'un après l'autre. Compris ? Donc vous deux, insista-t-elle en désignant Sophia et Jack, il va falloir que vous régliez vos problèmes parce que vous nous faites du mal, à moi et à mon bébé.

Il était évident que le commentaire de Mira ne plaisait pas à sa mère, mais elle refusa de regarder Jack qui, lui, l'observait d'un air fou amoureux.

– Quant à vous deux, continua Mira en nous désignant, Hudson et moi, ne croyez pas que je n'ai pas remarqué que vous ne vous touchez pas. Et que vous vous regardez à peine. Je me fiche de savoir ce qui se passe entre vous. Je veux que vous vous réconciliiez tout de suite.

Le brassard du tensiomètre se gonfla sur son bras et elle tourna la tête vers l'écran à côté d'elle. Je me figeai, ne sachant pas si elle s'attendait à ce qu'on sorte pour se parler ou si elle insinuait qu'on devrait régler nos différends un peu plus tard.

Chandler semblait la prendre au pied de la lettre.

– Tu mets aussi maman et papa à la porte ?

– Non. Leurs problèmes sont beaucoup trop compliqués. Mais *vous deux*, dit-elle en nous fusillant du regard, j'espère que vous ne serez pas aussi bêtes qu'eux.

– Ah. Je peux me mettre à l'aise, alors, répondit Chandler en s'asseyant sur le canapé pour jouer sur son téléphone.

Je regardai Hudson. *Merde.* Il voulait rester avec Mira, et elle avait tort : nos problèmes étaient bien trop complexes pour être réglés dans le couloir.

Hudson fit un pas vers sa sœur. « Mirabe... »

– Je ne plaisante pas, Hudson. Va-t-en. Je ne veux pas vous voir tant que vous ne rayonnerez pas de joie comme avant, dit-elle avant d'être interrompue par un bip de la machine. Vous voyez, ça ? Ma tension augmente à cause de vous.

– Mira, dit Adam. Respire lentement. Calme-toi. Et arrête de crier sur tout le monde.

– Je ne crie pas sur tout le monde, seulement sur eux !

Adam se tourna vers Hudson et le regarda d'un air désolé.

– On s'en va, dit Hudson en me faisant signe de le précéder. Mais on revient, dit-il par-dessus son épaule.

– Seulement quand vous rayonnerez de joie ! s'exclama Mira.

Nous marchâmes en silence jusqu'à la salle d'attente, tout au bout du couloir. Mon cœur me semblait plus lourd à chaque pas. Je ne devrais pas être ici, je n'y avais pas ma place. Quant à régler nos problèmes, cela ne serait possible que lorsqu'il arrêterait de me cacher autant de choses. Et je savais qu'il n'était pas prêt à ça – son attitude ne cessait de me le prouver.

Il me tint la porte et j'entrai dans la petite pièce. Il devait y avoir une bonne dizaine de canapés en plus d'une table, avec du thé et du café. Heureusement, nous étions seuls, nous allions pouvoir parler tranquillement – les bébés avaient beau naître à toute heure, apparemment, aucun n'était prévu pour maintenant.

Je me tournai vers Hudson alors qu'il refermait la porte.

– Je sais que tu veux rester avec ta sœur, donc je peux partir. Ou bien si tu préfères, on peut faire comme si tout allait bien. Je comprendrais...

– Ne pars pas, m'interrompit Hudson.

Son désespoir me laissa bouche bée. Il voulait donc que je reste ? Il ne cessait de m'envoyer des signaux contradictoires – mais celui-ci me plaisait davantage que les autres.

– D'accord, je reste.

– Pour Mira.

Mon éclat d'espoir partit en fumée.

– Pour Mira. *Bien sûr.*

Mais pas pour lui. Il ne voulait pas que je reste pour lui. Tout à coup, je ne fus plus sûre d'y arriver, de ne pas craquer devant lui. Les jambes lourdes et tremblantes, je partis m'asseoir sur un canapé. C'était déjà mieux, je me sentais un peu plus forte.

Je pensai à la raison pour laquelle nous étions là, à la jeune femme romantique qui était alitée au bout du couloir. Sa foi en nous et ses encouragements avaient joué un rôle crucial dans notre couple. Elle ne pouvait peut-être pas encore nous sauver cette fois-ci, mais je lui devais beaucoup.

Je levai la tête pour regarder Hudson dans les yeux.

– Alors il faut qu'on mette tout le reste de côté pour l'instant, et qu'on joue au couple heureux. Pour Mira.

– Je suis d'accord, dit-il en fuyant aussitôt mon regard.

Il y avait de la place pour quatre sur mon canapé, mais il préféra une chaise. Il ne pouvait même pas s'asseoir à côté de moi ! Son rejet décupla l'atroce souffrance que j'éprouvais déjà. Chacun de ses gestes, chacune de ses paroles me faisaient l'effet d'une gifle.

Je voulais lui rendre la pareille. Je voulais qu'il souffre autant que moi. Je serrai les poings en rêvant de le frapper, de lui hurler tout ce que j'avais sur le cœur en me retenant de lui cracher à la figure.

J'ai repensé une nouvelle fois à Mira, à sa déception si on ne revenait pas ensemble dans sa chambre. La meilleure chose à faire, pour elle comme pour moi, était de mettre sur pied une stratégie et de retourner la voir, de retourner auprès des gens qui me faisaient du bien.

– Alors, tu sais comment faire pour qu'on *rayonne de joie* devant Mira ? Parce qu'elle a tout de suite deviné que ça n'allait pas.

– Elle est très perspicace, dit Hudson en se penchant en avant, les coudes sur ses cuisses et son menton dans sa main. Mais je pense que si on attend ici encore un peu, pour nous laisser le temps de prétendument régler nos problèmes, et qu'on va dans sa chambre en souriant et en se tenant la main... elle y croira, dit-il avant de marquer une pause qui me laissa deviner que l'idée même de me tenir la main lui était désagréable. C'est ce qu'elle veut croire, donc elle le croira.

– Qu'on fasse semblant d'être ensemble, rétorquai-je sèchement. Comme au bon vieux temps, quoi.

Il tourna brusquement la tête vers moi et me transperça du regard. « On ne fait pas *semblant* d'être ensemble. On *est* ensemble. On fait juste semblant d'être... de ne pas être... » Il gesticula en cherchant comment finir sa phrase.

Il ne trouva pas la chute. Je décidai d'insister. « De ne pas être... quoi ? De ne pas se disputer ? De ne pas être complètement perdus ? Que je n'ai pas le cœur brisé ? Que je ne sois pas *désespérée* que tu m'aies menti ? » Ma voix céda, mais je refusai de pleurer. Je me mordis la lèvre, croisai les jambes et me concentrai sur mon pied pour ne pas craquer.

Le regard de Hudson restait rivé sur le mur en face de lui. Il refusa de répondre ou de me regarder.

J'aurais dû laisser tomber, mais je ne pouvais pas.

– Je ne comprends pas comment tu peux dire qu'on est ensemble alors qu'on ne vit plus dans le même appartement, et que tu passes tes soirées avec une autre femme.

– Je t'ai expliqué pourquoi j'étais avec elle, dit-il d'une voix si basse que j'eus du mal à l'entendre.

– Quand je ne peux pas te toucher sans que tu sursautes comme si je t'avais brûlé, continuai-je en ignorant sa réponse. Mais j'ai dit qu'on n'avait pas besoin de parler de ça maintenant, dis-je en secouant la tête. Je suis désolée. Enfin, si on veut.

J'avais beau savoir que ce n'était ni le lieu, ni le moment, je souffrais trop pour ne rien dire. Ne souffrait-il pas lui aussi ? Et si non, n'était-ce pas une preuve ?

Cela signifie seulement qu'il sait compartimenter les choses, pensai-je. C'est tout. Mon Dieu, je donnerais tout pour le croire.

Nous restâmes assis en silence. Le seul bruit provenait de la pendule suspendue au mur. Hudson finit par parler d'une voix basse, mais sincère.

– J'ai l'impression de me brûler quand je te touche parce que ça me rappelle à quel point j'ai envie de te toucher davantage.

– Alors fais-le, H. Rentre à la maison, répondis-je aussitôt, en proie à un optimisme dont je ne pensais pas être capable.

Il haussa les sourcils et, lorsqu'il tourna la tête vers moi, son visage exprimait le même espoir.

– Tu acceptes d'oublier le passé ?

J'avais envie de répondre oui, plus que tout au monde. *Oui, j'accepte. Quel qu'il soit, j'accepte ton passé.* Je lui avais déjà dit, et j'avais pensé en être capable. Mais jamais je ne pourrais laisser tomber. De plus, je me respectais trop moi-même et j'avais trop de respect pour notre relation pour tourner la page aussi facilement. Je ne pouvais céder, même au risque de le perdre.

– Non, je ne peux pas. Mais tu peux me dire ce que tu me caches.

Il secoua la tête et ce fut sa seule réponse. Nous étions de nouveau confrontés à la même impasse.

– Autant se séparer pour de bon, Hudson, si tu penses que je ne t'aime pas suffisamment pour supporter ton secret.

Après tout, puisqu'on ne pouvait vraiment pas avancer, pour quelle raison repoussait-on l'inévitable ? En même temps, je ne pouvais pas l'envisager – pas encore. Peut-être que cette pause m'aiderait à voir que je pouvais vivre sans lui.

Apparemment, Hudson pensait la même chose.

– Ce n'est pas le lieu pour en parler.

– En effet.

Mais aucun lieu ne serait le bon. *Est-ce qu'on ne pouvait pas revenir en arrière, il y a trois jours, lorsque nous étions seuls et heureux dans les montagnes ?*

Mira avait besoin de nous, et il ne suffirait pas de regretter le présent pour la convaincre. Je me levai et me mis à faire les cent pas dans la salle d'attente.

– Alors, on va retourner là-bas, on va sourire, se tenir la main, s'efforcer d'être rayonnants, et Mira n'y verra que du feu.

– Oui, répondit Hudson. Merci.

– Et si elle nous demande pourquoi on se faisait la tête ?

– Elle ne nous le demandera pas.

Je n'en étais pas si sûre et je le lui fis comprendre par un regard.

– Si elle demande, laisse-moi répondre.

– D'accord, très bien, rétorquai-je avec toute l'amertume que j'avais réprimée jusqu'à présent. Après tout, c'est toi, le spécialiste de la manipulation.

Il me dévisagea, les yeux débordant de tristesse. J'avais voulu le blesser, et j'avais réussi. Il ne répondit pas, il ne chercha pas à se défendre. Comme s'il n'avait aucune envie de se battre pour me reconquérir.

Pas ici. Mais son indifférence ne s'étendait-elle pas au-delà des murs de cet hôpital ?

– Tu es prête à y retourner ? demanda Hudson en se levant et en mettant ses mains dans ses poches afin que je ne puisse pas les prendre.

Quel enfoiré, pensai-je. Je me suis efforcée de lui cacher à quel point son geste venait de m'anéantir.

– Tu penses qu'on est restés ici assez longtemps pour la convaincre ?

– Oui, dit-il en m'ouvrant la porte. Si on lui fait croire que tout va bien, elle ne fera pas attention au temps qu'on a passé ici. Elle n'aura aucune raison de douter.

Il était si froid, si méthodique et si bien informé des étapes nécessaires pour berner quelqu'un... cela dit, pourquoi étais-je surprise ?

– Conseils d'expert, murmurai-je en passant devant lui.

– Je ne te savais pas aussi froide, ma belle. C'est incroyable que je ne l'apprenne que maintenant, chuchota-t-il dans mon dos.

Je m'accrochai à mon surnom – *ma belle* – comme à une bouée de sauvetage ou au dernier rayon de soleil avant la nuit. Il ne pouvait pas m'appeler ainsi s'il ne ressentait rien pour moi, si ?

Nous nous dirigeâmes rapidement vers la chambre de Mira, sans nous parler ni nous regarder. Hudson s'arrêta devant la porte. Sa main était posée contre sa cuisse et je la pris automatiquement, comme si c'était la chose la plus naturelle au monde. *Parce que* c'était naturel. La mienne se nichait si confortablement dans la sienne, c'était comme si nos doigts étaient faits pour s'entrelacer.

Il baissa les yeux et étudia nos mains un instant, le regard plein de tristesse et d'envie.

– Ta main s'accorde si bien à la mienne, tu ne trouves pas ?

Je dus tourner la tête pour qu'il ne voie pas mes larmes. Nous étions si bien accordés... Pourquoi, pourquoi, *pourquoi* n'étions-nous pas ensemble ?

– Je ne voulais pas dire cela à voix haute, dit-il. Je suis désolé. Tu te sens encore capable d'entrer ?

Je m'obligeai à sourire et levai la tête vers lui. « Ouaip. »

– Alors c'est parti.

Hudson ouvrit la porte et entra avec bien plus de zèle que la première fois.

– Nous revoilà, dit-il en allant directement à sa sœur pour l'embrasser sur le front. Tout va bien.

Il mentait si bien. Je m'en étais doutée, je l'avais vu à l'œuvre avec sa famille, à peine quelques semaines plus tôt, quand nous feignions d'être un véritable couple. À l'époque, je m'étais persuadée que, s'il était si bon acteur, c'était parce que ses sentiments pour moi étaient sincères. Mais maintenant, c'était insupportable. Est-ce que tout le reste n'avait aussi été qu'un mensonge ?

Mira le dévisagea avant de se tourner sur moi.

– Je veux l'entendre de la bouche de Laynie, je ne te fais pas confiance.

Je pris une profonde inspiration, mis ma peine de côté et me rappelai que tout ça, c'était pour elle. « Tout va bien », dis-je en prenant la main de Mira. Je regardai Hudson, cherchant un signe qui rendrait le mensonge plus facile, et je n'en reçus aucun. « Ce n'est pas parfait, mais tout va bien. »

Mira fronça les sourcils. Merde, je devais faire plus d'efforts. Heureusement, Hudson vint à ma rescousse, passant ses bras autour de moi, démontrant son affection en public, ce qu'il ne faisait jamais. « Je ne sais pas de quoi tu parles, tout est parfait », dit-il en nichant son visage dans mes cheveux. Je frissonnai de plaisir, ce qui me dégoûta, et je me laissai aller contre lui. Comment lutter ? C'était ce que je voulais, après tout – le sentir contre moi, me sentir aimée par lui.

Pourtant, tout était faux – sinon il m'aurait avoué ce que j'avais tant besoin de savoir.

Quoi qu'il en soit, Mira crut à notre comédie et applaudit en souriant. « Ah, vous voyez ? Ils rayonnent à nouveau de joie ! Dieu merci ! » Elle regarda toute sa famille, s'arrêtant d'abord sur sa mère à côté d'elle, puis sur Adam, Chandler et Jack, qui étaient sur le canapé, puis sur Hudson et moi. « C'est parfait. Toute ma famille est là. »

Je me raidis, mal à l'aise. Je ne faisais pas partie de la famille, et j'ignorais si j'en ferais partie un jour. Cette comédie allait trop loin, et j'étais sur le point de le lui dire, mais Sophia me devança.

– Enfin, *tout le monde* ne fait pas partie de la famille.

Mira dévisagea sa mère.

– *Si,* maman. Et en ce moment, je préférerais te renvoyer *toi* plutôt que Laynie. Et comme je veux que toute ma famille soit là, tu peux aller t'asseoir là-bas et la fermer, et faire comme si tu tremblais de froid. Ne t'en fais pas, tu pourras bientôt rentrer à la maison pour vider ta bouteille quotidienne.

Tous les regards se posèrent sur Mira, puis sur Sophia, puis sur moi. La tension était palpable et je ne pus m'empêcher de dire :

– Je devrais y aller, Mira. Tu es mignonne, mais je ne fais pas partie de la famille.

– Bien sûr que si, Laynie, dit Jack en me regardant chaleureusement.

– Pour une fois, je suis d'accord avec lui, dit Hudson.

Je hochai la tête. Je n'osais pas parler – un nœud se formait dans ma gorge et j'avais les larmes aux yeux. Lorsque Mira me regarda, elle crut que je pleurais de joie. Elle ne pouvait pas se douter que je touchais le fond devant ses yeux.

CHAPITRE QUINZE

Les médecins autorisèrent Mira à sortir un peu après sept heures du matin, avec pour consignes strictes de se reposer et de boire beaucoup d'eau. Nous descendîmes tous ensemble et je fus émue de voir à quel point Jack et Adam la chouchoutaient, se disputant pour savoir lequel des deux allait pousser son fauteuil roulant. Quant à moi, je ne savais si j'espérais ou si je craignais que Hudson ne veuille me reconduire au penthouse, mais lorsqu'on sortit, j'aperçus Jordan qui m'attendait devant les portes vitrées. Hudson avait dû lui envoyer un message pendant que je regardais ailleurs.

Les autres devaient attendre que le voiturier ramène leurs véhicules respectifs, et je fus la première à dire au revoir.

– Prends soin de toi, sœurette. Je ne veux pas te revoir à l'hôpital avant ton accouchement, et ça a intérêt à être dans plusieurs mois, dis-je à Mira en me baissant pour la prendre dans mes bras.

– Je suis entièrement d'accord avec toi. Merci d'être venue, Laynie.

– Il n'y a pas de quoi. Bon, mon chauffeur est là...

Je me sentis soudain extrêmement seule à l'idée de rentrer chez moi après qu'on m'eut acceptée à bras ouverts dans cette famille. Je n'étais plus partagée, à présent : je voulais que Hudson me ramène lui-même. Je le voulais plus que tout au monde.

– Ton chauffeur ? demanda Mira en regardant Hudson, puis moi, étonnée qu'on ne rentre pas ensemble.

– Nous n'allons pas au même endroit, dit Hudson. Alayna a la chance d'aller au lit, alors que moi je retourne au travail.

C'était incroyable qu'il ait toujours une réponse toute prête – excepté quand les questions venaient de moi...

– Tu vas au bureau sans avoir dormi ? Et c'est *moi* qu'on gronde parce que je travaille trop, dit-elle en fronçant les sourcils.

– J'ai suffisamment dormi, ne t'en fais pas, répondit Hudson.

Il m'accompagna à la Maybach et m'ouvrit la portière.

– Je devrais probablement t'embrasser, chuchota-t-il de sorte que personne n'entende.

– Je suppose, oui. Tu en as envie ?

Je retins mon souffle, redoutant sa réponse. De mon côté, je ne savais pas quoi penser. C'était un peu comme ce qu'il avait dit dans la salle d'attente : s'il m'embrassait, cela me rappellerait que je voulais qu'il m'embrasse davantage, et comme je savais que ça n'allait pas arriver de sitôt, c'était une véritable torture.

– Je ne t'ai jamais embrassée par obligation, ma belle, et je ne vais pas commencer maintenant.

La suite indiqua le contraire, lorsqu'il se baissa pour m'embrasser brièvement, la bouche légèrement ouverte, sans la langue. Le genre de baiser uniquement destiné à notre public.

Je ne lui ai pas demandé sa permission, je l'ai attrapé par le cou pour le retenir en l'obligeant à m'embrasser plus longtemps qu'il ne le souhaitait. Lorsque je le libérai enfin, je m'assurai d'avoir le dernier mot.

– Ce serait plus facile de te croire si tes actes reflétaient tes paroles. Mais laisse-moi deviner, tu ne vas pas commencer maintenant. N'est-ce pas ?

Je montai dans la voiture et fermai la portière avant qu'il n'ait pu répondre.

* * *

Cinq heures plus tard, je me réveillai avec la même migraine et les mêmes yeux rouges et gonflés que les jours précédents. Mais ce matin, j'avais un plan.

Je passai deux coups de fil avant de changer d'avis. Un des deux fut productif. J'obtins un rendez-vous le lendemain, avec quelqu'un qui, je l'espérais, pourrait m'aider à comprendre le comportement de Hudson.

L'autre appel fut une perte de temps. Bien sûr, Mirabelle n'était pas au travail, donc ce fut Stacy qui décrocha lorsque j'appelai la boutique. Peu importe puisque c'était à elle que je voulais parler. Cependant, j'eus beau la supplier et prendre ma voix la plus douce, elle refusa de parler davantage de la vidéo.

– Je t'ai dit que j'en avais fini avec cette histoire, dit-elle avant de raccrocher.

Je réfléchis à la prochaine étape, puis je téléphonai à Élise.

– Tu peux venir au penthouse ? J'ai besoin de toi pour faire quelque chose.

– Euh, ouais…

Élise avait LA voix rauque, comme si je venais de la réveiller. Il était treize heures dix – mince, je *l'avais* réveillée.

– Je peux être là dans vingt minutes. Et il me faut un café.

– Super. Je t'envoie mon chauffeur, qui viendra te chercher avec un Starbucks.

Je raccrochai et je me douchai en un temps record, puis je me plongeai dans mon projet. J'avais appris en thérapie que les projets, même les plus ridicules et les moins utiles, étaient d'excellentes distractions. Ils m'évitaient de faire des bêtises comme j'avais tendance à en faire lorsque je souffrais. Peut-être ce projet-ci était-il aussi fou que ce qu'il m'évitait de faire ? J'avais choisi d'ignorer cet aspect.

Une heure plus tard, Élise et moi étions assises par terre dans la bibliothèque, entourées de livres – ceux que Hudson avait commandés pour moi via le site de Celia. La plupart n'avaient rien et nous inspections ceux qu'elle avait marqués. Ils étaient faciles à repérer puisqu'ils contenaient la carte de visite de cette garce. J'avais prévu de brûler cette pile de livres lorsque nous aurions terminé.

– En voici une autre, dit Élise. *Ne pleure pas, je suis navré de t'avoir tant déçue, mais la vie est ainsi.* C'est dans *Lolita.*

Je répondis par une grimace. Nabokov était l'un de mes auteurs préférés.

– Mets-le sur la pile « à brûler », dis-je en notant la citation sur mon calepin.

– À ton avis, ça veut dire quoi ?

Je secouai la tête en lisant les autres citations que nous avions trouvées. Certaines provenaient de livres que j'adorais, d'autres de livres que je n'avais jamais lus.

Les gens supportaient d'être mordus par un loup, mais ils étaient bouleversés par la morsure d'un agneau. James Joyce, *Ulysse.*

Celui qui contrôle le passé contrôle le futur. Celui qui contrôle le présent contrôle le passé. George Orwell, *1984.*

Les gens irréprochables sont toujours les plus exaspérants. George Eliot, *Middlemarch.*

Garce un jour, garce toujours, je te le dis. William Faulkner, *Le Bruit et la Fureur.*

Y'a pas de péché, y'a pas de vertu. Y'a que ce que les gens font. John Steinbeck, *Les Raisins de la colère.*

Mon destin n'est pas de baisser les bras – je sais que c'est impossible. Henry James, *Portrait de femme.*

Il n'y a aucun mal à tromper la société, du moment que celle-ci ne le découvre pas. E. M. Forster, *Route des Indes.*

Il y avait une deuxième page de citations similaires. S'il y avait un message caché, je n'avais aucune chance de le trouver.

– Je commence à penser que ça ne veut strictement rien dire. Ce sont de simples citations qu'elle a surlignées pour me foutre la trouille.

Élise prit la liste et la parcourut.

– Je crois qu'elle parle d'elle-même. Elle pense qu'elle ne fait de mal à personne, elle n'est pas prête à baisser les bras, elle croit qu'elle détient le pouvoir, et c'est une garce, conclut-elle avant de jeter le calepin par terre et de prendre un autre livre. Allez raconte, pourquoi tu avais besoin de moi pour cette tâche somme toute assez peu amusante ?

– Ce n'est pas pour ça que j'ai besoin de toi. Il y a autre chose…

Je pris une profonde inspiration avant de lui expliquer les étapes du plan que j'avais concocté en me réveillant. Lorsque j'eus terminé, Élise s'adossa au canapé et fronça les sourcils.

– Attends, je veux être sûre de comprendre – tu vas faire *exprès* de suivre et de harceler les gens ?

– Non, je vais juste faire des recherches, pas les harceler, bon sang !

Cela dit, mon idée m'avait semblé meilleure auparavant.

– Tu es obsédée par le passé de ton bel apollon et tu veux retrouver les gens qui en ont fait partie pour découvrir ce qu'il te cache. C'est ça, ou j'ai raté quelque chose ?

– C'est exactement ça, dis-je en hochant la tête de façon un peu trop enthousiaste. Je ne vais pas les harceler, je vais leur *parler*. Ce sont des gens qui le connaissent. S'il ne veut pas me dire ce que je veux savoir, eh bien j'irai poser la question à d'autres. Pour mieux comprendre.

Élise me fusilla du regard.

– Pourquoi, tu penses que c'est une mauvaise idée ?

J'avais espéré qu'elle me soutiendrait, surtout que j'avais déjà mis les choses en route.

– Parce que dans le passé tu avais tendance à être, tu sais… folle… Tu étais folle. Je n'ai pas assisté à beaucoup de tes thérapies de groupe, mais il me semble que fouiller dans la vie privée des gens était sur la liste des choses à ne pas faire.

Je fermai les yeux pour éviter de les lever au ciel. Élise était venue à quelques-unes de mes sessions, mais jamais je n'aurais pensé qu'elle avait écouté ce qui s'y disait.

– C'est différent, cette fois-ci.

– Oui, c'est vrai, dit-elle en hochant la tête, avant de la secouer en fronçant les sourcils. Attends, pourquoi c'est différent ?

Je me retins de grogner et de souffler, car pour moi la différence était évidente.

– Les autres fois, je ne pouvais pas m'en empêcher, c'était une pulsion. Cette fois-ci, je choisis de le faire. C'est *totalement* différent.

– Euh, ouais, si tu le dis, répondit-elle, peu convaincue.

Mais pourquoi je suis là ? Si tu veux t'entendre dire que tu n'es pas folle, tu as appelé la mauvaise personne.

– Très bien. Tu peux penser que je suis folle si tu veux. Mais j'ai besoin de toi quand même.

– Tu veux que je casse la gueule à cette Selina ? dit-elle, les yeux brillants, en frappant son poing dans la paume de sa main.

– *Celia,* corrigeai-je. Pourquoi tu te trompes toujours sur le prénom des gens ?

– Parce que j'adore te voir faire ta madame-je-sais-tout pour me corriger, répondit-elle en faisant une bulle avec son chewing-gum tout en souriant jusqu'aux oreilles. Je suis sérieuse, je serais ravie de botter les jolies petites fesses à mademoiselle Celia Werner. Et oui, j'ai maté ses fesses, tu ne m'en veux pas ?

– Euh, non. Mais ce n'est pas ce que je te demande.

Cela dit, Élise en serait capable – c'était une brute quand elle le voulait. Et j'aurais adoré voir Celia le nez cassé et les deux yeux au beurre noir. Cependant, ce n'était pas ce que j'avais prévu. Je m'assis sur la table basse devant elle et lui fis les yeux doux.

– J'espérais que tu viendrais avec moi voir quelqu'un.

– Bon sang, Alayna, tu veux m'entraîner dans ton trip de serial harceleuse ?

– Ce n'est pas du harcèlement ! J'ai juste besoin de parler à une femme qui ne veut pas le faire. J'espère simplement que, si je ne suis pas seule, elle se montrera plus aimable.

Élise sourit, flattée par ma demande.

– Tu me trouves intimidante, c'est ça ? Tu veux que je lui foute la trouille ?

– Oui, tu as tout compris.

Son sourire s'élargit encore.

Puis il s'évanouit.

– Mince ! Je ne sais pas, je ne sais pas ! s'exclama-t-elle en se levant et en faisant les cent pas. Ton plan a l'air très marrant, et j'ai envie d'être une bonne camarade. Mais je ne sais pas s'il vaut mieux t'aider ou t'enfermer dans ta chambre, expliqua-t-elle en se massant les tempes. Que faire, que faire ? Peut-être qu'on devrait appeler Brian.

– Mais non ! Élise, soutiens-moi, s'il te plaît. On n'a pas besoin d'appeler Brian, dis-je en me levant brusquement.

J'expirai lentement pour essayer de me calmer. Mon plan pouvait fonctionner sans l'aide d'Élise, mais je voulais qu'elle comprenne que j'étais au bord d'un gouffre et que ce plan était ma dernière chance de ne pas perdre la tête.

– D'accord. Tu as peut-être raison. Ce n'est peut-être pas l'idée la plus saine qui soit, admis-je en cherchant le regard d'Élise. Mais il faut que je t'explique : si je ne reprends pas *un tout petit peu* de contrôle sur l'état catastrophique dans lequel je me trouve, je finirai par replonger dans mes mauvaises habitudes. J'essaie d'être proactive. Pour une fois, j'ai décidé d'agir plutôt que de me laisser marcher dessus par un mec. Hormis ce plan, je n'ai que deux choix : je reste en *pause* avec Hudson, ce qui est stupide et qui ne sert à rien, ou alors on se quitte pour de bon, et je ne suis pas prête à le perdre, dis-je d'une voix tremblante. Et je ne pense pas qu'il soit prêt à me perdre non plus, sinon il aurait déjà rompu.

Le regard d'Élise s'emplit de compassion, mais aussi d'inquiétude.

– Tu te prends vraiment trop la tête, Laynie.

– Pas du tout ! Je veux me battre pour l'homme que j'aime, m'exclamai-je alors que les larmes brouillaient ma vue. Oui, je suis furieuse qu'il ne se batte pas pour moi, mais peut-être qu'il ne sait pas *comment* se battre – pour *qui que ce soit*. Peut-être qu'il a besoin que je lui montre.

Si Élise n'était pas convaincue, elle n'en laissa rien paraître.

– Très bien, je vais t'aider. Après tout, je n'ai rien d'autre à faire de mon après-midi.

– C'est vrai ? Merci ! dis-je en la prenant dans mes bras.

Sa présence n'était pas essentielle, mais je voulais vraiment qu'elle soit là ; comme ça, je me sentais moins seule, à remplir le vide que Hudson avait laissé en partant.

– C'est rien, ne t'en fais pas, dit-elle en haussant les épaules. Et puis, pour ce qui est des bouquins, on a plus ou moins fini, de toute façon.

Je regardai le sol autour de nous. Il restait quelques piles de livres à ranger parmi ceux qui n'avaient pas été marqués par Celia, mais ça pouvait attendre.

– Eh bien on y va quand tu veux.

– Ouaip, répondit-elle en prenant son sac à dos. On va où d'ailleurs ?

– Greenwich Village.

J'avais dit à Jordan que j'aurais besoin de lui plus tard, et lorsque je lui écrivis pour le prévenir de notre départ, il me répondit qu'il était garé dans le parking. J'ai pris mon sac à main et mon téléphone, puis nous sommes montées dans l'ascenseur.

– Tu as envisagé que tu pourrais ne pas aimer ce que tu vas découvrir ? demanda Élise en me mettant un petit coup d'épaule.

– Hélas, je suis quasiment *certaine* que ce que je vais apprendre va me détruire.

Après tout, Hudson m'avait déjà avoué des bouts de son passé, et ils avaient été plutôt horribles. S'il ne pouvait pas me révéler *ce* secret, c'est sans doute qu'il était encore bien pire. Restait à comprendre pourquoi j'avais tant envie de le savoir – mais j'étais ainsi, je ne pouvais m'en empêcher. Et quel que soit son secret, cela faisait partie de qui il était.

– Ça me démolira peut-être, mais il faut que je sache. Comme ça, je pourrai passer à autre chose, et de préférence aux côtés de Hudson.

Bien sûr, ça ne résolvait pas le problème le plus important, c'est-à-dire le fait que Hudson me mentait. Mais peut-être que s'il réalisait que je l'aimais malgré tout, il parviendrait à baisser sa garde et nous pourrions enfin bâtir ensemble les bases d'une vraie relation.

* * *

Comme ni Élise ni moi n'avions mangé, nous nous arrêtâmes en route pour acheter un sandwich. Il était presque seize heures lorsque nous arrivâmes chez Mirabelle. Je n'étais pas sûre que Stacy soit encore là, ni qu'elle aurait le temps de me parler, et encore moins qu'elle m'ouvrirait, puisque leurs clients ne venaient que sur rendez-vous.

J'avais probablement peu de chances de lui parler, mais en me raccrochant au nez, elle ne m'avait pas laissé d'autre choix.

Devant la porte, je me suis souvenue de la première fois que j'étais venue ici avec Hudson, morte de peur à l'idée de rencontrer sa sœur. C'était notre première sortie en tant que couple – enfin, en tant que *faux* couple. J'étais terrorisée à l'idée de faire capoter la mascarade. J'avais tellement peur que la tension sexuelle entre Hudson et moi finisse par me consumer.

Finalement, c'était ce qui était arrivé : elle m'avait consumée, voilà pourquoi j'étais là aujourd'hui.

J'attendis un instant avant de sonner.

– Élise, c'est maintenant que j'ai besoin de toi. Il y a un judas sur la porte. Si Stacy regarde et voit que c'est moi, je suis à peu près sûre qu'elle ne m'ouvrira pas.

– Ne t'en fais pas, je gère.

Je fis un pas sur le côté et hochai la tête pour donner à mon amie le signal de sonner. La porte s'ouvrit presque immédiatement.

– Bonjour, Vanessa Vanderhal ? demanda Stacy.

Elle doit attendre une cliente. Je sortis de ma cachette avant qu'Élise n'ait pu répondre.

– Oh non, pas toi, dit-elle en refermant la porte. Mais Élise la bloqua de la main.

– Eh, elle a juste quelques questions à te poser. Ça ne te prendra pas plus de quelques minutes. Tu es la seule à qui elle peut parler. Tu ne veux pas aider une camarade ? De femme à femme ?

Je savais qu'Élise pouvait être intimidante, mais j'ignorais qu'elle pouvait aussi être charmante.

Stacy nous dévisageait en réfléchissant – au moins, elle envisageait la possibilité de me parler, c'était mieux que ce à quoi je m'attendais. Je regardai Élise et essayai de lui envoyer des signaux pour qu'elle continue à charmer Stacy, puisque ça semblait fonctionner.

Apparemment, nous n'étions pas du tout sur la même longueur d'onde.

– Si tu ne veux pas de la manière douce, je peux aussi procéder de la manière forte. Je me présente – je suis Élise. Je suis ceinture noire troisième dan en karaté et je fais aussi de la boxe en compétition. Allez, laisse-nous entrer.

Les connaissances en sport de combat d'Élise n'allaient pas au-delà de ses cours de kickboxing à la salle de sport du coin, mais ça, Stacy ne le savait pas.

– D'accord. Mais faites vite, j'attends une cliente dans quinze minutes.

Je ne m'attendais pas à être soulagée à ce point. Cette vidéo soulevait tant de questions, et seules trois personnes pouvaient y répondre – bien sûr, je n'allais pas les poser à Celia.

– Merci, Stacy. Je te promets que ça ne prendra que quelques minutes.

Elle ouvrit davantage la porte et s'effaça pour nous laisser passer.

– Ouais, ouais, marmonna-t-elle. Je me doutais que cette histoire ne finirait jamais, dit-elle en claquant la porte et en croisant les bras. Qu'est-ce que tu veux savoir ? La vidéo n'est ni une mise en scène ni un montage, si c'est ce qu'il t'a dit.

Apparemment, notre conversation allait se dérouler dans l'entrée de la boutique.

– Non, ce n'est pas ce qu'il m'a dit.

Je suppose que c'était un bon début : il n'avait pas nié l'existence de ce baiser. En évitant de m'en parler, il avait évité de me mentir. Était-ce un effort de sa part pour honorer notre promesse d'être honnêtes l'un envers l'autre ? Cela dit, ne savait-il pas que son silence était aussi un mensonge, au moins par omission ?

– D'ailleurs, il refuse de me dire quoi que ce soit au sujet de la vidéo, ajoutai-je.

– Ah, je vois, dit Stacy. Donc tu veux que ce soit *moi* qui réponde à tes questions.

Son ton me rendit furieuse et j'eus envie de l'attraper par ses épaules maigrichonnes pour la secouer et lui dire qu'elle ne pouvait pas savoir, qu'elle ne pouvait pas comprendre.

Mais j'avais besoin d'elle. Je devais rester calme. Comprendrait-elle, de toute façon ? Même ma meilleure amie avait du mal à saisir pourquoi il était si important pour moi de découvrir les secrets de Hudson.

– Oui, exactement. Je viens te parler sans qu'il le sache. Crois-moi, je n'en suis pas très fière.

Stacy me dévisagea pendant plusieurs secondes avant de parler.

– On a toutes vécu ce genre de chose, je suppose. Est-ce qu'il sait que tu es ici ?

Je secouai la tête.

– Et tu n'as pas l'intention de le lui dire ?

– Non.

Je me sentis soudain coupable. Hudson ne m'avait pas demandé de ne pas reparler à Stacy, mais je lui avais promis d'être honnête avec lui. J'avais l'impression de le trahir en ne le lui disant pas. Même s'il ne tenait pas ses promesses et qu'il m'avait imposé une putain de pause, ce qui excusait probablement ma présence, j'avais dit que je ne lui cacherais plus rien. Point barre. Donc, soit je me tenais à mon engagement, soit... je ne méritais pas d'être avec lui. Et si tel était le cas, à quoi bon mener cette enquête ?

– En fait, me ravisai-je, c'est un mensonge. Je vais le lui dire. Comme je te l'avais dit, on essaie d'être honnêtes l'un envers l'autre et je ne veux pas lui mentir.

En tout cas, je lui dirais si j'avais l'occasion de lui reparler un jour.

Mon honnêteté allait très probablement me coûter la coopération de Stacy, mais je ne voulais pas lui mentir à elle non plus.

Elle sembla hésiter et son regard se posa tantôt sur Élise, tantôt sur moi, puis elle soupira et s'adossa au comptoir derrière elle.

– Que veux-tu savoir ?

Je savais que nous n'avions pas beaucoup de temps, du coup je plongeai dans le vif du sujet.

– Pourquoi as-tu filmé le baiser entre Celia et Hudson ?

Ce que je veux dire c'est, qu'est-ce que tu avais prévu de faire de cette vidéo ?

– Je voulais avoir la preuve qu'il mentait, répondit-elle tout simplement, comme si cette réponse me suffirait. J'étais censée le voir, ce soir-là, ajouta-t-elle lorsqu'elle vit que je ne comprenais pas. Pour un café, je crois que je te l'avais dit. Quand je suis arrivée, je l'ai trouvé en train de l'embrasser. Il avait nié tant de fois qu'ils étaient ensemble que je savais qu'il nierait encore, alors je l'ai filmé. Pour en avoir la preuve.

Ma poitrine se serra. Je connaissais trop bien les protestations de Hudson. Mais l'histoire de Stacy n'expliquait pas tout.

– Mais tu ne lui as jamais montré la vidéo.

– Finalement, je n'en ai pas eu besoin, dit-elle en secouant la tête. J'ai été leur parler après les avoir filmés, pendant qu'ils étaient encore en train de... Bref.

Elle grimaça, attristée par ce souvenir. J'étais peinée de voir la peine qu'éprouvait Stacy. Je la comprenais à demi-mot. Il était évident qu'il y avait eu quelque chose entre eux, bien qu'elle l'ait nié. Avec combien de femmes avait-il été alors qu'il avait prétendu le contraire ? Norma était-elle aussi sur la liste de ses conquêtes ?

Eh bien, c'est ce que j'allais savoir demain, si tout se passait comme prévu.

– Je les avais juste filmés au cas où ils arrêteraient avant que je ne leur parle, pour ne pas qu'il puisse me mentir. Mais il n'a pas cherché à nier.

Non, il était vrai que le déni ne lui ressemblait pas – il préfère éviter la confrontation et attirer l'attention sur autre chose. Ou peut-être n'était-il ainsi qu'avec moi.

– Qu'est-ce qu'il a dit quand il t'a vue ?

– Il a fait comme s'il était surpris, alors qu'il était prévu que je le retrouve dans ce café. Peut-être qu'il avait perdu la notion du temps ou qu'il avait oublié notre rendez-vous. Je ne sais pas. Celia a été la première à s'excuser, ce qui était bizarre parce que je ne pensais pas qu'elle savait quoi que ce soit à mon sujet. Ensuite, c'est Hudson qui s'est excusé. Mais c'est Celia qui a donné le plus d'explications. Je suppose qu'il devait être choqué d'avoir été pris sur le fait. Je n'ai pas vraiment écouté ce qu'elle disait, j'étais sous le choc, moi aussi. Mais surtout, je me suis sentie vraiment idiote.

– Idiote ?

Je ne comprenais pas. Hudson avait vraiment eu l'air confus lorsque je lui avais dit que Stacy était venue pour boire un café avec lui.

– Oui, idiote. Il m'avait laissé croire que je lui plaisais, tu comprends ? dit-elle en semblant revivre une douleur qui n'avait pas complètement guéri. Et pendant tout ce temps, il était avec elle. Pourquoi agissait-il ainsi ?

– Il n'y a jamais de bonne raison pour tromper sa copine, dit Élise avant de ronger de nouveau son ongle, ce qu'elle faisait depuis que l'on était arrivées.

Je fronçai les sourcils : de tous les défauts que je connaissais à Hudson, j'espérais sincèrement ne pas avoir à ajouter l'infidélité à la liste.

– Mais c'est lui qui m'a demandé de le retrouver là. Hudson Pierce n'est pas du genre à mal lire son agenda. Si quiconque peut tromper sa copine sans qu'elle l'apprenne, c'est lui.

C'est justement pour cela que Norma m'inquiétait autant. Or, comme le disait Stacy, si Hudson était vraiment avec Norma – ou Celia, à l'époque –, ne ferait-il pas plus attention à ne pas être découvert ? C'était cet aspect-là qui n'était pas logique.

Peut-être Stacy avait-elle mal interprété ses intentions.

– Comment t'a-t-il fait comprendre que tu lui plaisais ? Il m'a dit que tu ne l'avais accompagné qu'à un seul gala de charité l'an dernier. Je ne savais pas que vous étiez ensemble.

Stacy baissa les yeux.

– On ne l'était pas. Pas vraiment, dit-elle en passant sa main sur le comptoir derrière elle. Après ce gala de charité il ne m'a plus jamais proposé quoi que ce soit. Mais nous parlions beaucoup par e-mail. Il flirtait avec moi, et il m'a fait livrer des fleurs, une ou deux fois. C'est pour cela que j'ai cru qu'il y avait quelque chose entre nous. Le soir où j'ai filmé cette vidéo, c'était la première fois qu'il m'avait proposé qu'on se revoie depuis le gala.

– Peut-être qu'ils s'amusaient tous les deux à te tourmenter, intervint Élise en essuyant son ongle tout juste « manucuré » sur son jean. Si ça se trouve, ce n'était pas lui qui écrivait ces e-mails.

– Tu veux dire que c'est Celia qui les aurait envoyés ?

J'y réfléchis un moment. J'avais appris à mes dépens qu'on ne pouvait pas lui faire confiance et qu'elle n'avait aucun scrupule à déformer les faits pour en tirer parti.

– Oui, ce n'est pas impossible, ajoutai-je.

Ce scénario me plaisait beaucoup plus que les autres.

Toutefois, ce ne fut pas le cas de Stacy, qui se redressa et me fusilla du regard.

– Tu sous-entends qu'il est *impossible* que je puisse plaire à Hudson ? Tu es gonflée dis donc. Quoi, tu trouves que je ne suis pas assez bien pour lui, c'est ça ?

Waouh, cette nana réagissait au quart de tour. Et puis c'était la théorie d'Élise, pas la mienne !

– Non, ce n'est pas du tout ce que je dis. C'est juste que certains détails ne correspondent à rien. Comme tu l'as dit, il avait l'air surpris de te voir. Et quand je lui ai dit que tu étais venue pour boire un café avec lui, il ne savait pas de quoi je parlais. Vraiment. Peut-être que ce n'était que de la comédie, je ne prétends pas que c'est impossible. C'est justement pour ça que je voulais te parler. J'essaie d'y voir un peu plus clair.

Élise me mit un petit coup de coude. « Parle-lui de la folle. »

– Oui, c'est ça le truc. Récemment, Celia m'a joué un sale tour, et depuis elle a décidé de faire de ma vie un enfer. Je ne suis peut-être pas la première conquête de Hudson qu'elle décide de tourmenter.

Stacy sembla rester sur ses gardes mais elle parut néanmoins réfléchir à ce que je disais.

– Tu dis qu'elle m'aurait prise pour cible quand elle nous a vus au gala de charité ?

– C'est possible, oui, mais je n'en sais rien.

C'était le problème des secrets – tout était possible.

Stacy sembla soudain très déçue, comme si l'idée que toute son histoire avec Hudson n'avait été qu'une farce était plus difficile à encaisser que le fait d'avoir trouvé l'homme qui lui plaisait avec une autre femme. Je la comprenais. Elle voulait plaire à Hudson Pierce, comme moi et comme n'importe quelle femme. Si je découvrais que notre histoire avait été une mascarade... eh bien... ce serait bien plus dévastateur pour moi que la situation actuelle.

– Mais même si Hudson ne t'a pas envoyé ces e-mails, Celia a quand même pensé que tu étais une menace pour elle, dis-je en essayant de lui remonter le moral. Donc il a forcément dit quelque chose à ton sujet devant elle.

– C'est une théorie intéressante, répondit Stacy en expirant lentement. Et elle colle sur pas mal de points.

– Raconte, dit Élise, qui semblait aussi impatiente que moi.

– Comme je vous l'ai dit, il a réagi bizarrement quand je suis arrivée sur eux. Et à chaque fois qu'il venait à la boutique, il m'ignorait complètement. Comme s'il ne m'avait pas dit toutes ces belles choses dans ses e-mails. Il était très poétique. Ses e-mails étaient comme de longues lettres.

– Je ne prétends pas savoir qui écrivait ces e-mails, dis-je en prenant des précautions pour ne pas vexer Stacy, mais d'après ce que je sais de Hudson, il n'a pas la fibre épistolaire. En revanche, Celia est plus qu'à l'aise dans le monde de la littérature.

En tout cas, c'est ce qu'indiquaient les citations dans mes bouquins.

– Il t'écrivait depuis quelle adresse ? demanda Élise.

– H.Pierce@gmail.com, je crois, répondit Stacy en fronçant les sourcils.

Je secouais déjà la tête lorsque Élise me demanda si c'était son adresse e-mail.

– Je ne connais que son compte Pierce Industries, dont il se sert pour les courriers professionnels et personnels. D'ailleurs il envoie rarement des e-mails perso.

Du moins, s'il en envoyait, ce n'était pas à moi.

Quelqu'un sonna à la porte. Il y avait probablement encore d'autres choses à découvrir, mais j'avais promis que nous ne resterions pas longtemps. En outre, je pouvais difficilement en apprendre davantage sans lire ces fameux e-mails, et c'était trop demander à Stacy.

– Encore merci, Stacy. Pour ton temps et pour tes réponses. Je sais que tu es occupée.

Elle hocha la tête et passa devant nous pour nous ouvrir la porte. Elle s'arrêta, la main sur la poignée.

– Je devrais te remercier aussi, je crois. Tu m'as un peu ouvert les yeux, dit-elle avant d'ouvrir la porte. Vanessa ? Bienvenue chez Mirabelle. Entrez.

La cliente de Stacy entra, et nous sortîmes.

– Si je pense à quoi que ce soit, je te contacterai, dit Stacy avant de refermer la porte.

La conversation se terminait de façon encourageante. Si Stacy était comme moi – ce qui n'était pas impossible, même si peu de gens l'étaient –, elle relirait tous les e-mails prétendument envoyés par Hudson dès qu'elle serait rentrée chez elle, mais avec ce nouveau scénario en tête. Peut-être découvrirait-elle quelque chose et m'en tiendrait-elle informée.

Je demandai à Jordan de venir nous chercher et je découvris qu'il avait trouvé une place de parking au bout de la rue lorsqu'il nous fit signe de la main. Élise et moi nous nous dirigeâmes vers la voiture, bras dessus, bras dessous.

– Alors, tu as appris quelque chose ?

– J'aimerais croire que tout a été manigancé par Celia, répondis-je en haussant les épaules. Mais ça ne répond pas à la question de savoir pourquoi Hudson l'embrassait ni pourquoi il ne veut pas me dire la vérité.

– Peut-être qu'elle lui a demandé de la rejoindre, ou bien que c'était leur idée à tous les deux. Tu crois qu'il pourrait faire ça ?

– Les deux sont possibles...

J'avais cru qu'il allait mieux lorsque l'on s'était rencontrés, mais peut-être qu'il s'amusait encore à manipuler les gens. Est-ce que c'était ce qu'il ne voulait pas que je sache ?

Peut-être cherchait-il à protéger Celia – encore une fois.

* * *

Le club était déjà ouvert lorsque j'arrivai pour travailler, ce soir-là, et je passai par l'entrée principale plutôt que par la porte de service. Sans cela, je n'aurais pas vu Celia dans la file d'attente. Apparemment, elle ne s'était pas encore lassée de son petit jeu.

– Pas elle, c'est ça ? demanda le videur avant que je ne lui aie rappelé mes consignes.

– Exactement.

Je regardai de nouveau mon ennemie. J'étais rassurée qu'elle veuille encore me tourmenter, car, avec mon esprit tordu, ça signifiait qu'elle pensait toujours que Hudson tenait à moi. Et même si ce n'était plus le cas, elle n'avait pas encore été informée du changement de situation.

« Salut, Laynie ! », dit-elle en me faisant signe de la main, tout sourire. C'était la première fois qu'elle m'adressait la parole depuis qu'elle avait commencé à me harceler.

Je ne répondis pas, mais je lui renvoyai son sourire avant d'entrer dans le club. Dans deux minutes, elle serait interdite d'entrée, et ça me rendait particulièrement heureuse.

Ce fut la dernière fois que je souris cette nuit-là. J'ai eu beau devoir courir dans tous les sens et travailler comme une folle pour répondre aux demandes de la clientèle estivale, ça n'atténua pas mon manque. Je ne cessais de voir Hudson partout – dans les bulles, dans le bureau, assis au bar.

Lorsque j'ai eu terminé, à trois heures du matin, l'idée de rentrer seule dans ce grand penthouse vide faillit me faire fondre en larmes. J'envisageai d'aller ailleurs – à l'hôtel ou chez Élise, ou encore au loft. *Je pourrais aller le voir...* J'avais simplement envie d'être avec l'homme que j'aimais.

En même temps, pourquoi vouloir être avec quelqu'un qui, lui, ne voulait pas être avec moi ? C'était bien là la preuve que j'avais changé – l'ancienne Alayna aurait fait n'importe quoi pour être avec l'homme qu'elle aimait, que celui-ci partage ses sentiments ou pas.

Je finis donc au penthouse. Seule. Je réussis à ne pas pleurer pendant que Reynold m'y conduisait, mais je craquai dès que les portes de l'ascenseur se refermèrent sur moi. Mes larmes ne se tarirent ni lorsque je me préparai à me coucher, ni lorsque je regardai mon téléphone, que j'avais laissé à la maison. Pis encore, elles redoublèrent et je sanglotai de plus belle lorsque je lus le seul message que j'avais reçu :

Dors bien, ma belle.

Alors que j'essayai de m'endormir, en pleurs pour la quatrième nuit consécutive, je pensai, *Demain. Peut-être que demain je pourrai enfin me réveiller de cet horrible cauchemar.*

CHAPITRE SEIZE

« Jordan, j'ai besoin d'aller à Pierce Industries », dis-je en montant dans la voiture, le lendemain après-midi. Je marquai une pause, hésitant à lui avouer que je voulais voir Hudson – ce n'était pas un mensonge puisque je *voulais* le voir, seulement… je ne voulais pas le lui dire.

– Bien sûr, Mademois… Laynie, rectifia-t-il. Je suis certain qu'il adorera votre surprise.

Je souris et lui fis un signe de tête quand nos regards se croisèrent dans le rétroviseur central. Cela me gênait qu'il sache que je n'étais pas attendue à Pierce Industries. Hudson lui avait-il dit qu'il ne voulait pas que j'y aille ? Si ça avait été le cas, il ne m'y aurait pas conduite.

Quelles que soient les informations que tous les trois – Reynold y compris – possédaient sur moi, j'étais convaincue que Hudson savait toujours où j'étais. Dès que je serais sortie de la voiture, Jordan préviendrait probablement Hudson que je montais le voir.

Je ne pouvais empêcher le garde du corps de le faire, sinon il risquait de perdre son job. Mais je pouvais m'accorder quelques minutes de répit. Lorsque nous arrivâmes à Pierce Industries, je me penchai en avant pour parler à Jordan. « Tu peux attendre quelques minutes avant de lui annoncer mon arrivée ? Je veux lui faire la surprise. »

Il ne répondit pas mais son sourire m'annonça qu'il jouerait le jeu.

« Merci », fis-je en l'embrassant sur la joue, ce qui nous surprit tous les deux, avant de sortir de la voiture.

J'étais d'humeur étonnamment joyeuse en montant dans l'ascenseur. La conversation avec Stacy s'était bien passée et j'étais confiante concernant mon rendez-vous d'aujourd'hui. Même sans Élise, je me sentis capable de réussir. Si tout allait bien, j'obtiendrais des réponses, et avec un peu de chance, celles-là ne me feraient pas souffrir davantage.

Lorsque les portes s'ouvrirent à l'étage de Hudson, je paniquai un instant. Du coin de l'œil, je regardai à travers les vitres de sa salle d'attente – en dehors de Trish, la pièce était vide. La porte de son bureau était fermée. Si Jordan lui avait écrit, soit Hudson n'avait pas encore lu le message, soit il n'était pas là. Dans tous les cas, c'était une bonne nouvelle.

Le bureau de Norma Anders fut facile à trouver. Il n'y avait que des bureaux d'associés à cet étage, donc ils étaient peu nombreux. Je devinai avant d'y entrer que celui de Norma était plus petit que celui de Hudson, et qu'elle n'avait pas une aussi jolie vue. Je ne sais pourquoi, cela me rassura. Mon Dieu, j'étais vraiment désespérée.

J'avais pris rendez-vous avec Norma auprès de son assistant, donc je savais que c'était un homme. En revanche, ce que je ne savais pas, c'était à quel point il était beau. Il n'était pas viril comme Hudson, mais il était hyper mignon, avec ce look de geek à la mode ces derniers temps. Il devait avoir mon âge ou deux ans de plus, au maximum. Ses cheveux étaient châtains, coiffés en bataille, et ses yeux bleus paraissaient immenses derrière ses lunettes à bords noirs.

Norma était vraiment entourée de beaux gosses, cette veinarde. Peut-être me fallait-il un boulot à Pierce Industries, après tout, pour que j'en profite moi aussi.

Comme si j'étais intéressée par quiconque en dehors de Hudson ! Si seulement je pouvais le récupérer.

– Bonjour, je suis Alayna Withers. J'ai rendez-vous avec Norma Anders.

– Je vais juste lui demander si elle est prête à vous recevoir. Asseyez-vous un instant, je vous en prie.

Je n'avais aucune envie de m'asseoir, j'étais beaucoup trop nerveuse.

– Non merci, je vais rester debout.

Je fis le tour de la petite salle d'attente en feignant d'admirer les tableaux accrochés au mur, tout en jetant des coups d'œil furtifs en direction du bureau de Norma. La porte était ouverte, mais je ne voyais pas son bureau. Plus le temps passait, plus je me disais que j'allais abandonner et prendre mes jambes à mon cou comme une vraie poule mouillée. Après tout, cette entrevue pouvait mal se passer, elle serait peut-être insensible à la notion d'entraide entre femmes. Il y avait de fortes chances pour qu'elle appelle la sécurité ou même Hudson, et aucune de ces possibilités ne m'enchantait.

Cependant, Norma ne me fit pas attendre longtemps. « Alayna, je t'en prie, entre », dit-elle en s'effaçant pour me laisser passer et en désignant un fauteuil devant son bureau.

Lorsqu'elle ferma la porte derrière moi, je l'entendis dire « Arrête, tu n'es pas gentil. » En tout cas, c'est ce que je crus entendre.

– Pardon ? demandai-je en me tournant.

– Oh, rien. Je parlais à mon assistant.

Elle fit le tour de son bureau pour se rasseoir pendant que j'observais la pièce. Elle était plus petite et plus simple que le bureau de Hudson, sans aucun effort de décoration. Il y avait un bureau, trois fauteuils, deux bibliothèques et plusieurs classeurs à tiroirs. Apparemment, Celia Werner n'avait pas décoré tous les bureaux – seulement celui de Hudson.

Norma se racla la gorge. Comme je n'avais pas engagé la conversation, elle décida de le faire. « J'étais surprise que tu veuilles me voir, Alayna. Je suppose qu'il s'agit de Gwen ? »

Lorsque son assistant m'avait demandé quelles étaient les raisons de mon rendez-vous avec Norma, j'avais simplement répondu que c'était personnel et que j'étais la patronne de sa sœur.

Je savais, bien sûr, que cela prêterait à confusion.

Je me tins bien droite dans mon fauteuil, qui était plus bas que celui de Norma. Je supposai que c'était une tactique pour que ses clients se sentent inférieurs. Mais je ne me laissai pas troubler pour autant.

– Non, je ne suis pas venue pour parler de Gwen, bien que j'aie pu laisser penser cela à ton assistant. Je suis désolée.

– Eh bien, je suis intriguée, dit Norma en clignant des yeux. Continue.

Je plongeai mon regard dans le sien pour observer sa réaction.

– Je suis là pour te parler de Hudson.

– Hudson ? répéta-t-elle en sursautant de surprise. Et pourquoi pas du pape ? Pour quelle raison viens-tu me parler de ton petit ami ?

Elle ne m'avait jamais autant parlé. D'ailleurs, je réalisai que j'ignorais tout de cette femme. Je ne savais pas si elle était drôle ou sérieuse, si elle était sensible ou cassante. Elle s'était toujours comportée comme si elle ne m'aimait pas ou qu'elle n'en avait rien à faire de moi. Était-ce parce que j'étais avec Hudson ? C'était quelqu'un qui avait une certaine autorité – elle avait dû apprendre, au fil du temps, à se protéger. Y avait-il, sous sa carapace, une jeune femme à qui je pouvais parler de ma jalousie et de mes doutes ?

– C'est ta relation avec lui qui m'intéresse.

Elle esquissa un sourire narquois.

– Au risque de me comporter comme une garce, pourquoi est-ce que tu ne lui demandes pas à lui, plutôt ?

Je l'avais déjà traitée de garce dans ma tête, mais rien ne m'avait encore prouvé que j'avais raison. Et, comme avec Stacy, je ressentis soudain le besoin de me défendre et de me justifier – pourtant, ça ne me serait pas d'une grande aide dans cette conversation.

– Je lui ai déjà demandé, et il m'a répondu. J'aimerais simplement que tu clarifies devant moi votre relation.

Elle hocha la tête et sembla accepter ma réponse.

– Notre relation est strictement professionnelle. Hudson est mon patron. Je suis son directeur financier.

– Strictement professionnelle.

– Absolument.

J'avais craint de ne pas être convaincue par sa réponse. Ce fut le cas. C'était lui qui signait ses bulletins de paie, ce qui était pour elle une raison suffisante de ne pas me dire la vérité. S'ils avaient été amants, et qu'ils l'étaient encore, elle avait encore moins de raisons d'être honnête avec moi.

J'espérais néanmoins apprendre quelque chose, n'importe quoi. Peut-être ferait-elle un lapsus ou que son visage la trahirait.

– Il est évident que tu le trouves attirant. Tu ne fais rien pour le cacher lorsque tu le regardes.

Elle le regardait comme s'il était un Apollon. En même temps, c'est ce qu'il était.

– C'est un homme très attirant, répondit Norma en riant. Mais il ne m'intéresse pas de cette façon.

Je savais qu'elle me mentait puisque Hudson m'avait parlé de ses avances.

– Il m'a dit que tu voulais que vous soyez plus qu'amis ou collègues.

– Ah bon ? s'exclama-t-elle en écarquillant les yeux.

Pourquoi me mentirait-il à ce sujet ? Mon cœur se mit à battre la chamade et Norma revint sur sa réponse.

– Enfin, oui, d'accord. Il y a longtemps. Je suis surprise qu'il s'en souvienne, d'ailleurs. Mais les choses ont changé, maintenant.

Je penchai la tête sur le côté et cherchai à lire la vérité dans son regard. Bien peu de mes coups de cœur avaient disparu avec le temps. En général, il me fallait rencontrer un nouvel homme pour oublier le précédent, mais j'étais obsessionnelle – je ne fonctionnais pas nécessairement comme tout le monde.

En revanche, Hudson semblait penser que Norma était toujours intéressée.

– Hudson ne semble pas penser que les choses ont changé.

Elle me dévisagea pendant plusieurs longues secondes avant de sourire jusqu'aux oreilles.

– Peut-être que je n'ai pas envie qu'il sache que ça a changé.

J'entrelaçai mes doigts sur mes cuisses pour me retenir de la gifler et de gommer ce sourire satisfait de son visage. Au lieu de cela, je la fusillai du regard, espérant la faire craquer pour qu'elle en dise davantage, et je gagnai. Enfin, plus ou moins. Elle m'expliqua ses pensées, même si elles ne me plaisaient pas beaucoup.

– C'est mon patron. Ça m'arrange de le flatter de temps en temps.

Je me reculai dans mon fauteuil et l'étudiai d'un air suspicieux.

– Il y a autre chose. Tu ne me dis pas tout.

Je vis s'afficher dans ses yeux une rage, ou une panique – je n'en étais pas sûre, mais aucun de ces sentiments n'allait m'aider à obtenir ce que je voulais.

Je pris du recul et adoptai une tactique différente, en faisant appel à sa compassion.

– Je suis désolée. Je sais que ça ne me regarde pas, mais je suis désespérée. C'est très important pour moi, et depuis que Gwen travaille au club, j'ai pensé qu'il allait y avoir une sorte de lien entre nous.

Cette fois-ci, sa colère ne faisait pas de doute.

– Est-ce que tu menaces de virer Gwen si je refuse de répondre à tes questions ?

Merde !

– Non ! Mon Dieu, non ! J'adore Gwen !

Enfin, plus ou moins.

– En tout cas, je l'apprécie beaucoup, rectifiai-je. Vraiment. Elle travaille bien, c'est tout à fait la personne que je recherchais, dis-je en m'arrêtant pour reprendre mon souffle et me calmer. Ce que je veux dire, c'est que le Sky Launch est comme une grande famille, et Gwen y prend sa place peu à peu, même si parfois elle est un peu trop pressée de dire ce qu'elle pense.

– C'est tout Gwen, ça, dit Norma en riant doucement avant de pencher la tête sur le côté pour m'étudier. J'apprécie que tu lui aies donné ce boulot, au fait. J'ai remercié Hudson, mais il m'a dit que c'était toi qui l'avais engagée. Elle avait vraiment besoin de partir de L'Étage. D'ailleurs, je crois qu'elle était aussi désespérée que tu l'es maintenant.

Elle resta silencieuse ; elle m'étudiait.

– C'est pour cette raison – pour ce que tu as fait pour Gwen – que je vais te faire une confidence, dit-elle enfin avant d'appuyer sur son interphone. Boyd, tu peux venir s'il te plaît ?

« Bien sûr », répondit son assistant.

Le regard de Norma était rivé sur la porte fermée de son bureau. Je me retournai pour faire de même, curieuse de savoir comment son assistant allait pouvoir répondre à mes questions. Avait-elle l'intention de lui demander de me jeter dehors ?

Boyd frappa à la porte et entra, avant d'y être invité. « Je peux vous aider ? »

Bon sang, quel sourire ! Il avait le sourire d'un collégien – tendre et expansif – et le sourire de Norma était identique.

– Boyd, mademoiselle Withers veut savoir si j'entretiens une liaison avec Hudson Pierce.

Son sourire s'évanouit et il resta bouche bée, en dévisageant Norma et moi tour à tour, puis il essuya nerveusement ses mains sur son pantalon.

– Ne t'inquiète pas, mon grand. Tu peux dire la vérité. Sois aussi honnête que tu le veux, dit-elle d'une voix qui sous-entendait que les deux partageaient un secret.

Était-ce Boyd qui prenait les rendez-vous galants de sa patronne ?

– Non, ils n'ont pas de liaison, dit-il en me regardant dans les yeux.

Sa réponse aurait dû me réconforter, mais j'étais de nature suspicieuse.

– Comment peux-tu le savoir ? Est-ce que tu assistes à leurs réunions ?

– Non, mais je sais qu'ils sont collègues et rien d'autre, dit-il en regardant Norma, comme s'il lui demandait la permission d'en dire davantage – ce qu'elle sembla lui accorder. Elle ne ferait pas cela à son mec. Elle est très fidèle, ajouta-t-il.

– Merci, Boyd, ce sera tout, conclut Norma.

Il hocha la tête et sortit. Je n'attendis pas qu'il ait refermé la porte pour poursuivre mon interrogatoire.

– Tu sors avec quelqu'un ?

Ses joues cramoisies me dirent tout ce que j'avais besoin de savoir.

– Mon Dieu ! m'exclamai-je. C'est Boyd !

Elle rougit de plus belle et sourit jusqu'aux oreilles. Mince, elle était complètement accro.

– Alors, tu penses vraiment que je m'amuserais à fricoter avec un collègue avec mon amant de l'autre côté de la porte ?

– Pourquoi est-ce que Hudson ne m'a pas dit que tu étais en couple ?

Ça aurait suffi à me rassurer, car même si Norma avait voulu tromper Boyd, il était peu probable qu'elle *flirte* avec Hudson sous ses yeux. Surtout qu'elle avait l'air raide dingue de son assistant.

Cependant, à peine avais-je prononcé le prénom de Hudson que le sourire de Norma s'évanouit.

– Hudson ne le sait pas, dis-je en comprenant enfin la situation. Pourquoi ? C'est secret ?

– Les règles chez Pierce Industries sont très claires : on ne peut avoir de liaison avec quelqu'un qui travaille dans le même département. Boyd serait transféré dans un autre service, et je ne veux pas le perdre. Il travaille avec moi depuis deux ans, et cela fait un an qu'on est ensemble. C'est le meilleur assistant que j'aie jamais eu – à tout point de vue.

– Donc tu laisses croire que Hudson te plaît encore, pour qu'il ne prête pas attention à ta relation avec Boyd, c'est ça ?

Norma hocha la tête. En fait cette femme n'était pas du tout une garce, elle était simplement inquiète que quelqu'un découvre son secret.

– Je comprends, dis-je en me sentant coupable. Je me sens bête. Ne t'en fais pas, je ne dirai rien à Hudson.

– Merci, dit-elle en hochant les épaules. En fait, c'est plutôt agréable de le dire à quelqu'un, ajouta-t-elle en souriant de nouveau.

– Je n'en doute pas.

Ma relation avec Hudson avait été un secret aussi, au début, et je mourais d'envie de le dire à quelqu'un – n'importe qui. Je comprenais tout à fait ce que ressentait Norma. Et puis, parler de ses sentiments faisait partie du plaisir quand on était amoureux.

En dépit de ma tendance à être paranoïaque, Norma m'avait convaincue qu'elle n'avait d'yeux que pour son assistant. Toutefois, cela n'expliquait pas pourquoi elle passait autant de temps avec mon mec.

– Donc, s'il n'y a rien de romantique entre vous, pourquoi es-tu autant avec Hudson ?

J'avais envie d'entendre Norma me dire la même chose que Hudson, c'est-à-dire que c'était à cause de ce deal... et j'espérais qu'elle m'en dirait davantage.

– Il ne te l'a pas dit ? demanda Norma en frونçant les sourcils.

Je secouai la tête et elle sembla comprendre.

– Hmm, en même temps, ça ne m'étonne pas. Nous travaillons sur un contrat très compliqué. Hudson possède des actions dans une entreprise, et il veut en racheter suffisamment pour avoir une participation majoritaire. Sauf qu'il ne veut pas que le conseil d'administration de cette entreprise soit au courant. Du coup, il est en train de racheter une autre entreprise qui possède suffisamment de parts dans la première boîte afin que, en plus des actions qu'il a déjà, il arrive à cette participation majoritaire. Et comme il fait tout cela dans l'ombre, nous avons dû être extrêmement discrets pour que personne ne l'apprenne. Un peu comme une partie d'échecs. J'ai dû me renseigner à propos de lois et de stratégies que je ne connaissais pas jusque-là. Ce serait un miracle si ça marchait mais... je commence à croire aux miracles.

Elle marqua une pause, comme si elle s'était un peu laissée emporter.

– La gestion des affaires de Hudson est brillante. C'est fascinant de le voir en action, conclut-elle.

Son regard s'était illuminé, je compris que c'était bien le manager qui lui plaisait chez Hudson.

– Il est évident que tu adores ton métier, Norma. Hudson est probablement le patron le plus doué que j'aie rencontré, ce doit être génial de travailler avec lui.

Moi-même, j'aurais adoré travailler avec lui – c'était aussi excitant mentalement que physiquement.

– Oui, ça l'est, acquiesça-t-elle, le regard à nouveau sérieux. Au fait, quand j'ai dit que tu étais mieux pour lui que la Werner, je le pensais. Elle le rendait très malheureux. Toi, tu le rends presque joyeux.

Ce n'était pas la première fois que Norma insinuait que Hudson et Celia avaient été ensemble. Hudson l'avait démenti en disant que Norma se trompait autant que les autres et qu'il s'était servi de son ignorance pour repousser ses avances. Mais maintenant que j'avais vu la vidéo, je me demandais s'il n'y avait pas une autre raison.

– Pourquoi penses-tu qu'il était avec Celia ? C'est lui qui te l'a dit ? Tu les as vus ensemble ?

– Non, il ne l'a jamais dit, c'est juste que comme elle l'accompagnait souvent aux galas ou aux soirées d'entreprise, j'ai supposé qu'ils l'étaient. Pourquoi, ce n'était pas le cas ?

J'ignorai sa question, pressée d'obtenir davantage d'informations.

– Tu les as déjà vus s'embrasser ou se tenir la main ?

– Non, jamais, répondit-elle avant de marquer une pause, comme si elle se rendait compte seulement maintenant que c'était étrange. En fait, c'est pour cela que je le trouvais misérable – il n'y avait aucun signe d'affection entre eux. Le regard de Hudson ne brillait pas comme lorsqu'il est avec toi. Il est rayonnant, même quand il parle de toi en ton absence.

J'étais bouche bée.

– Il parle de moi ?

– Tout le temps, dit-elle comme si cela n'avait rien d'anormal.

– Je ne m'en serais jamais doutée, lui répondis-je, pendant que mon cœur bondissait de ma poitrine.

* * *

Je quittai le bureau de Norma avec le cœur bien plus léger qu'en y entrant. Elle avait apaisé mes doutes sur la fidélité de Hudson et sur sa relation avec Celia. J'étais de plus en plus convaincue que toute cette histoire n'était qu'une comédie.

Cependant, ma bonne humeur se dissipa lorsque je réalisai que je devais repasser devant le bureau de Hudson. Si Jordan lui avait écrit, il devait être à ma recherche, or je ne savais pas si je voulais le voir ou non. Si je le croisais, il allait falloir que je lui explique ce que je faisais ici.

En même temps... je le verrais, ce qui me paraissait tout à la fois merveilleux et douloureux.

Je marchai lentement dans le couloir en faisant de mon mieux pour ne pas faire trop claquer mes talons sur le sol en marbre, les yeux rivés sur la porte de son bureau, toujours fermée. Du coup, je ne remarquai qu'il était devant moi qu'en lui rentrant dedans.

« Alayna. »

Voilà ce son que j'aimais entendre plus que n'importe quel autre – mon prénom dans sa bouche, sur les lèvres de l'homme que j'aimais. Il le prononçait toujours comme si c'était un hymne ou une berceuse. Cela réveilla des émotions que j'avais tâché d'enfouir profondément en moi. Je me mis à frissonner et ma poitrine me parut sur le point d'exploser.

J'aurais voulu dire quelque chose, mais j'étais sans voix.

Hudson passa son bras autour de ma taille et me conduisit à son bureau. « Allons discuter en privé, si tu veux bien. »

– Suspendez tous mes appels, dit-il à Trish avant de fermer la porte derrière nous.

Dans d'autres circonstances, son côté mâle dominant m'aurait excitée au plus haut point. Bon, d'accord, même maintenant – *j'étais* excitée. En plus, j'avais été une vilaine fille en parlant à son employée dans son dos. Peut-être qu'il allait me donner la fessée.

Waouh, mon optimisme me surprit moi-même.

– Eh bien, bonjour, H.

– Que fais-tu là, Alayna ?

Il avait l'air fatigué et la voix aussi. Ses yeux étaient rouges et cernés. Était-ce à cause de moi qu'il n'arrivait pas à dormir ? Ou bien était-ce à cause du travail, ou parce qu'il dormait dans un autre lit ?

Même avec des cernes, Hudson était sexy. Je m'étais souvent demandé si je m'habituerais un jour à être avec un homme aussi beau. Apparemment, pas aujourd'hui. Sa présence m'excitait, me rendait toute chose – et ça m'agaçait. En fait, ce mélange d'attirance, de frustration et de désespoir me mit dans une humeur étrange... j'avais envie de flirter avec lui, tout en me sentant agressive.

– Pourquoi je suis dans ton bureau ? C'est toi qui viens de m'y emmener, tu te souviens ? répondis-je en laissant ma main se promener sur le dos du canapé.

– Ne sois pas insolente, dit-il d'une voix où pointait son envie de sourire. Qu'est-ce que tu fais dans l'immeuble ?

Je le regardai par-dessus mon épaule.

– Peut-être que je suis venue te voir. Tu sais que j'ai tendance à harceler les hommes qui me rejettent.

Après tout, ça pouvait m'arriver. D'ailleurs c'était *déjà* arrivé avec Hudson.

– Tu n'es pas venue me voir, dit-il en soupirant. Tu es arrivée à cet étage il y a plus d'une demi-heure et c'est seulement maintenant que tu te dirigeais vers mon bureau.

Je me tournai brusquement vers lui.

– Putain, mais comment tu sais toujours ce que je fais ? C'est Jordan ? Tes caméras de surveillance ?

Je savais que c'étaient mes gardes du corps, mais je voulais le lui entendre dire. Ce fut en lui posant la question que je me rendis compte à quel point cette situation m'agaçait – c'était comme s'il épiait mes moindres mouvements. Du coup, pas question de me sentir coupable de fouiner dans son passé et sa vie privée.

– Je ne vais pas culpabiliser de protéger coûte que coûte ce qui m'appartient, dit-il en croisant les bras.

J'entendis ses paroles mais ne répondis pas. Je me suis contentée de passer ma langue sur mes lèvres.

– Alayna ?

Je me forçai à détourner mon regard pour stopper la transe dans laquelle ses mots m'avaient plongée.

– Qui t'appartient, hein ? Ne me prends pas pour une imbécile.

Apparemment j'étais parvenue à la phase colérique de mon deuil. C'était un changement appréciable comparé à la douleur constante qui m'avait accompagnée jusqu'à maintenant.

Ma rage sembla attiser celle de Hudson.

– Bon sang, Alayna, combien de fois va-t-on avoir cette conversation ?

– Je ne sais pas, rétorquai-je en haussant les épaules de façon exagérée. Peut-être une bonne centaine de fois, puisqu'apparemment je ne comprends pas.

Il me tourna le dos et passa sa main dans ses cheveux. Lorsqu'il me regarda de nouveau, il paraissait s'être calmé.

– Pourquoi. Es. Tu. Là ?

Je ne savais si je préférais lui dire la vérité ou si je voulais la garder pour moi, juste pour l'agacer. J'avais envie de l'agacer, mais je devais néanmoins me souvenir que je me battais *pour lui*, et pas *contre lui* – la vérité l'emporta.

– Je suis venue voir Norma.

– À propos de Gwen ? demanda-t-il en haussant les sourcils.

Je couvris mon visage avec mes mains avant de les laisser retomber le long de mon corps.

– À propos de toi, espèce d'andouille. Il n'y a que toi qui m'intéresses, dis-je en ravalant la boule qui se formait dans ma gorge. Combien de fois est-ce que *moi* je dois avoir cette conversation avec *toi*, Hudson ? m'exclamai-je, en sentant que ma colère reprenait le dessus.

– Tu es venue parler de moi avec mon *employée* ? s'écria-t-il, mâchoire serrée.

Je savais qu'il était énervé. Plus qu'énervé, même. J'avais espéré qu'il trouverait cela romantique.

– Je n'ai pas à me sentir coupable de protéger ce qui m'appartient, rétorquai-je en lui renvoyant ses paroles à la figure.

Ses yeux brillèrent soudain. Ma remarque l'avait touché et je fus heureuse de voir que je pouvais encore l'affecter. Ma possessivité l'avait ému, apparemment.

Je profitai de sa surprise et adoucis mon approche.

– Je voulais seulement voir par moi-même si tu lui plaisais ou non. S'il se passait quelque chose entre vous, expliquai-je avec une certaine amertume. Et ne t'avise pas de me parler de confiance, parce que tu sais très bien qu'elle me rend jalouse, et tu n'es plus là pour me rassurer.

Chacun de mes mots était dur et plein de rancœur. Je détestais me sentir aussi déboussolée, mais au moins je disais ce que j'avais sur le cœur.

Hudson appuya sa hanche contre le canapé et m'étudia intensément. Lorsqu'il reprit la parole, il était calme et maître de lui, comme toujours.

– As-tu trouvé ce que tu venais chercher ?

– Oui.

– Et ?

Je me mordis la lèvre pour ne pas lui céder, mais je finis par avouer ce que je savais, à contrecœur.

– Elle a une grande estime pour toi. Elle te respecte et elle t'admire et elle reconnaît que, physiquement, tu es attirant… ne prends pas la grosse tête.

– Mais…

– Mais elle a tourné la page. Tu ne lui plais plus comme avant. Je le vois dans son regard.

C'était le meilleur moyen de ne pas révéler le secret de Norma. Et c'était vrai, cela se voyait dans son regard.

– Très bien. Alors tu me crois enfin, dit-il en ayant l'air satisfait.

– Le problème n'est jamais venu de ce que tu me disais, c'est ce que tu ne me dis pas qui nous empêche d'avancer.

– Tu ne peux pas exiger de tout savoir, rétorqua-t-il.

Soudain, le semblant de calme que j'avais réussi à trouver disparut.

– Tu te fous de ma gueule ? m'écriai-je. Je peux dire la même chose sur toi : tu m'as espionnée, tu as fouillé dans mon passé avant même qu'on se rencontre. Peut-être que je trouve ça injuste, moi aussi. Mais tu t'en fiches, tu fais ce que tu veux sans te soucier de la vie privée des autres et de leur droit à avoir un secret. Et puis tant qu'on y est, que ce soit clair, étant donné que tu as décidé de ne rien me dire, je mène ma propre enquête.

Hudson ne put masquer l'inquiétude qui apparut dans ses yeux. Cela m'encouragea à continuer. Je voulais le déstabiliser, comme il savait si bien le faire avec moi.

– Absolument. J'ai parcouru tous les livres qu'a envoyés Celia, j'ai été voir Stacy, je viens de voir Norma. Je suis les indices et je suis sûre que je finirai par découvrir ce que tu me caches. Tu ne crois pas qu'il vaudrait mieux que tu me l'avoues plutôt que de me laisser l'apprendre toute seule ?

– Alayna, arrête de fouiller, dit-il d'une voix tendue en faisant un pas vers moi.

Mais pourquoi ne me disait-il pas ce qu'il cachait ?

– Tu protèges encore Celia, c'est ça ?

– Ce n'est pas Celia que je protège.

– Qui, alors ? Toi ? Moi ? hurlai-je sans me soucier de savoir si on pouvait nous entendre dans le couloir.

– Il faut que tu partes. Tout de suite, dit-il en me saisissant par le coude.

Son ordre dissipa toute ma colère, ma peine reprit le dessus. J'avais le souffle coupé, je sentis mes larmes monter. Il voulait que je parte. Il ne voulait plus me voir. C'était la dernière chose dont j'avais envie.

Nous étions si différents... nous passions notre temps à lutter, sans jamais progresser.

–Tu m'enfermes encore dehors, Hudson, dis-je en essuyant une larme. Comme toujours. Tu te caches dans ta forteresse. Pourquoi devrais-je me battre pour toi si tu ne me laisses jamais entrer ? Qui est-ce que tu protèges, Hudson ? Qui ?

–Toi, bon sang ! s'écria-t-il en me serrant plus fort. C'est toi que je protège, Alayna. Toujours toi.

En un clin d'œil, sa bouche s'empara de la mienne. Il était autant en manque que moi – aussi désespérément seul. Son baiser me dit tout son désir et son amour, tus depuis trop longtemps.

Mes larmes cessèrent. Je saisis le col de sa veste pour l'attirer à moi. Je passai ma jambe autour de sa taille, soulevant ma jupe au-dessus de mes cuisses. Je me collai à lui et me cambrai en frottant mon sexe contre le sien.

L'instant d'après, il m'avait retournée vers le canapé. Je m'y accrochai. Il m'enleva mon string. Il gémit lorsqu'il plongea deux doigts en moi, me découvrant déjà mouillée – trempée, même. J'entendis ensuite le bruit de sa ceinture et de sa braguette. Puis je sentis ses mains sur mes fesses. Il s'enfonça en moi, profondément, brusquement, encore et encore. Chacun de ses coups de bassin était accompagné d'un grognement rauque. Ses testicules battaient contre mes fesses à chaque aller-retour et ses mains agrippaient mes hanches comme si sa vie en dépendait.

Il me baisait, j'étais penchée par-dessus son canapé, c'était incroyablement bon, et jamais je ne l'avais autant désiré.

Je ne pouvais pas voir son visage dans cette position, je ne pouvais pas le regarder dans les yeux, et je savais qu'il le faisait exprès, pour éviter qu'on soit trop intimes, pour que notre baise ne soit qu'un acte sexuel, et rien d'autre.

Or ce n'était jamais *que du sexe*, entre Hudson et moi. Il y avait toujours plus – une union complète, une fusion qui nous complétait, qui nous guérissait et nous faisait atteindre des sommets insoupçonnés. Je ne pouvais pas le laisser me priver de cela.

Je me retournai, je tendis la main pour saisir sa chemise, il ouvrit les yeux. Je plongeai mon regard dans le sien, ce qui le fit ralentir. Ses va-et-vient étaient toujours rapides mais moins brutaux. C'était de cette connexion que j'avais besoin. Mon sexe se contracta quand monta mon orgasme. La friction augmenta mais il continua sans changer de rythme, jusqu'à ce qu'il se déverse en moi lentement, longuement, en gémissant mon prénom.

Son orgasme décupla le mien, ma vue se brouilla, je fus prise de vertige. Je tombai tête la première sur le canapé, haletante, euphorique. Hudson s'écroula sur moi, me serrant fort contre lui pendant plusieurs merveilleuses secondes, jusqu'à ce que notre respiration redevienne régulière.

Lorsqu'il se retira, je me tournai pour me blottir dans ses bras. Il me serra plus fort, je levai la tête pour qu'il m'embrasse. Il goba ma lèvre inférieure et la suça tout en prenant ma tête entre ses mains. Nous ne nous étions jamais embrassés ainsi – nos bouches ne bougeaient plus, nos corps s'accrochaient désespérément l'un à l'autre, nos souffles à l'unisson.

Lorsqu'on se sépara enfin, je l'entourai avec mes bras et déposai une suite de baisers le long de sa mâchoire et de son cou. « Mon Dieu, tu me manques. Tu me manques tellement. »

« *Tesoro... amore mio... piccolina...* » Ses mains papillonnèrent sur mon visage, son pouce caressa tendrement mes joues. Il était tendre, parfait. Bien qu'ayant peur de rompre un si beau moment, je voulus profiter de cette osmose et de l'effet qu'elle produisait sur nous. Tremblante, je parvins à peine à chuchoter la question que j'avais si désespérément besoin de poser.

– Quand rentres-tu à la maison ?

Il appuya son front contre le mien et soupira en passant ses mains dans ma nuque.

– Je dois aller à Los Angeles pour le week-end, dit-il en regardant sa montre. D'ailleurs je suis censé partir dans vingt minutes.

Je fus à la fois folle de joie et horriblement déçue. D'un côté, il ne me repoussait plus comme il le faisait depuis plusieurs jours. De l'autre, s'il revenait, ce ne serait pas ce soir.

Je pris des précautions, mais j'essayai néanmoins de lui en faire dire plus. « Ça fait partie de ce deal ? Avec Norma ? »

Cela ne me gênait pas qu'elle y aille. En tout cas, pas autant qu'avant. J'étais simplement curieuse.

Hudson effleura mon nez avec le sien. « Oui, avec Norma. Et à mon retour de voyage, si tout va bien, ce sera fini. »

Je fermai les yeux pour mieux respirer son parfum. Nous étions à deux doigts de régler tous nos problèmes... je le sentais dans mon cœur, dans tout mon corps. Allions-nous devoir tout perdre à cause de son départ ?

Demande-moi de venir avec toi, pensai-je. *Viens avec moi, allez, dis-le.*

Mais il ne dit rien. Il me repoussa et j'eus l'impression que ça le déchirait. Il se rhabilla et resta face à moi, une main sur la hanche, comme s'il prenait une décision.

Je fus étonnée d'être blessée davantage. N'y avait-il pas une limite au-delà de laquelle la douleur deviendrait tellement insupportable que je cesserais de ressentir quoi que ce soit ? Si un seuil existait, je ne l'avais pas encore atteint, parce que son regard me poussa encore plus loin en enfer.

Je ne voulais pas être son problème. Je voulais être sa vie – après tout, il était la mienne.

Puis subitement, tout changea. Sa main retomba et son expression se transforma, comme si tout son corps se détendait. Pour la première fois depuis plusieurs jours, son regard me confirmait que j'étais tout pour lui... le centre de son univers.

Il me prit de nouveau dans ses bras et il me serra fort.

– Bon sang, Alayna, je ne peux pas continuer comme ça, dit-il d'une voix douloureuse. Je ne supporte plus de ne pas être avec toi. Tu me manques tellement.

– C'est vrai ? lui demandai-je en reculant mon visage pour chercher dans ses yeux la confirmation dont j'avais besoin.

Il prit mon visage entre ses mains et caressa ma lèvre inférieure avec son pouce.

– Bien sûr, tu me manques... tellement, ma belle. Tu es tout pour moi. Je t'aime. Je t'aime tellement.

Mon cœur se mit à battre comme un tambour et le monde entier disparut, pour ne laisser que Hudson et moi.

Il l'avait dit. Il l'avait dit *deux fois*. Il l'avait dit, et il le pensait. Je sentais sa sincérité à travers chaque cellule de mon corps. Et grâce à ces trois petits mots, les nuages noirs qui m'avaient enveloppée disparurent. Le soleil brilla de nouveau. Je me sentais légère, comme si j'ouvrais les yeux sur un monde nouveau. C'était lui qui avait fait le premier pas, qui avait suffisamment changé pour m'offrir ce dont j'avais besoin, mais c'était moi qui subissais la métamorphose. J'étais comme un papillon sortant de sa chrysalide : je pouvais enfin voler.

Cependant, j'avais besoin d'être certaine.

– Qu-qu-quoi ?

– Tu m'as très bien entendu, dit-il en souriant.

– Je veux l'entendre encore une fois.

Je retins ma respiration, craignant qu'un mouvement trop brusque ne rompe le charme et que je me retrouve seule dans notre lit – que tout cela s'avère n'avoir été qu'un rêve.

Or ce n'était pas un rêve, et je n'étais pas seule. J'étais dans les bras d'un homme qui me disait à nouveau « Je t'aime ».

– Tu m'aimes ?

– Je t'aime, ma belle, dit-il en effleurant mes lèvres avec les siennes. Je t'ai toujours aimée. Dès l'instant où je t'ai vue. Je pense que je le savais bien avant que tu en aies la moindre idée, ajouta-t-il avant de repousser ma tête en arrière pour me regarder dans les yeux. Mais certaines choses... dans mon passé... m'ont empêché de te le dire. Et maintenant... je dois faire ce... ce truc. Je dois finir ce deal. Et lorsque je rentrerai, nous parlerons.

– On parlera ?

J'étais comme un perroquet qui répétait tous ses mots. J'étais si euphorique, si éperdument joyeuse que j'étais incapable d'articuler une phrase.

CHAPITRE DIX-SEPT

Hudson et moi n'étions pas prêts à mettre fin à nos retrouvailles. Nous restâmes dans les bras l'un de l'autre aussi longtemps que possible. Nous sortîmes de la tour Pierce main dans la main et il me proposa de l'accompagner jusqu'à l'aéroport. J'en avais envie, mais Norma partait avec lui, et je compris en le regardant dans les yeux que Hudson avait l'intention de me peloter, que nous soyons seuls ou non.

– Tu vas me manquer, dit-il en m'embrassant pour me dire au revoir.

Il ne semblait pas prêt à le dire, alors je décidai de prendre le taureau par les cornes.

– Tu pourrais me demander de venir avec toi à L.A., tu sais.

– C'est marrant, parce que d'habitude, tu ne cesses de me rappeler que tu as un club à diriger, répondit-il en me caressant le bras. Et je vais être très occupé, ma belle.

J'adorerais que tu sois là mais je ne pourrais pas t'accorder l'attention que tu mérites.

Je me demandai un instant s'il avait une autre raison de ne pas vouloir que je l'accompagne, mais je tâchai vite d'oublier mes doutes. Il avait raison – j'avais des responsabilités ici, et le fait qu'il le reconnaisse enfin était un grand pas en avant. Çela dit, je ne pus m'empêcher de faire la moue.

– Ne boude pas, dit-il en m'embrassant sur le front. Reste ici et va au pot de départ de David, dimanche. Je serai de retour lundi.

– Au penthouse ?

J'avais encore besoin d'être rassurée. Je pouvais supporter son absence encore quelques jours s'il rentrait à la maison pour de bon.

– Au penthouse, oui, dit-il en m'embrassant encore avant de monter dans la limousine et de partir pour l'aéroport.

***

Hudson et moi n'étions pas encore ensemble comme avant – d'ailleurs la distance qui nous séparait était bien plus grande –, mais nous étions à nouveau en couple et cela faisait toute la différence. Nous étions heureux et amoureux comme jamais. J'étais si gaie au travail que Gwen plaisanta en affirmant que nous ne nous étions jamais rencontrées. De son côté, David fut d'humeur lugubre toute la soirée. Il eut beau répéter que c'était parce que son départ approchait à grands pas, je savais que j'en étais la cause, et qu'il avait espéré que Hudson et moi rompions pour de bon.

Dieu merci, ce n'était pas le cas, et malgré la distance, Hudson me prouva que les choses avaient changé. Il me fit livrer des fleurs sauvages au travail – les mêmes que celles qui poussaient autour de son chalet dans les Poconos – et il m'envoya de nombreux messages, ce qui était habituellement très rare. Lorsque enfin j'eus le temps de jeter un coup d'œil à mon téléphone, il y en avait déjà plusieurs.

Je viens d'atterrir.

Tu as reçu mes fleurs ?

J'en ai fait livrer dans ma chambre d'hôtel, aussi, pour que je puisse penser à toi.

C'est toi qui m'évites, maintenant ?

Ce dernier message me fit rire.

Non, je ne t'évite pas, je travaille. Merci pour les fleurs. Continue de m'écrire, je lirai chacun de tes messages.

Il me répondit presque immédiatement, comme s'il avait gardé son téléphone à la main, en attendant qu'il vibre.

Si c'est un défi, je l'accepte avec plaisir.

Je continuai à recevoir des sms – tantôt romantiques, tantôt sexuels, parfois encore drôles ou tendres – tout au long de la soirée auxquels je répondis autant que possible. Nous nous comportions comme si nous venions de nous rencontrer et que nous étions dans cette phase bêtement joyeuse où l'on ne peut pas se passer de l'autre.

Le début de notre relation était loin d'avoir été traditionnel et nous n'avions jamais connu cette phase. De plus, nous avions vite rencontré des difficultés que nous avions eu beaucoup de mal à surpasser, ce qui avait ralenti voire arrêté toute évolution au sein de notre couple.

Le samedi, je fus agréablement surprise lorsque je reçus un nouveau bouquet de fleurs, au penthouse, cette fois-ci. Plus tard dans l'après-midi, Hudson ne se contenta pas de m'écrire, il m'appela.

Je répondis après la deuxième sonnerie.

– Je n'arrive pas à croire que tu m'appelles.

J'avais toujours eu l'impression que pour Hudson les appels – comme les sms – étaient une perte de temps. Il se comportait à présent comme si plus rien n'était une perte de temps lorsque cela me concernait.

En revanche, je devais me préparer pour aller au travail, et je n'avais vraiment pas le temps de lui parler.

– À quoi tu penses, H. ?, demandai-je après plusieurs secondes de silence.

– À toi. Penchée sur le canapé de mon bureau.

– C'est faux, tu mens, dis-je en rigolant.

– Je t'assure. Je pense aux bruits que tu faisais, à la façon dont tu m'as regardé... à tes yeux quand tu as joui... Mon Dieu, Alayna, tu ne sais pas à quel point tu es magnifique.

Je me sentis rougir et je gigotai sous la couette. Comment pouvait-il me mettre aussi mal à l'aise au téléphone ?

– Si je le suis, c'est grâce à toi.

– Ça, c'est un mensonge. Je ne veux plus jamais t'entendre dire que je suis responsable de ta beauté. Je n'ai aucun mérite. Ta perfection ne tient qu'à toi.

– Si tu le dis. En revanche, c'est grâce à toi que je suis heureuse, et à mes yeux le bonheur est beaucoup plus important que la beauté.

Il resta silencieux un moment et je craignis de lui avoir fait peur.

– Qu'est-ce qu'il y a, Hudson ?

– Je me demandais seulement ce que j'avais fait pour mériter que tu mettes ton bonheur entre mes mains. J'espère que je ne te décevrai pas.

Peut-être ma remarque était-elle déplacée, puisque c'était à cause de lui que j'avais été si malheureuse jusqu'à la veille. Cependant, c'était la vérité : Hudson avait le pouvoir de me rendre merveilleusement heureuse, ce qui signifiait qu'il avait aussi celui de m'anéantir. Peut-être était-ce trop de pression pour lui, mais c'était inhérent à la vie de couple.

– Tu le mérites parce que tu m'aimes, tout simplement, dis-je à voix basse.

– Très bien. Qu'est-ce que tu portes ? demanda-t-il en changeant brusquement de sujet.

– Un string noir en dentelle et un débardeur assorti, répondis-je en regardant l'heure sur mon téléphone. *Merde.* Il fallait que je raccroche bientôt. J'étais sur le point de prendre une douche, dis-je en sortant du lit.

– Enlève ton string, ordonna Hudson en grognant.

– Mon Dieu, Hudson, je n'ai pas le temps pour ça...

Cependant, si j'allais prendre une douche, il fallait bien que je me déshabille.

– Tu dois te déshabiller, de toute façon.

– En effet, mais seulement pour la douche. Et maintenant, je vais raccrocher, tu me distrais trop, dis-je en allant à la salle de bain.

– Très bien, dit-il tendrement. Tu me manques.

– Tu me manques aussi, je t'aime.

– Je t'ai aimée le premier.

Je m'arrêtai, la main sur la porte de la douche, et je fermai les yeux, savourant ses paroles.

– Mais je l'ai *dit* en premier, le taquinai-je.

– Peut-être, mais je l'ai *pensé* en premier, conclut-il. Allez, va prendre ta douche. Ne te caresse pas sauf si tu penses à moi.

– Tu veux que je pense à qui d'autre, espèce d'idiot ? répondis-je en remarquant que mes tétons pointaient et que ce n'était pas à cause du froid. Je te préviens, je vais t'écrire des messages coquins toute la nuit, à tel point que quand tu rentreras, tu ne pourras plus te retenir.

– Je suis *déjà* impatient, grogna-t-il. Allez file avant que je t'oblige à te masturber au téléphone.

Je soupirai et raccrochai à contrecœur. Je surpris alors mon reflet dans le miroir. La femme que je vis n'avait plus rien à voir avec celle que j'y avais vue les jours précédents. Plus qu'un jour ou deux et il serait de retour. J'avais hâte de voir mon reflet à ce moment-là.

* * *

Nous étions dimanche après-midi. Le temps semblait s'être arrêté... les minutes duraient des heures et chaque fois que je regardais la pendule, il me semblait que les aiguilles n'avaient pas bougé. Je ne tenais plus en place. Normalement, dans ce genre de situation, je pouvais m'occuper en lisant un livre ou en regardant un film ; mais j'avais trop hâte que Hudson revienne. J'avais réussi à supporter son absence pendant les jours précédents, grâce à ses messages et à ses appels, mais il m'avait écrit pendant la nuit pour me prévenir qu'il serait en réunion toute la journée et qu'il ne serait pas joignable.

J'avais déjà fait un footing sur le tapis de la salle de sport et j'avais envisagé d'aller faire du shopping. Mais c'était Reynold qui était de service aujourd'hui et il n'était pas mon chauffeur préféré. À dix-sept heures, j'étais déjà prête pour la fête de David – j'avais deux heures à attendre et je n'avais pas la moindre idée de comment je pourrais bien occuper mon temps.

Et puis merde, pensai-je en attrapant ma sacoche d'ordinateur pour partir. Je mis l'alarme en mode absent et sortis de l'appartement : je savais que les gardes du corps étaient prévenus lorsque l'alarme indiquait que j'étais à la maison, mais je ne savais pas s'ils recevaient un message lorsque je partais. J'attendis plusieurs minutes en bas de l'immeuble pour voir si Reynold arrivait, mais ce ne fut pas le cas. Je regardai autour de moi et, ne voyant aucune grande blonde dans les parages, je partis vers le café du coin.

J'étais seule dans la rue pour la première fois depuis longtemps, et c'était génial. Cela ne me gênait pas d'être suivie en permanence par Reynold ou Jordan, mais je ne pouvais plus rien faire de façon spontanée. Et puis, cette protection rapprochée était une idée de Hudson – Celia ne me faisait pas peur.

Bon d'accord, si, elle me faisait peur, mais c'était sans raison. Après tout, que pouvait-elle bien me faire ?

Il n'y avait que quelques clients dans le café lorsque j'arrivai. J'aurais aimé m'asseoir en terrasse, mais je décidai de prendre quelques précautions et de rester à l'intérieur puisque j'étais sans garde du corps. Je pris donc mon thé glacé et mon panini avant de m'asseoir à une table située juste à côté de la porte.

Lorsque j'eus terminé mon sandwich, je sortis mon ordinateur et lus mes e-mails : quelques-uns concernaient le club, un autre était une e-card de mon frère, et le dernier était un message de Stacy. J'ignorai tout le reste et ouvris immédiatement celui de Stacy.

Je ne sais pas qui a écrit les e-mails. Peut-être que si tu en voyais un, cela pourrait t'aider. Voici l'un des plus longs.

Elle avait ensuite transféré un e-mail provenant de l'adresse H.Pierce dont elle m'avait parlé. J'ai un instant pensé que certaines femmes auraient décidé qu'il était inutile de lire ce message ; puisque Hudson avait prévu de tout me dire.

Mais je n'avais jamais été – et je ne serai jamais – ces autres femmes.

Je savais avant même d'avoir fini de lire le premier paragraphe que Hudson n'en était pas l'auteur. C'était trop poétique, trop fleuri. Hudson évitait les analogies et les métaphores. Même lorsqu'il était romantique – ce qu'il jurait ne jamais être –, sa façon de s'exprimer était directe, il allait droit au but.

Cette lettre était faite de tout ce que Hudson n'était pas. Elle faisait référence à la nature, à des chansons, à sa famille. L'auteur parlait de sa mère comme étant *le point d'ancrage de la famille*, et de son père comme étant un *patriarche plein de compassion*. Cela n'avait rien à voir avec les Pierce que je connaissais.

Vers le milieu de l'e-mail, j'eus la confirmation qu'il ne provenait pas de Hudson.

J'ai appris tout ce que je sais du monde grâce aux livres et aux voyages organisés pour les riches, mais j'aimerais pouvoir un jour quitter ma vie et toutes mes responsabilités pour voyager au gré de mes envies. Je peux dire aujourd'hui que j'aime Paris et Vienne, mais qu'en sais-je vraiment, alors que je n'y ai pas vécu et que je n'ai rien apporté à la culture de ces villes ? Sans l'expérience, les paroles n'ont aucun sens.

La dernière phrase était une citation de *Lolita* – et d'autres encore me semblaient tirées d'œuvres classiques. Hudson Pierce ne lisait pas les classiques. Sa bibliothèque était vide, avant que je n'emménage. Celia, en revanche...

Un mouvement attira mon attention de l'autre côté de la vitre. Je levai les yeux et vis que le couple qui était assis était en train de partir. Ce qui m'interpella vraiment fut la femme assise à côté d'eux.

Bon sang. En parlant du loup.

Nos regards se croisèrent et elle m'offrit ce même sourire de garce qu'elle m'offrait toujours.

J'hésitai à décider quoi faire. Je pouvais rester assise là et écrire à Reynold pour qu'il vienne me chercher, ou je pouvais partir et voir si elle me suivait.

Ou alors, je pouvais aller lui parler.

Je n'avais rien de particulier à lui dire et je savais qu'elle me harcèlerait davantage si je lui demandais de me laisser tranquille. Lui demander *pourquoi* elle agissait ainsi ne me mènerait nulle part, et même si elle me répondait, je ne pouvais pas croire ce qu'elle racontait.

Pourtant, j'étais curieuse de savoir ce qu'elle avait à dire. Je ne me laissai donc pas le temps de changer d'avis et je pris mon sac, saisis mon ordinateur, et sortis sur la terrasse. Elle n'eut pas l'air surprise que je m'assoie en face d'elle.

– Je t'en prie Laynie, assieds-toi, dit-elle d'un ton qui était à la fois condescendant et joyeux, comme si elle était ravie de cette confrontation. D'ailleurs, c'était probablement le cas.

Sans préambule, je tournai mon ordinateur vers elle et désignai le e-mail.

– C'est toi qui l'as écrit, n'est-ce pas ?

Elle lut les premières lignes et je vis dans son regard qu'elle le reconnaissait.

– Je ne sais absolument pas de quoi tu parles, Laynie.

Elle aimait répéter mon prénom – j'avais appris à l'école que cette technique servait à rabaisser les gens.

– Cet e-mail, Celia, c'est *toi* qui l'as envoyé à Stacy. Je reconnais ton style.

– Mais c'est complètement dingue, dit-elle d'une voix exagérée. C'est signé Hudson. Tu as piraté son compte e-mail ? Je crois savoir que c'est typique des femmes qui ont ton problème. D'ailleurs, Laynie, penses-tu vraiment que tu devrais être assise avec moi ? Je pourrais encore porter plainte contre toi, tu sais.

Je penchai la tête sur le côté et l'étudiai. Elle voulait que je la menace de porter plainte contre elle – mais cette conversation allait se dérouler selon *mes* termes.

– Ce que je ne comprends pas, c'est comment tu as convaincu Hudson de jouer à ton petit jeu.

– Quel jeu ? demanda-t-elle d'une voix innocente.

– Le baiser.

Je tournai l'écran vers moi et chargeai la vidéo, puis j'appuyai sur lecture et la lui montrai.

– Celui-ci.

Elle regarda la vidéo en silence, sans laisser paraître la moindre émotion, puis elle leva les yeux vers moi et prit un air très sérieux.

– Alors tu as découvert notre petit secret...

Elle voulait que je croie que ce baiser était sincère, et ce n'était pas le cas.

– Que vous avez manipulé Stacy ensemble ? Oui.

Elle éclata de rire.

– C'est ce qu'il t'a dit ? Je suppose qu'il ne veut pas que tu saches à quel point nous étions attachés l'un à l'autre.

– Sans blague ? Je n'y crois pas du tout.

– Que j'étais l'amante de Hudson ? Comme tu voudras. Mais tu sais, j'étais bien plus que cela, ajouta-t-elle. Pourquoi penses-tu que j'avais une clef de son appartement ? Et quand je l'ai ramené des Hamptons... il ne partait pas en voyage d'affaires.

Mensonges, mensonges, mensonges.

Je savais qu'elle disait tout cela pour semer le doute.

– Tu m'as joué trop de sales tours pour que je te croie, rétorquai-je en fermant mon ordinateur et en le rangeant dans mon sac. Je n'apprendrais rien d'elle, en fin de compte.

– Je pourrais te donner la preuve, si je le voulais, dit-elle en hochant les épaules. Je sais tout ce qu'il fait au lit. Est-ce qu'il aime te dominer ? Est-ce qu'il a un surnom pour toi ? *Ma belle*, peut-être ?

Je ne pus m'empêcher de la fusiller du regard lorsqu'elle

prononça mon surnom. Comment savait-elle cela ? Hudson m'avait juré que c'était privé.

– C'est le cas, n'est-ce pas ? Tu pensais qu'il n'y avait que toi qu'il appelait ainsi ? Tu ne sais pas qu'il appelle toutes ses conquêtes, *ma belle* ? Je peux te garantir qu'il n'a pas arrêté de me le répéter – à chaque fois qu'il me prenait sauvagement sur son bureau – et je t'assure que cela a eu lieu plus d'une fois. *Ma belle, ma belle.* Je suis sûre qu'il dit ça par habitude.

Peu importait qu'elle mente ou non. Elle venait de ruiner quelque chose de sacré pour moi et ce fut la goutte d'eau qui fit déborder le vase.

– Peut-être que ce surnom n'est pas que pour moi. Mais je t'assure que ça, c'est pour toi.

Je fermai la main et lui décrochai un coup de poing si rapide qu'elle ne le vit pas venir. Le bruit qui suivit m'indiqua que j'avais cassé quelque chose.

– Espèce de garce ! s'écria-t-elle en se tenant le nez.

– Je pensais la même chose de toi, bien que « connasse » me semble plus adapté.

Du sang coulait entre ses doigts et tachait son t-shirt blanc.

– Tu veux un terme adapté ? Que penses-tu de « casier judiciaire » ?

Ce fut la dernière chose que j'entendis avant de m'enfuir vers le métro, craignant que Celia n'interpelle quelqu'un pour m'arrêter.

Un casier judiciaire ? Peu importait. Ça en valait largement la peine.

CHAPITRE DIX-HUIT

Je sautai dans le premier métro qui arrivait et trouvai un siège vide à l'arrière du wagon. Mes mains tremblaient et mon cœur battait la chamade.

Mon Dieu, qu'avais-je fait ?

Je ne savais pas si j'étais morte de peur ou gonflée d'adrénaline. Probablement un mélange des deux. Bon sang, j'avais *frappé* Celia Werner, et j'avais probablement cassé son joli petit nez. Cela m'obtiendrait sûrement la visite d'un ou deux flics chez moi. Et avec l'argent qu'elle avait et ses relations, ils la prendraient au sérieux, c'était certain. J'avais déjà eu des ennuis par le passé et un autre incident dans mon casier judiciaire ne m'enchantait absolument pas.

En même temps... *j'avais mis un coup de poing à Celia Werner !* Et c'était carrément jouissif !

Il fallait que je fasse quelque chose – que je le dise à quelqu'un. J'avais toujours couru vers Brian lorsque j'étais dans des situations compliquées, et notre relation en avait pâti. Maintenant que cela se passait mieux entre nous, je ne voulais pas le mêler à cette histoire.

Cela plaçait Hudson en haut de la liste, et il était le mieux équipé pour s'en prendre aux Werner. Cependant, si j'étais *presque* sûre qu'il me soutiendrait à cent pour cent et qu'il prendrait toutes les mesures nécessaires, j'avais honte de l'appeler – surtout parce que j'étais sortie sans garde du corps et que cela ne lui plairait pas.

Je n'avais de réseau que par intermittence dans le métro, et lorsque je parvins enfin à l'appeler, je tombai sur sa boîte vocale. Il m'avait dit qu'il serait en réunion toute la journée, et je décidai de ne pas laisser de message. Au lieu de cela, je lui écrivis de me rappeler au plus vite et je priai pour qu'il apprenne la nouvelle par moi et non par Celia – j'étais sûre qu'elle essaierait de l'appeler, elle aussi.

De mon côté, que penser de ce qu'elle m'avait dit ? J'avais beau faire de mon mieux pour ne pas me laisser atteindre par son petit jeu, je ne pouvais oublier ses paroles.

Et la preuve dont elle avait parlé...

Arrête tout de suite, pensai-je. D'une façon ou d'une autre, elle avait appris le surnom que Hudson avait choisi pour moi. C'était aussi simple que cela. Il était *impossible* qu'il l'ait appelée ainsi. Et oui : il était dominant au lit, mais il suffisait de le connaître un peu pour supposer cela.

La seule raison pour laquelle cela me perturbait était parce que Hudson ne m'avait pas encore avoué son secret. Était-ce ce qu'il voulait me dire – qu'il était avec Celia ? Qu'il avait couché avec elle alors qu'il était avec moi ?

Je ne le croyais pas – en tout cas, je ne *voulais pas* le croire. C'était trop simple, trop prévisible, et Hudson était tout sauf prévisible.

Mais si ce n'était pas cela...

L'autre solution qui se dessina dans ma tête était pire que ce que Celia avait suggéré. *Bien pire.* À tel point que si cela devait s'avérer, cela m'anéantirait. Je ne pouvais y penser plus longtemps, même pour la réfuter, et je l'enfouis dans un coin de mon esprit jusqu'au moment où je devrais l'affronter. *Si* je devais l'affronter.

En attendant, il me fallait trouver quelqu'un pour me conseiller. En dehors de Brian, qui donc saurait gérer ce genre de situation ? Je pensai à David et Élise, et même à Jack ou Mira, mais je finis par appeler celui qui, j'en étais sûre, pourrait m'aider.

Jordan répondit à la première sonnerie.

– Salut, je sais que tu ne travailles pas, mais j'ai un souci et j'ai besoin de ton aide.

– Je peux être au penthouse dans vingt-cinq minutes.

Il était déjà sur le point de raccrocher lorsque je l'arrêtai.

– En fait, je ne suis pas au penthouse. Je sors du métro à Grand Central Station.

Il marqua une minuscule pause avant de demander :

– Reynold n'est pas avec toi ?

– Non, dis-je d'un ton qui ne reflétait aucun regret. Je t'expliquerai quand je te verrai. Est-ce que tu peux me retrouver ici ?

– Bien sûr. D'ailleurs, si tu es à Grand Central, je peux être là dans dix minutes.

Nous décidâmes d'un point de rendez-vous et je raccrochai. Jordan tint sa parole et arriva dix minutes plus tard. *Il doit habiter dans le coin,* pensai-je en réalisant que je ne savais presque rien à propos de cet homme.

Nous trouvâmes un banc libre, où je lui résumai la situation, prenant soin de ne rien oublier, ou presque – je ne lui dis pas ce que Celia avait dit pour que je lui mette un coup de poing.

Jordan ne sembla pas surpris et il n'émit aucun jugement.

– As-tu appelé Hudson ?

– J'ai eu sa boîte vocale.

– Ne t'en fais pas, ce n'est pas urgent. Voici ce qui risque de se passer : Celia va aller aux urgences et, grâce à ses relations, elle va obtenir que la police prenne son dépôt de plainte là-bas. Normalement, les flics n'interviennent pas pour un simple coup de poing. Mais, comme c'est une Werner, ils ne vont pas tourner la page aussi facilement.

– Est-ce qu'ils vont m'arrêter ?

– Ils vont te convoquer devant un juge, dit-il en secouant la tête. Mais il n'y aura ni mandat, ni arrestation. Cela laissera tout le temps nécessaire à monsieur Pierce de faire disparaître tout cela – ce qu'il fera sans problème. Tu le sais, non ?

– Oui, je le sais, dis-je en triturant mes doigts. Du moins, je crois. Mais je déteste être un fardeau pour lui.

Jordan éclata de rire, ce que je ne l'avais jamais vu faire.

– Cet homme ne te verra jamais comme un fardeau, Laynie. Il a retourné ciel et terre pour faire disparaître ta dernière inculpation. Et le deal sur lequel il travaille en ce moment est bien plus difficile que de se débarrasser de la plainte de Celia.

– En quoi son deal me concerne ?

– Je suis désolé, Laynie, ce n'est pas à moi de te l'apprendre. Ce que je voulais dire, c'est que tu n'es pas un *fardeau*, tu es sa *raison d'être*.

Je savourai les paroles de Jordan – j'en avais grand besoin en cet instant. Surtout parce que je ne pouvais pas joindre Hudson. J'avais besoin que l'on me rappelle qu'il était encore là pour moi.

– Merci Jordan. J'apprécie cela bien plus que tu ne le penses. Est-ce que tu sais quand il rentre ?

Jordan ne répondit pas tout de suite et je sus qu'il préparait sa réponse avec précaution.

– Tout dépend des réunions qu'il avait aujourd'hui.

Pourquoi avais-je l'impression que tout le monde était au courant de ce deal sauf moi ? Hudson, Norma, et même Jordan ! J'avais compris que ce n'était rien de grave ou d'illégal –pourquoi ne voulait-il rien me dire ?

Hudson avait promis de me dire tout ce que je voulais savoir à son retour. Ce deal était sur ma liste de questions. Je préférais l'apprendre de sa bouche plutôt que de celle de mon garde du corps, je n'insistai donc pas.

Je regardai l'heure sur mon téléphone – encore une heure avant le pot de David. Peut-être devrais-je aller directement là-bas, à moins que cela ne pose problème...

– Le club est fermé le dimanche, mais nous y organisons un pot de départ pour mon collègue. Tu penses que la police peut se pointer là-bas ? Je ne veux pas ruiner la soirée.

– Non, ne t'en fais pas. Ils iront chez toi ou bien ils attendront que le club soit ouvert pour t'y trouver. Tout ira bien.

– Je sais que je vais devoir les affronter tôt ou tard, mais je préférerais vraiment que ce ne soit pas aujourd'hui.

Bon sang, j'étais une vraie poule mouillée.

Si Jordan était d'accord avec moi, il n'en laissa rien paraître.

– Voilà ce qu'on va faire : on va prendre le métro jusqu'au Sky Launch. La voiture est garée au penthouse, donc j'irai la chercher et je reviendrai au club. Comme cela nous pourrons partir dès que tu le voudras. Je ne pense pas que Werner te causera des ennuis ce soir.

– Non, tu as raison.

Cela dit, je ne pus m'empêcher de sourire en imaginant les dégâts que j'avais faits à son visage.

Jordan regarda passer les passagers du métro d'un air détendu. Ou peut-être *feignait-il* d'être détendu. Plus j'en apprenais sur lui, plus je me rendais compte qu'il était toujours sur le qui-vive et qu'il pensait toujours à la prochaine étape.

– Je pense que la police passera te voir demain matin, Laynie. Si tu préfères ne pas les voir tant que monsieur Pierce n'est pas rentré, je peux te déposer au loft ce soir après la fête.

– Ce n'est pas une mauvaise idée, je vais y réfléchir.

J'espérais surtout que lorsque je parviendrais enfin à joindre Hudson, il pourrait s'occuper de toute cette histoire pour que je n'aie pas à me cacher.

Cependant, même si Hudson *pouvait* me débarrasser de la plainte de Celia, il ne pouvait me protéger d'elle pour toujours. Il n'avait pas réussi à mettre fin à son harcèlement, et elle allait sûrement passer à la vitesse supérieure, à présent. Je repensai aux conseils de Jack – *le seul moyen de te débarrasser d'elle est de lui laisser croire qu'elle a gagné.* J'avais fait l'inverse en lui mettant un coup de poing dans le nez. D'ailleurs, j'avais probablement empiré les choses. Je craignais plus que jamais qu'elle ne me laisse pas tranquille, et je ne savais vraiment pas si Hudson et moi pouvions survivre à cela.

* * *

Je découvris vite que je n'avais aucune envie d'être au Sky Launch, même pour m'y cacher. Heureusement, je n'avais rien à faire pour préparer la soirée à part ouvrir les portes pour le traiteur. Hudson avait tout prévu, y compris un open bar, ce qui était extrêmement généreux de sa part. Peut-être était-ce sa façon de s'excuser d'être la cause du départ de David.

Chaque employé avait été autorisé à venir accompagné, et en comptant les amis de David et quelques habitués du club, le nombre total d'invités atteignait environ cent personnes. C'était une bonne fête, et je me serais sans doute amusée si Hudson avait été là avec moi. À vingt-deux heures, je n'avais toujours pas eu de ses nouvelles.

« Pose ce fichu téléphone et viens danser avec moi », insista Élise. Je lui avais raconté les événements de la journée lorsque j'étais arrivée. Selon elle, si j'allais devoir affronter la police demain, autant m'amuser ce soir – ce sur quoi nos opinions divergeaient.

– Laynie, je t'adore et je suis là pour toi si tu as besoin de moi. Mais apparemment tu préfères bouder dans ton coin. Donc je vais te laisser faire et aller m'amuser, dit-elle en me tirant les cheveux. Tu ne m'en veux pas ?

– Je te pardonne. Allez, va danser.

Elle m'embrassa sur la bouche et partit retrouver un groupe bruyant et exubérant sur la piste de danse. Je fis de mon mieux pour ne pas me sentir abandonnée – après tout, ce n'était pas Élise que je voulais à mes côtés.

Déterminée à ne pas gâcher la soirée de tout le monde, je m'assis sur un des canapés qui bordaient la piste et sirotai ma coupe de champagne en regardant la foule danser et discuter autour de moi. Peut-être valait-il mieux que je reste à l'écart, de toute façon, puisque la plupart des invités étaient mes employés. J'étais sans doute censée maintenir une distance et un degré de respect entre eux et moi.

Je me demandai soudain s'ils me respecteraient toujours si j'étais menottée et embarquée par les flics. Ça suffit, pensai-je. Jordan m'avait dit que je ne me ferais pas arrêter, et je savais que Hudson réglerait tout cela en quelques coups de fil. Cela dit, je ne serais pas surprise que Celia raconte l'histoire aux médias. *Mon Dieu, les médias !*

Je fermai les yeux et grimaçai en pensant à une telle éventualité. *Appelle-moi, s'il te plaît, Hudson. Appelle-moi !*

– Ça te gêne si je me joins à toi ? cria une voix par-dessus la musique.

J'ouvris les yeux et vis que Gwen s'asseyait sans avoir attendu ma réponse.

– Je t'en prie.

Je balayai le club du regard. Tout le monde ne dansait pas, mais personne d'autre n'était assis seul, comme moi. Était-ce pour cela qu'elle était venue s'asseoir avec moi ? Bon sang, j'espérais que ce n'était pas le cas, je n'étais pas d'humeur à ce que l'on me remonte le moral. Autant le lui dire tout de suite.

– Pourquoi tu n'es pas sur la piste avec les autres ? demandai-je en espérant qu'elle comprenne le message.

Elle fronça les sourcils et je me rendis compte que le verre qu'elle tenait n'était pas son premier. Si elle n'était pas déjà saoule, elle n'était pas loin de l'être.

– Je n'aime pas vraiment..., commença-t-elle avant de s'arrêter, comme si elle avait oublié ce qu'elle voulait dire.

– Danser ?

– En fait, j'allais dire que je n'aime pas vraiment les gens. Et puis, ce sont nos employés, je trouve bizarre de danser avec eux ce soir alors que je vais leur donner des ordres demain.

Mince, c'était vraiment une bonne manager.

– Gwen, je commence à vraiment t'apprécier. C'est dingue, non ?

– Cela ne durera pas, tu verras, dit-elle d'une voix qui sous-entendait qu'elle parlait en connaissance de cause. Peut-être avait-elle simplement l'alcool triste.

Si elle n'allait pas en parler d'elle-même, je n'allais pas l'y encourager. J'avais mes propres problèmes à gérer. Pour la dixième fois en quinze minutes, je regardai mon téléphone pour voir si je n'avais pas raté un appel ou un message.

Rien.

Jordan était déjà revenu avec la voiture et il attendait dans le salon des employés en regardant un match de baseball. Je lui écrivis un message.

Des nouvelles de Hudson?

Non. Mais il n'est que 18h à L.A. Donne-lui du temps.

Cela faisait déjà cinq heures que je lui avais écrit en lui demandant de me rappeler. Combien de temps lui fallait-il?

– Tu n'arrêtes pas de regarder ton téléphone. Tu attends un coup de fil? demanda Gwen.

– J'attends que Hudson me rappelle, dis-je en rangeant mon téléphone dans mon soutien-gorge. Il est à Los Angeles depuis quelques jours. Désolée, je ne savais pas que c'était aussi flagrant.

– Mon Dieu, tu dégoulines d'amour. C'est dégoûtant, grommela-t-elle.

– Tu n'approuves pas ma relation avec Hudson? demandai-je en penchant la tête sur le côté.

– Je me contrefiche de Hudson et toi, dit-elle en haussant les épaules. C'est l'amour, que je désapprouve. J'y ai déjà assez droit avec Norm – commença-t-elle avant de s'arrêter. Bref. J'ai l'impression que tout le monde est amoureux en ce moment. C'est pénible.

Elle ne savait pas que j'étais au courant pour sa sœur et Boyd, et je ne lui dis pas non plus. En revanche, son attitude anti-romance m'intriguait. Se sentait-elle abandonnée par sa sœur depuis que celle-ci s'était mise en couple avec son assistant? Difficile de le savoir puisque je ne savais rien de Gwen.

Soudain, je compris.

– Aaah. Tu as des problèmes de cœur ! m'exclamai-je alors que, pour la première fois depuis le début de la soirée, je m'intéressais à autre chose qu'à moi-même. C'est pour cela que tu étais si pressée de partir de L'Étage ?

Son regard se voila, mais je ne savais si c'était à cause de l'alcool ou parce qu'elle se remémorait un souvenir. Elle ouvrit la bouche pour parler, puis elle hésita.

– Bien essayé. Je suis saoule, mais pas à ce point, dit-elle avant de boire une gorgée de whisky tout en inspectant ma coupe de champagne. D'ailleurs, tu ne te joins pas à la débauche collective ?

– Je ne suis pas une grande buveuse.

Je tolérais si peu l'alcool que je me sentais déjà un peu pompette après une coupe de champagne, et je voulais être sobre lorsque je parlerais à Hudson.

– Hmmm.

Elle m'étudia puis elle regarda la foule qui se déchaînait sur la piste de danse.

– Je t'ai entendu parler d'addiction avec Élise, dit-elle après avoir bu une nouvelle gorgée. Tu étais alcoolique ?

J'éclatai de rire. Elle semblait aussi curieuse à propos de moi que je l'étais à propos d'elle. Peut-être que si je lui racontais mon histoire, elle me raconterait la sienne. Cela dit, en cet instant précis, me faire de nouvelles amies n'était pas ma priorité.

– Raté. Tu as tes secrets, j'ai les miens.

– Très bien, j'accepte, dit-elle en souriant.

– Ah, c'est ici que se passe la fête ?! s'exclama David en arrivant derrière nous et en passant sa tête entre celle de Gwen et la mienne.

– Ha. Ha. Ha. J'adore ton sarcasme, rétorqua Gwen en finissant son verre et en le posant sur la table basse devant nous.

David l'ignora et tourna la tête vers moi.

– Cette soirée est ma dernière avec mes amis préférés. Et *mon* amie préférée s'apitoie sur son sort dans un coin. Qu'est-ce qu'il se passe ?

Je fus gênée qu'il fasse référence à moi comme son amie préférée, mais il s'apprêtait à quitter la ville et je n'avais aucune raison de m'inquiéter à propos de ses intentions. De plus, il avait raison, c'était *sa* soirée, pas la mienne.

– Merde, je suis désolée, David. C'est censé être une fête et je la gâche avec ma mauvaise humeur.

Il fit le tour du canapé et s'assit sur la table basse.

– Pourquoi es-tu de mauvaise humeur, d'ailleurs ? Tu étais si joyeuse, ces derniers jours. Il y a de l'eau dans le gaz avec Pierce ? demanda-t-il en haussant les sourcils, le regard plein d'espoir.

J'étais presque touchée qu'il ne baisse jamais les bras.

– Je suis navrée de te décevoir, mais je ne crois pas.

Cela dit, peut-être qu'il y en aurait, une fois que j'aurais dit à Hudson que j'avais frappé Celia. Mais pourquoi n'avait-il pas encore appelé ? Jordan connaissait-il *vraiment* la procédure pénale de New York ?

– En revanche, il se pourrait que je me fasse bientôt arrêter, dis-je en regardant David.

David regarda Gwen en écarquillant les yeux.

– Ne me regarde pas, elle ne me dit rien, à moi, répondit-elle.

– Il va falloir que tu m'en dises davantage, répondit David.

Pendant une demi-seconde, j'envisageai de tout lui raconter. Mais ce serait injuste. Il avait toujours été un bon manager et un bon ami. Ce n'était pas une façon de lui faire mes adieux.

– Non, ce n'est rien. Oublie ce que j'ai dit, je t'en supplie. Je dis n'importe quoi.

En tout cas, je l'espérais.

– Tu me le dirais, si je pouvais faire quoi que ce soit, hein ?

C'était tout David : il n'insistait jamais mais il s'assurait que je sache toujours qu'il était là pour moi en cas de besoin. À une époque, je m'étais persuadée que cela pourrait me suffire parce qu'avec lui je ne risquais pas de devenir folle.

Je savais désormais que j'avais eu tort. Si Hudson était tout l'inverse de David, qu'il insistait sans cesse et qu'il était parfois insupportable, je n'avais jamais été aussi bien qu'avec lui. Et c'était pour cela qu'il me manquait tant à présent.

Cependant, me morfondre en son absence ne le ferait pas arriver plus vite. Et c'était une façon horrible de dire au revoir à un ami. Ainsi, je dégainai mon plus beau sourire et fis de mon mieux pour avoir l'air heureuse.

– Tu sais ce que tu peux faire, David ? Tu peux me remonter le moral, dis-je en me levant. Et si on allait danser ?

– J'ai cru que tu ne me le demanderais jamais.

Au lieu de nous diriger vers la foule, nous allâmes dans un coin vide de la piste. Au bout de quelques minutes à peine, je me sentais déjà mieux. Cela faisait une éternité que je ne m'étais pas lâchée ainsi, mettant de côté mes problèmes pour profiter du moment. Je fermai les yeux et laissai la musique m'envoûter, laissant mes pieds et mes hanches se mouvoir à leur guise. Des gouttes de sueur recouvraient mon front et j'étais essoufflée, mais je me sentais vivante. J'avais l'impression de renaître – seul le club m'apportait cette sensation. Bientôt, toute mon angoisse se dissipa et je ne pensai qu'à la musique, aux lumières du club, à l'ami qui était devant moi. C'était justement ce dont j'avais eu besoin.

Je ne savais depuis combien de temps nous dansions lorsque le DJ passa une chanson plus lente. Le club ne passait jamais de slows et je regardai David en haussant les sourcils.

– Quelqu'un a dû la demander, dit David en me tendant les mains. Ne la gâchons pas, d'accord ?

Une petite voix dans ma tête me dit que ce n'était pas une bonne idée. Si David était celui qui avait demandé cette chanson – ce dont j'étais certaine –, cela signifiait qu'il l'avait fait pour moi. Pour avoir une excuse pour me prendre dans ses bras, ce qui serait mal. J'avais un copain que j'aimais de tout mon cœur. Cela ne plairait pas à Hudson, et c'était une raison suffisante pour refuser cette danse.

Cependant, je ressentais comme un besoin de tourner la page pour de bon – une pointe de nostalgie pour la relation que nous avions eue. Peut-être était-ce dû à l'alcool et à l'adrénaline, ou simplement au besoin d'être dans les bras de quelqu'un après la dure journée que j'avais eue.

Et puis, Hudson n'était pas là, après tout, une danse ne ferait de mal à personne.

Sans y réfléchir davantage, je pris la main de David et le laissai m'attirer à lui. J'avais oublié la chaleur qu'il dégageait, comme un nounours géant. Il n'était pas aussi musclé que Hudson, mais il était fort et... confortable.

Je posai ma tête sur son épaule et nous laissâmes la musique nous bercer. Je fermai les yeux et écoutai les paroles de la chanson. Je reconnaissais la voix du chanteur mais je ne me souvenais plus de son nom. Il s'adressait à la femme qu'il aimait, lui disant qu'il l'avait dans la peau et qu'elle était toujours dans ses pensées.

Les paroles me faisaient penser à Hudson – nous étions si fusionnels qu'il me semblait que c'était son sang qui coulait dans mes veines. Il était ma raison d'être, et chaque battement de mon cœur déclenchait une nouvelle vague d'amour dans mon corps.

Un étrange mélange de panique et de tristesse s'empara de moi lorsque je réalisai que c'était précisément ce que David ressentait pour moi. Même si j'en avais douté, cela devint on ne peut plus clair lorsqu'il se mit à chanter les paroles dans mon oreille. « *Je ne peux pas t'oublier.* »

Je cessai de danser et reculai la tête pour le regarder dans les yeux. Il savait que ce qu'il faisait était mal, n'est-ce pas ? Que j'appartenais à quelqu'un d'autre et que je ne ressentais pas la même chose pour lui ?

Peut-être le savait-il, mais il était évident qu'il s'en fichait. Il se pencha et m'embrassa avant que je n'aie compris ce qui se passait. Son baiser me surprit et je le repoussai immédiatement.

Le regard attristé de David me transperça et me déchira – je connaissais l'étendue de sa peine et je ne supportais pas d'en être la cause. Cependant, je ne pouvais rien faire à part secouer la tête et ravaler mes larmes.

David s'apprêtait à dire quelque chose – à s'excuser ou à me convaincre de lui laisser une autre chance –, mais son regard se posa derrière moi et il eut l'air aussi surpris et anéanti que je l'avais été par son baiser.

Je n'eus pas besoin de tourner la tête pour savoir qui se tenait derrière moi. Était-ce une vengeance du destin ? Une façon de me punir pour toutes les conneries que j'avais faites dans ma vie ?

C'était pour cela qu'il n'avait pas répondu à mes appels – il était déjà en route pour rentrer. Je me tournai lentement vers Hudson. Il avait enlevé sa veste et sa chemise était froissée. Il avait desserré sa cravate et une barbe naissante couvrait ses joues. Cependant, je regardai surtout son regard. La peine qui j'y vis n'était rien à côté de celle de David. Ses yeux exprimaient une angoisse et une souffrance si insupportables que je me demandai s'il me serait possible de les apaiser.

Pour la deuxième fois de la journée, je me demandai, *Mon Dieu, qu'est-ce que j'ai fait ?*

CHAPITRE DIX-NEUF

Il me fallut toute ma force pour ne pas céder à la panique. Je devais rester calme si je voulais rectifier la situation. « Hudson, dis-je en allant vers lui, ce n'est pas ce dont ça a l'air. » Cependant, je n'avais aucune idée de ce qu'il avait vu. M'avait-il vu repousser David ?

Son visage resta de marbre.

– Peut-être devrions-nous parler de cela en privé.

– D'accord, répondis-je d'une voix fluette avant de me diriger vers le bureau.

Il m'emboîta le pas et nous gravîmes les escaliers en silence. Je ne sentais pas ses yeux sur moi – mon Dieu, est-ce qu'il m'en voulait au point de ne pas pouvoir me regarder ? J'étais désespérée... j'avais tellement eu hâte de le voir et je venais de tout gâcher. Une fois de plus.

Je me tournai vers lui dès qu'il eut fermé la porte du bureau et je le regrettai immédiatement. Son regard était encore plus triste à présent. Je ne savais pas si je pouvais faire quoi que ce soit pour l'effacer, mais il fallait que j'essaie.

– C'est *lui* qui m'a embrassée, Hudson, pas l'inverse. Et je l'ai repoussé.

Après tout, c'était la vérité. Peut-être avait-il été là assez longtemps pour le voir ?

– Pourquoi étais-tu dans ses bras, de toute manière ? demanda-t-il.

Sa voix était grave et chargée d'émotion, lui qui se maîtrisait si bien habituellement… c'était une véritable torture.

– On dansait, tout simplement. C'est une fête, répondis-je tandis qu'une larme coula sur ma joue.

– Tu étais dans ses bras, Alayna, rétorqua-t-il en me foudroyant du regard. Dans les bras de quelqu'un qui ne fait rien pour cacher les sentiments qu'il a pour toi. Tu t'attendais à quoi ?

Il avait raison sur de nombreux points – j'avais su que c'était risqué et j'avais immédiatement voulu mettre fin à son étreinte. Cependant, je n'avais pas voulu lui donner quelque espoir que ce soit : c'était un simple câlin d'adieu et mes pensées étaient restées fixées sur Hudson.

– C'était parfaitement innocent, insistai-je. J'avais besoin de quelqu'un et il était là pour moi alors que toi tu ne l'étais pas.

L'angoisse qui m'avait poussée dans les bras de David revint me hanter et ma peine se chargea d'amertume.

– D'ailleurs où étais-tu aujourd'hui quand j'avais besoin de toi ? demandai-je.

Sa rancœur rivalisa avec la mienne.

– De quoi avais-tu besoin, Alayna ? De quelqu'un pour te tenir chaud ?

– C'est horrible, comment peux-tu dire cela ? rétorquai-je en ravalant le sanglot qui menaçait de s'échapper.

– Ce qui est horrible, c'est de te surprendre en train d'embrasser quelqu'un d'autre.

Ma poitrine se serra en imaginant sa douleur. Ou plutôt, je n'avais pas besoin de l'imaginer car je l'avais *vu* embrasser Celia dans la vidéo et la même tourmente m'avait saisie plus tôt lorsque cette garce avait sous-entendu qu'ils étaient amants.

– Ouais, ne t'en fais pas, je sais ce que cela fait.

– Ah bon, tu crois ? cracha-t-il.

– Absolument, répondis-je, soudain furieuse. Laisse-moi voir si je peux l'expliquer. C'est comme si quelqu'un avait saisi tes entrailles pour les tordre lentement avant de te les arracher ? En tout cas c'est ce que j'ai ressenti lorsque Celia m'a dit que tu la *baisais* durant tout le temps où on était ensemble.

– *Quoi ?*

Il avait l'air véritablement surpris, pas comme un homme pris en flagrant délit. De la même façon qu'il n'avait pas compris pourquoi j'insinuais qu'il avait eu une relation avec Stacy, il semblait ne pas savoir de quoi parlait Celia.

– Quand a-t-elle dit ça ? demanda-t-il.

– Aujourd'hui, marmonnai-je en regrettant d'avoir abordé le sujet de cette façon.

– Tu l'as vue aujourd'hui ? Est-ce que c'est en rapport avec le message qu'elle m'a laissé ?

– Je *savais* qu'elle t'appellerait ! Qu'est-ce qu'elle a dit ?

Pourquoi Hudson ne m'avait-il pas appelée après avoir écouté le message de Celia ?

– Je ne sais pas, elle racontait n'importe quoi. Elle parlait de toi et de son avocat. J'ai supposé que cela faisait partie de son jeu et j'ai effacé le message.

Hudson avança vers moi et je vis que ses traits s'étaient adoucis, affichant de l'inquiétude plutôt que de la peine.

– Que s'est-il passé avec elle ? Est-ce qu'elle te suivait ? Qu'a-t-elle fait ? Et pourquoi est-ce que Reynold ne m'a pas appelé ?

– Il ne le savait pas, expliquai-je en m'asseyant sur le bord du bureau.

Je me sentais coupable d'avoir lâché mon garde du corps, mais aussi – et surtout – en voyant la vitesse à laquelle Hudson mettait sa tristesse de côté lorsqu'il était inquiet pour moi.

– Ne me regarde pas comme ça, Hudson, continuai-je. Je suis désolée. Je tournais en rond à la maison alors j'ai pris mon ordinateur et je suis allée me chercher un café. Je pensais que Reynold serait prévenu lorsque j'indiquais sur l'alarme que je n'étais pas là, mais apparemment ce n'est pas le cas.

– Ils ne sont prévenus par message que lorsque tu signales que tu es à la maison.

Je fus légèrement surprise qu'il n'ait pas fait en sorte de pouvoir suivre tous mes va-et-vient et je me promis de l'en féliciter à l'avenir.

– Bref. Je suis seulement allée au café au coin de la rue et Celia a débarqué. Et j'en avais ras le bol, alors je suis allée la voir.

– C'est *toi* qui lui as parlé ?

Sa mâchoire était contractée et ses mains tremblaient. Je ne l'avais jamais vu dans un tel état. Pourquoi était-il aussi en colère ?

– Oui. Je sais que c'était idiot. Mais Stacy m'avait envoyé un des e-mails que tu es censé lui avoir écrit, et j'étais en train de le lire. Je savais qu'il n'était pas de toi, et j'ai reconnu une des citations que Celia a surlignée dans un des livres. Je sais que c'est elle qui a écrit cet e-mail, alors j'ai voulu la confronter.

J'avais parlé si vite que je n'étais pas certaine qu'il ait compris quoi que ce soit, mais il n'avait aucun mal à me suivre.

– Et c'est là qu'elle a dit qu'on était ensemble ? Comme ça, sans préambule ?

Je grimaçai. Je savais que la suite ne lui plairait pas, mais il valait mieux tout lui dire d'un coup.

– D'abord, je lui ai montré la vidéo. Et c'est là qu'elle a dit que vous couchiez ensemble et que vous étiez en couple. Que tu l'avais baisée le soir du colloque de Stern et que ce n'était ni la première ni la dernière fois.

Le visage de Hudson était tellement rouge que je n'aurais pas été surprise que de la vapeur s'échappe de ses oreilles.

– Et tu l'as crue ?

– Ça m'a rendue furax et je lui ai mis un coup de poing, dis-je sur un ton qui trahissait ma fierté.

– Tu l'as *frappée* ? s'écria-t-il.

– Tu sais quoi ? Si tu continues à me soumettre à cet interrogatoire, je m'en vais, rétorquai-je, déçue par sa réaction.

Hudson se mit à faire les cent pas en passant sa main dans ses cheveux. Lorsqu'il s'arrêta et se tourna à nouveau vers moi, il s'était un peu calmé, même si son angoisse était encore visible.

– Je suis désolé d'être stressé, Alayna. Je te promets que c'est seulement parce que je suis inquiet pour toi.

Je l'étudiai quelques secondes et je sus qu'il disait la vérité : qu'il tremblait de peur et non de colère. Il se faisait du souci pour moi et j'en fus touchée. Cela m'aida à me calmer et je décidai de mettre de côté ma frustration et d'être honnête avec lui.

– Oui, je l'ai frappée. Je crois que je lui ai cassé le nez. Je suppose qu'elle va porter plainte pour coups et blessures. C'est pour ça que j'avais besoin de toi.

– Alayna, dit-il en fixant sur moi un regard plein d'amour. Pourquoi tu ne m'as pas appelé ?

– C'est ce que j'ai fait ! Mais ton téléphone était éteint. Je n'ai pas laissé de message parce que je ne voulais pas que tu l'apprennes de cette manière. Et je ne voulais pas interrompre ta réunion parce que je savais qu'elle était importante.

– Pas aussi importante que toi.

Je sentais qu'il voulait venir vers moi, me prendre dans ses bras, mais il se retint et alla s'asseoir sur le canapé.

– Est-ce que la police t'a contactée ? demanda-t-il.

– J'avais peur de retourner au penthouse, dis-je en secouant la tête, alors je suis venue t'attendre ici.

– Quand tu m'as écrit j'étais déjà dans l'avion, dit-il en baissant les yeux. Je n'ai pas voulu t'appeler parce que je t'aurais dit que je rentrais à la maison, et je voulais que ce soit une surprise. J'ai préféré faire une sieste, mais j'aurais mieux fait de t'appeler, dit-il en riant sèchement.

– Je n'aurais pas dû perdre mon sang-froid.

– Je vais m'occuper de tout. Ne t'en fais pas, elle ne t'embêtera plus jamais.

Il avait dit cela avec une telle conviction que je n'eus d'autre choix que de le croire. Il allait trouver un moyen de me protéger de Celia, mais de mon côté il fallait que je suive ses consignes. Si j'avais fait cela depuis le début, elle ne m'aurait pas poussée à bout et Hudson n'aurait pas à me sortir de ce pétrin.

– Merci, Hudson.

Ma reconnaissance et mon soulagement ne furent que de courte durée, car je fus vite prise de remords. Si je n'avais pas frappé Celia, aurais-je fini dans les bras de David ? Quelque chose me disait que non.

– Hudson, je suis désolée, dis-je d'une voix tremblante.

– Ne le sois pas. Et puis c'est bien fait pour elle. Elle mérite bien pire, si tu veux mon avis, répondit-il en souriant.

Je voulais lui renvoyer son sourire, mais je ne le pouvais pas. Pas encore.

– Je voulais dire que je suis désolée pour David.

– Ah.

Ses traits s'assombrirent à nouveau et sa tristesse réapparut. Lorsqu'il parla, chaque parole était mesurée, précise, et lourde de sens.

– Dis-moi juste une chose. Est-ce que tu ressens encore *quoi que ce soit* pour lui ?

– Non. Non, rien. Rien du tout. Je te l'ai déjà dit, et je le pensais. Je sais que ce que tu as vu ce soir peut te faire douter, mais j'étais mal à l'aise quand j'étais dans ses bras. Je ne pensais qu'à toi. Tu me manquais, H. Tellement... Je ne pensais pas à ce que je faisais. Je suis tellement dé, dé déso... bégayai-je alors que ma gorge se nouait.

Il se précipita vers moi avant que je n'aie pu finir ma phrase et il me prit dans ses bras. *Voilà,* ce que j'avais cherché dans les bras de David et dont j'avais tant besoin.

– Tu m'as manqué aussi, ma belle, dit-il en enfouissant son visage dans mes cheveux. J'avais *tellement* besoin de te revoir, j'ai tout fait pour revenir aussi vite que possible.

– Et j'ai gâché ta surprise. Je suis tellement désolée.

– Je m'en fiche. Ça fait mal, mais je t'ai blessée, aussi. Tant que tu me promets que ça ne voulait rien dire...

– *Rien.* Je te le jure. Il n'y a que toi, Hudson, dis-je en l'embrassant dans le cou. Et toi... Est-ce que... tu ressens quelque chose pour Celia ?

Son corps se raidit et il recula la tête pour me regarder dans les yeux.

– Alayna... Je n'ai jamais *rien* ressenti pour Celia.

– Tu veux dire que ce n'était que du sexe ?

Je ne pouvais taire certaines questions, même si les réponses étaient déjà évidentes.

– Je n'ai jamais été avec elle, de quelque façon que ce soit, dit-il en secouant la tête.

– Elle mentait, alors, répondis-je.

– Oui, elle mentait.

– C'est bien ce que je pensais.

J'aurais dû être soulagée… pourquoi étais-je encore plus angoissée ?

Parce que son aveu au sujet de la vidéo n'était pas qu'il m'avait trompée avec Celia. Quelque chose me dit que je savais déjà ce dont il s'agissait. Je l'avais mis de côté plus tôt, mais cela rejaillit à présent. Et cette fois-ci, je ne pouvais pas l'ignorer : je devais l'affronter.

Lentement, à contrecœur, je quittai la chaleur de ses bras.

– Le problème… c'est que j'aurais presque préféré que ce soit vrai.

Il haussa les sourcils.

– Comprends-moi, je suis soulagée de savoir que tu ne couchais pas avec elle en même temps que moi, mais j'aurais préféré que tu me dises que tu étais avec elle quand Stacy t'a vu. J'aurais pu l'accepter, même si ça aurait été une véritable torture. Je crois que j'ai toujours su qu'il n'y avait rien entre vous, que ce soit maintenant ou au moment de la vidéo.

– C'est vrai. Je n'ai jamais été avec elle.

Incapable que j'étais de le regarder dans les yeux, je gardai les yeux rivés sur sa pomme d'Adam, en le regardant avaler sa salive.

– Donc cela veut dire que cette histoire avec Stacy n'était qu'un jeu. J'ai voulu croire que c'était Celia qui tenait les rênes et que tu la protégeais, mais tu m'as dit que ce n'était pas le cas. Or tu as été jusqu'à l'embrasser, ce qui signifie que tu t'amusais à manipuler Stacy, toi aussi.

Je marquai une pause, accordant à mon cerveau le temps de digérer mes paroles, d'en comprendre l'importance.

– J'ai pensé un instant que c'était peut-être le secret que tu me cachais. Mais je sais désormais que ce n'est pas le cas. Bien sûr, c'est horrible pour Stacy, mais je savais que tu avais fait ce genre de chose par le passé. Et tu *savais* que j'étais au courant. Si c'était cela, tu me l'aurais dit. Cela signifie que la vidéo révélait autre chose, quelque chose de pire encore.

Je levai enfin les yeux vers lui et plongeai mon regard dans le sien.

– C'est à cause du soir où a été filmée cette vidéo, n'est-ce pas ? J'ai cru que tu ne voulais pas que j'apprenne que tu manipulais encore les gens à cette époque, mais ce n'est pas ça non plus, je me trompe ?

– Alayna...

Ce n'était qu'un murmure, mais il était lourd de sens, comme une mise en garde. Il me suppliait de ne pas aller plus loin. Cependant, nous étions destinés à avoir cette conversation depuis la première fois qu'il m'avait vue. Qu'il le veuille ou non, le moment était venu de parler.

– Ce n'est pas la vidéo en elle-même, c'est ce qui s'est passé ensuite, dis-je comme si je comprenais les choses seulement maintenant.

Inconsciemment, je l'avais probablement toujours su.

Hudson continua à répéter mon prénom pour attirer mon attention, mais je restai concentrée sur mon raisonnement.

– Si Celia était avec toi avant le colloque, je peux supposer qu'elle y est allée avec toi. Et si elle t'a accompagné, elle devait être là lorsque tu m'as vue pour la première fois. Et si, à cette époque, vous manipuliez encore des gens...

Un frisson glacial parcourut mes veines et une vague de nausée s'empara de moi. J'eus la chair de poule et mes oreilles bourdonnèrent si fort que j'entendis à peine Hudson parler.

– Je voulais te le dire, disait-il. Je suis revenu pour te le dire.

J'étudiai son visage, écoutant à peine son explication alors que j'acceptais enfin la vérité.

– C'est la pire erreur de ma vie, Alayna, dit-il en faisant un pas vers moi, ses traits déformés par la peur. C'est la pire chose que j'ai faite de toute ma vie. Je ne me doutais pas de l'ampleur des sentiments que j'aurais pour toi. Je n'ai jamais pensé pouvoir te blesser autant et je ne savais pas que cela m'affecterait autant. Il faut que tu comprennes, Alayna, je t'en supplie.

Je comprenais. Beaucoup trop bien.

– C'était ça, alors ? Un jeu ? Je n'étais qu'un jeu. Votre petite distraction sordide à tous les deux, dis-je en m'effondrant. Mon Dieu. Mon Dieu. Mon Dieu !

– Alayna, dit Hudson en s'accroupissant devant moi pour me prendre dans ses bras.

Je reculai, tremblant de la tête aux pieds.

– Ne me touche pas ! hurlai-je.

J'étais aveuglée par la colère, par le désespoir. Mon estomac se tordait comme si j'allais vomir de haine. J'étais incapable de formuler la moindre pensée et Hudson ne me laissait pas de répit pour réfléchir.

– Ce n'est pas ce que tu crois, Alayna. Ça a commencé comme un jeu – organisé par Celia. Mais je n'y ai participé que parce que c'était *toi* – parce que tu m'attirais déjà.

Je le dévisageai et clignai plusieurs fois des yeux. Soudain, ce fut comme si je le voyais pour la première fois. Au fond, j'avais *toujours su* que je n'étais qu'un pion. Pourquoi avais-je systématiquement balayé cette possibilité ? Notre relation avait commencé de façon si étrange et inhabituelle : il avait acheté le club puis il m'avait payée pour mettre fin à ses fiançailles imaginaires. Pourquoi n'avais-je jamais *vraiment* remis en question l'étrangeté de cette situation ?

Et maintenant, il cherchait à justifier tout cela ? Mon estomac fit un saut périlleux, et j'eus des haut-le-cœur, ne crachant que de la bile.

– Alayna, laisse-moi te...

Je levai la main, paume tournée vers lui, pour l'empêcher de m'approcher.

– Je ne veux pas de ton aide, putain, dis-je en m'essuyant la bouche du revers de la main. Je veux des réponses !

– Tout ce que tu veux. Je te dirai tout, s'empressa-t-il de dire, comme s'il pensait que ses réponses joueraient en sa faveur.

Je savais que rien de ce qu'il dirait ne pourrait réparer ce qui avait été fait et que chaque justification serait plus insoutenable encore que la précédente, mais il fallait que je sache toute l'histoire.

Mes ongles plongèrent dans la moquette alors que je cherchais à m'accrocher à quelque chose, n'importe quoi, pour me donner de la force.

– Tu étais attiré par moi ? dis-je d'un ton amer. Alors tu as décidé de m'utiliser comme un divertissement ?

– Non, répondit-il en passant ses deux mains dans ses cheveux. Non, je voulais t'aborder et le plan de Celia m'a servi d'excuse.

– Et quel était ce plan, Hudson ? "*La fille qui parle maintenant, fais en sorte qu'elle tombe amoureuse de toi et...*" quoi ?

Il secoua vivement la tête.

– Non, ça ne s'est pas passé ainsi.

– Alors explique-moi ! Dis-moi ! criai-je en frappant le sol de toutes mes forces.

Il chercha ses mots. Jamais je ne l'avais vu aussi déboussolé, aussi misérable.

– Je t'ai vue, comme je te l'ai dit, et j'ai tout de suite été attiré par toi, comme jamais je ne l'avais été par qui que ce soit.

– Je t'ai plu, alors tu as décidé de m'anéantir, c'est ça ?

Eh bien son plan avait marché : j'étais détruite et je ne pourrais plus jamais me relever.

Hudson secoua la tête une nouvelle fois.

– Ce n'est pas ainsi que je voulais te le dire, ce n'est pas du tout comme ça que je voulais te l'expliquer.

– Tu veux dire que si tu me l'expliquais autrement, tu pourrais manipuler les faits pour que cela semble moins lugubre, dis-je alors que je tremblais si fort que mes dents claquaient lorsque je parlais.

– Je l'ai mérité, dit-il en grimaçant comme si je l'avais giflé. Mais ce n'est pas ce que je voulais dire, dit-il en s'approchant lentement puis en s'arrêtant lorsque je le fusillai du regard. Laisse-moi t'expliquer les événements tels qu'ils se sont déroulés. Ce ne sera pas mieux, ce sera toujours horrible, mais au moins ce sera vrai.

Je reculai pour m'adosser au bureau. Je ne voulais plus rien entendre, mais *il fallait* que je sache.

– Vas-y, je t'écoute.

– Je t'ai vue, et Celia l'a remarqué. Elle a tout de suite su que tu me plaisais. Quelques jours plus tard, elle est venue me voir avec des informations sur toi.

– C'est *elle* qui a fait des recherches sur moi ? m'exclamai-je.

Mon interruption parut faire voler en éclats le discours qu'il semblait avoir appris par cœur. Eh bien tant mieux. Il était hors de question que je lui rende la tâche facile.

– Oui, Celia a fait une enquête sur toi. Elle m'a montré le rapport de police et l'ordonnance du juge indiquant qu'il t'était interdit d'approcher Paul Kresh, en plus d'une copie de ton bilan psychiatrique.

Une nouvelle vague de nausée s'empara de moi à l'idée que c'était *Celia* qui avait découvert mes secrets. Hudson sembla lire mon dégoût et s'empressa de vouloir l'effacer.

– C'était en totale contradiction avec ce que j'avais perçu chez toi, Alayna. Les informations qu'elle me montrait n'avaient rien à voir avec la femme confiante que j'avais vue sur scène au colloque. Si ces choses avaient fait partie de toi dans ton passé, il était évident que tu allais mieux.

– C'était le cas, déclarai-je comme s'il avait dit le contraire. J'allais mieux.

– Oui, tu allais mieux. Ça se voyait. La théorie de Celia était que tu pouvais sombrer à nouveau. Et moi je n'étais pas d'accord.

Il resta silencieux, comme s'il me laissait le temps d'entendre ses paroles. À quoi s'attendait-il ? Pensait-il que j'allais me lever et lui donner une médaille parce qu'il était de mon côté ? Parce qu'il avait dit qu'il ne pourrait *pas* me faire craquer ?

Cela ne l'avait pas empêché d'essayer !

Quoi qu'il en soit, il avait eu tort. Il avait fait pire. Il m'avait anéantie.

Il continua à parler et mon cerveau eu le plus grand mal à comprendre ses propos.

– Alors elle a décidé d'en faire un pari. Elle voulait te faire rompre nos fausses fiançailles, et après un certain temps, je devais te quitter en te disant que la mascarade n'était plus nécessaire. Ensuite, elle attendrait de voir ta réaction. Cependant, je n'ai jamais voulu...

– Alors ce n'était que des conneries. Toute notre histoire n'était qu'un mensonge, dis-je lentement, les mots me venant difficilement.

– Non ! s'exclama-t-il. Même au début, ça n'a jamais été un jeu pour moi. Je n'étais pas censé te séduire. Je n'étais pas censé tomber amoureux de toi. Et j'avais déjà fait les deux avant même que tu acceptes de prendre part à cette mascarade.

Je levai la tête et le fusillai du regard.

– Sauf que tu n'es pas tombé amoureux de moi. C'est *impossible,* parce qu'on ne fait pas quelque chose d'aussi *atroce* aux gens qu'on aime !

– Je n'avais jamais aimé personne, Alayna. Je ne comprenais pas ce que je ressentais. Tout ce que je savais, c'est que je *devais* être avec toi et que c'était le seul moyen, dit-il d'une voix tremblante. Je ne cherche pas à me disculper, mais je t'explique. Je te supplie d'essayer... d'essayer et de...

– De quoi ? De voir les choses de ton point de vue ? De te *pardonner* ? m'écriai-je.

Je penchai la tête sur le côté et plongeai mon regard dans le sien, voulant m'assurer qu'il entendrait la suite de mes propos.

– C'est *impardonnable,* Hudson ! *Jamais* je ne pourrai oublier ce que tu m'as fait.

– Ne dis pas ça. Ne dis jamais ça, supplia-t-il d'une voix pleine de remords et de souffrance.

Eh bien qu'il souffre ! Je le ferais souffrir davantage, si je le pouvais.

– Qu'est-ce que tu ne veux pas entendre, au juste ? Que je ne peux pas te pardonner ? C'est le cas. Je ne pourrai jamais te pardonner ce que tu as fait. *Jamais.*

– Alayna ! Je t'en supplie ! cria-t-il en venant vers moi, mais je me débattis.

– C'est fini, Hudson, hurlai-je en lui mettant un coup de pied dans le bras. Fini ! Tu comprends ? Jamais je ne pourrai te faire confiance après ça !

Il se rassit lentement, mais j'étais certaine qu'il essaierait de m'approcher encore, et c'était la dernière chose que je voulais. Je ne pouvais même plus le regarder. Il fallait que je parte. Je mis ma main par terre pour m'aider à me redresser.

– Je m'en vais. N'essaie pas de m'arrêter. Ne viens pas après moi. C'est terminé, dis-je lorsque je réussis enfin à me relever.

– Ce n'est pas terminé, Alayna, dit-il en se levant à son tour. On a réussi à se refaire confiance quand tu as cassé…

– Ne t'avise pas de comparer ce que j'ai fait à ça ! hurlai-je en me tournant brusquement vers lui. Mes erreurs n'ont *rien à voir* ! C'est la pire des choses que tu aurais pu faire. La pire que tu… je ne peux même pas… je ne peux plus respirer… sifflai-je en me courbant pour reprendre mon souffle.

– Arrête, dis-je lorsqu'il posa sa main sur mon dos. Plus jamais. Ne me touche *plus jamais.* Ne m'appelle pas, n'essaie pas de me joindre. C'est fini, Hudson. *Fini !* Je ne veux plus jamais te voir.

La stupeur qui m'anesthésiait avait disparu en me laissant bouillante de rage. Je voulais me débarrasser de tout ce que je ressentais, de vomir tous les sentiments que j'avais pour lui, qu'ils soient bons ou mauvais. Je voulais être libre de toute émotion. Mais ma douleur ne disparut pas… elle était sans fond, sans fin, insoutenable.

– Ne dis pas cela, Alayna. Dis-moi comment je peux réparer ça, dit-il d'une voix aussi désespérée que la mienne. Je ferai n'importe quoi, il doit forcément y avoir un moyen.

Je saisis le bureau pour ne pas perdre l'équilibre.

– Comment ? Comment pourrait-il y avoir un moyen de continuer après ce que je viens d'apprendre ?

Je n'étais même pas certaine de pouvoir continuer à *vivre* après cela, même sans lui.

– Je n'ai pas encore toutes les réponses. Mais on peut y travailler ensemble. On peut se réparer l'un l'autre, se guérir, tu te souviens ? Je t'aime, Alayna. Je t'aime. Cela veut forcément dire quelque chose.

J'avais rêvé d'entendre ces mots pendant si longtemps, et maintenant il les prononçait avec aisance et légèreté, comme s'il s'en moquait.

– Non, ça ne veut plus rien dire à présent.

– S'il te plaît, tu ne sais pas ce que tu dis, dit-il en saisissant mon poignet.

– Ne me touche pas ! hurlai-je en lui arrachant mon bras.

Il leva les mains en l'air en signe de capitulation et il fit un pas en arrière.

– Tu m'avais dit... tu m'avais dit que tu m'aimerais suffisamment pour outrepasser ce que j'avais à t'avouer...

Je savais qu'il me jetterait ma promesse à la figure, j'étais même surprise qu'il ne l'ait pas fait plus tôt.

– Étant donné que *tout ce que tu m'as dit* n'était qu'un mensonge, je ne me sens pas obligée d'honorer ma promesse, Hudson.

Cependant, que je le veuille ou non, je l'aimais encore. Si ce n'était pas le cas, je ne serais pas dans un tel état de désespoir. C'était justement l'ironie du sort : j'avais tenu ma promesse. Je ne cesserais pas de l'aimer malgré le mal atroce qu'il m'avait fait. Mais peu importe. Cela n'avait plus d'importance, puisque ce sur quoi reposait mon amour n'avait été qu'un leurre, qu'une mascarade.

Quelqu'un frappa doucement à la porte, puis celle-ci s'ouvrit et David passa sa tête dans l'entrebâillement.

– Est-ce que ça va, Laynie ?

M'avait-il entendue crier ? Ou avait-il décidé qu'il avait laissé passer suffisamment de temps et qu'il pouvait désormais s'assurer que j'allais bien ? Quoi qu'il en soit, je n'avais jamais été aussi heureuse de le voir.

– Non, ça ne va pas.

David nous regarda tour à tour, ne sachant pas quoi faire.

Hudson essaya une dernière fois :

– Alayna...

Je n'avais plus rien à lui dire ni rien à lui offrir. Je secouai simplement la tête. C'était terminé. Pour de bon. Il continua à me supplier du regard quelques secondes puis il secoua la tête à son tour.

– Je vais partir, dit-il à David. Je suis désolé d'avoir gâché ta fête. Merci de t'occuper d'elle.

Il se tourna vers moi une dernière fois, le regard plein de peine, de remords, d'envie. Je savais qu'il pensait que je me jetterais dans les bras de David dès qu'il serait parti et que cela le torturait. Il faisait un sacrifice énorme en me laissant seule avec lui, mais ce sacrifice arrivait trop tard. Tant pis pour lui s'il souffrait. J'étais *anéantie.*

Je lui tournai le dos, ne supportant plus de le voir. Je sus qu'il était parti lorsque David me prit dans ses bras. Je le laissai faire un instant mais, contrairement à ce que pensait Hudson, je ne cherchais pas du réconfort auprès de David. Je voulais seulement pleurer quelque part jusqu'à ce que la douleur qui me rongeait jusqu'à la moelle disparaisse. Or je ne savais pas si c'était possible. J'allais sans doute souffrir pendant très, très, longtemps.

– Qu'est-ce que je peux faire ? demanda David lorsque je reculai mon visage.

J'essuyai mes larmes du revers de la main.

– Va chercher Élise, s'il te plaît.

CHAPITRE VINGT

Élise fut un ange.

Elle parvint à suffisamment me calmer pour que je puisse sortir du club sans attirer l'attention des employés, puis, comme je tenais à peine debout, elle me laissa m'appuyer sur elle lorsque nous allâmes au taxi que David avait hélé pour nous. Elle ne fit aucun commentaire sur le fait que je l'obligeais à partir de la fête plus tôt, et elle ne me demanda pas de parler de ce qui s'était passé. Elle me prit simplement dans ses bras et me caressa la tête tandis que je pleurais durant tout le trajet jusqu'à son appartement à Brooklyn.

Lorsque nous fûmes arrivées chez elle, elle me mit dans son lit avec un verre de tequila et elle me borda. Elle avait beau avoir un canapé-lit dans son salon, elle resta avec moi toute la nuit, blottie derrière moi, et lorsque j'émergeais des courts moments de sommeil dans lesquels je sombrais, sa chaleur et sa présence apaisaient mes cris et mes sanglots. Je n'avais pas traversé un deuil pareil depuis la mort de mes parents, et même là, je ne m'étais pas sentie aussi trahie.

Car le pire était ce sentiment de trahison. Si Hudson m'avait fait cet aveu plus tôt, quand je n'avais pas pris autant de risques, j'aurais peut-être été capable d'y survivre. Je l'aurais tout de même quitté – je n'aurais pas pu rester avec lui après cela –, mais ça aurait été moins difficile à encaisser. La trahison ultime était d'avoir attendu aussi longtemps pour me le dire, surtout après que l'on eut autant parlé d'honnêteté et de transparence. C'était bien cela le plus douloureux.

Je passai les deux premiers jours dans un brouillard complet. Élise cuisina et m'obligea à manger. Elle écouta mon histoire telle que je la racontais, par petits bouts, faisant de son mieux pour rassembler les pièces du puzzle, toujours sans m'obliger à parler. Et durant tout ce temps, elle remplit mon verre dès qu'il était vide. Dans un rare moment de lucidité au cours duquel je ne pensai plus à ma peine, je me demandai si mon père avait passé sa vie à boire pour oublier quelque chose, lui aussi. Et si oui, qu'est-ce qui lui avait fait autant de mal ? N'était-ce pas triste que je ne le sache pas ?

Mes autres pensées étaient faites de prises de conscience – tous mes souvenirs semblaient désormais amers. Je me remémorai des dizaines de fois chaque conversation que Hudson et moi avions eue. Parfois je ne pouvais rien faire d'autre que pleurer, parfois j'étais en colère – je cassai plus d'un verre durant mes excès de rage.

J'envisageai même de prendre un bout de verre brisé et de me couper les veines – mais pas trop profond. Ou peut-être *trop* profond, justement.

Heureusement, Élise était là pour ramasser les morceaux avant que je ne puisse en cacher un. Et puis je ne voulais pas vraiment mettre fin à ma vie, seulement à ma souffrance.

Je finis par atteindre un stade où je tentai de mettre les morceaux bout à bout, de déchiffrer ce qui avait été sincère, ce qui avait été vrai. J'imaginai le rôle que Celia avait joué dans ma relation avec Hudson. La façon dont il avait laissé libre cours à ma jalousie ou qu'il avait encouragé mon besoin de fouiner. *Encourage son obsession*, devait-elle dire. *Ne t'énerve pas si elle se comporte comme une folle.*

Je pensais également au fait qu'elle m'avait craché au visage le surnom que Hudson m'avait attribué. Était-ce son idée aussi ? *Donne-lui un surnom, quelque chose comme « mon ange » ou « ma belle ».*

Je me souvins de l'anniversaire de Sophia, où je les avais vus discuter, après quoi Hudson s'était montré distant avec moi. Lui avait-elle rappelé que je n'étais qu'un pion dans leur jeu et du rôle qu'il était censé jouer avec moi ?

Je devais reconnaître que Hudson n'avait pas toujours menti. Lorsque notre histoire avait commencé, ses propos exacts avaient été : « Je vais faire des choses romantiques qui ne seront pas sincères et j'ai besoin que tu te souviennes que ce n'est pas sincère. En revanche, lorsque l'on ne sera pas en public, je te séduirai. Et ça, ce sera vrai. Mais il ne faut pas que tu prennes cela pour de l'amour. »

Quand cela avait-il changé ? À quel moment est-ce que sa fausse romance était devenue sincère ? Avait-elle jamais été sincère ? Était-il en ce moment même en train de fêter la destruction de mon âme avec sa partenaire de crime ?

Hélas, je ne le saurais jamais. Je ne pouvais être nostalgique de rien, car je doutais de la sincérité de tout ce que nous avions vécu ensemble. Il m'avait si bien manipulée que je ne savais pas ce qui était vrai et ce qui faisait partie de la mascarade.

C'était cette prise de conscience qui remplissait mon verre.

Ce ne fut que mardi soir que je fus assez sobre pour me souvenir de mes responsabilités. Je m'adossai à la tête de lit et appelai Élise, qui était dans la cuisine. « Le club... », commençai-je à dire.

Elle s'appuya contre le mur. « J'ai déjà appelé pour dire que tu étais malade. »

Mon Dieu, elle était vraiment géniale.

Elle n'avait pas eu besoin de mentir. Elle avait expliqué que je pouvais à peine sortir du lit, et encore moins de l'appartement. J'avais pleuré si fort que j'avais vomi plus d'une fois. J'étais bel et bien malade.

Puisque je n'avais pas besoin de travailler, j'envisageai de me remettre à boire et à dormir. Cependant, lorsque je me grattai la tête, je me rendis compte que mes cheveux étaient gras et emmêlés, il fallait vraiment que je prenne une douche. Et je devais me changer. En avais-je vraiment quelque chose à faire ? Oui. Cela indiquait que j'allais un peu mieux, non ?

Cependant, je n'avais pas d'affaires chez Élise.

– Est-ce que si je me lave, tu peux me prêter des vêtements ?

Elle hocha vigoureusement la tête. « Prends ce que tu veux. » Après tout, elle en profiterait autant que moi : je sentais vraiment mauvais.

La douche me fit autant de mal que de bien. Je me sentis un peu mieux, mais cela eut pour conséquence de me faire penser à l'avenir. Où allais-je vivre ? Où allais-je travailler ? Pourrais-je retourner au Sky Launch ? Je travaillais au club avant de connaître Hudson, je ne voulais pas perdre ce job. Cependant, même s'il me laissait y bosser, est-ce que je supporterais d'y être ?

Peut-être. Peut-être pas.

Chaque chose en son temps. Tout d'abord, je ne pouvais pas rester terrée dans la chambre d'Élise. Ce soir-là, je migrai sur le canapé-lit.

– Mon lit est à toi, ma chérie, dit-elle alors que je préparais mon couchage.

Je fus tentée d'accepter sa proposition, mais je restai étonnamment forte.

– Je me sens déjà coupable d'avoir envahi ton espace, et puis il faut bien que je commence à vivre toute seule, même si je ne commence qu'en dormant seule.

– Comme tu voudras, dit-elle en me jetant un oreiller. Et tu es la bienvenue ici aussi longtemps que tu le voudras.

Je passai mes bras autour du coussin et me laissai tomber sur le lit.

– Je crois que je vais en avoir pour un moment, tu es sûre que ton offre tient toujours ?

– Absolument.

Au moins, cela réglait la question de savoir où j'allais vivre pour l'instant. Tôt ou tard, il me faudrait récupérer mes affaires au penthouse. Je n'avais pas grand-chose mais j'avais besoin de vêtements. Pas ceux que Hudson m'avait achetés puisque je prévoyais de les brûler, mais je voulais les miens.

Et puis il me fallait un nouveau téléphone, car celui que j'avais était un cadeau de Hudson. Je l'avais déjà donné à Élise en lui demandant de le garder pour moi. Ainsi, si Hudson avait décidé d'ignorer ma requête et qu'il m'avait appelée, je ne le saurais pas. Je ne voulais pas le savoir.

Cependant, il y avait la possibilité que Celia ait porté plainte contre moi...

– Est-ce que la police a cherché à me joindre ? demandai-je en me redressant soudain.

Hudson m'avait dit qu'il s'en occuperait, mais sa parole n'avait plus aucune valeur, désormais.

Élise s'assit au bord du lit.

– Non, et ils ne te contacteront pas. Hudson m'a appelée sur mon portable hier matin, ajouta-t-elle en réponse à mon regard confus. Il voulait que je te dise que l'affaire a été déclarée sans suite.

Alors il sait où je suis. Cela dit, ce n'était pas difficile à deviner. En outre, j'avais le sentiment que se cacher de Hudson n'était pas chose facile.

Je ne pus retenir mon envie d'en savoir davantage.

– Est-ce qu'il a dit autre chose ?

– Il a dit beaucoup de choses. J'ai décidé que cela ne t'intéressait pas.

– Bien vu. C'était le cas, dis-je en m'allongeant sur le côté, la tête appuyée sur mon coude. Mais ça m'intéresse, maintenant. Qu'est-ce qu'il a dit ?

– Qu'il voulait te laisser ton espace, mais qu'il avait hâte de te parler dès que tu le voudrais, si tu le voulais un jour. Il a dit qu'il ferait ce que tu voulais à propos du club, même si cela impliquait de ne rien faire. Et il a dit que tu pouvais retourner au penthouse si tu le souhaitais, qu'il restait dans son autre appartement.

– Son loft...

Son invitation ne servait à rien, je n'avais aucune envie de retourner quelque part où j'avais été avec lui. Sauf peut-être au club – même si je n'avais pas encore pris de décision à ce sujet.

– Ouais, le loft, dit-elle en baissant les yeux. Il a aussi insisté pour que je te dise qu'il t'aime.

– Ça, je ne veux pas l'entendre.

Cela avait beau n'être qu'un mensonge, ce n'était pas pour autant que cela ne m'affectait pas. Ma poitrine se serra et les larmes me brûlèrent les yeux. Pis que tout, il y eut quelque part dans mon cœur un éclat de... je ne sais pas. D'espoir, peut-être ? Et cela me surprit – avant de me dégoûter. Après tout ce qu'il m'avait fait, comment est-ce qu'une partie de moi pouvait encore espérer que son amour soit sincère ?

– C'est ce que je lui ai dit, mais il a répondu que cela ne signifiait pas que ce n'était pas vrai.

Cette nuit-là, lorsque je m'endormis en sanglotant, je ne versai pas des larmes de trahison. Je pleurai car je me sentais seule. Mes lèvres cherchaient celles de Hudson, mes seins brûlaient de sentir ses mains, mon corps entier se sentait abandonné. Et au lieu de regretter d'avoir connu cet homme, d'avoir un jour entendu son prénom, je regrettai d'avoir su la vérité. Il semblerait que moins on en savait, mieux on se portait.

* * *

– Je t'avais dit que c'était naze, dit Gwen lorsque j'appelai le mercredi pour me porter de nouveau absente.

– Qu'est-ce qui est naze ? demandai-je, rendue confuse par ses propos.

J'aurais dû demander à Élise d'appeler : il était moins facile de parler aux gens que je ne le croyais.

– L'amour, ma chère, chanta-t-elle d'un air joyeux. L'amour. C'est la pire chose au monde.

Apparemment, elle ne m'avait pas crue lorsque je lui avais dit que j'avais la grippe.

* * *

Jeudi, j'étais presque redevenue une personne normale.

Une fille triste et confuse, mais c'était une amélioration par rapport à la masse sanglotante que j'étais quelques jours auparavant. Je sentais de nouveau mes pieds, et je réussis même à boire autre chose que de la tequila.

Élise sembla penser que j'étais prête à aller plus loin encore.

– Il te faut une distraction, un moyen de te lâcher. Peut-être que tu devrais te tâter un peu le minou. Je peux te prêter mon vibro pendant que je vais au boulot ce soir.

– Non merci, répondis-je en grimaçant.

– Dans ce cas, on pourrait aller voir le nouvel appartement de David à Atlantic City. Tu sais qu'il te prendrait sauvagement si tu le lui demandais.

– Tout d'abord, David est incapable de prendre qui que ce soit sauvagement.

Je n'avais jamais couché avec lui, mais nous avions été suffisamment intimes pour que je sache qu'il n'était rien d'autre qu'un gros nounours.

– Deuxièmement, je ne veux plus jamais coucher avec qui que ce soit.

Hudson avait ruiné ma vie sexuelle – aucun homme ne pourrait jamais être meilleur que lui. Personne ne pouvait être plus offrant, plus exigeant et plus épanouissant. C'était la seule chose qui avait été sincère entre nous. J'en étais persuadée, même maintenant, malgré les mensonges. Aucun homme ne pourrait rivaliser avec lui.

D'autre part, j'avais une troisième raison de ne pas aller à Atlantic City. Samedi était le jour de la réouverture de Chez Mirabelle. Je ne pouvais pas y aller, bien sûr – l'envisager serait ridicule. Cependant, je détestais avoir à lui annoncer la nouvelle. Or nous étions jeudi et je ne pouvais attendre plus longtemps.

Je pris une profonde inspiration et tendis la main à Élise.

– En parlant de week-end, est-ce que je peux emprunter ton téléphone ?

Elle me le tendit promptement. Je cherchai le numéro de la boutique et l'appelai. Cela allait être le véritable test, car Mira avait toujours été une fan du couple Alayna et Hudson, et je savais qu'elle serait aussi triste que moi. Bon, peut-être pas *aussi* triste, mais *presque*. Son esprit était si romantique que j'étais certaine qu'elle essaierait de me convaincre que Hudson et moi avions encore une chance.

Peut-être était-ce une mauvaise idée de l'appeler, après tout.

– Vous êtes chez Mirabelle, comment puis-je vous aider ?

Trop tard.

– Salut Mira.

– Laynie ! s'exclama-t-elle. Je voulais t'appeler pour prendre de tes nouvelles. Les grands esprits se rencontrent. Les retouches de ta robe ont été faites et elle t'attend. Est-ce que tu veux passer la prendre avant samedi ou tu préfères te changer ici ? Sinon je peux la faire livrer chez toi.

Merde. Hudson ne lui avait pas dit que nous avions rompu. Je détestais devoir lui apprendre, mais j'y étais bien obligée, maintenant.

– Je... Mira... Je ne peux pas venir samedi, dis-je en décidant de changer de stratégie. Je suis désolée, c'est pour cela que je t'appelais.

Je pris le temps de déglutir avant de poursuivre.

– Hudson et moi... avons rompu.

Pourquoi était-ce si douloureux de le dire à voix haute ?

J'avalai une nouvelle fois ma salive en me préparant à la réaction de Mira.

– Je sais, dit-elle doucement, avant de reprendre sa voix guillerette. C'est justement pour ça que je lui ai interdit de venir samedi. Je me fiche qu'il vienne à la réouverture. Mais toi, Laynie, il *faut* que tu viennes. J'ai besoin de toi.

Dis-moi que tu vas venir quand même, ça compte énormément pour moi.

Ma bouche s'était soudain asséchée. Émotionnellement, je n'étais pas prête à supporter la moindre surprise ni la moindre preuve de gentillesse.

– Mira… non, bafouillai-je. Tu ne peux pas faire ça. Tu ne peux pas interdire à ton frère de venir.

– Bien sûr que si, insista-t-elle. La mode ne l'intéresse pas. C'est *moi* qui l'intéresse. Et *toi*.

Ah, c'était *cette* Mirabelle que j'attendais.

Je fermai les yeux pour réprimer une nouvelle vague de larmes.

– S'il te plaît, ne dis pas ça. Je ne veux pas entendre parler de ses prétendues émotions.

– D'accord, d'accord. Pas de souci. Je ne voulais pas me mêler de votre histoire. Je voulais simplement dire qu'il m'avait déjà proposé de ne pas venir avant même que je le lui interdise. Il m'a dit qu'il voulait que toi et moi soyons heureuses et qu'il ne voulait pas gâcher ma journée. Je préférerais que vous soyez là tous les deux, bien sûr, mais si je dois choisir entre lui et toi, c'est toi que je choisis. Tu es l'un de mes modèles, mais surtout, tu es mon amie. Tu es comme une sœur pour moi, Laynie.

Je me retrouvai à peser le pour et le contre alors que, lorsque je l'avais appelée, il avait été hors de question que j'aille à la réouverture de sa boutique. Je ne pouvais pas y être s'il y était. Je serais incapable de faire le défilé devant lui.

En même temps… J'étais d'accord avec elle. Nous étions devenues amies et j'avais espéré que l'on devienne sœurs un jour. Elle avait beaucoup fait pour notre couple, mais davantage encore pour moi. Peut-être que si j'allais à son événement cela m'aiderait à tourner la page ?

– D'accord, je vais le faire.

Est-ce que je venais vraiment d'accepter?

– Mais tu as intérêt à me jurer qu'il ne sera pas là. J'espère que ce n'est pas une ruse pour nous remettre ensemble.

– Je te promets qu'il n'y sera pas. Je le jure sur mon bébé, dit-elle avant de marquer une pause. Cela dit, cette notion de ruse n'est pas mauvaise...

– Mira !

– Je plaisante ! s'exclama-t-elle d'une voix qui me laissa deviner son sourire. Super ! Merci Laynie !

– Je t'en prie. Mais ne t'attends pas à ce que je sois souriante.

– Tu n'auras qu'à incarner le modèle sombre et mystérieux, il en faut toujours un. Et que ce soit clair, je ne sais pas ce que cet abruti a fait pour tout foutre en l'air, mais il est misérable. Sincèrement, c'est lamentable.

Pendant une fraction de seconde, je me sentis joyeuse. Véritablement. Était-ce parce que j'étais heureuse que ce connard soit aussi malheureux que moi, ou parce que son malheur révélait ses sentiments ?

Je ne pouvais pas m'attarder sur la source de ses émotions, car cela me tuerait. Je devais cesser d'y penser.

– Mira, si tu as l'intention de me parler de lui, je vais annuler.

– Non, ne fais pas ça ! s'écria-t-elle, paniquée. Je voulais juste que ce soit dit, mais j'ai fini maintenant. Promis.

– D'accord, mais ne dis plus rien, dis-je d'une voix tremblante. Je me changerai sur place samedi, ajoutai-je après avoir pris une longue inspiration.

– J'ai tellement hâte ! À samedi !

Je souriais presque lorsque je raccrochai.

– Eh bien, regardez-moi ça, dit Élise lorsque je lui rendis le téléphone. Est-ce un peu de couleur que je détecte sur tes joues ?

– C'est impossible, répondis-je en les frottant.

Bon sang qu'il était épuisant d'être en deuil. Ennuyeux, aussi. Je devais trouver un moyen d'avancer. Si le défilé de Mira était une bonne étape, cela ne suffisait pas. Il me fallait par exemple décider de ce que j'allais faire de ma vie.

À peine avais-je formulé cette pensée qu'une larme coula sur ma joue. *Sérieusement?* N'avais-je pas bientôt fini de pleurer? Mais si, il le fallait. Je saisis un mouchoir et m'essuyai les yeux.

– Je... euh, je veux aller au travail, dis-je à Élise.

– Tu es sûre? demanda-t-elle après s'être raclé la gorge.

Apparemment, mes larmes ne l'avaient pas convaincue.

– Pas ce soir, mais demain, oui. J'ai besoin de savoir si je peux y être. Je ne peux pas prendre la bonne décision à propos de mon avenir sans essayer d'y faire un service.

Pendant tout le temps qu'avait pris ma guérison, le Sky Launch avait été ce qui m'avait le plus aidée à surpasser mes obsessions. C'était la seule chose qui m'avait évité de toucher le fond. J'étais de nouveau en chute libre – n'était-ce pas l'endroit qui me sauverait?

Si ce n'était pas le cas, il me fallait trouver ce qui y parviendrait. Je commençais déjà à ressentir cette agitation dans mon ventre, ce chatouillement anxieux qui faisait de moi une addict, quel que soit mon état de santé. C'était un signe supplémentaire que je devais penser à mon avenir.

Lorsque Élise alla au travail, cette nuit-là, je m'obligeai à trouver quelque chose à faire, en dehors de dormir et de pleurer. Autre chose que de me repasser en boucle les mêmes souvenirs. J'allumai mon ordinateur et cherchai un roman à télécharger, car Élise n'avait pas le moindre livre chez elle.

Cependant, je n'arrivais pas à me concentrer sur ma lecture, et rien à la télé ni sur Internet n'était assez divertissant pour occuper mon cerveau. Je ne pouvais cesser de réfléchir et, à mesure que je faisais mon deuil de Hudson, mes pensées devenaient obsessionnelles, comme toujours lorsque je souffrais. Certaines idées n'étaient pas formulées, elles étaient comme des pulsions à l'état brut : par exemple, le besoin de le voir. Je ne voulais même pas lui parler, seulement le voir de loin. Ou comme sentir son parfum, ou encore entendre sa voix.

Ce désir intense me rendit folle. Et furieuse, car je me pensais plus forte que cela. J'étais plus forte que Hudson Pierce et Celia Werner. Il était *hors de question* que je les laisse m'abaisser à la personne que j'étais autrefois.

Celia pensait qu'elle pouvait me détruire ? Eh bien qu'elle aille se faire voir. J'avais déjà survécu à un mal d'amour, j'y survivrais de nouveau.

Soudain, une vague d'adrénaline déferla dans mes veines et je me sentis invincible. Peut-être invincible était-ce trop ambitieux. Je me sentais *capable. Roar,* de Katy Perry, fut la chanson suivante sur ma playlist – je bondis d'un bout à l'autre de la pièce en chantant les paroles aussi fort que possible, et je me sentis mieux. Revigorée et énergisée.

Cependant, *So Easy* de Phillip Phillips suivit Katy Perry, et toute ma force s'évapora. « *Si facile de tomber amoureux* », chanta-t-il, et je n'entendis que la voix de Hudson prononcer ces paroles.

Alors que ce n'était qu'un mensonge.

Je m'effondrai alors en une masse de morve et de sanglots. Peut-être qu'une nouvelle nuit à pleurer n'était pas la pire chose au monde, après tout. Je serai plus forte demain.

CHAPITRE VINGT ET UN

Je ne me sentis pas plus forte le lendemain, mais j'étais déterminée. Envisager l'avenir était toujours effrayant, mais j'avais décidé de prendre les choses un jour après l'autre. J'avais appris en thérapie qu'il ne fallait pas vouloir aller trop vite.

Je pris une feuille et y inscrivis les heures de la journée : cela rendait les choses moins impressionnantes. Comme j'avais décidé de travailler ce soir-là, je commençai par le bas de la page.

20h00 – 3h00: travail.

Avant cela, j'irais à une thérapie de groupe. Je regardai sur Internet et en trouvai une à Dix-huit heures. Parfait – je le notai sur mon planning.

En haut de la page, j'écrivis : *petit déj', douche, s'habiller.* Ensuite, *filer au penthouse pour prendre des vêtements en douce.*

J'eus du mal à écrire la dernière phrase. Cela me terrorisait. *The Bowery* était le lieu où Hudson et moi avions commencé notre véritable histoire et je savais que j'allais y trouver des milliers de souvenirs douloureux.

Cependant, affronter ces souvenirs faisait partie de la guérison.

En fait, je n'eus pas trop de mal à accomplir les premières tâches sur ma liste. Je réussis à ne pas vomir mon petit déjeuner et je trouvai un short à cordons dans la commode d'Élise.

– Est-ce que tu veux que je t'accompagne ? demanda-elle en mordant dans son bagel.

– Non, merci. J'ai besoin de faire ça toute seule, dis-je en m'attachant les cheveux. J'aurai besoin de toi la prochaine fois, quand j'irai chercher toutes mes affaires, mais cette fois je vais juste prendre assez de vêtements pour tenir quelques jours. Ça me manque de porter des sous-vêtements, dis-je en me levant et en regardant mes pieds nus. Merde, je n'ai que les talons aiguilles que je portais à la soirée de David.

– Je peux te prêter des chaussures.

– On ne fait pas la même pointure.

Élise était beaucoup plus grande et musclée que moi. Sans le cordon de son short, celui-ci tomberait au moindre mouvement.

Elle enleva de deux coups de pied les tongs qu'elle portait.

– Tiens, mets ça. Elles sont taille unique, de toute façon.

– D'accord, dis-je en les mettant. Bon. J'y vais. Souhaite-moi bonne chance.

– Tu n'as pas besoin de chance. Tu gères, dit-elle en me prenant dans ses bras. Tu es sûre qu'il ne sera pas là ?

– Certaine.

J'avais appelé Norma pour m'en assurer. Elle avait vérifié auprès de sa secrétaire et elle m'avait dit qu'il était en réunion au bureau durant tout l'après-midi. Il avait aussi dit à Élise qu'il ne dormait pas au penthouse. Peut-être n'y était-il même pas retourné depuis qu'il était rentré de Los Angeles. Bref, j'allais bientôt le savoir.

Il était encore tôt alors je pris mon temps pour m'y rendre. Je pris le métro plutôt qu'un taxi et je ne me dépêchai pas pour changer de ligne. Cependant, j'eus beau traîner des pieds, je finis par arriver à destination.

Les souvenirs m'assaillirent avant même que je n'aie pénétré dans l'immeuble. Je restai plantée devant les lettres gravées dans la pierre au-dessus de la porte. *The Bowery.* Je me revis la première fois que j'étais venue – j'avais été tout aussi nerveuse et incertaine de ce qui m'attendait à l'intérieur. À l'époque, cependant, de merveilleux papillons voletaient dans mon ventre alors qu'aujourd'hui je ne connaissais qu'une nausée atroce.

Je pris une profonde inspiration et entrai dans l'immeuble.

Dans l'ascenseur, je décidai de ne pas m'attarder. Je filai tout droit vers la chambre et mon placard dès que les portes s'ouvrirent. Je mis une culotte et enfilai une robe et des chaussures dans lesquelles je pourrais aller travailler. Je remplis ensuite un sac avec les affaires qu'il me faudrait pour la semaine qui arrivait. Je fus prête à partir moins de quinze minutes après être arrivée.

Tout à coup, une vague de nostalgie s'abattit sur moi et m'empêcha de partir sans avoir fait un tour de l'appartement. Je parvins presque à me convaincre que c'était le seul moyen de ne rien oublier.

Mais bien sûr...

L'endroit était presque identique à l'état dans lequel je l'avais laissé, sauf que la femme de ménage était venue. Les poubelles et le lave-vaisselle avaient été vidés. Le seul désordre était dû aux livres éparpillés sur le sol de la bibliothèque. L'appartement me semblait vide, abandonné. Je m'y sentis seule. La chaleur qui l'emplissait auparavant avait disparu. Le lieu semblait n'être qu'un modèle d'exposition comme ceux que l'on voyait dans les catalogues, et dans lesquels personne n'habite. C'était comme si rien de beau ni de spécial n'avait eu lieu ici.

Cela aurait pu être la maison de n'importe qui. Il n'y avait rien qui y reflétait notre personnalité. Comment n'avais-je pas remarqué cela avant ?

Cela dit, ce vide n'était-il pas symbolique ? Le problème fut que cela m'attrista davantage encore. Je m'étais préparée à être frappée par les fantômes de notre passé ensemble, et j'étais encore plus bouleversée de n'en trouver aucun.

Soudain, j'eus le besoin pressant de trouver un signe de nous quelque part. N'importe où, n'importe quoi. Je posai mon sac et courus dans notre chambre. Je me jetai sur le lit et enfouis mon visage dans l'oreiller. Il sentait le propre. Les draps avaient dû être changés depuis qu'on y avait dormi ensemble. Dans le dressing de Hudson, je ne trouvai que des vêtements propres et un panier à linge sale – vide. Je finis par trouver son gel douche dans la salle de bain et je l'ouvris pour en respirer le parfum.

Mes genoux se mirent à trembler. Mon Dieu, c'était lui sans être lui. L'odeur m'enivra et raviva mon souvenir, réveillant les sentiments que j'avais tant voulu oublier. Or en cet instant, je ne voulais pas oublier. Je voulais m'accrocher à tout ce qui me restait de lui, et son savon n'était pas suffisant. Il manquait le plus important, je voulais plus, je voulais *tout*. Et je ne le trouvais nulle part.

Je reconnus immédiatement cette pulsion soudaine. Si je faisais de gros efforts de concentration, si je la remplaçais par un substitut sain, je pouvais la faire disparaître. Le problème était que je n'en avais pas envie. J'avais envie de céder à ce besoin et de le laisser me guider – de ne pas lutter. Je voulais me laisser retomber dans mes habitudes passées pour qu'elles m'engloutissent.

Peut-être pouvais-je me le permettre... seulement pour aujourd'hui. Je pouvais aller au loft, m'y faufiler pendant que Hudson était en réunion, et sentir sa présence dans l'espace où il vivait.

Ce n'était pas sain, mais cela n'arriverait qu'une fois. Ce n'était pas assez pour me détruire. Et après cela, je pourrais tourner la page. J'irais à ma thérapie de groupe, je reprendrais mes *bonnes* habitudes, et je commencerais ma nouvelle vie – sans Hudson.

L'idée me paraissait divine. Comme un plaisir coupable. Aussi innocent, finalement, que de dévorer un bac entier de glace Ben and Jerry's. Je n'y réfléchis pas plus longtemps et décidai de le faire. Je hélai un taxi et filai en direction de Pierce Industries avant de changer d'avis.

J'étais reconnaissante envers Norma de m'avoir parlé de la réunion de Hudson, car je n'étais pas inquiète à la pensée de le croiser. Il serait accaparé par ses affaires et ne saurait jamais que j'étais juste à l'étage au-dessus. Cela ajoutait un peu de piment à mon escapade.

Je le sentis dès que j'ouvris la porte du loft. Je sentis immédiatement sa présence – non seulement son parfum, mais sa chaleur. J'eus la chair de poule et frissonnai de plaisir : c'était justement ce que je recherchais.

Je posai mon sac par terre et m'aventurai plus loin, me rappelant ce lieu où nous avions eu notre première fois. Je promenai ma main sur son canapé en cuir, puis sur les papiers qui traînaient sur son bureau. J'allai jusqu'à l'ascenseur qui menait à un seul endroit : son bureau. J'étais à quelques mètres de lui à peine. Je mis ma main sur le métal froid de la porte.

J'étais si près, et pourtant si loin.

Dans la cuisine, je restai bloquée un instant sur une tasse de café à moitié vide. *Il a bu dans cette tasse.* Ses lèvres l'avaient touchée. Je pris le mug et l'appuyai sur ma joue. Elle était froide, mais j'en imaginais la chaleur lorsqu'il avait siroté son café quelques heures auparavant.

J'avais conscience de me comporter comme une folle, mais je m'en fichais. D'ailleurs je n'aurais pas pu m'en empêcher même si je l'avais voulu.

Je fus bientôt dans sa chambre, là où nous avions fait l'amour pour la première fois. Une première fois qui avait été incroyable et bouleversante. Je m'étais sentie surpassée tout en faisant de mon mieux pour trouver ma place dans sa vie – comme il le souhaitait.

Mon regard se posa sur la porte de la salle de bain. Si j'y allais, l'odeur de Hudson embaumerait-elle la pièce après sa douche de ce matin ? Je m'y rendrais en suivant, mais d'abord... le lit.

Je me laissai tomber sur le matelas et, cette fois-ci, lorsque j'inspirai, son parfum m'envoûta. Je pris son oreiller dans les bras et fermai les yeux, respirant son odeur, encore et encore. Un voile m'enveloppa alors et me calma, soulageant légèrement ma souffrance. La tension présente dans mes tempes s'estompa et, pour la première fois depuis plusieurs jours, je me sentis bien.

Je m'autorisai à rêver, à oublier le mal qu'il m'avait fait en me trahissant, et j'imaginai que Hudson et moi pourrions à nouveau être ensemble. J'imaginai ses lèvres sur les miennes – des baisers fantômes le long de mon cou puis sur ma poitrine, me faisant frissonner, faisant se recroqueviller mes orteils. Puis je sentis ses mains caresser et palper mon corps, ravivant ma peau par un simple toucher. Je le revis me vénérer avec tant de concentration et d'attention que cela ne pouvait venir que d'un amour sincère et pur.

J'étais allongée sur le lit, perdue dans mon rêve, lorsque l'ascenseur privé arriva dans la pièce voisine.

J'ouvris brusquement les yeux. L'avais-je imaginé ?

La voix de Hudson emplit l'appartement.

Merde !

Il parlait à quelqu'un, il n'était pas seul !

Je me dépêchai de descendre du lit et m'accroupis en réfléchissant à la suite de mes actions. Il me semblait qu'il était encore de l'autre côté du loft, près de la cuisine. Je rampai jusqu'au mur près de la porte, d'où je pouvais jeter un œil et mieux évaluer la situation tout en restant cachée. Du moment qu'il ne venait pas dans la chambre, tout irait bien.

Cependant, s'ils décidaient de venir jusqu'ici...

Je pris mon courage à deux mains et sortis la tête. Je vis Hudson, debout devant le frigo ouvert. Il prit une bouteille d'eau et se tourna vers son invité – et moi.

Je me cachai de nouveau derrière le mur. M'avait-il vue ? Non, je ne le pensais pas.

Merde, merde, merde. J'allais devoir me contenter de prier pour qu'il ne me trouve pas. Et d'écouter.

« Ça fait longtemps que je ne suis pas venue ici, dit son invitée, que je reconnus immédiatement sans la voir. J'avais oublié que j'avais fait du si bon boulot. » *Celia Werner.*

Ma poitrine se serra et j'eus les larmes aux yeux. Nous étions séparés depuis moins d'une semaine et il l'emmenait déjà à son loft ? Pourquoi ? Pour fêter ma chute ? Pour prévoir leur prochain jeu ?

Pour *renouer ?*

Chaque éventualité me semblait pire que la précédente. C'était comme du sel sur une plaie – une leçon pour m'apprendre à ne plus jamais céder à mes pulsions.

Les talons de Celia claquèrent sur le sol en béton.

Où allait-elle? Je retins mon souffle et mon cœur battit plus vite encore. Peut-être devrais-je me cacher dans la salle de bain, de sorte qu'ils ne me trouvent pas s'ils venaient ici. Mais alors je n'entendrais plus ce qu'ils disaient. Et puis, s'ils allaient au lit...

Quelle horreur. Je ne pouvais pas penser à cela.

– Tu te souviens que j'avais dû te convaincre de choisir le canapé en cuir ? demanda-t-elle.

Elle était dans le salon. S'ils restaient là-bas, peut-être pouvais-je m'en sortir.

– On n'est pas là pour parler du bon vieux temps, répondit Hudson d'une voix glaciale.

Les pas de Celia s'arrêtèrent.

– Pourquoi sommes-nous là, alors ?

Oui Hudson, je t'en prie, dis-lui. Cependant, je n'étais pas certaine de vouloir le savoir.

– Parce que nous avons à parler et que je préfère ne pas le faire dans mon bureau.

– Dans ce cas, je ne peux pas m'empêcher de penser au bon vieux temps. Nos autres conversations n'étaient pas adaptées à ton bureau, non plus.

Ses talons claquèrent de nouveau puis le bruit cessa et j'entendis le cuir du canapé grincer tandis qu'elle s'y asseyait.

Je libérai enfin l'air que je retenais dans mes poumons.

Ce fut au tour de Hudson de se déplacer.

– Si tu veux te remémorer cette époque, je te prierai de le faire quand tu es seule.

Sa voix se rapprochait de moi. *Merde, putain, fait chier !* Il venait vers moi !

J'entendis alors le tintement de glaçons dans un verre. Je tournai lentement la tête sur le côté. Il était là, à deux mètres à peine de moi, en train de se servir un verre. S'il tournait la tête et baissait les yeux, il me verrait.

Je restai parfaitement immobile, n'osant pas même cligner des yeux, sans respirer, priant pour que le mur m'engloutisse. Mon cœur battait si fort que j'étais persuadée qu'il pouvait l'entendre.

Mais ce ne fut pas le cas. Il finit de préparer son verre puis il se tourna vers Celia.

– Aller Hudz, dit-elle d'un ton enjoué qui était radicalement opposé au sien. Tu te comportes comme si on ne s'était jamais amusés.

– C'était il y a une éternité, Celia, répondit-il d'une voix distante. Il est temps de passer à autre chose.

– À cause *d'elle* ? s'exclama-t-elle en pouffant de rire.

– Qui ? Alayna ?

Un frisson parcourut mon corps – bon sang, sa manière de prononcer mon prénom avait un effet monstre sur moi, même lorsqu'il s'adressait à quelqu'un d'autre.

– Oui. Et non, ajouta-t-il. Nous ne sommes plus ensemble.

L'entendre dire cela était aussi douloureux que lorsque je l'avais dit à Mira. Le fait de le verbaliser rendait cela si vrai, si *irrémédiable.*

Celia, de son côté, sembla se réjouir de la nouvelle.

– Est-ce que je suis censée être triste ?

– Pourquoi le serais-tu ? C'est ce que tu voulais depuis le début, après tout.

Il avança vers elle et je ne pus plus le voir. J'entendis un autre grincement et je devinai qu'il s'était assis dans le fauteuil en face du canapé.

J'eus du mal à les écouter mais j'hésitais à ramper de l'autre côté de la porte : s'il revenait au bar, je serais mieux cachée. Mais si l'un d'entre eux allait aux toilettes, je serais découverte tout de suite.

– Non, disait Celia, mon but était de la rendre folle après votre séparation et qu'elle retombe dans ses obsessions compulsives.

Je décidai de ne pas bouger.

– Eh bien cela n'aura pas lieu. Elle est plus forte que tu ne le pensais.

Hélas, n'étais-je pas là, planquée dans la chambre de Hudson parce que j'avais justement fait ce qu'elle avait prédit ? Cela m'anéantit de savoir qu'il pensait l'inverse, car cela montrait à quel point il ignorait sa capacité à me détruire. N'avait-il pas compris à quel point je tenais à lui ?

Celia, elle, semblait comprendre. Peut-être était-ce un truc de femme.

– Peut-être. Mais je n'en suis pas si sûre. Ça fait combien de temps que vous avez rompu ?

– Quelques jours.

– Alors laisse-lui le temps. Elle reviendra. Cette fille était dingue de toi. Elle ne va pas partir aussi facilement. Ce n'est pas le genre.

Je grimaçai en découvrant la justesse avec laquelle elle me décrivait. Cela me donna la force de ne pas craquer pour ne pas lui donner raison. Techniquement, elle avait déjà gagné, puisque j'étais ici. Mais si elle ne le savait pas, elle ne pouvait se vanter de sa victoire...

– Celia, arrête, aboya Hudson.

– Tu veux toujours me convaincre que tu l'aimes ?

Sa question me donna la chair de poule. *Il lui avait dit qu'il m'aimait ?* Est-ce que cela signifiait que c'était vrai ?

Il ne répondit pas verbalement, mais il dut acquiescer car Celia gloussa de nouveau.

– C'est ridicule, Hudson. Tu n'as jamais aimé personne. Ce n'est pas dans ta nature. Elle te fascine, pour une raison que j'ignore. Mais ce n'est pas de l'amour.

– Que sais-tu de l'amour ? demanda-t-il sèchement.

– Tout ce que tu m'as appris, ricana-t-elle. Ce n'est qu'une émotion passagère qui peut être manipulée et fabriquée de toutes pièces. Le véritable amour est impossible. Cela n'a jamais existé.

– Il est temps que tu te trouves un nouveau mentor, car ce n'est plus du tout ce que je crois.

Je ramenai mes genoux sous mon menton. Il croyait à l'amour, désormais. Grâce à moi ? Cette découverte me pinça le cœur et je commençai à voir notre relation différemment. Bon sang, j'avais tant envie de m'accrocher à son amour. Je voulais tant que l'on ait une chance d'être de nouveau ensemble.

Mais c'était impossible. Son mensonge était trop grand. Peu importe qu'il soit tombé amoureux. Il méritait de connaître une déception amoureuse. Peut-être était-ce le karma, justement.

– Peut-être que je devrais endosser le rôle de prof pendant un moment, suggéra Celia. Il est temps de revoir notre jeu, de toute façon.

J'entendis des glaçons et imaginai Hudson boire dans son verre.

– Je ne veux plus jouer, Celia.

– Tu avais dit cela avec Stacy, et tu as fini par changer d'avis.

– Tu es toujours restée maîtresse du jeu. Je t'ai juste accordé un baiser, c'est tout. Et ce n'était pas pour toi, c'était pour elle. Je ne sais pas exactement comment tu la manipulais, mais il était temps que tu arrêtes. Je savais que ce baiser y mettrait fin.

– Tu veux me faire croire que tu avais des sentiments pour Stacy, aussi ?

– Tu utilisais *mon nom* pour torturer l'assistante de *ma sœur*. Cela allait me retomber dessus tôt ou tard.

Et c'était une fille gentille, elle ne méritait pas ce que tu lui faisais.

Leurs répliques s'étaient enchaînées mais ils marquèrent désormais une pause, chacun buvant une gorgée dans son verre.

– Ce sont les seules raisons pour lesquelles j'ai accepté de t'aider.

Ses paroles me rendirent folle de rage. Je ne voulais pas le percevoir comme le héros de la situation. Il n'avait pris part au jeu de Celia que pour aider Stacy, et alors ? Il aurait pu l'aider d'une autre façon, cela ne suffisait pas à le pardonner.

J'entendis de nouveau le cuir du canapé couiner et je me raidis, craignant que Celia n'ait décidé de se lever. Cependant, je n'entendis pas de bruits de pas – elle avait dû se pencher vers lui.

– Et pourquoi as-tu décidé de prendre part au jeu avec Alayna ? Ne me dis pas que c'était une excuse pour être avec elle.

Hudson dut hocher la tête, car Celia le traita de menteur.

– On parle de *toi*, Hudson. Hudson *Pierce*. Tu aurais trouvé un moyen d'être avec elle.

– Dès l'instant où j'ai montré un intérêt pour elle, tu en as fait de même. Je n'avais pas d'autre choix, si je voulais la protéger.

– Je ne te crois pas, dit Celia en faisant écho à mes pensées. Si c'est vrai, et que c'est ton attirance pour elle qui a aiguisé mon intérêt, alors le meilleur moyen pour toi de *la protéger* aurait été de ne jamais l'approcher. Tu avais envie de jouer, c'est évident.

Je détestais l'admettre, mais elle et moi étions sur la même longueur d'onde, pour une fois. Mais ce fut la réponse de Hudson qui me surprit.

– Tu as raison. J'aurais dû m'enfuir et ne plus jamais la voir, mais je n'ai pas pu. Alors j'ai choisi le plan B.

Un souvenir me vint soudain à l'esprit : la première fois qu'il était venu au bar. J'avais tout de suite su que je devrais le fuir, mais je l'avais laissé m'approcher néanmoins. Pouvais-je lui en vouloir d'avoir fait la même chose ?

– Je ne voulais pas jouer à ton jeu avec elle, ajouta-t-il. Et je ne veux plus jamais y prendre part.

Il y eut de nouveau du mouvement lorsque Hudson retourna au bar.

J'aurais dû bouger. J'aurais dû bouger ! Mon cœur battait à tout rompre et je cessai de respirer.

– Tu ne le penses pas, Hudson, dit Celia en se levant.

Mon Dieu, faites qu'elle ne le rejoigne pas. Au moins, Hudson était concentré sur son verre. J'étais sûre que Celia me verrait. Heureusement pour moi, elle n'alla pas vers lui.

– Tu ne te souviens pas de cette montée d'adrénaline ? De la préparation du jeu, du début jusqu'à la fin, lorsqu'on sait à l'avance tout ce qui va se passer parce qu'on a parfaitement bien étudié les personnages et qu'on comprend chacune de leurs réactions – il n'y a rien de meilleur au monde.

– Tu détruis la vie des gens !

– C'est *toi* qui m'as appris à le faire !

– Alors apprends la leçon suivante. C'était mal. J'avais tort. *Tort*, Celia.

Ils se crachaient leurs paroles et mon cœur continua de battre la chamade en les écoutant, excitée d'entendre Hudson se disputer avec elle.

Est-ce que le fait que je veuille qu'il gagne la bataille voulait dire que je voyais Celia comme une pire ennemie que Hudson ? Jusqu'à présent, je les avais perçus comme étant une équipe, mais mon opinion changeait très légèrement.

Hudson se tourna vers elle.

– De toutes les vies que j'ai détruites, Celia, celle que je regrette le plus est la tienne. Mais je ne peux plus me sentir responsable. C'est à toi de décider quel genre de personne tu veux être. Moi, j'ai décidé de changer.

Satanées larmes. Je n'osais pas bouger tant qu'il pouvait me voir et je les laissai couler librement. J'étais fière de lui, s'il était vrai qu'il en avait réellement terminé avec ces jeux.

Quant à savoir pourquoi cela m'affectait, je n'en avais pas la moindre idée.

– Très bien, fais comme tu veux. Mais moi je n'ai pas terminé l'expérience Alayna Withers.

Mon estomac fit un saut périlleux – ma rupture avec Hudson aurait dû mettre fin à son harcèlement. Ne serais-je jamais tranquille ?

Apparemment, Hudson pensait que si.

– Ah si, elle est bel et bien terminée, dit-il en allant vers elle. Et ne me redis pas que tu joues pour gagner. Je pourrais citer des fois où tu as perdu gros.

– Tu es sans cœur, dit-elle d'une voix blessée.

Je ne pensais pas qu'elle était capable de ressentir quoi que ce soit.

– Ah, mais n'est-ce pas la règle d'or pour pouvoir jouer ?

Son ton acerbe était à la fois effrayant et excitant – il m'était désagréable de savoir qu'il avait cela en lui, mais j'étais heureuse qu'il s'en serve contre mon ennemie.

– Dis-moi, je suis curieux, continua-t-il. Quel était ton plan avec Alayna, au juste ? Quand je t'ai dit que je ne voulais plus faire partie de ton jeu et que j'ai refusé de la quitter, tu as mis au point ton projet de la faire passer pour une folle en disant qu'elle te harcelait. Et quand cela n'a pas fonctionné non plus, qu'avais-tu prévu ? Les citations dans les livres, le harcèlement... quel était ton but ?

– Je ne sais pas. Je pensais la pousser à bout. Faire en sorte qu'elle doute de toi pour vous éloigner petit à petit.

– J'ai comme l'impression que tu n'avais pas la moindre stratégie et que tout cela était au pif. Ce n'est pas ainsi que l'on jouait.

– Mais cela a marché, non, puisque vous n'êtes plus ensemble ?

Bon sang, j'avais tant envie de la gifler pour lui faire perdre son ton joyeux ! C'était un des pires aspects de notre rupture – Celia prenait cela pour sa victoire.

– Crois-le ou non, notre séparation n'a rien à voir avec ce que tu as fait, corrigea Hudson.

– Ah bon ? Je pensais l'avoir fait craquer pour de bon en lui disant qu'on avait été amants. Surtout quand je lui ai donné la preuve.

– Et comment as-tu pu prouver quelque chose qui n'a jamais eu lieu ?

Il avait beau m'avoir dit qu'ils n'avaient jamais été ensemble, cela n'avait pas fait disparaître tous mes doutes, puisque sa parole n'avait plus aucune valeur. À présent... je pouvais en être certaine – ils étaient amis et rien de plus. C'était déjà ça.

– Je lui ai dit que tu m'avais donné le même surnom qu'à elle. Ça l'a anéantie.

– De mon point de vue, elle s'est pas mal défendue.

– Des blessures de guerre, rien de plus, dit-elle simplement.

Son visage ! J'avais presque oublié – mince j'aurais aimé voir les dégâts que j'avais causés.

– De quel surnom parles-tu, de toute façon ?

Sa question révéla qu'il ne le lui avait jamais dit. Je tournai la tête pour mieux entendre les explications de Celia.

– *Ma belle*, répondit Celia.

– Comment as-tu appris ça ? s'écria Hudson, furieux.

Alors c'était bien *mon* surnom, je pouvais enfin m'accrocher à quelque chose – le seul souvenir qui resterait pur et intact dans ma tête.

– J'ai pris son téléphone un jour, quand on mangeait ensemble. J'ai vu vos messages et j'ai vu que tu l'appelais ma belle.

Quelle salope! J'avais envie de me lever et de lui sauter dessus. Cela valait presque la peine de révéler ma présence. *Presque.*

L'expression de Hudson dut montrer qu'il n'était pas ravi, car Celia poursuivit.

– Oh, ça va, c'était un coup brillant de ma part. Tu vas me dire que cela n'avait rien à voir avec votre séparation ?

– Non. Honnêtement, je crois qu'elle y aurait survécu. C'est la vérité qui nous a séparés.

– La vérité ? Tu lui as dit...

– *Tout,* dit-il en lui coupant la parole.

– C'est contre les règles du jeu !

– Il n'y a plus de règles, Celia. C'est fini ! Je ne joue plus. Et je ne parlerai plus d'Alayna avec toi. Le sujet est clos.

J'imaginai sa posture, son langage corporel : les épaules en arrière, le visage ferme et impassible. Il était impossible de s'opposer à lui lorsqu'il était ainsi.

Les talons de Celia claquèrent de nouveau et je m'immobilisai, puis j'entendis de nouveau le cuir du canapé.

– C'est pour ça que tu m'as emmenée ici ? Pour me dire que tu démissionnes ?

Elle faisait de son mieux pour ne pas avoir l'air ennuyée mais sa déception était perceptible dans sa voix.

– De toute façon, cela fait des années que je n'ai pas vraiment joué, sauf pour t'aider de temps en temps, dit-il alors que je l'entendais se rasseoir dans son fauteuil. Mais non, ce n'est pas pour cela que je t'ai invitée. Je l'ai fait pour te dire que *toi*, tu en as fini avec tes petits jeux. C'est terminé Celia, tu ne joueras plus jamais.

– Tu plaisantes, j'espère. Tu ne peux pas prendre cette décision à ma place.

Si j'étais impressionnée que Hudson pense pouvoir convaincre Celia aussi facilement, je devais reconnaître à cette peste son assurance. Elle n'abandonnerait pas aussi vite, voire pas du tout, même si Hudson le lui demandait gentiment.

– Tu as raison. Je ne peux pas surveiller tous les aspects de ta vie, répondit Hudson. Et je n'en ai pas l'intention, mais je peux te dire que tu ne manipuleras plus jamais ni ma famille, ni mes employés, ni moi, et surtout pas Alayna.

Il l'avait redit. Le son de mon prénom sur ses lèvres, prononcé avec tant de précaution, tant de vénération, comme s'il prenait soin d'un objet précieux. Ses attentions pour moi étaient si... profondes, je devais l'admettre, et cela me fit plus mal encore.

Heureusement, la réponse de Celia m'empêcha de fondre en larmes sur-le-champ.

– Je trouve hilarant que tu penses avoir le moindre contrôle sur moi. Et tes propos ne font que m'inciter à vouloir te prouver que tu as tort. D'ailleurs, même si j'ai accepté de ne pas porter plainte contre elle, je n'en ai pas terminé avec mon expérience Alayna.

– Je te dis que c'est fini, Celia, aboya-t-il d'un ton autoritaire. J'avais espéré que tu laisserais tomber par amitié pour moi – même si cela fait longtemps qu'elle est révolue –, mais je ne suis pas surpris que tu refuses. Donc j'ai assuré mes arrières.

– Tiens donc, je suis curieuse.

Et moi donc.

– Laisse-moi te parler de l'entreprise que je viens d'acheter, dit Hudson d'une voix inhabituellement joyeuse. Non, je vais faire mieux, je vais te montrer les papiers.

Mon rythme cardiaque s'accéléra de nouveau lorsque Hudson bougea, mais j'eus l'impression qu'il s'éloignait de moi. J'entendis ensuite des papiers – il devait être à son bureau. Puis il revint à son fauteuil. J'entendis des papiers frottés les uns contre les autres, comme si quelqu'un les passait en revue, et de courts silences lorsqu'ils étaient parcourus.

De quoi s'agissait-il ? Je mourais d'envie de le savoir. Même si je ne pouvais pas voir ce qu'elle était en train de lire, je ne pus m'en empêcher, il fallait que je regarde. Je m'agenouillai de nouveau et sortis très légèrement la tête.

Je ne pus que sourire en voyant l'énorme pansement qui recouvrait son nez.

Soudain, elle écarquilla les yeux et leva la tête vers Hudson, qui était dos à moi. Je me rassis vite, de peur qu'elle ne me voie.

– Comment as-tu pu… ?

– En étant très discret, dit-il d'un ton plein de fierté. Je dois admettre que cela n'a pas été facile. J'ai dû convaincre une autre entreprise d'acheter une partie des actions, et ensuite j'ai racheté cette même boîte – mais les détails ne t'intéressent pas, si ?

Le deal sur lequel il travaillait concernait Celia ?

– Les contrats sont signés, à présent, poursuivit-il. C'est tout ce qui compte. Je suis officiellement l'actionnaire majoritaire de la Werner Media Corporation.

Je plaquai ma main sur ma bouche pour m'empêcher de crier, mais ce fut un peu trop tard. *Merde !* M'avaient-ils entendue ? Mon cœur battait plus fort encore et j'étais certaine qu'ils pouvaient l'entendre.

– Toi qui disais que tu ne voulais plus jouer, dit Celia d'un ton amer.

– J'avais un dernier tour dans mon sac.

Alors c'était ça : Hudson avait acheté l'entreprise familiale des Werner ? C'était énorme !

Celia expira lentement, bruyamment – du moins je supposais que c'était elle, puisque je ne la voyais pas.

– Alors c'est échec et mat ?

– C'est à toi de me le dire.

– Quels sont tes plans pour la boîte ?

Elle allait donc se battre jusqu'à la fin – sa détermination était impressionnante. Mais elle ne m'impressionnait pas autant que Hudson.

– Pour le moment, je n'ai rien prévu. L'entreprise est prospère, ton père est un bon directeur général. Cependant, si jamais j'avais la moindre raison de penser que sa présence n'était plus requise...

– Il serait anéanti, chuchota Celia.

– Je suppose qu'il serait anéanti par la simple nouvelle qu'il n'est plus l'actionnaire majoritaire, non ? Pour l'instant, personne n'est au courant de cela. Il ne sait pas qu'il n'a plus de pouvoir de décision. Voudrais-tu qu'il l'apprenne ?

– Non, répondit-elle.

– As-tu l'intention de faire quoi que ce soit qui pourrait me faire revoir ma stratégie ?

– Non, dit-elle d'une voix lugubre.

– Dans ce cas, oui, c'est bien échec et mat.

Le silence régna alors pendant plusieurs minutes. Ma peau picota tandis que je prenais conscience de la victoire de Hudson. Un sourire se dessina sur mes lèvres alors que de nombreuses émotions s'emparèrent de moi. J'étais surprise, reconnaissante, soulagée, fière. D'autres sentiments étaient trop difficiles à percevoir derrière la peine qui enveloppait encore mon cœur. S'y cachait-il du pardon ? Une pincée d'espoir ?

De l'amour. Il y avait toujours de l'amour, c'était certain.

– Il est temps que je parte, dit Celia.

– Oui. Je te raccompagne.

Ils ne passaient pas par le bureau, et je paniquai en pensant à mon sac resté dans l'entrée. Hudson la raccompagnait-il en bas ou seulement jusqu'à la porte ? Je retins ma respiration. J'entendis un petit grincement. Je pouvais jeter un œil puisqu'ils me tournaient le dos. Hudson tenait la porte à Celia, qui sortit, puis il commença à la fermer. *Mince, il restait là !* Soudain, ses yeux tombèrent sur mon sac.

Il s'arrêta une demi-seconde, puis son regard balaya la pièce. Je ne bougeai pas – est-ce que je voulais qu'il me trouve ?

Ce fut le cas.

Nos regards se croisèrent et, si je n'étais pas certaine de tout ce que je ressentais, je n'eus aucun doute quant à *ses* sentiments : surprise, joie, et amour.

J'étais sûre que s'il venait vers moi, je retomberais dans ses bras. Heureusement, je n'en eus pas l'occasion.

– Bloque la porte, dit-il à Celia sans me quitter des yeux.

Il me sourit à moitié puis il se tourna et ferma la porte derrière lui.

CHAPITRE VINGT-DEUX

Après m'être couchée à trois heures, le réveil à neuf heures du matin arriva beaucoup trop vite. J'entrouvris les yeux, éblouie par le soleil qui envahit soudain la pièce.

– Aargh, grognai-je. J'avais fermé les rideaux pour une raison.

– Dommage. Tu as ton défilé, dit Élise en chatouillant mon pied qui dépassait de la couette. Debout !

– Maaaaiiiis... Je veux pas y aller...

Je me frottai les yeux et m'assis dans le lit, puis je regardai l'heure. Il était neuf heures passées. J'avais dû appuyer sur le bouton pour repousser mon réveil plus d'une fois.

– Pourquoi tu es réveillée, toi ?

Contrairement à moi, Élise avait fait la fermeture, ce qui signifiait qu'elle n'avait dormi qu'une ou deux heures. C'était étrange qu'elle ne m'ait pas réveillée en rentrant.

Soudain, je réalisai que c'était son *arrivée* qui m'avait réveillée.

– Un des habitués m'a ramenée, dit-elle en jouant des sourcils. Et on a fait un ou deux détours avant de rentrer.

Elle avait bonne mine ; ses joues étaient rouges et ses yeux brillants. Une partie de moi avait toujours été jalouse de sa capacité à coucher avec des inconnus sans s'attacher. Aujourd'hui, le simple fait de penser au sexe me rendait triste.

Mon visage avait dû révéler mes pensées car, soudain, Élise s'était glissée sous la couette et m'avait prise dans ses bras, en me serrant le plus fort possible.

Je soupirai et me laissai aller, soulagée de me sentir touchée, d'être aimée.

– Ça va aller aujourd'hui ? demanda-t-elle après m'avoir embrassée sur la tempe.

Je haussai les épaules.

– Hudson n'est pas censé aller au défilé, donc ça devrait le faire.

Prononcer son prénom était à la fois délicieux et déprimant. Après qu'il fut parti du loft, je m'étais attendue à ce qu'il vienne au club pendant que j'y travaillais, ou à ce qu'il m'appelle. Il y avait tant de choses à dire après tout ce que j'avais entendu, mais peut-être que cela ne l'intéressait plus.

Élise me lâcha et tapota le bout de mon nez avec son doigt.

– Alors d'où vient cette mine renfrognée ? Tu aurais aimé qu'il y aille, n'est-ce pas ?

– Je n'en sais rien, avouai-je.

Je ne voulais pas nécessairement le voir, mais je voulais qu'il ait *envie* de me voir.

– Pourquoi tu penses qu'il n'a pas essayé de me contacter ? demandai-je en ramenant mes genoux contre ma poitrine.

– Peut-être qu'il veut respecter ton espace.

– Hudson ne s'est jamais arrêté à ça, auparavant, dis-je en repensant à toutes les fois où il m'avait obligée à lui faire une place dans ma vie.

Peut-être que cet homme-là n'était pas le véritable Hudson Pierce. En tout cas, il était plus agréable de penser cela plutôt que de croire qu'il avait baissé les bras aussi facilement.

– Je pensais juste qu'il se battrait pour moi, continuai-je. Surtout après ce qu'il a fait hier et après qu'il m'a vue.

– Tu veux savoir ce que je pense ? demanda Élise.

– Probablement pas, mais je suppose que tu vas me le dire quand même.

– Absolument. Je pense qu'il est trop tôt pour savoir s'il va se battre pour toi et pour que tu décides si tu *veux* qu'il essaie de te reconquérir.

– Je ne veux pas qu'il me coure après.

– Na-ah. C'est trop tôt, dit-elle en remuant son index.

Peut-être avait-elle raison. J'avais connu tant d'émotions au cours de la dernière semaine, comment savoir laquelle allait durer ? De quoi aurais-je envie d'ici un mois ? Dans un an ? Est-ce que je me sentirais toujours trahie ? Est-ce que je souffrirais encore ? L'aimerais-je encore ?

Élise avait raison. Il était trop tôt pour le savoir.

Elle prit ma main et la serra.

– Mais je suis fière de toi. Tu as survécu à cette semaine, tu as travaillé hier soir, aujourd'hui tu vas au défilé de sa sœur, et tu n'as craqué qu'une seule fois. Je trouve que tu t'en sors super bien.

Dans la bouche d'Élise, le simple fait de *vivre* sonnait comme un compliment. Cependant, je devais avouer que j'étais fière de moi, également. Même si cette douleur sous-jacente ne me quittait jamais.

–Mais il me manque, dis-je en me mordant la lèvre.

–Je sais, répondit-elle en m'embrassant sur le front. Tu dois te préparer à ce que ça empire avant que ça aille mieux, tu sais.

–Ouais, je sais.

***

La boutique de Mirabelle était sens dessus dessous lorsque j'arrivai car l'événement ne commençait que dans deux heures. Les fleuristes, les traiteurs et les mannequins s'agitaient d'un bout à l'autre de la pièce sous la direction des nouveaux employés. Il me fallut un moment pour trouver des visages familiers dans la foule, mais je finis par repérer Adam qui goûtait – ou plutôt qui *engloutissait* – une sélection de petits fours.

Il finit de mâcher sa bouchée avant de me répondre.

–Laynie ! Je suis content de te voir.

Il me prit dans ses bras, ce qui était un peu étrange étant donné qu'il n'avait jamais été tactile avec moi.

–Je suis tellement soulagé que tu sois là, dit-il. Je t'en supplie, tu peux faire en sorte que Mira arrête de courir partout ? Il faut qu'elle s'asseye et qu'elle se détende. Je te jure qu'après aujourd'hui, si elle ne se calme pas un peu, je vais l'enchaîner au lit.

–Je préfère ne pas savoir ce qui se passe dans votre chambre, dis-je en riant. Où est-elle ?

Adam me mena en coulisse, où je trouvai encore plus de mannequins et d'employés, ainsi que Mira, donnant des ordres à tout le monde.

–Tu es là ! s'exclama-t-elle en me voyant.

Elle avait beau sourire jusqu'aux oreilles et être resplendissante, les cernes sous ses yeux trahissaient sa fatigue.

– J'avais peur que tu me poses un lapin à la dernière minute !

– Non, je suis venue, répondis-je en souriant. Tu as le temps de me faire une visite guidée de ta nouvelle boutique ? demandai-je en espérant que cela lui permettrait de se détendre et de faire baisser sa tension artérielle. Peut-être que tu préfères que je m'habille avant ? ajoutai-je en réalisant que cela pourrait l'angoisser également.

– Habille-toi, et après je te fais visiter mon nouveau palais.

La robe qu'elle avait choisie était incroyable, maintenant que les retouches avaient été faites. Lorsque je me regardai dans le miroir, je ne pus m'empêcher de repenser au jour où je l'avais essayée pour la première fois – le jour où Stacy m'avait envoyé la vidéo. Cela avait été le début de la fin, n'est-ce pas ? Si seulement je n'avais pas laissé ma curiosité prendre le dessus...

Je secouai la tête et m'obligeai à ne plus y penser. Je ne voulais pas que cette journée soit triste. C'était le grand jour de Mira et je ne voulais pas la lui gâcher. En outre, même si j'avais mis du mascara waterproof, mon maquillage serait foutu si je me mettais à sangloter de nouveau.

De toute façon, je ne pouvais pas regretter ma curiosité. J'avais été heureuse aux côtés de Hudson, même si notre relation avait été fondée sur des mensonges. La vérité aurait émergé tôt ou tard. Et mieux valait tard que jamais.

Une fois en tenue, je retournai voir Mira qui s'était installée dans une chaise pour aboyer ses ordres. Adam avait dû l'obliger à s'y asseoir.

Elle bondit debout en me voyant, les yeux écarquillés.

– Oh mon Dieu, tu es magnifique ! Tu feras le final. Mince, j'aurais tellement aimé que Hudson te voie, dit-elle avant de plaquer sa main sur sa bouche. Désolée !

C'est sorti tout seul. Il va me falloir un moment pour m'adapter au changement.

– Oui, je comprends.

– Laisse-moi te montrer mon bébé, dit-elle en passant son bras autour de ma taille. Enfin, mon autre bébé.

La boutique avait été agrandie de façon simple et avec goût. Il y avait plus de place pour exposer les articles, de nouvelles cabines d'essayage, mais aussi un plus grand salon pour les employés ainsi qu'un petit podium.

– Par la suite, le podium servira pour les défilés privés, expliqua Mira. Certaines vieilles bourges qui viennent ici sont trop fainéantes pour essayer leurs propres habits, donc on engage des modèles pour le faire à leur place.

J'éclatai de rire. Mira était une Pierce, donc elle était probablement plus riche que la plupart de ses clientes, mais elle n'était pas fainéante et elle ne se comportait jamais comme une vieille bourge. Cependant, je voyais très bien sa mère agir comme l'une de ces femmes.

– En parlant de Sophia, dis-je en balayant la boutique du regard, où est-elle ? Elle ne vient pas ?

– Euh, non, dit-elle en se penchant pour enlever un fil collé à ma jupe. Je l'ai bannie, comme Hudson.

– Quoi ?

Je n'étais pas déçue par son absence, vu la scène qu'elle avait provoqué la dernière fois qu'elle s'était montrée ivre en public, mais j'étais surprise, néanmoins.

Mira se redressa mais garda les yeux rivés sur le sol.

– J'ai suivi tes conseils. On a fait une intervention.

– Mon Dieu, Mira ! m'exclamai-je en lui prenant la main.

– Ce n'était pas facile, mais Hudson, Chandler et Adam sont venus, et même papa y a pris part. On l'a confrontée en lui disant qu'il fallait qu'elle se fasse aider, dit-elle en me regardant dans les yeux et en se forçant à sourire.

– Quand est-ce que vous avez fait ça ?

Et comment va Hudson ?

– Hier soir. Au début, elle n'a rien voulu entendre, bien évidemment. Mais quand je lui ai dit qu'elle ne pouvait plus être dans ma vie si elle ne se soignait pas, elle a accepté. Hudson, papa et Chandler l'ont emmenée dans un centre de désintoxication ce matin.

– Waouh.

La peine que je ressentais était différente de celle qui m'avait accompagnée ces derniers jours. Au lieu de souffrir à cause de Hudson, je souffrais *pour* lui.

– Tu sais, je n'ai jamais vu ma mère sobre – peut-être qu'elle restera une garce. Mais au moins, je ne serai pas morte de trouille à l'idée qu'elle fasse tomber mon bébé.

J'oubliai Hudson un instant et étudiai la femme merveilleuse qui se tenait devant moi. Elle avait beau n'avoir que vingt-quatre ans – deux ans de moins que moi –, je réalisai soudain qu'elle était la personne la plus sincère et la plus mature que je connaissais. Radicalement différente de son frère. Et de moi.

– Quoi ? demanda-t-elle en rougissant.

– Tu m'impressionnes vraiment. Ce n'est pas facile de confronter une personne que l'on aime de cette façon, et aujourd'hui tu as ce défilé... comment fais-tu pour tenir ?

– Honnêtement, je suis un peu fatiguée, mais à part ça, je me sens super bien. Ma seule source d'inquiétude est ton histoire avec mon frère.

Je lâchai sa main.

– Je me sens suffisamment mal comme ça sans me sentir coupable de ton malheur, dis-je en baissant les yeux, craignant de craquer si je la regardais dans les yeux.

– Il nous a dit ce qu'il t'avait fait.

– Quoi ? m'exclamai-je en levant brusquement la tête.

– Pendant l'intervention avec maman. Il a dit que si on voulait avoir une chance d'être une famille, il fallait que chacun d'entre nous accepte ses défauts et ses erreurs. Il a recommencé à voir un psy cette semaine qui l'a encouragé à être honnête avec nous. Alors il nous a avoué ce qu'il t'avait fait, expliqua-t-elle d'un air attristé. Je suis désolée que tu aies subi ça, Laynie. Je ne vais pas le défendre. Je peux juste te dire qu'il est rongé par les remords.

– Je... Bon sang, Mira, tu vas me faire chialer !

Elle me saisit par les épaules.

– Ne pleure pas ! Sinon je vais pleurer aussi et ce sera un désastre. Fini les discussions sérieuses. Mais il faut que tu saches que je t'aime. Merci d'être là.

– Je ne raterais ça pour rien au monde.

* * *

Je découvris qu'être modèle ne requérait pas seulement de se tenir debout en souriant. Je devais marcher jusqu'au bout du podium, prendre une pose, et faire demi-tour. J'avais eu l'impression qu'il y avait des dizaines de mannequins, mais nous n'étions que sept à défiler, ce qui nous laissa le temps de nous entraîner suffisamment de fois pour que, lorsque le show commença, je ne sois pas aussi nerveuse qu'en arrivant.

Pour être honnête, j'étais soulagée de ressentir autre chose que de la tristesse.

La boutique ouvrit à quatorze heures. L'événement n'était pas aussi spectaculaire que celui que Sophia Pierce organisait chaque année, mais il était néanmoins élégant et impressionnant. Mira fut comme un petit oiseau exotique, voletant d'une pièce à l'autre, prenant le temps de parler aux grands designers et à ses plus gros clients.

Il y avait aussi la presse, qui n'entrait que sur invitation et qui était cantonnée derrière la scène de sorte que ce soit moins intimidant. Je pris soin de ne jamais être assez proche pour être assaillie par leurs questions. S'ils voulaient des nouvelles de Hudson et moi, ils n'avaient qu'à les lui demander.

Cela dit, seraient-ils intéressés ? Lorsqu'une autre fille arriverait à son bras lors de la prochaine soirée mondaine, lui demanderaient-ils ce qui était arrivé à la manager de son club, comme ils avaient parlé de Celia devant moi ?

Ce scénario était si déprimant que je dus employer les grands moyens pour le balayer de mon esprit en buvant une coupe de champagne.

À trois heures moins le quart, je me plaçai aux côtés des autres modèles sur le L de la scène, où nous attendions chacune notre tour. Je regrettais d'être la dernière car cela m'obligeait à attendre une éternité. Stacy décrivait chacune des tenues, annonçant le nom du styliste et expliquant les retouches qui avaient été faites par la boutique pour en faire la robe parfaite.

Ce fut enfin mon tour. Je marchai au bout du podium en affichant un sourire qui me surprit par sa sincérité. J'eus des papillons dans le ventre lorsque je dus garder la pose pendant que Stacy décrivait ma robe, éblouie par le flash des photographes. Cependant, la boutique n'était pas plongée dans le noir et je pouvais voir les visages du public.

Ce qui expliqua que je remarquai facilement Hudson.

Au fond, adossé au mur, les cheveux en bataille, vêtu d'un t-shirt et d'un jean, les yeux rivés sur mon visage, les seuls que je sentais malgré les dizaines d'yeux posés sur moi. Même à travers la pièce, je sentis ce courant électrique entre nous.

Nos regards se croisèrent et, sans que je puisse y remédier, mon sourire s'élargit.

Bon sang qu'il était bon de le voir.

Puis Stacy termina sa description et il fut temps pour moi de retourner à ma place. Désormais dos à lui, je sentis ma joie subite s'évanouir et tout me revint : son mensonge, ma peine. Il n'était pas censé être là !

J'avais beau être la dernière à défiler, je dus rester sur scène pendant que Stacy présentait Mira, puis pendant que Mira décrivait les changements qui avaient été faits et qu'elle remerciait ceux qui l'avaient aidée. J'étais toujours sous le feu des projecteurs, mais je ne pus m'empêcher de gigoter et d'essuyer mes mains moites sur ma robe.

Il est là. Il est là, il est là ! Qu'est-ce que je fais ?

Je fis de mon mieux pour rester concentrée sur Mira, mais je ne pus m'empêcher de jeter des coups d'œil dans la direction de Hudson. Chaque fois, je découvrais qu'il me regardait déjà. J'allais avoir du mal à lui échapper, surtout parce que je ne pouvais pas m'enfuir en courant puisque mon sac et mes affaires étaient en coulisse. Je pouvais laisser mes vêtements, mais il me fallait de l'argent pour un taxi. Cependant, il était à l'autre bout de la pièce, et la boutique était bondée, peut-être arriverais-je à partir avant qu'il ne me rejoigne.

Dès que les applaudissements finals retentirent, je déguerpis aussi discrètement que possible, espérant que Hudson ne me suivrait pas.

Ou peut-être que j'espérais qu'il me suivrait, justement ? Il m'était impossible de le savoir.

Bien évidemment, mes affaires étaient dans la dernière cabine d'essayage, mais je réussis à y aller sans que personne me suive. Je pris mes vêtements en tremblant, puis je réalisai que je n'avais pas de sac dans lequel les mettre.

Merde. Je pouvais me changer, ou venir les chercher plus tard.

Plus tard.

J'aurais au moins pu les plier, mais je les laissai tels quels sur la chaise, saisis mon sac à main et tournai les talons.

Il était là, dans l'embrasure de la porte.

Mes épaules s'affaissèrent et mon cœur stupide se mit à battre la chamade, tout excité.

Il était encore plus beau de près. Était-ce possible qu'il soit devenu encore plus séduisant depuis que l'on s'était quittés ? Son t-shirt gris-bleu moulait ses muscles, qui me semblaient plus prononcés qu'avant, et il portait son jean bas sur ses hanches. Son regard était à la fois doux et triste et il arborait les mêmes cernes que sa sœur. Et que moi.

Quant à sa façon de me regarder... comme si je n'étais pas qu'une gamine naïve dont le cœur était brisé. Comme si je comptais, comme s'il m'aimait.

– Salut, chuchota-t-il.

Mon corps fut parcouru de frissons – était-il conscient de l'effet qu'il avait sur moi ? À le voir ainsi, les mains dans les poches comme un adolescent parfaitement innocent, je me permis de penser qu'il ne le savait pas.

Cependant, il pouvait avoir l'air aussi innocent qu'il le voulait, il ne l'était pas. Il était *loin de l'être.* Et il se montrait – encore – manipulateur en venant ici.

Je croisai les bras, comme si cela pouvait me protéger de son regard perçant.

– Tu n'es pas censé être là, Hudson. Mira me l'avait promis.

– Ce n'est pas pour Mira que je suis venu.

Je faillis lui aboyer dessus, puis je me souvins de l'endroit où il était censé être et je m'adoucis.

– Tu ne devais pas emmener Sophia en cure de désintox ?

Surtout n'y va pas par quatre chemins, Alayna.

J'aurais voulu dire quelque chose de plus réconfortant, pour qu'il sache que je compatissais, mais j'avais peur qu'il ne l'interprète mal, alors je ne dis plus rien.

– C'est déjà fait. Je me suis dépêché de revenir, dit-il en faisant un pas vers moi. Pour te parler.

Il parlait d'une voix si calme que cela me déstabilisa. Comme sa présence, de façon générale.

Je soupirai, passant d'un pied sur l'autre. J'aurais dû partir, mais je voulais l'entendre dire certaines choses, même si je ne pouvais pas croire tout ce qui sortait de sa bouche.

– Si tu avais tant envie de me parler, pourquoi tu es parti, hier ?

– Il fallait que je sois chez mes parents pour l'intervention. Si j'étais resté, je savais que j'aurais été incapable de partir. J'ai eu assez de mal comme ça à te tourner le dos, dit-il en penchant la tête. Et j'ai pensé que tu avais besoin d'espace.

S'il avait l'intention de ne dire que les bonnes choses, j'étais foutue. *Mais qui est-ce que je cherchais à berner ? J'étais fichue, quoi qu'il arrive.*

Je m'adossai au mur derrière moi.

– Mais tu es là, maintenant.

Alors qu'il avait promis de ne pas venir.

– Tu as décidé que je n'avais plus besoin d'espace ? ajoutai-je.

Était-ce ce que je voulais ?

Je ne connaissais pas la réponse à cette question. D'un côté, j'avais l'impression que les murs se resserraient sur moi. De l'autre, il me semblait que la distance entre Hudson et moi était plus grande que le Mississippi.

– Je n'ai pas pu m'empêcher de venir. Pourquoi étais-tu au loft ?

Je n'ai pas pu m'en empêcher.

– Parce que je suis moins forte que ce que tu crois.

Il fixa un point sur le mur et se gratta la nuque.

– J'espérais que ce n'était pas par faiblesse. J'espérais que ça voulait dire que tu avais encore des sentiments pour moi, dit-il en plongeant encore une fois son regard dans le mien.

Je faillis éclater de rire.

– Bien sûr que j'ai encore des sentiments pour toi. Je t'aime, et tu m'as brisé le cœur.

Il ferma les yeux plusieurs secondes.

– Alayna, laisse-moi réparer la situation.

– Tu ne peux pas.

– Mais je peux essayer.

– Comment ? demandai-je, parfaitement consciente qu'il n'y avait pas de réponse à ma question. Même si j'arrivais à te pardonner, je ne pourrais plus jamais te faire confiance. Je ne pourrais jamais être sûre que tu ne continues pas ton petit jeu tordu.

– J'ai abandonné tout ça, tu m'as entendu le dire à Celia.

– Peut-être que tu savais que j'étais chez toi pendant tout ce temps et que tu as dit ce que je voulais entendre, répondis-je en haussant les épaules.

Je savais parfaitement que ce n'était pas le cas et qu'il avait vraiment été surpris en me voyant. Mais j'avais une tonne d'amertume à recracher.

– Tu ne crois pas ce que tu dis.

– Il m'est difficile de croire quoi que ce soit quand on m'a autant menti.

– Pour ce que ça vaut, je ne t'ai jamais menti à propos de nous. Tout ce que j'ai dit et tout ce que j'ai fait avec toi était sincère.

– Sauf qu'on a commencé par un mensonge quand j'ai fait semblant d'être ta copine !

– Oui, mais c'est tout. Chaque caresse, chaque baiser, chaque moment que l'on a partagé, ma belle... rien n'était faux. Je n'ai jamais voulu faire semblant avec toi. Je voulais tout vivre avec toi, je voulais que chaque instant soit sincère. Tu es la première personne à qui je me suis ouvert, la première qui a connu celui que je suis vraiment, dit-il en baissant la voix. Tu es la première personne que j'ai aimée, Alayna. Et je sais que tu seras la dernière.

Ses paroles étaient insupportables. Il me disait tout ce que j'avais rêvé d'entendre et plus encore.

– Je ne sais pas, dis-je en appuyant mon index sur ma tempe. Je ne sais pas, je ne sais pas. Je ne sais pas comment je pourrais croire que tu ressens ce que tu prétends.

Il fit un deuxième pas vers moi.

– Je sais, je comprends. Mais j'ai trouvé un moyen de te prouver que je suis à toi corps et âme.

Nous étions à moins d'un mètre l'un de l'autre.

– Alayna, épouse-moi.

– Quoi ? m'exclamai-je en écarquillant les yeux.

– Épouse-moi, tout de suite. Mon jet est prêt à décoller. Tu n'as qu'à dire oui et on part immédiatement à Vegas.

– Quoi ? répétai-je, sous le choc.

– Je sais que tu mérites de longues fiançailles et une cérémonie en bonne et due forme, mais on pourra le faire quand tu voudras. Dans l'immédiat, tu as besoin d'être rassurée.

Il ne cessait de gesticuler en parlant, ce qu'il ne faisait jamais. Était-il ivre ? Drogué ? Nerveux ? Fou ?

– Tu as besoin de savoir que je suis véritablement engagé dans notre couple, Alayna, et il n'y a pas de meilleur moyen pour te le montrer que de t'épouser. D'écrire noir sur blanc que je suis à toi et que je promets de t'aimer pour toujours.

Il était complètement dingue.

– Hudson, tu es devenu fou.

– Et on ne fera pas de contrat de mariage, non plus, poursuivit-il en s'essuyant les mains sur son jean. Je suis prêt à te donner tout ce que j'ai, à me rendre complètement vulnérable, comme tu l'as fait pour moi tant de fois.

– Pas de contrat ? C'est clair, tu as vraiment perdu la tête.

Et apparemment j'étais folle aussi puisque je le laissai poursuivre sa rêverie.

– Oui je suis fou. Je suis fou sans toi, dit-il en se passant la main dans les cheveux. Tu es la seule personne à m'avoir guéri. Je suis complètement à ta merci, je suis à tes pieds, Alayna. Parce que si tu dis non, si tu me rejettes, j'aurai perdu la seule chose de valeur dans ma vie pathétique. En revanche, si tu dis oui, ce sera à *moi* de te faire confiance, parce que tu pourrais m'épouser pour ensuite divorcer pour prendre la moitié de ce qui m'appartient.

Son argent n'avait aucune valeur à mes yeux.

– Je me fiche de ton...

– Je sais, je sais que tu ne ferais jamais ça. Ce que je veux dire, c'est que tu pourrais le faire, dit-il en faisant les cent pas. C'est le seul moyen que j'ai trouvé pour te prouver que je suis prêt à me mettre à nu pour toi. Que je crois en toi, ajouta-t-il en se tournant de nouveau vers moi. Et que même si je ne le mérite pas, je suis déterminé à me battre pour toi et à regagner ta confiance. Même s'il faut que je me batte jusqu'à la fin de mes jours.

J'étais complètement sous le choc. J'étais assaillie par tant de pensées et d'émotions que je ne savais plus quoi ressentir, quoi dire. De toutes les réactions que j'aurais pu avoir, j'en choisis une au hasard.

– Tu parles d'une demande en mariage : épouse-moi pour que je te prouve que tu peux avoir confiance en moi.

– Non, Alayna, répondit-il d'une voix grave. Épouse-moi parce que *je t'aime*, plus que ma propre vie. Épouse-moi *aujourd'hui*, pour que je puisse te prouver que je le pense.

– Hudson, c'est complètement dingue.

Il n'avait même pas de bague !

– Tu as détruit tout ce que l'on avait construit, tu ne peux pas tout arranger en me demandant de t'épouser !

– Pourquoi pas ? demanda-t-il, l'air abattu.

Il était désespéré – cela s'entendait au ton de sa voix et se voyait dans son langage corporel.

– Pourquoi pas ? répéta-t-il. On est faits pour être ensemble. Malgré toutes les erreurs que l'on a commises – que j'ai commises –, tu ne peux pas nier que l'on va mieux lorsqu'on est ensemble. Tu reconnais que tu m'aimes. Et je t'aime aussi. Pourquoi n'est-on pas ensemble ? Parce qu'on s'est fait du mal ? Est-ce que tu vas mieux depuis que je ne suis pas là ? Tu es venue au loft, Alayna. Je sais que tu penses encore à moi. La seule raison logique que tu as de ne pas m'épouser, c'est que tu ne me crois pas quand je te dis que je t'aime. Épouse-moi et tu n'en douteras plus.

Il baissa le ton de sa voix et m'implora du regard tandis qu'il répétait sa demande.

– Épouse-moi. S'il te plaît.

J'y avais pensé plus d'une fois. J'avais envisagé de passer le reste de mes jours aux côtés de Hudson Pierce. Et il y avait déjà fait allusion. Si je le croyais lorsqu'il disait que la majorité de notre relation avait été sincère, alors sa demande n'était pas vraiment impromptue.

Et je le croyais – pas seulement parce que je *voulais* le croire mais parce que *pour moi*, notre relation avait été sincère. L'amour que j'avais pour lui n'était pas possible dans une relation à sens unique. J'avais vécu cela par le passé et j'en reconnaissais les signes. Mon amour pour lui n'était possible que parce qu'il était réciproque. Si beaucoup de choses avaient été fausses, nos sentiments n'étaient pas sur la liste.

Cependant, en dépit de ce que je pensais et de ce que je ressentais, nous avions encore besoin de temps pour comprendre, pour guérir. Me lancer dans une nouvelle histoire avec Hudson –sans parler de *mariage*– équivaudrait à retourner bronzer sans avoir guéri d'un coup de soleil.

Étape par étape.

Le mariage était un pas gigantesque. Et honnêtement, je ne savais pas si je voulais avancer dans cette direction. Dans *sa* direction.

Il attendait ma réponse, je devais la lui donner.

–Non.

Hudson n'était pas habitué à se voir refuser quoi que ce soit et il devait être choqué, surtout en cette occasion.

–Non, répétai-je. Non. Tu ne peux pas tout réparer en me demandant de m'enfuir avec toi. J'arrive à peine à te regarder dans les yeux – tu crois vraiment que je pourrais accepter de t'épouser ?

Il ouvrit la bouche pour parler et je m'empressai de lever la main pour l'en empêcher.

–Ne dis rien. Je ne veux pas de réponse. J'ai des choses à dire. Oui, je suis venue au loft parce que tu me manquais. Désespérément. Mais si j'avais su que tu serais là, j'aurais trouvé un moyen de résister. Je ne regrette pas d'être venue parce que j'ai obtenu les réponses qu'il me fallait. Et je te suis reconnaissante pour ce que tu as fait. En revanche, cela ne change pas la situation, c'est simplement plus facile pour moi de passer à autre chose.

–Ne parle pas de passer à autre chose, Alayna. Pardon, continue, dit-il lorsqu'il réalisa que je n'avais pas terminé.

Le fait qu'il accepte de s'écraser devant moi faillit me faire changer d'avis – ce devait être tellement difficile pour lui, il marquait un point pour cela. Cependant, il partait de si loin qu'un petit point ridicule ne changeait rien.

– Même si je pouvais te faire confiance, Hudson, je n'épouserais pas un homme parce qu'il s'en veut de m'avoir trahie. Et surtout pas à Vegas. Je voudrais que mon frère soit présent, tout comme Mira et Jack et Adam. Même Sophia.

Son visage s'illumina.

– Tu voudrais que ma famille assiste à notre mariage ? Est-ce que cela signifie que j'ai une chance d'être le marié ?

– Tu en avais une, avant. Mais maintenant...

Mon Dieu cela me déchirait de devoir le dire.

– ... je ne vois pas comment ce pourrait être possible.

Il m'était difficile de le dire, mais il était encore plus difficile pour Hudson de l'entendre. Il ferma les yeux et sa mâchoire se contracta alors que son corps entier semblait s'affaisser. Je réalisai soudain que nos rôles étaient inversés, à présent. D'habitude, c'était lui qui avait le contrôle de ses émotions pendant que de mon côté je pataugeais sans savoir où aller. C'était lui qui était fort alors que je ne savais pas où donner de la tête.

Bizarrement, il n'était pas plus agréable d'être à sa place. J'avais beau avoir l'air sûre de moi, intérieurement, j'avais l'impression de me liquéfier. Était-ce ce que Hudson Pierce avait l'habitude de ressentir ? Je ne pouvais plus penser à cela. À *rien* de tout cela. Il était temps de descendre de ce grand huit émotionnel et de tourner la page.

Mais je ne pouvais sortir sans lui passer devant.

– Il faut que je parte, maintenant, Hudson.

– Alayna, on n'a pas fini d'en discuter. Peut-être qu'on ne peut pas se marier, mais il y a forcément autre chose.

Le simple fait de te parler est agréable.

– Je ne peux pas. J'ai besoin de sortir.

– Alayna...

– S'il te plaît, dis-je d'une voix tremblante. Laisse-moi partir.

Lentement, à contrecœur, il fit un pas sur le côté pour me laisser sortir. Mais, alors que j'allais passer le seuil de la porte, il revint devant moi. Il mit ses mains de chaque côté de l'embrasure, sans me toucher, m'obligeant à rester là.

– Non. Je ne te laisserai jamais partir. Je vais te laisser y aller maintenant, mais je ne vais pas baisser les bras. Je vais te poursuivre comme je n'ai jamais poursuivi qui que ce soit, et je me battrai pour toi jusqu'à ce que tu ne puisses plus douter que je t'aime de toute mon âme.

Il était si près de moi, je pouvais le sentir, respirer son odeur comme je l'avais respirée sur son oreiller dans le loft. Mais cette situation était meilleure encore car c'était vraiment lui. Je sentais sa chaleur et l'appel de ses bras. Je n'aurais qu'à me pencher très légèrement pour nicher mon visage dans son cou.

Quant à ses paroles... comment y résister ? C'est alors que les conseils d'Élise me revinrent. Il était trop tôt. J'avais besoin de temps.

– Hudson, dis-je sans croiser son regard. Laisse-moi sortir.

Il attendit une seconde puis il s'effaça et je passai devant lui en prenant soin de ne pas le toucher, bien que mon corps brûle de sentir sa peau, ne serait-ce qu'une fraction de seconde.

Je réussis à garder la tête haute tandis que je m'éloignai, même lorsqu'il renouvela sa promesse.

– Je ne baisserai jamais les bras, Alayna. Je te prouverai que je t'aime. Tu verras.

CHAPITRE VINGT-TROIS

Lorsque j'arrivai au travail, ce soir-là, un colis m'attendait sur mon bureau.

– Qu'est-ce que c'est ? demandai-je à Gwen.

– Aucune idée. Un livreur l'a déposé il y a trente minutes. Il n'y a pas de message, répondit-elle avant de recompter l'argent dans le coffre-fort.

Le seul moyen de le savoir était de l'ouvrir. J'y trouvai un Kindle tout neuf. Je n'avais jamais eu de liseuse, mais j'utilisais l'application Kindle de mon ordinateur. Lorsque je l'allumai, je découvris que la bibliothèque était déjà presque pleine. Je parcourus les titres des livres et réalisai qu'il s'agissait des mêmes que ceux de la bibliothèque de Hudson. Je pris l'emballage et y cherchai un mot – je finis par trouver une petite carte de visite. « *Au cas où tes livres te manqueraient autant que tu me manques. H.* »

Mon regard resta rivé sur la carte pendant plusieurs minutes tandis que j'essayai de calmer mon rythme cardiaque. Alors il allait vraiment se battre pour moi – je devais admettre que cela m'emballait. Cela dit, les cadeaux n'allaient pas suffire, je me fichais des choses matérielles. En revanche, je garderais précieusement son mot.

Gwen ferma la porte du coffre-fort et regarda par-dessus mon épaule.

– Ah. Alors ton chéri essaie de te reconquérir ?

– Apparemment, dis-je en rangeant le mot dans mon soutien-gorge en attendant son discours habituel sur le fait que l'amour « était naze ».

Cependant, son discours ne vint pas.

– Il y a pire, dans la vie, dit-elle d'une voix légèrement mélancolique.

Peut-être n'avait-elle pas tort.

* * *

Le dimanche, un service de livraison arriva chez Élise avec un nouveau matelas pour son clic-clac, bien plus épais et de meilleure qualité que l'ancien. Cette fois-ci, la carte disait : « *Tu mérites de bien dormir, même si ce n'est pas mon cas. H.* »

Je dévisageai Élise.

– Comment sait-il que je dors sur ton canapé ?

– Peut-être que je l'ai mentionné dans un de mes messages, répondit-elle en haussant les épaules.

– Tu lui écris ?

Est-ce qu'elle n'était pas censée être de mon côté ?

– L'autre soir, il a fait livrer le chargeur de ton téléphone au club. Il avait compris que c'était pour ça que tu ne lui répondais pas. Je l'ai mis à charger et bon sang, Laynie, il était rempli de messages. Certains d'entre eux m'ont tellement touchée que je lui ai répondu.

– Tu te fous de moi ? m'exclamai-je en lui frappant l'épaule.

– Je lui ai dit que c'était moi qui écrivais, pas toi.

Comme si c'était cela qui m'énervait.

– C'est privé, Élise !

– Il faut bien que quelqu'un les lise, dit-elle en haussant les épaules.

Elle se tourna vers le livreur qui venait de revenir pour obtenir une signature. Élise gribouilla son nom avant de se retourner vers moi.

– Il est branché sur le frigo, si tu es curieuse.

Ce ne fut que plus tard, alors que je ne pouvais dormir en dépit de mon nouveau matelas moelleux, que je courus chercher mon téléphone. Il y avait plus de cent messages non lus, en plus d'une dizaine qui avaient été lus par Élise. Apparemment, elle n'en avait ouvert que quelques-uns.

Je m'installai dans mon lit et me mis à lire. Tout comme les mots qui accompagnaient ses cadeaux, la plupart étaient tendres. D'autres étaient sexy, d'autres encore étaient désespérés. Je pris le temps d'absorber chaque message en pleurant ou en souriant, et parfois même en éclatant de rire.

J'avais beau n'avoir répondu à aucun de ses sms, il avait écrit chacun comme si j'allais le faire. Je levai les yeux au ciel en lisant un de ceux qu'il m'avait envoyés dans la journée.

Je me suis aussi acheté clic-clac. Peut-être que je me sentirai plus proche de toi en dormant dessus.

Plus tard, vers vingt-trois heures, il en avait envoyé plusieurs d'affilée.

Bon sang, c'est vraiment pourri. Je ne dormais pas avant, mais au moins j'étais à l'aise.

Mais je n'abandonne pas. Si tu dors comme ça, alors moi aussi.

Tu sais, on pourrait tous les deux être dans notre lit au penthouse. Si je me souviens bien, notre manque de sommeil n'avait rien à voir avec le matelas ;)

Je répondis avant même de pouvoir m'en empêcher.

Hudson Pierce utilise des émoticônes... cesserai-je un jour d'être étonnée ?

Il était deux heures du matin et il répondit instantanément. Il ne dormait vraiment pas.

J'espère que non. Si j'ai la chance de te tenir de nouveau dans mes bras, je serai l'homme le plus étonné au monde. Bonne nuit, ma belle.

Cette nuit-là, je dormis avec le téléphone à mes côtés. Je ne répondis pas souvent, mais je lisais désormais chaque message qu'il envoya. Je n'en ratai pas un.

* * *

Les cadeaux continuèrent d'arriver au cours de la semaine – des bijoux, des billets pour une symphonie, un nouvel ordinateur. Les jours où je travaillais, les colis arrivaient au club, ce qui m'indiquait que Hudson continuait à suivre mon planning et c'était à la fois irritant et excitant.

Cependant, lorsque j'arrivai au bureau le jeudi, aucun paquet ne m'attendait. Je me dis qu'il était ridicule d'être déçue – il n'avait pas besoin de m'offrir quelque chose tous les jours pour me prouver qu'il pensait à moi. Et de toute manière, je ne voulais pas qu'il pense à moi tout le temps, n'est-ce pas ?

J'y pensais encore –ou plutôt je pensais encore à lui– lorsque le club ouvrit ses portes. Comme une des barmaids était malade, je pris sa place derrière le bar de l'étage. Le club était déjà plein à craquer à vingt-trois heures et j'étais occupée lorsque Élise vint me parler.

– Tu as vu le costard à l'autre bout du bar ?

– Non, dis-je en grimaçant.

Elle se plantait complètement si elle pensait que j'avais envie de mater qui que ce soit.

– Il vaut le coup d'œil, dit-elle en jouant des sourcils.

Je finis de remplir la pinte que j'étais en train de servir et je cédai à ma curiosité.

Hudson était assis au même endroit où il s'était installé la première fois que je l'avais vu, et je ne pensais pas me tromper en remarquant qu'il portait le même costume. Quant à sa façon de me regarder... Ses yeux brûlaient avec le même feu que ce soir-là – et ce n'étaient pas des flammes de désir, c'était bien plus encore –, c'était de la possession.

Était-ce mal de lui sourire ?

Lorsque je pus enfin arracher mon regard au sien, je préparai un whisky, pur et sans glaçons, et je le lui apportai.

– Le service ici est excellent, dit-il en prenant le verre que je lui tendais sans manquer d'effleurer mes doigts.

Mais peut-être était-ce *moi* qui avais effleuré les siens ?

Quoi qu'il en soit, ce contact me fit frissonner, depuis mes bras jusqu'à la pointe de mes pieds. Cela faisait si longtemps que je ne l'avais pas touché – mon corps me supplia de lui donner plus alors que ma tête me dit de prendre mes jambes à mon cou.

Et dans tout cela, mon cœur s'efforçait de rester impartial, préférant ne prendre aucune décision.

Je ne savais ni quoi dire ni quoi faire. J'étais figée, mon regard perdu dans le sien, et je me sentais si bien que je n'essayai pas d'y mettre fin. Pouvais-je me passer de cette sensation durant le reste de ma vie ?

– J'ai une commande ! cria une serveuse à l'autre bout du bar. Je clignai des yeux et sortis de la transse dans laquelle Hudson m'avait plongée.

– Je dois y aller, dis-je alors que je n'avais pas besoin de me justifier. Euh, est-ce que tu en voudras un autre ?

– Non merci. Mais je vais rester là encore un peu, si ça ne te gêne pas. La vue est splendide, dit-il tandis que son regard se promenait lentement sur mon corps.

Je tournai les talons avant qu'il ne me voie rougir.

Lorsqu'il partit, une heure plus tard, il régla l'addition auprès d'Élise, et je ne remarquai qu'il s'en allait que lorsqu'elle me tendit une enveloppe.

– De la part du costard.

Je l'ouvris et y trouvai un billet de cent dollars en plus d'un bon pour son spa dans le Vermont – les mêmes cadeaux qu'il m'avait offerts ce soir-là au mois de mai.

– Élise, euh, je reviens tout de suite.

J'étais déçue de le voir partir et je trouvai une excuse pour lui courir après.

– Hudson ! criai-je lorsque je le trouvai dehors, marchant en direction du parking sous-terrain.

Il s'arrêta et attendit que je le rattrape.

– Je ne peux pas accepter. Je suis la responsable ici, je ne peux pas partir une semaine pour aller au spa, dis-je en lui tendant l'enveloppe.

Soudain, je réalisai que nous n'avions pas parlé de mon travail au club depuis notre rupture.

– À moins que tu préfères que je ne travaille plus ici.

– Je t'interdis de penser ça, dit-il d'une voix autoritaire. Si tu ne supportes pas que je sois ton patron, je te donne le club.

Et je savais qu'il le ferait, si je le lui demandais. Bien sûr, je ne pouvais pas accepter.

– Je veux simplement garder mon boulot.

– Il sera à toi tant que tu le voudras, dit-il d'une voix plus douce. Quant au chèque-cadeau, conserve-le. Tu pourras t'en servir quand bon te semblera.

Il repoussa l'enveloppe et ses doigts s'attardèrent sur les miens. Était-ce ce à quoi nous étions réduits ? À nous effleurer dès que l'occasion se présentait ? À inventer des prétextes pour pouvoir se parler ?

Je retirai ma main.

– Très bien, comme tu voudras.

Un frisson me parcourut bien que la nuit soit chaude, et je cherchai désespérément autre chose à lui dire.

– Il y a autre chose.

Quelque chose que j'évitais depuis trop longtemps déjà.

– Il faut que je vienne récupérer mes affaires au penthouse.

– Je préférerais que tu ne le fasses pas, répondit-il.

J'ignorai sa remarque, ce qui était la réponse la plus simple pour moi, surtout lorsque j'aimais autant ce qu'il disait.

– Je veux venir chercher le reste de mes affaires lundi.

– Je peux les faire emballer et livrer chez Élise, si tu veux.

– Je préfère le faire moi-même.

S'il s'en occupait, je savais que je retrouverais des tas de choses qui n'étaient pas à moi dans mes cartons. Et aussi mignon que ce soit, je ne voulais pas de ses cadeaux. D'autre part, je n'aurais pas la place de les stocker chez Élise et, même si on louait un trois-pièces, comme on en avait discuté, on n'avait pas les moyens de prendre quelque chose de très grand.

– Laisse-moi au moins louer un camion pour toi, insista-t-il alors que son regard me suppliait d'accepter.

– D'accord, répondis-je, parce que ce serait pénible de le faire moi-même.

– C'est comme si c'était fait, dit-il en esquissant un sourire. Ça ne veut pas dire que je vais arrêter de me battre pour toi.

– Je n'ai jamais pensé cela, dis-je en réprimant un sourire qui s'entendit néanmoins dans ma voix.

Hudson pencha la tête sur le côté et m'étudia quelques secondes.

– Tu dis ça comme si tu aimais me voir ramper à tes pieds.

Je levai les yeux au ciel et tournai les talons en lui faisant un signe de la main. Cependant, je ne résistai pas à l'envie de répondre.

– Comment veux-tu que je le sache, H. ? Je ne t'ai encore jamais vu ramper.

* * *

Vendredi et samedi, de nouveaux cadeaux furent livrés – un livre de photos des Poconos ainsi que des places pour le concert de Phillip Phillips.

– Il est en train de te rappeler tout ce que vous avez vécu, c'est ça ? demanda Élise dimanche lorsque j'ouvris le carton qui était arrivé ce matin-là. Je suis désolée de te le dire, mais il est plutôt doué.

Je roulai en boule le papier cadeau et lui jetai à la figure.

– Tais-toi !

– Alors, c'est quoi ?

– Je ne sais pas encore.

Je sortis le CD de John Legend que je trouvai dans le carton et lus la liste des titres inscrite au dos. Je connaissais l'artiste de nom mais je n'avais jamais écouté ses morceaux. J'ouvris le boîtier et y trouvai un mot de Hudson.

C'est la chanson qui me fait penser à toi. Plage 6. H.

Du *R&B* ? Hudson n'écoutait que rarement de la musique avec moi, et il m'avait toujours laissé choisir. Je ne savais même pas quel genre il aimait – était-ce donc le R&B ?

Je tournai le boîtier et cherchai le titre de la chanson.

–*All of me*, dis-je à voix haute. Je ne la connais pas. Tu connais, toi ?

– Je n'en ai jamais entendu parler. Vas-y, mets-la.

Je pris mon nouvel ordinateur, y insérai le cd et cliquai sur la plage six. Je m'installai dans le canapé et me préparai à l'écouter.

La chanson commençait par un air de piano mélancolique et envoûtant, puis une voix de ténor chanta les louanges d'une femme qui avait jeté un sort au chanteur. Il était ravagé, mais c'était une bonne chose parce qu'elle avait beau le rendre fou, elle était tout pour lui.

Ce fut le refrain qui me fit fondre en larmes, lorsqu'il proposa à sa bien-aimée de lui offrir tout ce qu'il était et inversement. « *All of me, loving all of you* ».

Bien sûr ce n'était qu'une chanson, mais Hudson avait voulu que ce soit un message, et je l'avais bien reçu. S'il pouvait vraiment m'offrir tout ce qu'il était – sans plus de barrière ni de secrets –, qu'est-ce qui nous séparait ? Le passé ?

Le mien n'était pas parfait, et je lui avais montré mes défauts plus d'une fois. Il m'avait pardonnée, et il était resté avec moi. Il m'avait trouvée, guérie, et il m'avait complétée.

Maintenant...

Je ne dis rien et remis la chanson au début. Élise s'assit à côté de moi et m'attira contre elle.

– Élise, je n'y arrive plus, sanglotai-je. Je sais que je ne devrais pas être avec lui, mais je ne peux pas vivre *sans* lui. J'aime la personne que je suis quand il est là. Je me fiche de ce qu'il a fait dans le passé. La seule chose qui m'importe, c'est qu'il soit là à l'avenir.

Elle me berça d'avant en arrière, tendrement, m'embrassant sur la tête.

– Personne ne te dit ce que tu dois faire ou non. Quoi que tu fasses, tu auras mon soutien.

– Tant mieux, parce que je crois que je vais lui donner une autre chance.

Je n'étais pas certaine de savoir en quoi consisterait cette chance. Un dîner ? Un rancard ? Une série de rancards ?

Cette décision pouvait attendre le lendemain.

* * *

Je n'avais pas grand-chose à récupérer au penthouse, mais je voulais commencer suffisamment tôt pour ne pas risquer d'être là lorsque Hudson rentrerait du boulot. Cependant, j'eus le plus grand mal à faire bouger Élise avant midi.

– Peut-être que je pourrais te rejoindre plus tard, dit-elle en enfouissant sa tête dans son oreiller.

– Mais j'ai besoin de toi du début à la fin, râlai-je. S'il te plaît ?

Cela sembla marcher, mais elle essaya de nouveau de s'esquiver alors qu'on montait dans le taxi. Puis, lorsque l'on arriva au *Bowery*, elle proposa d'aller nous chercher des cafés et de revenir après.

– Il y a une superbe machine à expresso chez Hudson. Je te ferai autant de tasses que tu le désires.

– Très bien, si tu insistes.

J'eus moins de mal à entrer dans l'immeuble avec Élise à mes côtés. Dans l'ascenseur, je la pris par la taille, reconnaissante qu'elle soit là. Déménager était une grosse étape, même si cela faisait deux semaines que je ne vivais plus au penthouse. Cela symbolisait vraiment la fin de notre relation. Et maintenant que j'avais décidé de laisser une chance à Hudson, ce n'était pas vraiment ce que je cherchais. J'avais besoin d'Élise pour m'empêcher de faire quelque chose que je regretterais, comme décider de laisser mes affaires chez lui.

Lorsque la porte s'ouvrit, j'attendis qu'Élise sorte d'abord. Elle ne bougea pas, alors je la devançai puis je me tournai en mettant la main sur la porte pour la bloquer.

– Tu ne viens pas ?

– Euh...

Elle écarquilla les yeux, puis elle dégagea mon bras et appuya sur les boutons de l'ascenseur. « Ne me déteste pas ! », cria-t-elle alors que la porte se refermait.

À quoi elle joue bon sang ? Je soupirai, exaspérée, et fermai les yeux. Soit elle avait un autre rendez-vous qu'elle ne voulait pas rater, soit elle avait manigancé quelque chose. Si la seconde solution était la bonne, je savais que Hudson y serait mêlé.

Autant savoir de quoi il s'agissait.

J'ouvris les yeux et regardai dans le salon. Il était complètement vide. Et je ne parlais pas d'un manque de décoration. Il n'y avait plus le moindre *meuble*. J'entrai dans la pièce pour m'assurer que je n'étais pas folle.

Je regardai dans la salle à manger – vide également. Bizarrement, l'appartement ne me semblait pas plus froid que la dernière fois que j'étais venue. Cependant, cela me perturba – quel était le message ? Est-ce que mes affaires avaient disparu aussi ?

Je fis demi-tour et ouvris la porte de la bibliothèque, qui était presque vide également. Les meubles n'étaient plus là, mais il y avait encore mes livres et mes DVD sur les étagères. Les romans qui avaient été gâchés par Celia n'étaient plus par terre, mais il y avait des cartons empilés contre le mur. Je marchai vers la pile, voulant voir s'ils renfermaient les livres à jeter, mais ils étaient scellés par du scotch.

« Ce sont de nouveaux livres. »

Ah, le voilà...

Je me tournai vers la porte où se tenait Hudson. Il était en jean et en t-shirt – il n'avait donc pas prévu d'aller au travail. Et il était super canon, ce qu'il avait probablement prévu, en revanche.

Il hocha la tête en direction des cartons.

– Ils sont pour toi. Pour remplacer les autres.

– Ah, dis-je en fronçant les sourcils.

– Qu'est-ce qu'il y a ?

– Je n'ai nulle part où les mettre...

Je n'avais pas prévu de les prendre. Ils étaient merveilleux, et je les adorais, mais nous étions à New York, c'était un luxe d'avoir autant de livres.

Il soupira et je sus qu'il était blessé que je refuse son cadeau, quelle que soit la raison.

– Je peux les garder pour toi aussi longtemps que tu le souhaites, dit-il simplement.

– Merci.

Je me surpris à le reluquer – il m'était impossible de ne pas le faire. Il était divinement beau et il me manquait. J'avais beau avoir prévu de déménager pendant son absence, j'étais contente de le voir. Ravie, même.

Je me demandai s'il devinait le fond de mes pensées.

– Je ne pensais pas que tu serais là.

Mais j'en suis ravie.

– Tu ne m'as pas dit que tu voulais que je sois absent.

– Mais c'était sous-entendu, le taquinai-je.

– Tu n'as pas l'air déçue de me voir, dit-il en plongeant mon regard dans le sien.

Bon sang, j'avais des papillons dans le ventre et ce n'étaient pas ceux que j'avais lorsque je faisais une fixation sur quelqu'un, c'étaient ceux que je ne connaissais qu'avec

Hudson. Cela m'avait perturbée la première fois, mais je savais les identifier à présent : c'était un mélange de nervosité, d'excitation, d'attirance et de trépidation.

Je fus étonnée de découvrir que cela éclipsait les blessures encore fraîches causées par sa trahison. Cependant, j'avais peur, et je ne savais pas ce qu'il avait en tête. Ses affaires n'étaient plus là et je n'aimais pas ce que cela laissait envisager.

– Pourquoi est-ce que l'appartement est vide ?

– Tes affaires sont encore là, dit-il la bouche pincée.

– Mais les tiennes ?

Il prit une longue inspiration, regarda brièvement par la fenêtre, puis me regarda de nouveau droit dans les yeux.

– Je ne peux pas vivre ici sans toi, Alayna.

– Alors tu déménages ?

Je ne savais vraiment pas quoi en penser. Ou plutôt si – ça ne me plaisait pas du tout. C'était ici que notre vraie relation avait commencé, et je détestais l'idée que quelqu'un d'autre y vive. Quant au fait qu'il déménage parce que je n'étais pas là... Cela voulait dire qu'il pensait que je ne reviendrais jamais.

C'était trop tard. Il baissait les bras.

– En fait, j'espère plutôt que c'est l'inverse et que je réaménage, dit-il.

J'étais complètement perdue et sur le point de craquer. Il allait falloir tirer cela au clair avant que je ne m'effondre pour de bon.

– H., tu me perturbes déjà assez quand ce n'est pas ton intention. Est-ce que tu pourrais dire quelque chose que je suis en mesure de comprendre ?

– Je te perturbe ? demanda-t-il tandis que son regard s'illuminait.

– Tu es surpris ?

Il haussa les épaules.

– Donc tu reviens vivre ici ? demandai-je.

Bon sang, pourquoi était-ce toujours si compliqué ?

Il sembla voir que j'étais au bout du rouleau et il décida – enfin – de répondre.

– Un jour, je l'espère. Mais pour l'instant, je veux que *tu* vives ici.

– Quoi ?

Sa demande en mariage n'était pas suffisante pour me chambouler, il fallait qu'il me demande de vivre dans son penthouse à plusieurs millions de dollars *sans lui* ? En tout cas, il savait créer la surprise.

En revanche, il n'avait pas la moindre idée de ce que j'attendais de lui ni de ce que je voulais réellement.

– Je ne peux pas vivre ici sans toi, ma belle, dit-il sur un ton doux et sérieux. Mais je ne veux pas le vendre, parce que j'adore être ici avec toi. Un jour, nous vivrons de nouveau dans cet appartement, toi et moi. Mais pendant que je t'attends – ou plutôt que je rampe à tes pieds pour obtenir ton pardon –, il serait dommage de le laisser vide. Élise et toi pourriez habiter ici.

– Je ne peux pas accepter ça, H.

– Je me doutais que tu dirais ça, dit-il en soupirant. Alors il restera inoccupé.

Je me retins de dire que l'on pourrait y habiter tous les deux et je proposai une autre solution.

– Tu pourrais le louer.

– Je pourrais te le louer, à toi ? demanda-t-il en haussant les sourcils.

J'éclatai de rire.

– Tu aurais le meilleur loyer de la ville – cela te coûterait seulement un dîner par semaine avec le propriétaire.

– Arrête, dis-je en souriant.

– Toutes les deux semaines, alors, je suis prêt à négocier.

– Hudson.

Il ne savait pas qu'il m'avait déjà convaincue de lui accorder un rancard.

– Très bien, une fois par mois. Je prends toutes les miettes que tu veux bien me donner, dit-il en m'étudiant. Tu envisages de me donner des miettes, c'est ça ?

– Peut-être.

Comment savait-il toujours ce que je pensais ? Et pourquoi était-ce si facile d'être avec lui alors qu'il m'avait fait tant de mal ?

Cette question me fichait la trouille alors j'évitai le sujet.

– Non mais sérieusement, où sont toutes tes affaires ? Tu as loué un autre appartement ?

Tous ses meubles ne pouvaient pas rentrer dans son loft, si ?

– J'ai tout donné à une œuvre de charité, dit-il en secouant la tête.

– Aaaah, ce que ce doit être simple d'être riche et puissant.

Je ne pouvais pas dire que ses meubles me manquaient. Ils étaient magnifiques, mais ils avaient été choisis par Celia, et j'étais heureuse que des gens dans le besoin en profitent.

– Je ne tenais pas à toutes ces choses, dit-il en avançant dans la pièce et en désignant l'espace vide. Tout avait été calqué sur mes goûts et sur mon style de vie, mais je ne me suis jamais senti chez moi ici, expliqua-t-il avant de s'arrêter à un mètre de moi. Pas jusqu'à ce que tu viennes habiter avec moi, Alayna. C'est toi qui as donné vie à cet appartement. Les meubles avaient été choisis par quelqu'un dont je ne veux plus entendre parler. Les seules choses qui y restent sont les seules choses qui me donnaient envie d'y vivre. *Tes* affaires. *Toi.*

– Je...

Ma gorge était trop serrée pour que je puisse parler.

– Et quand je réaménagerai, on pourra tout redécorer et meubler à notre goût. Ensemble. Toi et moi.

– Tu es donc si certain que l'on se remettra ensemble un jour.

– J'en ai l'espoir, oui, dit-il en esquissant un sourire diabolique. Est-ce que tu voudrais que je te montre à quel point je l'espère ?

– Pourquoi pas.

Ce que je voulais vraiment, c'était qu'il me prenne dans ses bras. J'étais presque certaine que notre conversation finirait ainsi, mais ce petit jeu avait éveillé ma curiosité.

Hudson mit sa main dans sa poche et en sortit un petit objet argenté.

– J'ai acheté ça.

Il tint l'objet de sorte que je ne voie pas tout de suite ce que c'était, mais je finis par le comprendre et j'en eus le souffle coupé. C'était une bague. *Une bague incroyable.*

Il la déposa dans ma main pour me laisser l'examiner. Elle n'était pas du tout en argent, elle était en platine, si je ne me trompais pas. Le diamant – d'au moins deux carats, voire trois ou quatre – était magnifiquement mis en valeur par deux pierres précieuses rectangulaires placées de chaque côté.

J'eus les larmes aux yeux et mon cerveau fut soudain incapable de réfléchir. Il me l'avait donnée – ce n'était pas une demande. Alors qu'est-ce que cela signifiait ? Est-ce qu'il cherchait à m'embrouiller ?

– Il y a une inscription gravée à l'intérieur, dit-il à voix basse, comme s'il savait à quel point j'étais confuse.

Je clignai des yeux pour pouvoir lire : *I give you all of me*[3].

---

3. Je te donne tout ce que je suis.

Puis il s'agenouilla devant moi, un genou relevé.

Alors *c'était* une demande en mariage. J'étais sans voix – incapable de penser ni même de respirer.

– J'ai réalisé quelque chose, la dernière fois que j'ai fait ça. Je m'y suis mal pris. Tout d'abord, je n'avais pas de bague. Ensuite, j'aurais dû me mettre à genoux. Mais surtout, je ne t'ai pas donné ce qu'il fallait. Je t'ai offert tout ce que j'avais, pensant que c'était ainsi que je conquerrais ton cœur. Mais ce n'était pas du tout ce que tu souhaitais. La seule chose que tu m'aies demandée, et la seule chose que je ne t'ai jamais donnée, c'est moi.

Un sanglot m'échappa, mais pour la première fois depuis plusieurs jours, ce n'était pas un sanglot de tristesse.

– Maintenant, si, dit-il en laissant tomber ses bras de chaque côté de son buste. Je suis là, ma belle. Je me donne entièrement à toi, sans retenue. Entièrement, Alayna – tout ce que je suis. Sans aucune barrière, sans jeux, sans mensonges. Je suis tout à toi. Pour toujours, si tu veux de moi.

Il prit la bague dans ma main tremblante et, d'une main étonnamment stable, il la passa à mon doigt.

Je ne quittai pas des yeux cette étoile brillante qui illuminait ma main après la nuit noire dans laquelle je vivais depuis deux semaines. Me demandait-il vraiment de l'épouser ? Me proposait-il un vrai mariage ? Étais-je prête à l'envisager ?

J'avais prévu de lui refaire une place dans ma vie, mais de manière plus simple et moins radicale – comme un dîner et un ciné, quelque chose comme ça. Pas des *fiançailles !*

Toutefois, Hudson avait toujours été ainsi. Il avançait vite, avec ferveur, et quand il désirait réellement quelque chose, il s'engageait corps et âme à l'obtenir. Si je lui disais non, si je refusais sa demande, je savais qu'il la réitérerait – encore et encore.

Cependant, ce n'était pas une raison pour accepter.

La bonne raison de lui dire oui était que j'aimais Hudson Pierce de tout mon cœur. Même ses défauts et ses imperfections m'attiraient – ils faisaient de lui la personne qu'il était. Et je le voulais dans sa totalité. Comme je voulais me donner à lui tout entière.

Il avait encore à se racheter – le seul moyen de lui donner une chance d'y parvenir était peut-être justement de lui accorder l'éternité pour y arriver.

– Alayna, je t'aime, dit-il.

Je quittai la bague des yeux et plongeai mon regard dans le sien, dans son regard sauvagement passionné – un regard qui brillait plus que le diamant sur mon doigt.

– Veux-tu m'épouser ? Pas aujourd'hui, pas à Vegas, mais dans une église si tu le souhaites, où dans les Hamptons, à Mabel Shores...

– Ou au jardin botanique de Brooklyn quand les cerisiers seront en fleur ? je suggérai lorsque je retrouvai ma voix.

– Oui, tout ce que tu voudras.

Il écarquilla les yeux.

– Est-ce que c'est un...

– Oui, dis-je en hochant la tête. C'est *oui*.

Hudson m'attira sur son genou et dans ses bras si vite que je n'eus pas le temps de cligner des yeux.

– Redis-le.

– Oui, chuchotai-je en posant ma main sur sa joue. Oui, je veux t'épouser.

Ses lèvres trouvèrent les miennes et m'offrirent un premier baiser tendre et hésitant. Nos bouches s'ouvrirent et nos langues se caressèrent. Notre baiser fragile devint alors passionné, désespéré, alors qu'il plongeait une main dans mes cheveux tandis que l'autre prenait mon menton, comme s'il craignait que je ne reste pas, que je disparaisse.

Je le tins de la même façon, passant mon bras autour de son cou, m'agrippant à lui de toutes mes forces. Nous eûmes bientôt besoin de plus de contact et il saisit ma cuisse pour la passer autour de sa taille tandis qu'il se levait. Je relevai mon autre jambe, croisant les chevilles dans son dos en me cambrant pour frotter mon bassin contre le sien.

Mon Dieu que cela m'avait manqué. Il m'avait manqué – tout chez lui m'avait manqué. Son toucher était brûlant et son baiser me fit fondre. La puissance de son corps, la force de ses bras, son torse musclé – il était mon ancre, il me stabilisait de façon durable. Permanente.

Il était à moi pour toujours.

Nous étions déjà dans le couloir lorsque je réalisai que je ne savais pas où il m'emmenait. Si la maison était vide, pourquoi changer de pièce ?

Cependant, pour le lui demander, il me faudrait rompre notre baiser et ses gémissements m'en rendaient incapable. J'eus vite ma réponse, cependant, car Hudson nous emmena dans notre chambre et, du coin de l'œil, je vis notre matelas posé par terre.

Il enleva ses chaussures en deux secondes et tomba sur le lit avec moi.

– Tu as gardé le matelas ? demandai-je comme il enlevait mon t-shirt, suivi de près par le sien.

– Je l'ai choisi moi-même. Et puis, je ne pouvais pas m'en séparer, trop de bons souvenirs y sont liés.

Je ne pouvais qu'être d'accord avec lui.

Et nous n'avions pas fini d'en créer de nouveaux – pendant toute une vie, d'ailleurs. *Mon Dieu, toute une vie avec Hudson.*

Il pencha la tête pour mordiller un téton à travers mon soutien-gorge, me ramenant brutalement à l'instant présent, et un cri m'échappa.

– Tu vas me dire que tu n'étais pas sûr de m'entendre dire oui ? demandai-je entre deux gémissements.

– Si, peut-être, dit-il alors que sa bouche trouvait de nouveau la mienne et qu'il dégrafait mon soutien-gorge.

– Tu me connais par cœur, n'est-ce pas ?

Il sourit et baissa les yeux sur mes seins.

– Je veux te connaître mieux, dit-il en léchant un téton. Et je veux te connaître mieux *tout de suite*. Putain, ton corps m'a tellement manqué.

Mon Dieu, ce qu'il me faisait m'avait tant manqué, aussi. Y avait-il un manuel expliquant comment donner du plaisir à Alayna ? Si c'était le cas, Hudson avait dû le mémoriser par cœur, ou alors c'était lui qui l'avait écrit. Il connaissait mieux mon corps que moi.

Alors qu'il s'occupait de mes seins, m'étourdissant de désir, je saisis son érection à travers son jean – sa chaleur, sa fermeté... je mouillais rien que de la sentir, même sous le tissu.

Je le caressai lentement de bas en haut.

– Tiens, ça me rappelle des souvenirs, chuchotai-je.

– Mais d'abord, on va s'occuper de toi, dit-il tandis que sa main glissait sous mon legging pour étayer ses propos.

– Mais j'aime tellement ça, chuchotai-je en le caressant de nouveau. On ne peut pas s'en passer.

– Ne t'en fais pas, on ne s'en passera pas.

Il se cambra contre ma main puis il se concentra sur l'action de ses doigts et de son pouce qui tournoyait autour de mon clitoris, exerçant la pression parfaite.

Je remuai, regrettant que l'on ne soit pas nus et qu'il ne soit pas déjà en moi. Mais Hudson me fit attendre, plongeant un doigt en moi, m'arrachant un cri perçant.

– Bon sang, Alayna, tu mouilles tellement. Tu sais à quel point ça m'excite ? Tu es tellement mouillée et juteuse que j'ai envie de te lécher jusqu'à ce qu'il ne reste plus rien. Mais tu m'as manqué et j'ai besoin d'être en toi aussi vite que possible. J'attendrai le prochain round pour te savourer.

– Le prochain round ? dis-je en souriant.

Il ajouta un deuxième doigt et les plia pour frotter cet endroit magique que lui seul savait trouver. Mon ventre se contracta bientôt et mes jambes se mirent à trembler.

– Tu es tellement excitée, tu vas bientôt jouir, n'est-ce pas, ma belle ?

Ses paroles suffirent à me faire chavirer. Une gigantesque vague de plaisir déferla dans mes veines et je gémis longuement, plantant mes ongles dans son dos tandis qu'il continuait à me doigter jusqu'à ce que le dernier spasme m'ait traversée.

Hudson lécha le lobe de mon oreille avant de me féliciter.

– C'est bien, ma belle. Tu es tellement sexy quand tu jouis, ça me fait tellement bander que c'est presque douloureux.

Bon sang, ses paroles déclenchèrent presque un deuxième orgasme.

Il enleva sa main pour baisser mon legging et mon string.

– Tu te souviens de notre première nuit dans les Hamptons ? Quand je t'ai fait l'amour tant de fois que tu étais courbatue le lendemain ?

– Comment l'oublier ? demandai-je en le regardant se déshabiller à son tour.

Son sexe jaillit de sa prison, plus dur et plus épais que je ne l'avais jamais vu.

Hudson Pierce, à poil.

Il me fallut déglutir – une fois, deux fois. Rien sur terre ne me mettait autant l'eau à la bouche. Et il était à moi. Pour toujours.

Hudson s'allongea sur moi, couvrant mon corps avec le sien.

– Eh bien ce ne sera rien comparé à cet après-midi, ma belle. J'ai l'intention de te faire l'amour tendrement, doucement. Puis je vais te baiser si fort, pendant si longtemps que ta superbe chatte sera à vif. Tu ne pourras ni marcher ni tenir debout. Et après ça, je vais te lécher jusqu'à ce que tu frissonnes et que tu jouisses dans ma bouche. Et enfin, on reviendra à la case départ pour tout recommencer.

Mon sexe se contracta en réponse aux promesses qu'il lui faisait.

– Ce n'est que du vent, me moquai-je.

– J'espère que c'était un défi, dit-il en s'installant entre mes cuisses. Si c'est le cas, je l'accepte volontiers.

Alors ça, c'était un jeu qui ne me déplaisait pas.

J'enroulai mes jambes autour de sa taille, prête à ce qu'il me pénètre, mais il s'arrêta lorsque son gland effleura mon entrée.

– Dépêche-toi, dis-je en me cambrant. Je veux te sentir.

Il passa sa main dans mes cheveux et m'embrassa sur le bout du nez.

– Patience, ma belle. On a tout notre temps, et je veux te savourer.

Il me pénétra alors, lentement, avec une patience infinie. Je hurlai de plaisir en le sentant m'étirer et me remplir alors qu'il s'enfouissait en moi. Et quand je crus qu'il ne pouvait aller plus loin, il poussa mes cuisses vers ma poitrine et s'enfonça plus profondément encore.

Je le sentais pulser contre mes parois tandis qu'il plongeait toujours plus loin en moi.

– C'est tellement bon, ma belle, dit-il en se retirant légèrement pour me pénétrer en dessinant un cercle avec son bassin. Que préfères-tu : doux, brutal ?

– J'ai le droit de choisir ? demandai-je en écarquillant les yeux.

– Pour cette fois, dit-il en souriant.

La seule chose qui comptait pour moi était qu'il se donne à moi – peu importait la manière.

– À toi de décider. Je te fais confiance.

Et c'était vrai. Peut-être pas autant que par le passé, mais nous avions le temps d'y remédier.

Ma réponse sembla lui plaire – son regard brilla et ses traits s'adoucirent. Il saisit mes mains et appuya son front contre le mien sans arrêter ses va-et-vient en moi.

– Je t'aime, Alayna. Ma belle. Mon amour.

On dansa ensemble, profitant l'un de l'autre, nous aimant l'un l'autre, nous offrant toujours plus de plaisir, comme on l'avait appris par le passé, mais par d'autres moyens aussi. Ce n'était ni tendre ni brutal, et ce n'était ni sauvage ni doux – c'était tout cela à la fois. Tout. Et c'était parfait.

EPILOGUE

AVRIL

Elle est la plus belle mariée qui ait mis les pieds dans le jardin botanique de Brooklyn. Que dis-je : c'est la plus belle mariée qui ait mis les pieds sur Terre. Je ne peux la quitter des yeux. Sa robe moule ses seins magnifiques et ses hanches étroites avant de tomber en cascade derrière elle. Et dans son dos, les lacets du corset sont juste incroyables. J'ai hâte de les défaire plus tard. Cela dit, j'ai l'impression que ce sera frustrant plus qu'autre chose.

En même temps, la frustration peut être excitante, parfois. Et elle est nécessaire. Comme dit Alayna, « Il n'y a pas de progrès sans bataille ». C'est quelque chose qu'elle a appris en thérapie et qui est souvent adapté à notre relation. Elle l'a répété tant de fois durant les neuf derniers mois que je suis surpris qu'elle ne soit pas brodée sur les serviettes de notre mariage.

Honnêtement, je suis frappé par la justesse de cette simple phrase. J'ai beau être un homme qui ne s'engage qu'à cent pour cent et qui n'a pas peur d'un défi, le parcours entre nos fiançailles et notre mariage était semé d'embûches. Même si elle m'a dit oui en août, je suis certain qu'elle a regretté sa promesse plus d'une fois. Dans des moments où je me fermais et où j'oubliais de la laisser entrer, dans des jours où je la repoussais parce que j'étais persuadé de ne pas mériter son amour.

Et puis, il y avait le plus gros problème de tous : la confiance. J'avais brisé celle qui avait existé entre nous, et il nous a fallu du temps pour la reconstruire. Et de nombreuses heures en thérapie – pas seulement pour moi mais pour nous deux, en tant que couple. Si je pensais que régler *mes* problèmes était difficile, imaginez ce que c'est lorsqu'on ajoute ceux d'une deuxième personne.

Nous avions tant de blessures à cicatriser... Il était naturel pour moi d'accepter les obsessions d'Alayna, mais je dus apprendre à ne pas m'attacher à ses jalousies et à ses doutes, car cela pouvait l'encourager et, pour autant que j'aie envie qu'elle ait besoin de moi, je l'aime encore plus depuis qu'elle va bien et qu'elle n'a pas besoin de mon aide. Lorsqu'elle est forte et qu'elle a confiance en elle.

En ce qui me concerne, ma guérison n'a pas été simple non plus. Il s'avéra que le plus facile fut d'abandonner le jeu auquel j'avais joué toute ma vie. Avec Alayna, je n'avais aucune envie d'infliger ma cruauté. Cependant, mon penchant manipulateur est ancré profondément en moi, et je ne me rends pas toujours compte de ce que je fais. Comme Alayna est une femme douce et clémente, elle ne dénonce pas toujours les moments où je me montre trop dominant, et je sais que parfois cela lui plaît. Mais, comme moi, elle ne veut pas laisser trop de place à mes faiblesses et elle me rappelle à l'ordre de plus en plus souvent. De mon côté, je m'efforce de laisser les choses suivre leur cours et de ne pas vouloir tout contrôler.

C'est cela qui a été le plus difficile pour moi. Cependant, les progrès que l'on a faits sont incroyables. On ne serait pas là aujourd'hui si nous n'avions pas autant œuvré pour renforcer notre couple. Et, bien que je sois certain que nous n'avons pas fini de progresser juste parce que je lui ai passé la bague au doigt, nous savons tous les deux que le jeu en vaut la chandelle.

Qu'elle en vaut la chandelle.

Vous vous rendez compte de ma récompense ? Même sans mariage, elle est à moi. Et je suis à elle.

La cérémonie a été simple, sans chichi – c'est ce qu'elle désirait, et je suis son serviteur. Mirabelle, Élise, et Gwen – qui est devenue une amie très proche d'Alayna – étaient ses demoiselles d'honneur. Le rose pâle de leurs robes était parfaitement assorti aux fleurs sur le voile d'Alayna et sur les arbres du jardin. Je n'ai pas la moindre idée de ce qu'a fait ma sœur pour réussir cela. Je la remercierai plus tard d'avoir autant contribué au bonheur de ma femme en ce jour.

Ma femme.

Je ne me lasserai jamais de dire cela – ma *femme*. Qui aurait cru que je me marierais ? Je ne l'avais jamais envisagé ; mes parents n'avaient pas incarné le couple idéal et je n'avais pas la moindre notion de ce qu'était l'amour ou la romance. C'est Alayna qui m'a ouvert les yeux, qui m'a tout appris. Elle n'aurait pas pu être plus patiente et clémente. C'est bien plus que ce que je mérite.

Elle déteste que je dise cela, d'ailleurs – que je ne la mérite pas. Je suppose qu'elle ressent la même chose que moi lorsqu'elle parle de son passé en se culpabilisant – la différence étant que ses faiblesses n'ont pas failli nous détruire comme l'ont fait les miennes. Certains jours, j'ai du mal à me supporter lorsque je repense au mensonge auquel je l'ai mêlée, mais son amour parvient toujours à m'apaiser. « *On ne se serait jamais trouvés sans ton jeu* », dit-elle.

Cependant, je ne la crois pas. J'aurais inventé d'autres moyens de la trouver.

Je n'exagère pas lorsque je dis que ça a été le coup de foudre. C'est presque un euphémisme, car l'effet qu'elle a eu sur moi est inqualifiable, indescriptible – à tel point que lorsque je veux l'expliquer, cela ne reflète en rien la magie du moment. Sincèrement, la femme qui se tenait sur scène ce jour-là m'avait laissé sans voix, et cela n'avait pas grand-chose à voir avec son intelligence en affaires. Ses idées avaient beau être innovantes et justes, il y a des femmes brillantes à chaque coin de rue. Mon admiration allait au-delà. Je ne sais même pas si c'étaient ses gestes ou sa façon de parler, ni même la profondeur ensorcelante de ses grands yeux chocolat. Quoi qu'il en soit, mon âme a reconnu la sienne. Quelque chose nous a unis dès la première rencontre, et une partie de moi-même a toujours su qu'elle était quelque part dans la nature, attendant qu'elle vienne me ramener à la vie.

Il m'a fallu un certain temps pour reconnaître que ce sentiment était de l'amour, car je n'avais jamais connu cela. Même aujourd'hui, je continue de dire que ce terme reflète mal tout ce que je ressens pour elle. Cependant, je n'ai pas trouvé mieux et je le lui dis aussi souvent que possible, puis j'essaie de lui expliquer ce que je veux vraiment dire en utilisant ce mot. Je lui explique que cela signifie qu'elle n'est pas seulement le centre de mon univers – qu'elle *est* mon univers. Qu'elle n'est pas seulement ma raison de vivre – qu'elle est l'air que je respire. Qu'elle est la raison derrière chacune de mes pensées, derrière chaque battement de mon cœur, chaque murmure de ma conscience. Qu'elle est tout pour moi. C'est aussi simple – et aussi complexe – que cela.

Je ne sais pas si elle le comprendra un jour, mais je suis prêt à consacrer ma vie entière à le lui montrer.

Je balaye la foule des yeux et je réalise qu'il est drôle que maintenant que je sais ce que cela signifie d'aimer et d'être aimé, je vois l'amour partout autour de moi. Je le vois dans le regard d'Adam lorsqu'il tient son bébé et qu'il suit Mirabelle alors qu'elle vole d'un invité à l'autre. Je le vois dans la façon dont mon père a tenu la main de ma mère durant la cérémonie, dans la tendresse du regard de Brian lorsqu'il a accompagné sa petite sœur à l'autel. Y a-t-il toujours eu autant d'amour dans le monde ? Comment ai-je pu ne pas le voir avant de rencontrer Alayna Withers ?

Alayna Pierce, désormais. Ça sonne bien, n'est-ce pas ?

Elle vient vers moi, à présent, et mon sourire s'élargit. Je n'ai pas cessé de sourire depuis qu'elle est apparue dans l'église. Je suis sûr que j'ai l'air ridicule.

– Salut, beau gosse, dit-elle de sa voix suave qui me fait bander instantanément. Il est l'heure pour notre première danse.

Je la laisse me mener au centre de la piste. Je suis impressionné de voir à quelle vitesse l'équipe de déco a transformé le lieu de la cérémonie en lieu de réception. On aurait pu aller sous la verrière, mais Alayna voulait que tout ait lieu dehors, entouré par les cerisiers en fleur. Et c'était une bonne idée. Le Brooklyn Botanic Society n'a pas l'habitude de privatiser tout le jardin pour des mariages – c'est fou ce qu'ils sont prêts à faire en échange d'une énorme donation.

Le maître de cérémonie annonce notre première danse tandis que j'attire la mariée dans mes bras.

– Quelle chanson accompagnera notre première danse, madame Pierce ?

Je ne sais rien de ce qu'elle a prévu pour la réception. Alayna s'est occupée de tous les détails concernant le mariage. Je lui ai proposé mon aide, mais elle a préféré me surprendre. Les rôles seront inversés lorsque je la mettrai dans l'avion pour notre lune de miel. Elle ne se doute pas que je l'emmène passer trois semaines dans une cabane isolée dans les Maldives. J'avais envisagé de l'emmener en Italie ou en Grèce, car je sais qu'elle meurt d'envie d'y aller, mais j'ai été égoïste et j'ai choisi un climat tropical, car il sera plus facile pour elle d'être nue sur une plage privée que dans un musée ou au milieu de ruines romaines.

– Patience, monsieur Pierce, dit-elle.

La musique commence et je souris. Bien évidemment. *All of me.*

Elle se niche dans mes bras et je colle ma joue à la sienne, respirant son parfum à la fleur de cerisier qui se mêle si bien à celui qui embaume tout le jardin. Cependant, rien ne peut masquer l'odeur délicieuse de sa peau – un mélange sucré et salé que je ne peux pas décrire mais que je reconnaîtrais n'importe où au monde.

J'aimerais la tenir contre moi et savourer cette danse, j'ai l'impression que j'ai à peine eu le temps de lui parler aujourd'hui, et je ne peux m'empêcher de profiter de ce moment.

– Le mariage est sublime, Alayna. Tu as fait du super boulot.

Je la sens sourire contre mon épaule.

– Merci. J'ai eu beaucoup d'aide, grâce à ton argent.

– *Notre* argent, je corrige.

Comme promis la première fois que je l'avais demandée en mariage, je n'ai prévu aucun contrat de mariage. Ce qui est à moi est à elle, sans exception. Mais je crois qu'elle ne s'y habituera jamais.

– *Notre* argent, répète-t-elle. Et j'ai l'impression que tout se passe bien, oui.

– Très bien, en effet.

– Tu as remarqué que Chandler suivait Gwen partout comme un chiot abandonné ?

J'avais remarqué, oui, mais il y a trop de désir dans le regard de mon frère pour le comparer à un petit chiot.

– Ça n'a pas l'air de la gêner, dis-je.

Alayna voit-elle le désir dans les yeux de Gwen, elle aussi ?

– Non, c'est vrai. Et tout le monde semble être heureux.

– Absolument.

Mais c'est moi le plus heureux.

Elle m'embrasse dans le cou et mon sexe sursaute.

– Même ta mère a réussi à rester polie.

Aussitôt, mon sexe retombe.

– C'est vrai qu'elle semble mieux se maîtriser maintenant qu'elle est sobre.

Sophia n'est rentrée à la maison que depuis janvier. Elle a raté la naissance du bébé de Mirabelle et je crois qu'elle le regrette profondément. Elle va beaucoup mieux à présent, et je crois que même elle pense que le sacrifice en valait la peine.

– Mais c'est toujours une vieille peau insupportable, n'est-ce pas ? je demande.

Alayna éclate de rire et ses cheveux chatouillent mon cou tandis que mon cœur bat plus vite en entendant la pureté de son rire.

– C'est toi qui l'as dit, pas moi.

Je la serre plus fort et l'embrasse sur la tempe tandis que je me dis que tout ce que j'ai pu vouloir dans ma vie, et tout ce que je ne pensais pas vouloir, est dans mes bras. Enfin, presque tout. Il reste encore une chose.

Je décide d'aborder le sujet que j'ai tant évité de façon indirecte. Peut-être est-ce manipulateur, mais je suis fait ainsi.

– Je t'ai vue avec Anne-Marise, tout à l'heure. Tu t'y prends tellement bien avec elle.

Anne-Marise Sitkin est la fille d'Adam et de Mirabelle. Ma sœur a insisté pour lui donner un prénom aussi long pour que je sois obligé de l'appeler par son surnom ou son diminutif, comme tout le monde, mais j'ai décidé de l'appeler Anne-Marise, juste pour l'agacer. Elle a cinq mois et demi et elle passe ses journées à rire et à manger. Elle est petite, mais pleine d'énergie, comme sa mère. Cela dit, on ne remarque sa taille qu'en la comparant à Braden, le neveu d'Alayna, qui n'a que quatre mois mais qui est deux fois plus grand qu'Anne.

Alayna et moi n'avons jamais parlé d'avoir des enfants. Je l'ai vue avec Anne et Braden et je suis tombé encore plus amoureux d'elle, alors que je ne pensais pas cela possible. La tendresse et la gentillesse qu'elle leur accorde est simplement éblouissante. Mais je n'ai jamais abordé le sujet. Peut-être que cela me faisait peur avant, mais ce n'est plus le cas maintenant que je sais qu'elle est à moi.

Je recule mon visage et je plonge mon regard dans le sien, hésitant à attendre que l'on soit tous les deux pour en parler. Mais je ne peux me retenir.

– Est-ce que tu... Est-ce que tu veux avoir des enfants ?

Elle se penche pour embrasser mon cou puis, les yeux baissés, elle répond.

– Je crois que je les traumatiserais...

C'est bien ce que je pensais. Et si c'est trop stressant pour elle, je laisserai tomber l'idée.

– Est-ce que tu voudrais qu'on les traumatise ensemble ?

Elle éclate de rire et me regarde dans les yeux.

– Oui, répond-elle sans hésiter. J'adorerais.

– Tant mieux, dis-je en la faisant tourner avant de la reprendre dans mes bras. Alors on commence ce soir dans l'avion. Ou tout de suite, si tu préfères. J'ai repéré un gros chêne dans un des petits jardins. Je suis presque sûr qu'on pourrait s'y planquer, même avec ta robe énorme.

– Je serais curieuse de voir comment tu t'y prendrais avec tous mes froufrous.

– Ma belle, je chuchote en lui mordillant l'oreille, je suis plein de ressources. Ai-je besoin de te rappeler que je suis un homme qui obtient toujours ce qu'il veut ? Et quiconque ose en douter n'a qu'à me regarder en ce moment pour savoir que c'est vrai. Tout ce que j'ai jamais voulu est ici, dans mes bras.

– Je t'aime, murmure-t-elle.

– Je t'ai aimée en premier.

Et je t'aimerai en dernier.

Je l'embrasse tendrement sous les regards attendris de nos invités, avec juste ce qu'il faut de piquant pour qu'elle sache que je pense ce que je dis. Notre danse touche à sa fin et il est temps pour elle de danser avec son frère et moi avec mère.

Je la libère, à contrecœur. Je peux supporter ces quelques minutes sans elle. Elle est à moi pour le reste de ma vie.

REMERCIEMENTS

Nous voilà arrivés au moment le plus difficile. Sérieusement, écrire 110000 mots est simple comparé à devoir en écrire quelques milliers pour dire merci. Je sais que je ne mentionnerai pas tout le monde, j'espère que vous ne penserez pas que je vous ai oubliés, c'est simplement que mon cerveau est un peu cuit.

Tout d'abord, à mon mari, Tom – je t'ai aimé en premier, et je t'aimerai en dernier.

À mes enfants, qui pensaient voir davantage leur mère parce qu'elle travaillait à la maison – merci pour votre patience et votre compréhension. Je vous aime, je vous adore, même quand je vous crie dessus pour que vous sortiez de mon bureau.

À ma mère – merci de m'avoir élevée de sorte que je poursuive mes rêves sans oublier les autres. Comme toi, j'espère que je ne changerai jamais.

À Gennifer Albin, pour les couvertures de mes romans et pour m'avoir comprise mieux que beaucoup de gens. C'est certain, 2014 est notre année.

À Bethany Taylor, pour tes corrections et pour tous les salons du livre, mais aussi parce que tu sais t'apitoyer sur ton sort, ce qui me rassure lorsque j'en fais de même. Et merci de m'avoir appris à être rigoureuse et gentille (oui, tu m'as bien entendue espèce de fausse *détraqueuse*).

Merci à Kayti McGee pour avoir été ma partenaire de complot et pour avoir incarné une soumise superbe. J'assume complètement d'avoir dominé toutes nos conversations. Et merci de m'avoir prêté ton oreille et pour toutes tes propositions. Je promets de venir à Boulder/Longmont pour te voir, même si la loi a changé – je te le promets !

Je remercie mes partenaires critiques et mes premières lectrices. Mon Dieu ! Je n'aurais jamais réussi sans vous, surtout quand j'avais autant de retard. Merci pour toutes vos lectures et vos suggestions si rapides. Surtout, merci à toi Lisa Otto d'avoir libéré du temps pour moi malgré ton emploi du temps chargé, et merci pour ta franchise. Je remercie Tristina Wright pour sa connaissance parfaite de mes personnages et pour avoir su corriger leur comportement. À Jackie Felger pour m'avoir toujours fait sentir que j'avais une meilleure plume que je ne le pensais tout en corrigeant plus de virgules qu'une personne normalement constituée. À Melissa B. King pour m'avoir confirmé que les scènes hot fonctionnaient. À Jenna Tyler pour les corrections de dernière minute, même lorsque je ne te le demandais pas – tu es une amie merveilleuse. À Angela McLain, pour ta passion et ton soutien – j'ai de la chance de connaître une aussi belle personne. Merci à Lisa Mauer, pour ton enthousiasme et l'amour sincère que tu portes à mes romans, j'ai parfois eu l'impression d'écrire pour toi plus que pour quiconque. À Beta Goddess, tu te reconnaîtras, mais tu ne pourras jamais savoir à quel point je te suis reconnaissante d'avoir réparé, ou « fixé » mon bouquin. J'attendais de lire tes notes avec un mélange d'enthousiasme et d'angoisse parce que je savais toujours que tu serais sévère, mais que tu rendrais l'histoire meilleure. MERCI !!!

À tous ceux qui ont rendu tout cela possible : mon agent, Bob DiForio ; Caitlin Greer pour les maquettes ; Julie de chez AToMR Book Tours ; Shanyn Day et K. P. Simmons de chez Inkslinger – vous êtes tous les deux incroyables ; Melanie Lowery et Jolinda Bivins pour m'avoir fait un super swag ; à mes « autres » éditrices, Holly Atkinson, qui m'a appris à penser aux espaces insécables, et Eileen Rothschild, qui soutient tous mes livres et pas juste celui qu'elle a acheté.

À mes SUPERBES assistantes, Lisa Otto, Amy McAvoy et Taryn Maj. Je n'en reviens pas d'avoir eu la chance de travailler avec vous trois durant cette année. D'une certaine façon, cela a été la partie la plus amusante du boulot.

À mes âmes sœurs, The NAturals : Sierra, Gennifer, Melanie, Kayti et Tamara. Je ne sais vraiment pas ce que j'aurais fait sans vous. Vous aimez les gens que j'aime et vous détestez ceux que je déteste – vous êtes mes références. Je crois que c'est Mel qui a dit ça en premier, mais j'ai décidé de lui piquer : si quelqu'un m'avait dit, il y a trois ans, que je pouvais aimer des personnes rencontrées sur Internet plus que des personnes rencontrées dans la vie réelle, je n'y aurais jamais cru. Et puis je vous ai rencontrées. *Nichons et amour pour toujours.*

À Joe, l'année dernière était notre année, je te laisse imaginer à quel point on sera cool l'an prochain !

Aux auteurs qui ont aidé la débutante que je suis, qui m'ont inspirée par leur superbe plume, et qui m'ont tant conseillée, surtout Kristen Proby, Lauren Blakely et Gennifer Albin. C'est vraiment un honneur de vous connaître. Merci de m'avoir transmis votre savoir.

Aux WrAHMs et aux Babes of the Scribes – j'ai hâte de vous rencontrer au WrAHMpage et de vous serrer assez fort pour vous étouffer.

À toutes les bloggeuses et les critiques qui ont partagé mon livre avec enthousiasme. Je ne pourrais jamais toutes vous citer, mais il y en a certaines que je n'ose pas passer sous silence : Aestas du *Aestas Book Blog* ; Amy, Jesse et Tricia de *Schmexy Girls* ; The Rock Stars of Romance ; Angie de *Angie's Dreamy Reads* ; Lisa et Brooke du *True Story Book Blog* ; Kari et Clara *de A Book Whore's Obsession* ; Angie et Jenna du *Fan Girl Book Blog* ; Jennifer Wolfel de *Wolfel's World of Books*. Bien que nous ayons une relation de travail symbiotique, je vous considère comme des amies. Merci pour votre amour et votre soutien.

Aux lectrices qui m'ont permis de me consacrer à l'écriture à plein temps et de faire vivre ma famille grâce à mes revenus. Je vous suis si reconnaissante que j'en ai les larmes aux yeux rien qu'en y pensant. Je sais que vous avez un choix énorme lorsqu'il s'agit de sélectionner un livre – merci infiniment d'avoir choisi le mien.

À mon Créateur, qui m'a donné bien plus que je ne mérite – j'espère continuer à comprendre le rôle qu'il m'a attribué dans cette vie et à l'accepter avec humilité.